HEYNE

Das Buch

Die Gemeinde in Berlin Charlottenburg kennt Matheus Singvogel als Pastor, der immer für sie da ist. Doch seine Frau Cäcilie leidet unter seinem Engagement und fühlt sich vernachlässigt. Zudem ist sie von ihrem Elternhaus Luxus und hohes gesellschaftliches Niveau gewohnt: Ihr Vater, Ludwig Delbrück, ist Hofbankier des Kaisers und in diesen Jahren, vor dem sich immer deutlicher abzeichnenden Ersten Weltkrieg, zuständig für die Finanzierung der militärischen Aufrüstung.

Zu seiner grenzenlosen Überraschung erhält der Pastor eine Einladung zu einer Vortragsreise nach Amerika, die Überfahrt müsste er selbst organisieren, würde aber zurückerstattet. Cäcilie schwärmt ihm von der Titanic vor, die demnächst zu ihrer ersten großen Fahrt eben nach Amerika aufbrechen wird. Nach langem Zögern und heftigen Streitereien, unter denen ihr gemeinsamer Sohn, der siebenjährige Samuel, gehörig leidet, kauft Matheus drei Tickets für die die Titanic. Er weiß, es ist die letzte Chance, die alte Liebe zwischen ihm und seiner Frau wieder zu erwecken.

Der Autor

Titus Müller, geboren 1977 in Leipzig, studierte in Berlin Literatur, Geschichtswissenschaft und Publizistik. 1998 begründete er die Literaturzeitschrift »Federwelt«. 2002 war er Mitbegründer des Autorenkreises Historischer Roman »Quo vadis«. Im gleichen Jahr veröffentlichte er, 24 Jahre jung, seinen ersten Roman: »Der Kalligraph des Bischofs«. Es folgten weitere historische Romane wie »Die Brillenmacherin« (2005).Titus Müller wurde mit dem C.S. Lewis- Preis und den Sir Walter-Scott-Preis ausgezeichnet.

TITUS MÜLLER

TANZ UNTER STERNEN

Roman

WILHELM HEYNE VERLAG
MÜNCHEN

Für Lena

Verlagsgruppe Random House FSC-DEU-0100
Das für dieses Buch verwendete
FSC®-zertifizierte Papier *München Super*
liefert Arctic Paper Mochenwangen GmbH.

Vollständige Taschenbuchausgabe 02/2013
Copyright © 2011 by Titus Müller
und Karl Blessing Verlag, München,
in der Verlagsgruppe Random House GmbH
Copyright © 2013 dieser Ausgabe
by Wilhelm Heyne Verlag, München
in der Verlagsgruppe Random House GmbH
Printed in Germany 2013
Abbildung S. 5 © Getty Images,
Time Life Pictures, Historic-Maps
Umschlaggestaltung und Motiv: © Hauptmann & Kompanie
Werbeagentur, Zürich, unter Verwendung
eines Fotos von © Bettmann/Corbis
Satz: Leingärtner, Nabburg
Druck und Bindung: GGP Media GmbH, Pößneck
ISBN: 978-3-453-40997-2

www.heyne.de

I

LÜGE

1

Mondlicht spiegelte sich in den Pfützen am überschwemmten Tunnel der Untergrundbahn. Es roch nach feuchtem Zement. Der Mann mit den schwarzen Handschuhen lud acht Patronen in das Magazin seiner Pistole und schob es mit einem Ruck zurück in den Griff der Waffe. Er steckte die P08 in das verborgene Halfter an seinem Rücken.

Vor zwei Wochen war hier die Spree in den Tunnel eingebrochen, in dem Moment, als man Nord- und Südstrecke miteinander verband, und hatte die U-Bahn bis zum Potsdamer Platz überschwemmt. Ein neuer Wall war errichtet worden, um das Wasser aufzuhalten.

Der Mann stieg über Eisenbleche, Sandsäcke und Schaufeln. Er sah sich aufmerksam um, bevor er in den Schatten eines Bauwagens trat.

Ein zweiter Mann tauchte auf, klein, schmächtig, mit Drahtbrille. Der Zylinder auf seinem Kopf schimmerte im Sternenlicht. Der Mann trug einen feinen Gehrock und fluchte bei jedem Schritt. Seine Schuhe sanken im Schlamm ein. Verzweifelt sah er sich um.

»Guten Abend«, ertönte hinter ihm eine Stimme. Aus dem Schatten des Bauwagens löste sich eine Gestalt mit schwarzen Handschuhen.

»Musste es sein, dass wir uns auf dieser morastigen Baustelle treffen?«

»Durchaus.«

»Wer sind Sie, und warum wollten Sie mir am Telephon nicht Ihre Identität enthüllen?«

»Haben Sie den Artikel?«

Der kleine Mann kniff unwillig die Augen zusammen. Schließlich nahm er seine Tasche vor die Brust und zog einen Papierbogen heraus.

»In der Redaktion der *Berliner Zeitung* weiß man noch nichts von Ihren Recherchen?«, fragte der andere.

»Bisher nicht.«

»Geben Sie mir den Text.« Der Große streckte die Hand nach dem Papier aus.

Der Mann mit dem Seidenzylinder schüttelte den Kopf. »Erst will ich ein paar Antworten. Wieso sind Sie bereit, dreißig Mark für einen einfachen Artikel zu bezahlen? Und was stellen Sie damit an? Von welcher Redaktion sind Sie geschickt?«

»Das sage ich Ihnen, wenn ich den Artikel gesehen habe.«

Widerwillig reichte ihm der Journalist das Papier, und der Große zog eine Taschenlampe hervor, ein Ding aus Blech, das er mit einem Drehschalter entzündete. Er richtete den Lichtkegel auf das Blatt. Im Widerschein, der vom Papier ins Gesicht des Mannes fiel, traten feine Gesichtszüge hervor, das Antlitz eines Dandys, nur die Lippen waren blass und streng.

Deutsche Firmen statten größtes Dampfschiff der Welt aus
Die Innenausstattung der Titanic ist nahezu abgeschlossen. Britische Nationalisten überschlagen sich vor Stolz, aber ein Reporter der Berliner Zeitung enthüllt: Bevor der weltgrößte Dampfer am Mittwoch nächster Woche zu seiner Jungfernfahrt aufbricht, liefern deutsche Firmen Teile der luxuriösen Ausstattung. So stammen die Sportgeräte für den Gymnastikraum von der Firma Rossel, Schwarz & Co. AG

aus Wiesbaden. Steinway's Pianofortefabrik in Hamburg liefert fünf Flügel, jeweils 2,11 Meter lang, und drei Konzertklaviere für die Speisesäle und das Treppenhaus der ersten Klasse. Selbst bei ihrem Prestigeobjekt kommen die Engländer nicht ohne deutsche Hilfe aus. Schon im Mai, gute vier Wochen nach der Titanic, läuft das deutsche Schiff Imperator vom Stapel. Spätestens in einem Jahr wird sein Innenausbau abgeschlossen sein. Dann löst es die Titanic als größten Dampfer der Welt ab. Der deutsche Flottenbau triumphiert.

Der Mann hob die Taschenlampe und blendete sein Gegenüber. »Haben Sie eine Abschrift Ihres Entwurfes zu Hause?«

Der Gefragte hielt sich den Unterarm vor die Augen. »Nehmen Sie die Lampe runter!«

»Haben Sie oder haben Sie nicht?«

»Nein.«

Er schaltete die Taschenlampe aus. Ruhig zog er die Pistole aus dem Halfter. »Knien Sie sich hin«, befahl er. Er richtete die Pistolenmündung auf den Journalisten.

»Sind Sie übergeschnappt?«

»Ich sagte: Knien Sie sich hin.«

Der Journalist ging in die Knie. Seine blassgestreifte Hose versank im Morast, an der Bügelfalte gluckerte schmutziges Wasser herauf. »Nehmen Sie den Artikel, nehmen Sie ihn einfach ...«

Der Mann mit den dunklen Handschuhen setzte ihm die Mündung an die Schläfe und drückte ab. Es krachte. Vom Schuss wurde der Körper des Journalisten hingeworfen, in den Schlamm gestreckt. Sein Mörder drückte ihm die P08 in die rechte Hand und bog die Finger des Toten um den Griff der Waffe.

Er steckte sich den Artikel in die Jackentasche und ging.

*

Die Schiffswand riss. Wassermassen strömten hinein und spülten Matheus aus seinem Bett, das Meer packte ihn und zog ihn durch den Spalt hinaus in die Schwärze. Er sah das Schiff, es hing schief im Wasser. Ihn aber saugte das Meer gierig in die Tiefe, bald war der Schiffsrumpf nur noch ein entfernter heller Punkt, und um ihn herum herrschte Dunkelheit. Obwohl er verzweifelt versuchte, die Lippen geschlossen zu halten, drang das Salzwasser in seinen Mund ein, es jagte die Gurgel hinab und füllte die Lungen bis in den letzten Winkel mit Kälte. Er hielt es nicht mehr aus, er musste nach Luft schnappen. Da war keine Luft, nur das Meer, und während er zu atmen versuchte, drang es noch tiefer in ihn ein. Seine Glieder zuckten. Er wollte schreien und konnte es nicht, er wollte schwimmen, nach oben entkommen, er ruderte und strampelte. Anstatt aufwärts zu gelangen, sank er immer tiefer hinab.

Matheus riss die Augen auf. Er japste nach Luft, richtete sich im Bett auf. Nur ein Traum, es war nur ein Traum gewesen. Das Nachthemd klebte an seiner Haut, nass vom Meerwasser. Nein, es war durchgeschwitzt.

Cäcilie richtete sich ebenfalls im Bett auf. »Geht es dir nicht gut?«, fragte sie. »Hast du Fieber?«

»Ich hatte einen Albtraum. Ich bin ertrunken.«

»Das ist jetzt sechs Jahre her. Und du warst nicht mal im Wasser, ihr seid doch rechtzeitig gerettet worden von eurem Mittelmeerdampfer.«

Er ließ sich wieder auf den Rücken sinken. »Wir mussten die Schwimmwesten anziehen. Diese Angst kann ich nicht vergessen, die Angst zu ertrinken.«

»Euer Schiff war bloß leckgeschlagen. Ich fasse es nicht, dass du das dauernd aufbringst.«

Er schloss die Augen und sah das Wasser vor sich, eine dunkle, wogende Masse.

»Warum hast du solche Angst vor dem Tod?«, fragte Cäcilie und legte sich wieder hin. »Du glaubst an die Ewigkeit, du vertraust darauf, dass Gott dir eine Wohnung im Himmel geben wird, oder etwa nicht? Du bist Pastor, Matheus. Du bringst den Leuten bei, dass das irdische Leben nur die Theaterprobe ist.«

Das stimmte. Aber anstatt sich auf das ewige Leben zu freuen, fürchtete er sich davor zu sterben.

Er lag da und starrte in die Dunkelheit. Er hörte auf seine Atemzüge. Erstaunlich, dass da ein Herz in seiner Brust schlug, ein Muskel, der jahrzehntelang unermüdlich Blut durch die Adern pumpte. Tagsüber fütterte man den Körper mit Sardellenbrötchen, Schokolade oder Klößen, und der Körper machte daraus Hautzellen, Fingernägel, Knochen und Fleisch. Was für ein seltsamer Prozess! Wie konnte aus Schokolade lebendiges Fleisch werden?

Er wartete lange, um sicherzugehen, dass Cäcilie eingeschlafen war. Dann richtete er sich auf, tastete mit den Füßen nach den Pantoffeln, schlüpfte hinein und schlich durch den Flur ins Arbeitszimmer. Der kleine Ofen hatte den Raum überheizt. Stickige warme Luft legte sich auf seine Wangen, sie roch nach den Ledereinbänden seiner Bücher.

Durch das Fenster fiel Licht der elektrischen Straßenlaterne und färbte die Wände blau. Er kniete sich vor den Schreibtisch, sah noch einmal zur Tür und überzeugte sich, dass Cäcilie ihm nicht gefolgt war. Er zog die dritte Schublade auf. Unter einem Folioheft fischte er das Telegramm hervor. Er hielt es in den blauen Lichtschein.

TELEGRAPHIE DES DEUTSCHEN REICHS
AMT CHARLOTTENBURG 1
TELEGRAMM AUS CHICAGO

Der Text darunter war in Englisch verfasst. Das Moody Bible Institute lud ihn nach Amerika ein, die Überfahrt werde bezahlt. *Thank you for your inquiry*, stand da. Den ganzen Tag, seit der Postbote da gewesen war, hatte er sich darüber gewundert. Er hatte sich dieser christlichen Vereinigung aus Chicago nie angeboten.

Die Fahrt über das Mittelmeer vor sechs Jahren sollte seine letzte Schiffsreise gewesen sein, das hatte er sich geschworen, als der leckgeschlagene Dampfer mit Schlagseite in den stürmischen Wellen hing und ihm der Rettungsgurt den Leib abschnürte. Schon der bloße Gedanke an ein Schiff ließ kalte Wogen an seinen Beinen herauflecken.

Im Flur ging das Licht an. Rasch legte er das Telegramm ins Schubfach und stand auf. Cäcilie erschien im Nachthemd an der Tür. »Was machst du da?«

Der Schreibtisch stand zwischen ihnen, sie konnte die Schubladen nicht sehen. Vielleicht hatte sie nichts bemerkt. Vorsichtig schob er mit dem Bein die Lade zu, während er nahe an den Schreibtisch herantrat. Er machte ein gequältes Gesicht. »Die Beerdigung am Donnerstag geht mir nicht aus dem Kopf. Was soll ich den Angehörigen sagen? Das Mädchen war erst sechzehn! Ich begreife ja selber nicht, wie Gott das zulassen konnte.« Er nahm den Predigtentwurf vom Schreibtisch und hob ihn hoch. »Ich schreibe fünf Sachen hin, und vier davon streiche ich wieder durch.«

»Komm, leg dich ins Bett«, sagte sie. »Es wird nicht besser, wenn du im Halbschlaf darüber brütest.«

2

Nele kauerte sich nieder und legte ihre flache Hand auf den Bühnenboden. Er roch nach Holz und »Vim«-Putzmittel, eine Mischung, die seltsamerweise ihren Appetit anregte: Hineinbeißen müsste man, in diese Bühne hineinbeißen! Eine Staubflocke flog über das Parkett. Nele fing sie auf. Natürlich, es war Dreck, aber der Dreck flüsterte von Weltruhm. Unter den fünfzig Berliner Varietés rangierte der Wintergarten ganz vorn. Hier gastierten Stars wie der Meisterhumorist Otto Reutter oder der Entfesselungskünstler Houdini.

Noch war der berühmte Sternenhimmel nicht entzündet. Die Vorbereitungen für den Abend liefen auf Hochtouren. Nele stieg von der Bühne hinunter und spazierte an ihren ehemaligen Kollegen vorbei, die Kisten mit Champagner und Wein aus dem Keller herbeischleppten und das Buffet aufbauten. »Braucht ihr Hilfe?«, fragte sie und fegte Krümel von der Tischdecke.

»Wir schaffen das schon«, sagte der Koch.

Hinter ihr raunte Peto: »Unsere Künstlerin hält sich für was Besseres«, und kniff sie in die Seite.

Nele sprang dem Koch in die Arme und lachte.

»Alles Gute für nachher«, sagte Peto. Sein aufgedunsenes Gesicht strahlte Wärme aus. »Wir sind stolz auf dich, Nele. Vergiss uns nicht, wenn du berühmt geworden bist, ja?«

»Erst mal muss heute der Auftritt gelingen.« Sie ging zu den Trampolinartisten, die in Bademänteln ihr Gerät überprüften, elf Schritte machte sie, und bei diesen elf Schritten verlor sie alles, was sie an fröhlicher Selbstsicherheit besessen hatte. Das war nicht mehr Bedienungspersonal – hier begann das Reich der Artisten und Künstler. Als Eindringling kam sie und behauptete, von nun an dazuzugehören. »Ich wünschte, ich könnte fliegen so wie ihr.«

Erich, der Ältere, sah sie an. »Nele, du kannst auch fliegen. Auf eine andere Art als wir, aber du fliegst. Lass dich nicht von Senta einschüchtern.«

»Manchmal frage ich mich –«

»Da kommt sie«, sagte der jüngere Artistenbruder. »Passt auf, was ihr redet.«

Falls Senta etwas gehört haben sollte, so ließ sie es sich nicht anmerken. Sie warf ihre schwarz gelockten Haare zurück und legte den Kopf schief wie ein kleines Mädchen, während sie die Hand nach Nele ausstreckte. »Komm noch mal kurz, ich habe ein paar Ratschläge für dich für heute Abend.«

Erich sah Nele eindringlich an.

Hab schon kapiert, dachte sie, ich soll nicht mitgehen. Sie blinzelte ihm verschwörerisch zu und ließ sich von Senta fortziehen.

»Wie fühlst du dich, wenn du an den Auftritt denkst?«, fragte Senta.

»Gut.«

»Vor Publikum ist es etwas anderes als in den Proben. Im ersten Moment wirst du dich an nichts erinnern. Ein furchtbarer Augenblick ...«

»Bisher war's nie so.«

»Doch nicht bei deiner Kaninchennummer.« Senta schnaubte verächtlich. »Da ging es um die Kaninchen und den Zauberer.

Du warst bloß Gehilfin. Nachher bist du allein auf der Bühne, ist dir das bewusst?«

Sie versucht, mir Angst zu machen, dachte Nele. »Was rätst du mir?«

»Irgendwann fällt dir der Tanz wieder ein, das kommt schon. Hoffen wir, dass der schreckliche Moment nicht zu lange anhält.«

Wie dreist von ihr. Kein Wunder, dass sie Wert darauf gelegt hatte, allein mit ihr zu sprechen.

»Weißt du, Nele, was mir Sorgen macht? Du bist keine Künstlerin. Schon wie du läufst! Halt die Schultern gerade, bleib geschmeidig in der Hüfte! So geht das nicht. Dazu dieser bäurische Blick! Dein Körper spielt nicht. Tut mir leid, dir das sagen zu müssen, aber als Künstlerin muss man Selbstbewusstsein haben. Eine Ausstrahlung, eine Faszination. Die kann man sich nicht durch Tanzunterricht aneignen. Du wirst es schwer haben.«

Nele wand sich aus ihrem Arm. »Das ist unverschämt, wie du hier mit mir redest.«

»Du tanzt ja ganz passabel«, sagte Senta, »das bestreite ich nicht. Was man einüben kann, hast du eingeübt. Ich will nur nicht, dass du enttäuscht bist nach dem Auftritt heute. Als erfahrene Tänzerin muss ich dir das sagen. Ich glaube nicht an deinen Erfolg.«

Wieder stach sie zu mit ihrem vergifteten Messer. Unwillkürlich fragte Nele sich: Was, wenn sie recht hat?

»Direktor Hundrich glaubt auch nicht, dass du besonders gut ankommen wirst«, setzte Senta nach.

»Unsinn! Er glaubt an mich, sonst hätte er mich nicht ins Programm genommen.«

»Schätzchen, was bezahlt er dir? An deinem Lohn kannst du schon sehen, dass er kaum mit einem Durchbruch rechnet. Aber spinn dich ruhig in deine Träume ein und bau weiter an deinen Luftschlössern!«

Nele blieb stehen. »Du versuchst mir Angst einzujagen, damit ich heute Abend versage«, zischte sie. »Dabei bist du es, die sich fürchtet, sonst wäre ich dir doch egal! Du zitterst, dass ich besser werden könnte als du.«

Senta lachte. Ihr ganzer Körper bäumte sich auf in diesem Lachen. »Besser als ich? Meine Liebe, da habe ich keine Befürchtungen.« Sie wischte sich Tränen aus den Augenwinkeln. »Ich mag es nur nicht, dass du mit deiner Stümperei ein schlechtes Licht auf den Solotanz wirfst. Er ist etwas Majestätisches, verstehst du? Aber nein, das verstehst du nicht. Ich muss zur Garderobe. Hals und Beinbruch, Nele.«

Im vorderen Teil der Bühne stellten sich Dutzende von Frauen in knappen Kostümen auf. Auf ein Zeichen des Direktors hin erscholl Musik. Licht flammte auf. Die Frauen kamen in wiegenden Schritten die Showtreppe hinunter, juchzten und präsentierten zum Cancan ihre zartbestrumpften Schenkel. Die Bewegungen der Tänzerinnen wurden rasender, ihre Wangen glühten.

Wie betäubt stand Nele davor und starrte auf die Bühne.

Der Direktor klatschte in die Hände. »Gut so«, rief er, »das genügt.« Er winkte den Frauen, sie sollten die Bühne verlassen. Dann wandte er sich Nele zu. »Das ist deine große Chance heute, Mädchen. Gib alles. Feg die Männer von den Stühlen.«

Sie nickte.

»Das ist noch nicht das Kostüm, oder?«

»Doch.« Das Kleid mit Rüschen, Federn und Pailletten hatte sie erst Montag gekauft. Mutter und sie würden sich deswegen einen Monat lang von Kartoffeln ernähren müssen. Auch den Tanzunterricht zahlte sie ja noch ab; bei der alten Meisterin Irene Sanden, die ihr das Tanzen beibrachte, war sie sechs Monate im Rückstand.

»Hast du nicht gesagt, es ist aus Seide?«

Seide war zu teuer gewesen. »Ich konnte leider nicht –«

»Zu spät, wir sind mitten im Schnelldurchlauf. Du bist dran. Du hast fünf Minuten.«

Nele stieg die seitliche Treppe hinauf. Heute Abend gehörte ihr für die Dauer eines Boleros die wichtigste Bühne Berlins. Jedes der Cancan-Mädchen würde sterben für eine solche Chance.

Sie musste nicht gleich so erfolgreich sein wie Senta und auf Tourneen durch Europa und Amerika reisen. Im Wintergarten wechselte alle vierzehn Tage das Programm. Wenn sie es schaffte, zwei Wochen lang das Publikum zu begeistern, konnte sie sich bereits einen Namen als Tänzerin machen. Eine Künstleragentur würde sie unter Vertrag nehmen und ihr weitere Auftritte verschaffen.

Direktor Hundrich gab ein Zeichen, und es erklang ihr Stück, der *Bolero* von Moritz Moszkowski. Sie zog die Schuhe aus. Ein Zugeständnis, das sie Hundrich hatte machen müssen, er versprach sich einiges davon, dass er sie im Programm als Barfußtänzerin bezeichnete. Der dicke Direktor hielt die Augen prüfend auf sie geheftet. Was, wenn er plötzlich der Meinung war, dass sie nicht gut genug war für seine Bühne?

Nele schloss die Augen. Sie lauschte auf die Musik, hob langsam ihr rechtes Bein in eine Arabesque, ging über zu einer Attitude, endete in einem Developpé. Sie stellte sich auf die Spitzen, ließ sich in einem Ausfallschritt nach vorne fallen, und ihre Arme kreisten in einem großen Port de bras über ihrem Kopf. Alles gelang ihr, sie war zufrieden. Sie drehte einige Chaînés durch die Diagonale der Bühne, verharrte, sprang in kleinen Jetés zurück zur Mitte und drehte sich erneut. Sie blühte auf wie eine Rose. Ihre Brust und ihr schlanker Bauch hoben und senkten sich unter ihrem Atem. Noch ein Port de bras und anschließend einige Pirouetten.

Sie war gut, das merkte sie. Nicht mit Glück hatte sie das Engagement im Rahmen des Revue-Abends ergattert, sondern mit Können.

Hundrich klatschte und rief: »Deine Zeit ist um, andere müssen auch noch proben.« Abrupt erstarb die Musik. »Wo ist Franz, wo sind die Seelöwen? Und du, Nele, komm nochmal her.«

Sie richtete sich auf. Der Seelöwen-Dresseur brachte Wassereimer mit Fischen auf die Bühne. Balalaikaklänge drangen aus den hinteren Räumen, und Männergesang: Die russische Tanztruppe Samowar bereitete sich vor, deren Mitglieder Nele immer schöne Augen machten.

»Hör zu, Kind«, sagte Hundrich, kaum dass Nele von der Bühne hinuntergestiegen war, »ich habe dich als Barfußtänzerin angekündigt. Eine Ballerina brauche ich hier nicht. Deine Tanzdramaturgie ist zu kompliziert, verstehst du? Beim Varieté müssen wir mit starken Reizen arbeiten. Was du da machst, ist zu schwierig.«

»Sie haben mich doch in den Proben gesehen. Gefällt es Ihnen nicht mehr?« Dieses Zittern in ihr! Senta hatte es tatsächlich geschafft, sie zu verunsichern.

»Die Menschen wollen sich im Wintergarten amüsieren. Sie wollen Rausch, sie wollen Freude. Du musst mit deinen Reizen ihre Gier nach nackter Haut befriedigen.«

»Wie meinen Sie das?«

»Du hast alles, was ein Mädchen braucht, warum zeigst du es nicht?«

»Ich werde noch mehr üben. Und ich kann Seide anlegen, das wird den Männern gefallen.«

»Tu das. Arbeite an deinem Kostüm. Und denk daran: weniger Kunst, mehr Körper! Ich will deinen Po und deine Brust sehen.« Energisch riss er die Arme hoch und schrie in Richtung Bühne: »Wo sind die Seelöwen? Deine Zeit ist um, Franz, wir haben sechzehn Nummern heute Abend, es müssen sich noch elf andere warmmachen!«

Die Welt hinter dem Vorhang leuchtete und flimmerte nicht, sie war nüchtern. Was für die Zuschauer ein Zauber war, ein märchenhaftes Vergnügen, bedeutete für die Artisten Knochenarbeit. Das wusste Nele. In den Jahren als Gehilfin hatte sie Zeit gehabt, sich an den rauen Ton im Wintergarten zu gewöhnen, an den lüsternen Direktor, an die Ansprüche.

Heute aber tat ihr alles weh. Die Haut ihrer Seele fühlte sich wund an, durch die Anspannung war sie verletzlicher als sonst. Es war ihr großer Tag. Sie stand im Programm, zum ersten Mal war der Name Nele Stern an die Litfaßsäulen angeschlagen.

Für dich, Senta, dachte sie, werde ich besonders gut sein. Dein spöttisches Lachen wird dir im Halse stecken bleiben.

Wenn er gefragt wurde, wie Gott das Böse zulassen konnte, antwortete Matheus immer, die Menschen seien dafür selbst verantwortlich. Schließlich hatte Gott ihnen Willensfreiheit verliehen, und die wäre wertlos, wenn er nur gute Taten zuließ, die bösen aber jedes Mal verhinderte. Nur: Was konnte das Mädchen für ihre Diphtherie? Welcher Mensch trug die Schuld daran? Dass Gott Kriege zuließ und Schläge und Lügen, das verstand er. Warum aber verhinderte er nicht solche ungerechten Krankheiten?

Seufzend stand er auf und streckte sich. Sein Rücken schmerzte, und der Mund war trocken. Matheus ging in die Küche, goss sich Sinalco in ein Glas und trank. Die Limonade war teuer, und während er schluckte, litt er deswegen Gewissensbisse. In seiner Kindheit hatte es Limonade nur zu besonderen Anlässen gegeben. Um sich zu beruhigen, dachte er an die Mineralsalze und Fruchtsäuren, die seinem Körper gut taten, zumindest wenn man der Reklame glaubte.

Es war still in der Wohnung. Er trat in den Flur. Hatte er Samuel nicht erst vor einer Stunde zum Spielen nach draußen geschickt? Wieso hingen Jacke und Mütze an der Garderobe? Er sah in Samuels Zimmer. Der Siebenjährige kniete an seiner Sitzbank, ein Blatt Papier vor sich, und malte.

»Setz dich doch an den Tisch«, sagte Matheus. »Das ist bequemer.«

»Ja«, sagte Samuel. Er blieb, wo er war. Sein blasses Gesicht ließ ihn oft kränklich aussehen, die Haut war beinahe durchsichtig. Samuel war ein Träumer, ein stilles Kind, das man leicht übersah. Er war so unauffällig, dass Matheus befürchtete, ihn eines Tages in einem Geschäft in der Stadt zu vergessen und erst am nächsten Tag zu bemerken, dass er fehlte. Nicht, dass er ihn nicht liebte, nein, er liebte ihn sehr! Aber der Kleine forderte nichts, er war mit allem zufrieden, was er bekam.

Matheus ging zu ihm und streichelte ihm den Kopf. »Was malst du denn?«

»Das ist der Schnee, den eine Dampflok aufwirbelt. Wenn sie im Winter fährt.«

Auf dem Blatt sah man hellblaue Wolken, die Lok dahinter war mit wenigen Bleistiftstrichen angedeutet, sie ließ sich nur erahnen. »Das Bild ist dir gut gelungen, Samuel.« Andere Kinder malten Rennautomobile, sein Sohn malte Schneeflocken. »Wollen wir spielen?«

Ungläubig sah Samuel auf.

»Ich habe ein bisschen Zeit. Wie wäre es, wenn wir Mehl aus der Küche holen und es auf den Boden schütten, und dann fahren wir mit deiner Spielzeuglok hindurch?«

»Wir spielen Winter!« Samuel sprang auf und brachte die Mehldose ins Zimmer. Vorsichtig schütteten sie Häufchen auf den Boden. Der Junge holte die Blechlokomotive aus dem Spielzeugschrank, sie sah neu aus, ihre Oberfläche war frei von Kratzern, obwohl er sie schon zu Weihnachten bekommen hatte. Er spielte kaum mit ihr. Mehr als die Autos und Loks liebte Samuel die Kartons, in die sie verpackt waren. In den Schachteln mit dem zerdrückten Seidenpapier bewahrte er Murmeln, seltene Steine und Vogelfedern auf.

»Fahr kräftig hindurch«, sagte Matheus, »warte, ich puste, dann fliegt der Schnee!«

Samuel legte das Gesicht auf den Boden, um die Lok besser sehen zu können, und schickte sie durch die Mehlhaufen. Dabei pustete Matheus so sehr, dass Samuel sich aufrichten und die Augen schließen musste, weil ihm Mehl hineingeflogen war.

»Tut es weh?«, fragte Matheus besorgt.

Aber der Junge schüttelte den Kopf. Er zwinkerte einige Male, dann nahm er wieder die Lok.

Die Lok fuhr durch das ganze Zimmer. »Hier ist ein Fußgänger langgelaufen«, sagte Matheus, und drückte mit den Fingerspitzen feine Spuren in das Mehl.

»Und hier ist einer mit dem Fahrrad gefahren.« Samuel zog eine Linie.

Matheus griff noch mal in die Dose und streute eine Handvoll Mehl aus. »Jetzt schneit es die Spuren zu.«

»Wind kommt auf!«, rief Samuel und blies das Mehl über den Boden.

Sie lachten laut. Ihre Kleider waren weiß bestäubt.

Cäcilie erschien in der Tür und riss die Augen auf. »Ihr habt das ganze Mehl verschüttet!«

»Nur einen Teil«, sagte Matheus.

»Für solchen Unfug hast du Zeit! Und wenn ich dich mal brauche ...«

»Ich spiele mit unserem Sohn.«

»Das kann ich sehen. Fragt sich nur, wer von euch das größere Kind ist. Seht zu, wie ihr das wieder sauber kriegt!« Sie warf die Tür mit lautem Knall zu.

Matheus sah Samuel an, der schaute zurück. Sie zuckten beide mit den Schultern. »Das war es wert«, sagte Matheus und grinste.

»Ich hole Kehrschaufel und Besen, Papa.«

Rasch war Samuel mit dem Versprochenen zurück, und sie fegten das Mehl auf. Etliches blieb in den Ritzen zwischen den Dielen hängen.

»Ich glaube, hier müssen wir nass wischen.«

»Nein, Papa, mich stört's nicht.«

»Sicher.« Er lachte. »Aber ich kenne jemanden, den es stört.«

Cäcilie kam herein und fragte: »Gab es Post?«

»Nein, nichts.«

Sie zog hinter ihrem Rücken das Telegramm hervor: »Und was ist das hier? Warum lügst du mich an?«

Matheus schwieg. Eine Ader pochte an seinem Hals.

»Ich ertrage das nicht länger«, fauchte sie, »deine ständigen Schwindeleien!«

Er stand auf. »Mir bleibt ja nichts anderes übrig, als zu lügen. Du behandelst mich wie einen Verbrecher. Denkst du, das macht mir Spaß? Wieso schnüffelst du mir nach und durchsuchst den Schreibtisch?«

»Ach, jetzt bin ich es, ja, ich verstehe, ich bin schuld.« Sie funkelte ihn böse an.

»Es ist doch nichts passiert. Ich habe bloß ein Telegramm in die Schublade gelegt.«

Sie hielt es anklagend hoch. »Hältst du mich für dumm? Was bezweckst du damit, die Post vor mir zu verstecken?«

»Ich wusste, dass du ein Fass aufmachen würdest.«

»Das heißt, du willst die Einladung der Amerikaner ablehnen. Hinter meinem Rücken, weil du dich nicht traust, es mir zu sagen.«

»Wundert dich das?«

Der Zettel in Cäcilies Hand zitterte. Tränen sammelten sich in ihren Augen. »Ist es denn zu viel verlangt«, fragte sie leise, »dass du ehrlich zu mir bist und ab und an Zeit für mich hast?«

Er nahm einen tiefen Atemzug. »Nein«, sagte er. »Nein, ist es nicht.« Er trat auf sie zu und nahm sie in die Arme. »Cäcilie, verzeih.« Jetzt wirkte sie auf ihn so dünn, so schutzbedürftig. Ein Rest Zorn war noch in ihm, aber er verflog angesichts ihrer Schwäche.

»Mir tut es auch leid. Ich will nicht mit dir streiten.« Sie löste sich aus seiner Umarmung und gab ihm einen Kuss auf die Wange. Dann wandte sie sich an ihren Sohn, der die ganze Zeit reglos dagestanden hatte. »Ach, Samuel, jetzt schau nicht so ernst. Wir vertragen uns ja schon wieder. Hast du Hunger?«

Der Kleine nickte.

»Komm, wir zwei decken den Tisch.« Sie nahm den Jungen mit hinaus.

Wenig später riefen sie zum Abendessen. Matheus wusch sich die Hände, bis sich durch das Schrubben die Haut rot färbte. Seit er von Bakterien gelesen hatte, war es ihm wichtig, dass keine an seinen Händen klebten, wenn er aß. Die Biester übertrugen schreckliche Krankheiten.

Unter den Nägeln putzte er mit einer Bürste den Schmutz weg. Bald schimmerten sie milchweiß auf den geröteten Fingerkuppen. Auch die Fingerzwischenräume seifte er ein und spülte sie unter dem Wasserstrahl aus.

»Habt ihr euch gründlich die Hände gewaschen?«, fragte er, als er sich an den Tisch setzte. Er wartete, bis beide bejaht hatten, und sah Samuel noch einmal streng an.

Der Junge hob seine Hände in die Höhe. »Kannst nachgucken!«

Matheus sprach das Gebet. Seine Hände brannten vom kräftigen Waschen. Er nahm Butter auf die Messerspitze und strich sie auf ein Brot. »Ist das nicht«, er zeigte mit dem Messer darauf, »dieser teure französische Käse?«

»Genieße ihn, wenn wir ihn schon einmal haben.«

»Du hast Geld von deinem Vater angenommen«, sagte er.

»Nein, habe ich nicht.«

Seit er sich damals in sie verliebt hatte, fürchtete er, ihren Ansprüchen nicht zu genügen. Wie könnte er auch! Cäcilie war die Tochter des kaiserlichen Schatullenverwalters Ludwig Delbrück. Ihr Vater war Mitinhaber des Bankhauses Delbrück, Schickler & Co., er saß im Aktionärsausschuss der Bank des Berliner Kassenvereins und in zahlreichen Aufsichtsräten, unter anderem bei der Friedrich Krupp AG – als Einziger, der nicht der Familie Krupp angehörte. Niemals konnte er, Matheus Singvogel, einfacher Baptistenpastor, dieser Frau ein Leben bieten, wie sie es von zu Hause kannte, mit Köchin, Dienstmädchen, Mercedes und Chauffeur, ganz abgesehen von Kleidern und gutem Essen.

»Mach dir nicht so viele Gedanken, Matheus.« Cäcilie legte ihm die Hand auf den Arm.

Samuel sagte kleinlaut: »Mir schmeckt der Käse nicht.«

»Du weißt einfach nicht, was gut ist.« Cäcilie seufzte. »Gib mir dein Brot. Du kannst dir ein neues machen.«

Matheus sah sich im Zimmer um und fragte sich zum hundertsten Mal, ob die Einrichtung nicht auf Cäcilie schäbig wirken musste: die quastenbesetzten Sessel, die Dattelpalme im großen Kübel, die gemusterte Tapete, die Kommode mit den drei Schubladen, Nussbaum furniert, wobei die mittlere Schublade bereits zerkratzt und angestoßen war. Sicher hatte Cäcilie sich ihr Leben anders vorgestellt.

»Das Telegramm geht mir nicht aus dem Kopf«, sagte sie. »Wir könnten kostenlos nach Amerika reisen!«

»Sie zahlen die Überfahrt«, sagte er. »Und dann? Wie kommen wir nach Chicago? Wo übernachten wir unterwegs? So eine Reise verschlingt Unsummen.«

»Denk an Samuel. Du kannst mit deinem Sohn nicht bloß Ausflüge in die brandenburgischen Kiefernwälder machen. Er muss auch mal etwas erleben.«

»Mir gefällt es hier gut«, beteuerte Samuel.

Cäcilie streichelte seinen Arm. »Wir streiten nicht, Liebling, hab keine Angst.« Sie wandte sich wieder Matheus zu. »Den tristen Alltag haben wir immer, und jetzt, wo sich uns eine Gelegenheit für ein Abenteuer bietet, willst du kneifen.«

»Ich kneife nicht. Ich habe eine Entscheidung getroffen, das ist alles.«

»Willst du nicht auch mal allem hier die lange Nase zeigen? Die Frauen fangen den Frühjahrsputz an, sie klopfen um die Wette ihre Teppiche, und gucken, wessen Wäscheleinen am schwersten behangen sind. Nur wir reisen fort und machen da nicht mit. Das wäre es doch!« Ihre Augen leuchteten. »Matheus, es gibt da ein neues Schiff, die Titanic. Das größte bewegliche Ding, das die Menschheit je gebaut hat, ein Hotel, das über das Meer fährt. Eine Reise auf diesem Schiff, das wäre traumhaft.«

Es klingelte an der Tür. Noch während er aufstand, verlangte Cäcilie von ihm, sich endlich einmal zu verweigern. »Für die anderen arbeitest du, ohne Geld zu verlangen«, sagte sie, »du verschenkst deine Arbeitskraft, und deine Familie? Sag Nein, egal, was sie von dir wollen!«

Als er öffnete, stand die Nachbarin im Treppenflur, im Kittelkleid, und sah ihn mit flehentlichem Blick an: »Herr Singvogel, meine Mutter dreht durch.«

»Ich bin gleich bei Ihnen.«

Sie ergriff seine Hand. »Ich danke Ihnen.« Ihre Finger waren weich und geschwollen, sie hatte vermutlich Wäsche gewaschen.

Kaum hatte er die Tür geschlossen, vernahm er auch schon Cäcilies vorwurfsvolle Stimme: »Habe ich gehört: Nein, ich habe keine Zeit?«

»Ich würde mich gern ausruhen«, sagte er, »ich bin müde. Aber ich kann der Nachbarin doch nicht sagen, dass sie die Sache mit ihrer Mutter allein bewältigen soll.«

»Du bist feige!« Cäcilie erschien in der Küchentür. Ihre Nasenflügel wölbten sich. »Du traust dich nicht, Nein zu sagen, weil du Angst hast, dass die Leute dich dann weniger lieben.«

»Das stimmt nicht.«

»O doch. Du hast Angst, dass sie nicht mehr das Idealbild ihres hoch geschätzten Pastors anbeten.«

Er schlüpfte aus den Pantoffeln und zog sich Straßenschuhe an. Seine alten Pantoffeln – Cäcilie hasste sie – hatten zwei Löcher vorn bei den Zehen, und waren keinesfalls für einen seelsorgerlichen Besuch bei der Nachbarin geeignet. »Ich bin gleich wieder da«, sagte er und verließ die Wohnung.

Im Treppenhaus war es kalt. Er schaltete das elektrische Licht ein. Dann drehte er den kleinen Griff der Klingel und ließ sie schrillen. »Ich bin es«, sagte er.

Die Nachbarin öffnete. »Kommen Sie herein.«

Er kannte die Wohnung bereits von mehreren Besuchen. Überall standen Figuren aus Porzellan herum, eine Büste von Beethoven, kleine Hunde, Gänse, der Kaiser, eine Schäferin. Nur der lackierte Tisch im Wohnzimmer war frei davon und die Konsole mit Spiegel, deren Seitenflügel aus geschliffenem Glas im Licht der Stehlampe glitzerten. Es roch nach Kohlsuppe und Urin.

»Frau Bodewell, was machen Sie für Sachen?« Matheus trat auf die Alte zu, die sich hinterm Sofa verkrochen hatte.

»Französische Soldaten«, erwiderte sie und riss die Augen auf. »Die wollen uns erschießen.«

Also ging es wieder um den Deutsch-Französischen Krieg. Sie war 1870 dabei gewesen, war dem Heer mit der Verwundetenpflege nach Frankreich gefolgt und hatte dafür sogar das preußische Verdienstkreuz für Frauen erhalten – aber was nützte ein schwarz emailliertes Kreuz am weißen Band, wenn man die Schreie der Sterbenden nicht vergessen konnte.

»Wir haben doch gewonnen in Sedan«, sagte er.

»Sie rächen sich. Mein Walter hat so viele von ihnen auf dem Gewissen. Sie wollen es uns heimzahlen.« Die Alte machte schauerliche Laute mit hohem Stimmchen, und sie begann, am ganzen Leib zu zittern.

»Im Ernst?« Er kroch ebenfalls hinter das Sofa, woraufhin ihm die Nachbarin einen verwirrten Blick zuwarf. Aber darum kümmerte er sich nicht, er kauerte sich nieder, spähte über die Sofakante und flüsterte: »Ja, da kommen sie, verstecken Sie sich, rasch!«

Behände ging die Alte in die Knie und duckte sich hinter die Sofalehne.

Matheus meldete: »Sie sehen uns nicht! Sie marschieren vorüber.« Er wartete, während neben ihm die Alte wimmerte. »Ja«, sagte er, »sie gehen vorbei. Jetzt sind sie verschwunden.« Er atmete laut hörbar auf.

Mutter Bodewell erhob sich und sah sich um. Ungestüm fiel sie ihm um den Hals. »Danke, Sie haben uns gerettet, Pastor Singvogel!« Sie juchzte laut. Speicheltropfen benetzten sein Ohr.

Er klopfte ihr auf den Rücken.

Als er in seine Wohnung zurückkehrte, räumte Cäcilie bereits den Tisch ab. Sie tat es mit fahrigen, zornigen Bewegungen.

»Ich war noch nicht fertig mit dem Essen«, sagte er.

»Wir schon.«

»Cäcilie, wie lange war ich fort, fünf Minuten? Mach deswegen nicht einen solchen Aufstand, hörst du?«

Sie räumte weiter den Tisch leer. »Das war unser Familienabendbrot. Du hast eine Frau und einen Sohn, auch wenn du das dauernd vergisst.«

3

Die vier Seelöwen schwammen zum Beckenrand, hoben die Köpfe aus dem Wasser und sahen ihrem Meister aus großen, dunklen Kinderaugen hinterher. Ihre Schnurrhaare tropften. Die glatten Leiber glänzten wie Onyx.

»Kannst du kurz auf meine Jungs aufpassen, Nele?«, fragte der Seelöwendresseur.

»Aber beeile dich, ich bin gleich dran! Hören sie denn überhaupt auf mich?«

Franz' Schnauzbart zog sich in die Breite. »Du musst sie nicht durch den Reifen springen lassen. Hab einfach ein Auge auf sie, ja?«

Dumm wäre es, dachte Nele, wenn sie die Glocke läuten. Das würde im großen Saal zu hören sein. Neben dem Becken lag alles für den Auftritt bereit: der Springreifen, kleine Bälle, eine Puppe. Neu war die Glocke, die am hölzernen Pfosten hing, erst kürzlich hatten die Seelöwen gelernt, sich auf Kommando aus dem Wasser zu recken und sie zu läuten. Seitdem gab es noch mehr Gelächter im Publikum, wenn sie ihren Auftritt hatten.

Nele streichelte die nassen Köpfe. »Er ist gleich wieder da. Ihr habt Hunger, nicht wahr?«

Einer der Seelöwen tauchte ab, die anderen drei drängelten sich unter ihre Hand. Schnurrhaare kitzelten Neles Finger.

»Bestimmt macht ihr es gut heute Abend. Wisst ihr was? Ich trete auch auf. Nicht mehr mit den Kaninchen, sondern allein, und ich tanze! Unglaublich, oder?«

Die Köpfe der Seelöwen ruckten hoch.

»Bei Nele seid ihr brav, das wusste ich.« Der Dresseur kehrte zurück.

»Sie sind klug, nicht wahr?«, fragte sie. »So klug wie Hunde?«

»Schlauer! In der Freiheit tricksen sie sogar die Möwen aus. Wenn sie eine sehen, tauchen sie tief ins Wasser und erscheinen vorsichtig an anderer Stelle wieder. Aber sie tauchen nicht richtig auf, sie stecken bloß die Nasenspitze aus dem Wasser und bringen es in Bewegung. Die Möwe denkt, einen leckeren Fisch vor sich zu haben, stürzt sich darauf und wird gefressen.«

Neles Hand zuckte zurück. »Ihr seid mir welche!« An die scharfen Zähne der Seelöwen hatte sie nicht mehr gedacht. »Ich trockne mir rasch die Hände ab«, sagte sie, und umarmte Franz noch einmal. »Viel Glück.«

»Dir vor allem, Mädchen! Dein erster Abend ... Meine Jungs und ich jubeln dir von hier hinten zu.«

»Wenigstens ihr.«

Er sah sie an. »Macht Senta dir das Leben schwer?«

»Allerdings. Aber die meinte ich nicht. Meine Mutter kriegen keine zehn Pferde in den Wintergarten. Und Irene Sanden liegt mit Fieber im Krankenhaus.«

»Deine Tanzlehrerin? Sei froh. Meistens gibt es nach der Premiere noch etwas zu verbessern. Ist von Vorteil für dich, wenn sie einen späteren Auftritt sieht. Sie wird hin und weg sein!«

»Ach, Franz.« Nele umarmte ihn noch einmal. Er war eine Art Vater für sie geworden im Varieté, ein gütiger Mann, weder von verbissenem Ehrgeiz getrieben wie die meisten der anderen Künstler noch verlogen wie das Management.

»Du hast es dir hart erarbeitet.« Er hielt sie vor sich, als wollte er Nele noch einmal begutachten, bevor sie in die Schlacht hinauszog.

»Das kannst du laut sagen!« Sie lachte, und er ließ sie los. »Im schweren Handwagen habe ich Kästen mit Zinnsoldaten aus der Fabrik geholt und den ganzen Tag Soldaten und Pferde bemalt, und das beim ätzenden Gestank der Farbe. Überall in der Wohnung haben die Figuren zum Trocknen gestanden, auf jedem Stuhl, auf jedem Fensterbrett. Und nach dem Tanzunterricht habe ich die Armee sortiert, spät nachts, und in Kartons eingenäht. Jeden Pfennig meines Lohns habe ich für den Tanzunterricht ausgegeben.«

»Deswegen hat's hier immer so gestunken! Aber im Ernst: Heute bekommst du den Lohn für deine Mühe, Nele.«

Der Abend im Berliner Wintergarten war lang: Um acht Uhr hatte er begonnen, und er würde bis Mitternacht andauern, mit zwei kurzen Pausen von jeweils zehn Minuten. Hinter dem Seelöwenbecken jonglierte Bruno mit Zylinderhüten, sein Gesicht verriet angestrengte Konzentration. Auf der anderen Seite dehnte sich der Schlangenmensch und machte sich warm für den Auftritt.

Niemand wagte, Otto Reutter anzusprechen, der bereits im Frack vor dem Spiegel stand und seine Mimik übte. Der berühmte Sänger und Komiker war geschminkt, die Lippen leuchteten blutrot, die Augen waren schwarz umrandet.

»Nele, du bist gleich dran«, sagte der Bühnenmeister und winkte sie zum Bühnenaufgang. Franz reichte ihr ein Tuch. Hastig trocknete sie sich die Hände ab und stieg das Treppchen hinauf. Der Seitenvorhang verbarg sie noch, aber sie konnte bereits auf die Bühne sehen. Dort führte die Allison-Truppe ihre »Ikarischen Spiele auf lebenden Kissen« vor. Es wurde still im Publikum. Eine Artistin sprang aus der Hand des Kollegen ab, vollführte einen

Salto in der Luft und wurde von zwei anderen Artisten, die sich Rücken auf Rücken festhielten, wieder aufgefangen. Ein bewunderndes Raunen ging durch den Saal. Dann der Schlusssprung, und der Applaus toste. Nach mehreren Verbeugungen gingen die Allisons von der Bühne.

Jetzt setzte eine neue Musik ein, und Nele trat hinaus. Das Licht der Scheinwerfer war hell, sie konnte die Zuschauer nicht erkennen, aber sie wusste, sie waren da, der Saal war gefüllt mit steifen Hemdbrüsten, Fracks und tief ausgeschnittenen Kleidern, sechs Mark fünfzig der Logenplatz, zwei Mark die reservierten Plätze an den Tischen, eine Mark das Entree. Sie, Nele Stern, stand auf der wichtigsten Varieté-Bühne Berlins. Nicht als Gehilfin bei einem Trick, auch nicht zum Kulissenräumen, sondern für ihren eigenen Soloauftritt als Tänzerin.

Noch war die Musik leise, und sie meinte, über die Töne hinweg die Menschen zu hören, ein Knistern und Flüstern und Rascheln von Stoff. Was, wenn Senta recht behielt, und ihr fiel plötzlich die Choreographie nicht mehr ein? Was, wenn sie gleich vor den Zuschauern versagte, wenn sie mit rotem Kopf von der Bühne gehen musste? Der Bolero lief, nun gab es kein Zurück mehr. Das Herz hämmerte in ihrer Brust. Nele hob die Arme, ließ ihren Kopf, dann ihren Oberkörper kreisen. Sie drehte Chaînés, sprang einen Grand jeté, wechselte mit einigen Glissades zur anderen Bühnenseite, drehte sich, hielt anmutig inne ... Sie fühlte die Musik und gab sie mit ihrem Körper wieder. Wie zu einem Luftkuss führte sie die Hand vom Kinn in Richtung des Publikums, neigte sich in einem Port de bras zur Seite und hob die Fußspitze bis in den Himmel. Bald hatte sie alles um sich herum vergessen, für sie gab es nur noch die Musik.

Als der Bolero endete, war sie schweißgebadet, aber glücklich.

Sie verbeugte sich. Ihr war kein Fehler unterlaufen! Am liebsten hätte sie gelacht vor Freude. Gleich ihr erster Auftritt als Tänzerin war ein großer Erfolg.

Allerdings stimmte etwas mit dem Publikum nicht. Nele wartete vergebens auf den rauschenden Applaus. Schwächlich applaudierte ein Teil des Publikums, dann schickte der Bühnenmeister schon die Nächsten heraus, zwei Kunstradfahrer. Mit weichen Knien stieg Nele die Stufen hinunter. »Was ist los? Hab ich etwas falsch gemacht?«

»Hast du nicht.« Der Bühnenmeister sah sie mitleidig an.

»Aber warum klatschen sie nicht?«

»Man steckt nicht drin.« Er zuckte die Achseln. »Nele, der Direktor war gerade hier, er will dich sprechen.«

»Jetzt gleich?«

Der Bühnenmeister nickte.

Direktor Hundrich hat gesehen, dass es den Leuten nicht gefällt, dachte sie. Der Schweiß auf ihrer Haut wurde kalt, er ließ sie frösteln. Besser, ich gehe nicht sofort hin, sondern warte, bis er sich beruhigt hat.

Im Umkleideraum entledigte sie sich des glitzernden Kleidchens. Nachdem sie Bluse, Rock und Schuhe angezogen hatte, fühlte sie sich sicherer. Sie zupfte den bestickten Kragen zurecht. Sie war eine gute Tänzerin, auch wenn der erste Auftritt aus irgendeinem Grund kaum Beifall ausgelöst hatte. Morgen konnte bereits alles anders sein, dann saßen andere Zuschauer im Publikum, womöglich hatte sie heute einfach Pech gehabt, und es waren vor allem Leute gewesen, die auf das Muskelspiel der Artisten gewartet hatten oder auf die Schleuderbrettnummern oder auf Otto Reutter, den Star. Womöglich mochten die heutigen Gäste Bauchredner oder Drahtseilakte lieber, und morgen kamen die Tanzliebhaber.

Glaubst du das wirklich?, dachte sie. Mach dir nichts vor, Nele!

DIREKTION stand an der Tür zu Hundrichs Büro. Sie durfte auf keinen Fall zaghaft klopfen, er sollte merken, dass sie ein würdiges Mitglied seiner Revue war. Aber gegen ihren Willen geriet ihr das Klopfen mädchenhaft und flüchtig.

»Herein«, dröhnte von drinnen die Stimme des Direktors.

Sie trat ein. Der Direktor saß am Besprechungstisch und rauchte eine Zigarre. Er hatte keine Papiere vor sich, offensichtlich hatte er auf Nele gewartet. Die wenigen Haare, die er noch hatte, lagen quer über der Glatze, mit Zuckerwasser geglättet. »Nele, Mädchen«, sagte er, »warum hörst du nicht auf mich?«

»Wie meinen Sie das, Herr Direktor?«

»Ich habe dir gesagt, dass dein Tanz zu kompliziert ist. Die Dramaturgie, das Kleid – da fehlen die Impulse, es fehlt die sinnliche Note.«

Ihre Kehle schnürte sich zusammen. »Morgen wird es besser, ich versprech's Ihnen.«

»Nein, Kind. Wir setzen deine Nummer erst mal ab. Du bist ja völlig durchgefallen beim Publikum! Das können wir so nicht wiederholen.« Er paffte Rauch. »Wir müssen uns etwas Neues ausdenken. Lass dich mal sehen! Dreh dich mal!«

Sie drehte sich. Er will mich feuern, dachte sie, er setzt meine Nummer ab. Ein flaues Gefühl breitete sich in ihrem Magen aus.

»Bist ein hübsches Mädchen. Das müssen wir den Männern im Publikum zeigen. Nackte Haut kommt gut an. Meinst du nicht? Wir könnten einen Riesenerfolg haben.«

»Wenn ich mich ausziehe, kommt die Sittenpolizei.«

»Genau das wollen wir.« Hundrich klopfte Asche von der Zigarrenspitze. »Sie sollen deinen Auftritt verbieten! Die Zeitungen werden darüber schreiben, und das wird die Massen anziehen. Wir finden dann schon einen Schlupfwinkel im Gesetz, lass das mal meine Sorge sein. Natürlich darfst du dich nicht einfach nur ausziehen. Vielleicht spielst du ›Phryné erscheint nackt vor ihren Richtern‹, wie Olga Desmond. Ich mache dich groß, Kind!«

Olga Desmond hatte vor drei Jahren durch ihre unbekleideten Auftritte im Berliner Wintergarten einen so großen Skandal ausgelöst, dass darüber sogar im Preußischen Landtag debattiert worden war. Aber Nele hatte sie gesehen, sie tanzte nicht gut. Leidenschaftliche Rhythmen der Musik unterstrich sie durch Aufreißen der Augen und Vorstoßen des Unterkiefers, außerdem warf sie auf unschöne Weise die Arme herum. Den Erfolg hatte sie nur ihrer Nacktheit zu verdanken.

»Oder du gehst nackt zu Bett«, sagte der Direktor, »du musst sündhafte Assoziationen wecken, am besten lassen wir Schlangen über deine Brust kriechen, die Schlange und Eva, das versteht jeder. Du kannst dich auf der Bühne biegen und winden, und wir geben dir durchsichtige Schleier, die werden deine erotische Ausstrahlung verstärken.«

Ein bitterer Geschmack breitete sich in Neles Mund aus. »Ich will tanzen«, sagte sie.

Er zog an seiner Zigarre, die Spitze glühte auf. »Dann muss ich dich feuern. Tut mir leid.« Er sah sie an und schwieg.

Nele verspürte Atemnot. Das durfte nicht passieren. Er durfte sie nicht wegschicken. »Ich habe vier Jahre für Sie gearbeitet«, sagte sie. »Für einen Hungerlohn.«

»Nanana, werd nicht undankbar.« Er legte die Zigarre weg. »Komm mal her.«

Zögerlich trat sie näher an ihn heran.

Schon bevor sie ihn erreichte, streckte er seine Pranke aus, umfasste ihren Hintern und zog sie zu sich. »Nele, du musst dich für nichts schämen. Für gar nichts.« Er zwang sie auf seinen Schoß. »Ich war in meiner Jugendzeit in Hamburg. Dort zeigt Carl Hagenbeck im Zoo primitive Menschen. Die sind nackt, und es stört sich niemand daran. Menschen aus Finnland, Ceylon, Ostafrika, jeder will wissen, wie die unter der Kleidung aussehen, und Hagenbeck präsentiert sie den Leuten. Sie machen das nicht nur in Hamburg, da gibt es Tourneen durch ganz Europa! Du zeigst den Menschen eben, wie ein preußisches Mädchen unten drunter aussieht. Das ist Bildung.«

Nele stand auf. »Nehmen Sie Ihre Hände weg.« Sie verließ das Büro, lief den Flur entlang. Ich zerstöre meinen Lebenstraum, wenn ich jetzt gehe, dachte sie. Aber der Zorn gab ihr Kraft. Du widerlicher Raffzahn, ich hasse dich, ich hasse dich!

»Überleg's dir!«, rief er ihr hinterher. »Wenn du dich auszieht, kriegst du die Bühne! Ohne Bühne kannst du nicht leben, Mädchen!«

Die Allisons kamen ihr entgegen, im Bademantel. Ihre Körper dampften, und Schweiß zeichnete Bahnen in die weiße Schicht von Schminke und Puder. Senta steckte ihren Kopf aus der Tür der Garderobe. »Nele«, sagte sie, »nimm's nicht so schwer. Du kannst doch Kellnerin werden.«

Aus dem Saal hörte man Otto Reutter. Das Mikrofon knisterte zu seinen Worten, und schon nach wenigen Phrasen folgte schallendes Gelächter des Publikums. Nahezu jeder in Deutschland kannte ihn und seine Lieder von den Grammophon-Platten. Sicher war er zu keinem Zeitpunkt seiner Karriere in der Gefahr gewesen, hinausgeworfen zu werden.

Sie holte ihr Kleid und ihre Jacke, durchquerte das Foyer. Draußen auf der Friedrichstraße wehte ihr kühle Luft ins Gesicht. Es roch nach Regen, auch wenn die Straße trocken war. Über ihr strahlte in weißen Lichtbuchstaben der Schriftzug *Wintergarten*.

Sie sah die Amüsiermeile mit neuen Augen, nicht mehr als jemand, der hierhergehörte, sondern als Ausgestoßene. Da war der Admiralspalast mit seinen Bädern, seiner Arena fürs Eisballett und dem Lichtspieltheater, da war die endlose Kette von Nachtlokalen, Tanzbars und Animierkneipen. Männer flanierten auf der Suche nach Gesellschaft durch die Nacht, und am Straßenrand boten sich ihnen Prostituierte an, Frauen mit Federboas, hochgeschnürtem Busen und glänzenden kleinen Taschen. Bin ich einfach zu prüde?, fragte Nele sich. Verbaue ich mir mit meinen Hemmungen den Weg als Künstlerin?

Diese Mädchen gehörten Zuhältern und waren in die Halbwelt abgerutscht, zu den Kokainhändlern, Opiumsüchtigen, Auftragsmördern. Von ihr, Nele, verlangte man doch nur, dass sie sich auszog.

Natürlich, sagte eine spöttische Stimme in ihr, du findest immer jemanden, dem es schlechter geht. Hundrich hat dich reingelegt! Er wollte von Anfang an, dass du nackt auf der Bühne tanzt, damit er Geld scheffeln kann. Die Zeitungen sollen über dich schreiben, auf der Straße sollen dir die Männer hinterherpfeifen, und die Mütter sollen die Straßenseite wechseln, wenn sie dir mit ihren Kindern begegnen.

Aber so unwürdig wollte sie sich nicht verkaufen. Sie dachte an die Zinnsoldaten, die zu Hause warteten, und an den Gestank der Farbe. Ihrer Mutter hatte sie versprochen, dass es damit ein für alle Mal vorbei war, dass sie die stechenden Dämpfe nicht länger ertragen müsste.

»Fräulein, die Nacht ist noch jung.« Ein Mann mit Zylinderhut trat ihr in den Weg. »Darf ich Sie auf eine Rote Ente einladen?«

»Nein.«

Er blinzelte verwirrt. »Pardon, Rote Ente, das ist eine Mischung aus Rotwein und Champagner. Wird gern getrunken in Berlin. Sie sind nicht von hier?«

»Ich weiß, was eine Rote Ente ist. Aber ich bin keine von denen.« Sie wies in Richtung der Prostituierten.

Er lachte. »Das ist mir bewusst. Kommen Sie!« Er bot ihr seinen Arm an.

Es ist sowieso alles zerbrochen, dachte sie. Kurz zögerte sie noch, dann hakte sie sich unter und ließ sich in Richtung der Kneipen ziehen.

Durch den Türspalt fiel Licht in Samuels Zimmer und zeichnete einen hellen Keil auf das Bett. Matheus setzte sich auf die Bettkante.

Samuel sagte: »Du hast gelogen, Papa, das darf man nicht.«

»Kannst du deshalb nicht schlafen?«

Samuel nickte.

»Wann hab ich denn gelogen?«

»Am Nachmittag. Als Mama dich nach der Post gefragt hat.«

»Das Telegramm meinst du.« Er sah ins dunkle Zimmer. »Ich habe ihr nichts davon gesagt, weil deine Mutter mir sonst die Hölle heiß gemacht hätte. Sie will unbedingt, dass ich für die Amerikafahrt zusage.«

»Trotzdem darf man nicht lügen.«

»Du hast recht«, sagte Matheus. »Es wird nicht mehr vorkommen.« Schon das war die nächste Lüge, dachte er. Er überlegte, ob er sich korrigieren sollte.

»Mama hat mir gesagt, dass es gar nicht gefährlich ist, mit einem Schiff zu fahren.«

Natürlich sagt sie das, dachte er, sie hat noch nie eine Havarie erlebt.

»Wie funktioniert eigentlich Gaslicht?«, fragte Samuel.

»Wie eine Kerze.«

»Und wo kommt das Gas her?«

»Aus dem Gaswerk. Dort wird Kohle verbrannt. Dadurch erzeugt man Gas. Das säubert man von Giftstoffen, und dann fließt es durch die Rohre in die Häuser.«

»Und das Gift? Was macht man mit dem Gift?«

»Aus dem Gift werden Färbemittel hergestellt«, sagte Matheus. »Oder etwas, das man für Kühlschränke braucht. Baumaterial für Straßen macht man auch daraus.«

»Und wie schickt man das Gas zu den Leuten ins Haus?«

Er dachte nach. Durch den Druck vielleicht, wie beim Wasser? »Gas ist leicht«, sagte er, »leichter als Luft. Deswegen steigt es in den Leitungen auf. Wenn das Gaswerk in einer Senke liegt, kann das Gas von dort in die Häuser fließen, es fließt aufwärts, verstehst du?« Sicher steckte noch etwas anderes dahinter. Das musste er einmal nachlesen.

»Früher hatten wir noch Gaslicht, als ich klein war, richtig?«

»Ja, und jetzt haben wir elektrischen Strom, weil es moderner ist.« Er zog ihm die Bettdecke zurecht. »Du solltest schlafen.«

»Darf ich dich noch eine Sache fragen? Bitte!«

»In Ordnung.«

Samuel schwieg, er lag still im Bett. Schließlich sagte er mit leiser Stimme: »Wie findet man einen Freund?«

Matheus hielt den Atem an. Der Kleine klang so verletzlich! Er streichelte Samuel das Gesicht. »Das kann man nicht erzwingen, es muss sich ergeben. Ist denn unter den Nachbarsjungen keiner, mit dem du gern spielst?«

»Die hänseln mich. Und sie spielen andauernd Soldaten, das mag ich nicht.«

»In der Schule, in deiner Klasse, ist da kein Vernünftiger?«

»Da behandeln sie mich wie Luft. Außerdem, was soll ich mit denen? Die haben sich Gucklöcher in die Wand vom Schlachthaus gebohrt und schauen zu, wie die Tiere sterben. Die lachen über das Blut und das Ersticken!«

»Sie lassen dich einfach stehen und reden nicht mit dir?«

»In der Schule ist es wie auf dem Exerzierplatz«, sagte Samuel. »Weißt du noch, du hast mich auf den Schultern getragen, und wir haben den Übungen zugesehen.«

»Ja, das weiß ich noch.«

»Genauso ist es in der Schule. Das musst du dir mal vorstellen: Wir sollen uns gerade hinsetzen, und wenn der Lehrer sagt: ›Steht - auf!‹, dann müssen wir aufstehen, aber erst, wenn er ›auf‹ sagt. Und wenn er sagt: ›Setzt - euch!‹, dann setzen wir uns hin, aber erst, wenn er ›euch‹ sagt. Und die Schiefertafel müssen wir hervorholen, alle gleichzeitig auf Kommando, und die Hände auf dem Tisch ablegen.«

»Na ja, ein bisschen Disziplin schadet nicht.«

»Warum mögen alle die Soldaten? Und warum marschieren so oft welche, wenn wir in der Stadt sind?«

»Die ziehen zu irgendeiner Zeremonie oder zu einer Parade«, sagte Matheus.

In Wahrheit hatte er sich diese Frage auch schon oft gestellt. Weshalb sah man immer mehr Soldaten in den Straßen? Bereitete sich das Reich auf einen Krieg vor? In der Bevölkerung wünschten sich das viele. Das Deutsche Reich war stark geworden, und die Menschen begeisterten sich für das Militärische. Die Deutschen respektierten jede mit Metallknöpfen geschmückte Uniform, selbst die von kleinen Bahnbeamten, und sobald ein Offizier den Raum betrat, flogen ihm die Blicke der jungen Frauen zu. Die Gesellschaft veränderte sich, sie verehrte Stärke und sehnte sich nach einem bewaffneten Wettstreit der Völker.

Er musste an das Buch denken, das Cäcilie neulich für Samuel gekauft hatte, die Geschichte von der Biene Maja und ihren Abenteuern. Selbst in diesem Kinderbuch wurde gekämpft, die Hornissen zogen in den Krieg gegen die Bienen. Die Bienen waren Soldaten, und es gab Offiziere, und die Bienenkönigin sagte: Im Namen eines ewigen Rechts, verteidigt das Reich! Dann starben viele, das wurde beschrieben, als sei es schön, das Sterben. Aber Sterben war nicht schön.

»Komm, wir beten darum, dass du einen Freund findest.« Matheus schloss die Augen.

Da begann Samuel auch schon. »Lieber Gott, ich wünsche mir einen Freund. Es ist so schwer, einen zu finden!«

Mitten im Gebet öffnete Matheus die Augen. Er sah, wie sein Sohn die kleinen Hände ineinanderkniff und die Stirn angestrengt in Falten zog, als würde er eine schwierige Matheaufgabe lösen.

»Kannst du mir zeigen, wer ein guter Freund wäre, Gott? Amen.«

»Amen.« Matheus deckte den Siebenjährigen zu. »Jetzt kümmert sich Gott darum.«

4

Schon nach dem ersten halbherzigen Versuch, sie betrunken zu machen, legte der Mann Nele die Hand aufs Bein. »Ein Freund von mir ist verreist«, sagte er, »ich hab die Schlüssel zur Wohnung. Wir wären ungestört.«

Nele schob seine Hand weg. »Ich habe Ihnen gesagt, dass ich nicht so eine bin.«

»Das gefällt mir ja gerade!« Er lächelte. »Komm, trink noch was.« Er stützte den Arm auf dem dunklen Holz des Tresens ab. Gleich riss er ihn wieder hoch und schüttelte den Ärmel, der in einer Bierpfütze zum Liegen gekommen war. Fluchend zog er ein Taschentuch hervor und putzte damit über den Fleck.

Sie stand auf und verließ die Kneipe. Draußen prasselten kalte Regentropfen auf sie nieder.

Der Mann stürzte ihr nach. »Bleib doch, es regnet, du wirst dir was wegholen!«

»Ich hab keine Lust auf eine süße Nacht mit einem Mann, dem ich morgen gleichgültig bin. Geht das in Ihren Kopf?«

»Blöde, prüde Pute.« Er machte kehrt.

Das Licht der Straßenlaternen spiegelte sich auf dem nassen Asphalt. Eine Elektrische rumpelte heran, der Boden bebte vom Gewicht des Eisenkolosses. Die Linie 12 Richtung Görlitzer Bahnhof, ein Glücksfall. Auf die zehn Pfennige kam es jetzt auch nicht mehr an. Nele stieg ein.

Die Schaffnerin zog an der Schnur, die durch den Wagen lief, und die Glocke läutete. Mit einem Ruck fuhr die Bahn an. »Noch zugestiegen?«, fragte die Schaffnerin, obwohl sie genau gesehen hatte, dass Nele soeben eingestiegen war.

Nele bezahlte und erhielt die Karte. In der Bahn war es genauso kalt wie draußen. Jedes Holpern, jedes Ächzen der Schienen ließ ihren Sitzplatz vibrieren. Sie war eins mit dem eisernen Ungetüm, es hatte sie verschluckt und zu einem Teil seiner Mechanik gemacht. So schaukelten sie durch die Stadt.

Um sich abzulenken, sah Nele aus dem Fenster und las Schilder.

Franz Noack. Gas & Wasser. 2. Stock.

Ross-Schlächterei. Spezialität feine Wurstwaren.

Achtung! Bissige Hunde.

Beerdigungs-Institut. Lieferung in alle Krankenhäuser.

Das eiserne Ungetüm ächzte durch die Nacht, Weidendamm – Prinz-Louis-Ferdinand-Straße – Dorotheenstraße – Kastanienwäldchen – Opernplatz – Hedwigskirche – Oberwallstraße. Es kämpfte sich in das ärmere Berlin hinein, auf Straßen mit Kopfsteinpflaster, wo die Gaslaternen mit ihrem trüben Schein kaum die Dunkelheit zu durchdringen vermochten. Die Fahrt brachte Nele zu den Mietskasernen und den schmutzigen Hinterhöfen, Hausvogteiplatz – Jerusalemer Straße – Oranienstraße.

Mit ihr stieg ein Arbeiter aus, der stumm in die Nacht davonlief, die Schiebermütze tief in die Stirn geschoben. Nele ging über breite Bodenplatten. Aus überfüllten Regenrinnen stürzte das Wasser von den Hausdächern.

Die Elektrische rumpelte davon. Sie hatte Gleise, die sie durch die Nacht führten. Und mein Leben, dachte Nele, ist aus den Schienen gesprungen. Wie soll ich nur weitermachen? Sie konnte sich vor lauter Schulden nicht einmal Chlorodont zum Zähneputzen leisten, geschweige denn ein Stück Käse oder Fleisch oder ein paar Eier. Im Kolonialwarenladen hatte sie so oft anschreiben lassen, dass die Inhaberin ihr nichts mehr gab, und wenn sie woanders hinging, wo man sie nicht kannte, lieh man ihr erst recht nichts. Verkäufer besaßen einen unfehlbaren Blick, der die Abgestürzten, die Verarmten entlarvte.

Vor einer Litfaßsäule blieb sie stehen. Auf dem Plakat des Wintergartens prangte ihr Name, klein zwar, aber deutlich lesbar unter dem dicken Schriftzug »Neues Programm«: Nele Stern. Barfußtänzerin.

An der Hauswand daneben hing ein Schild: Einkauf Lumpen Knochen usw. Auf Bestellung wird abgeholt. Minna Neumann.

Mich könnt ihr auch gleich abholen, dachte Nele. Der Kopf schmerzte ihr, und Tränen stiegen ihr in die Augen. Sie fühlte sich ausgenutzt, betrogen. Wer bin ich denn, dachte sie, eure Ausziehpuppe? Sie ballte die Fäuste.

Ich tanze, verdammt noch mal! Ich tanze. Mit einem wütenden Aufschrei warf sie das Bein in ein Grand battement, drehte einige Chaînés, sprang in einer Reihe kleiner, aggressiver Jetés nach vorne und trat zornig gegen das Tor der Holz & Kohlen Handlung Rudolf Heinrich. Sie ging einige Schritte. Vor den nassen Kohlenhaufen verfiel sie wieder in einen Tanz zu einer Musik, die nur sie hören konnte. Die regenglänzende Straße war ihre Bühne.

Nele drehte sich, sah zum Himmel empor, flog davon. Ja, so wollte sie tanzen. All ihre Gefühle wollte sie durch den Körper zum Ausdruck bringen, aufrichtig sollte ihr Tanz sein und vom tiefsten Inneren herrühren. Sie blieb stehen, verharrte auf der kalten Straße und forschte, welche Bewegung das Herz ihr eingab. Da löste sich ihre Starre, sie fiel in einen weichen Bogen der Trauer. Nele tanzte ihre Verletzung. An einem Bauzaun von groben Brettern kauerte sie sich nieder und fing an zu weinen.

Sie hörte Schritte. Erschrocken sah sie hoch. Ein Mann mit Spazierstock kam die Straße herunter, gefolgt von zwei Burschen, die ihn einholten. Der erste Junge sprang ihm in den Weg und fragte: »Bitte, können Sie mir die Uhrzeit sagen?«

Während der Passant unter dem Mantel nach seiner Taschenuhr grub, zog ihm der zweite von hinten einen Seidenshawl um den Hals. Der Mann ließ den Stock fallen, griff sich an den Hals, röchelte.

Der Junge, der den Mann nach der Uhrzeit gefragt hatte, fasste ihm nun mit geübtem Griff in die Manteltaschen, zerrte Brieftasche und vergoldete Uhr heraus und nickte seinem Freund zu. Der zog noch einmal den Shawl an, dann löste er ihn, und sie rannten mit ihrer Beute davon.

Der Mann hustete. Er hob den Spazierstock auf, fuchtelte hilflos damit herum, stolperte den Dieben nach und wollte etwas rufen, aber seiner Kehle entrang sich nur ein Krächzen. Ein weiterer Hustenanfall folgte.

Nele eilte zu ihm. »Geht es?«, fragte sie. »Bekommen Sie Luft?«

»Die haben meine Brieftasche.«

»Was tun Sie auch in der Luisenstadt, allein auf der Straße? Sie hätten sich eine Kraftdroschke nehmen sollen.«

Allmählich gelang ihm das Atmen besser. »Sie sind ja genauso allein unterwegs, und dazu als Frau!«

»Ich wohne hier«, sagte sie. »Das ist etwas anderes. Wo müssen Sie hin?«

»Zum Görlitzer Bahnhof. Lassen Sie mich.« Er richtete sich auf. »Von einem hab ich das Gesicht gesehen. Der soll bloß nicht glauben, dass ich mich schäme, zur Polizei zu gehen.« Er stelzte mit ärgerlichen Schritten davon.

Offenbar wusste er nicht, dass es hier zum Alltag gehörte, sich zu verstecken. Wer keine Miete bezahlen konnte, lebte illegal im

Keller für einen Bruchteil der Kosten und musste sich bei Hausbesuchen vor den staatlichen Inspekteuren verbergen. Die Höfe, Quergebäude und Hinterhäuser boten genügend Möglichkeiten zum Unterschlüpfen, auch für Diebe.

Aber während die Kinder dieser Straße vom zehnten Lebensjahr an in einer Fabrik arbeiteten, ging er vermutlich mit seinen Sprösslingen spazieren, Jungs wie Mädchen in schneeweißen Matrosenanzügen, die Mädchen mit einer weißen Schleife im Haar, einer großen, denn je größer die Schleife war, als desto feiner galt die Familie.

Sie überquerte die Ritterstraße, über Holzpflaster hinweg, es war glitschig und angeschwollen vom Regenwasser und schon seit Jahrzehnten im Zerfall begriffen. Zwischen den Hölzern sammelte sich Schmutz, Nährboden, auf dem Unkraut spross.

Jetzt an der Wassertorstraße vorbeigehen, nicht nach Hause, nicht zu den Vorwürfen und dem enttäuschten Gesicht der Mutter, einfach weiterlaufen aus Berlin hinaus, bis an die Alpen und danach ans Meer.

Zigarettenstummel schwammen in den Pfützen. Hinter fünfstöckigen Häusern folgte Hof auf Hof, einer düsterer als der andere und so eng, dass die Dächer darüber nur ein winziges Stück Himmel ausschnitten.

Nele sah an einem alten Haus hinauf. Der Putz war fast vollständig von der Wand gefallen, die Ziegel fleckig. Seit Jahren floss Wasser durch die kaputte Regenrinne und sickerte an der Wand herunter.

Durch die Toreinfahrt gelangte sie in den Hinterhof. Vier Häuser teilten sich hier eine Handpumpe und einen Verschlag mit drei Toiletten. Neben den stinkenden Aborten standen überquellende Mülleimer.

Im Hinterhaus stieg Nele die knarzende alte Treppe hoch. Es roch wie in einem Keller. Hinter schäbigen Türen lebten ihre Nachbarn: ein Flickschuster mit acht Kindern, eine Lumpensammlerin, ein Altwarenhändler und seine Familie. Außerdem jüdische Einwanderer, Polen, die einen alleinstehenden Arbeiter als Schlafgänger beherbergten, weil sich die Familie sonst die Miete nicht leisten konnte. Um Platz für den zahlenden Mitbewohner zu schaffen, mussten die Kinder auf zusammengeschobenen Stühlen schlafen.

Sie, Nele, würde eine weitere Nacht das Schnaufen und Räuspern ihrer schwer atmenden Mutter hören, und sie würde ihren Fußschweiß riechen. Einmal einen eigenen Schlafraum zu haben, Ruhe und Sauberkeit! Eine Wohnung, in der keine Wanzen in den Fußbodenritzen nisteten!

Jede Woche spritzte sie Essigsäure in die Zapfenlöcher der Bettstellen, aber die Wanzen und ihre Brut überlebten. Die Nachbarn sagten, man müsse sämtliche Tapeten abreißen und die oberste Schicht Putz abkratzen und dann die Risse mit Gips verschmieren, und in die Fugen der Dielen müsse man kochende Lauge gießen. Wahrscheinlich waren sie anschließend immer noch da, die kleinen braunen Bettwanzen mit ihrem Stechrüssel und ihren Fühlern und ihren flinken Beinchen, die sich tagsüber in die Ritzen verkrochen, und nachts kamen sie heraus, krabbelten über den Boden und in die Betten, und wenn sie bei ihr Blut gesaugt hatten, juckte es eine Woche lang.

Sie schloss die Wohnungstür auf. Im Zimmer brannte noch Licht. War Mutter wach? Nele wollte ihr aus dem Weg gehen, um ihr nicht von ihrem Misserfolg erzählen zu müssen. Konnte sie sich nicht einfach schlafen legen, und sie redeten morgen?

Die Mutter erschien in der Zimmertür. Ihre weißen Haare waren noch ordentlich zum Knoten zusammengesteckt. »Du warst lange weg.«

»Ein netter Herr hat mich eingeladen.«

»Hast du getrunken?«

Nele schwieg.

Die Mutter räumte den Stuhl frei. »Setz dich und erzähl, wie es im Wintergarten war.«

Auf dem Tisch lag die Aprilausgabe der Zeitschrift *Die Dame*, das farbige Titelblatt zeigte eine modisch gekleidete Frau. Fünfunddreißig Pfennige kostete das Magazin, es war der einzige Luxus, den ihre Mutter sich leistete: Sie bezahlte Geld dafür, sich Kleidung anzusehen, die sie sich niemals würde kaufen können. Aus irgendeinem Grund las sie gern von der neuesten Mode aus Paris, hielt sich über das ereignisreiche Leben der Sängerinnen auf dem Laufenden. Sie betrachtete die Automobile der Stars und die Inneneinrichtung ihrer Häuser, Fotografien von Salons, Speisezimmern mit Blick zum Garten, Bädern mit Chaiselongue, Marmorwanne, Säulen und Spiegeln und Kamin.

»Es war grauenhaft«, antwortete Nele. »Das Publikum mochte meinen Tanz nicht.«

»Und nun?«

»Ich bin gefeuert.« Sie setzte sich.

»Dann such dir etwas Anständiges.« Mutter schlug die Zeitschrift auf und zeigte ihr die Heiratsannoncen. »Lies das mal. Wenn du Verkäuferin wärst oder Postangestellte oder Lehrerin, du könntest einen guten Mann finden, siehst du, hier ist ein Kolonialbeamter oder da, ein Offizier.«

Nele las vor: »Häusliche, anschmiegsame Frau gesucht.« Sie sah hoch. »Das bin ich nicht, das weißt du genau, Mutter.«

»Du gibst dir auch kein bisschen Mühe, den Herren zu gefallen.« Die Mutter blätterte um. »Schau, hier gibt es ein Preisrätsel, da kann man sechshundert Mark gewinnen. Ich habe natürlich mitgemacht. Aber ich gewinne ja nie. Stattdessen haben wir Schulden bis zum Hals. Überall sind wir mit den Abzahlungen im Rückstand, und du musstest trotzdem noch dieses Kleid kaufen.«

»Das macht keinen Unterschied mehr«, sagte Nele. »Wir konnten vorher die Schulden nicht bezahlen, und wir können sie jetzt nicht bezahlen.«

»Du redest, als wäre es dir egal. Ich habe schon wieder diese Augenentzündung, bei dem Staub und Schmutz hier heilt das nie richtig aus. Das ist doch kein Leben!«

Ihre Mutter hatte recht, diese Wohnung war eine Zumutung. Aus dem Küchenabfluss stank Fäule herauf, und durch die undichten Fenster drang Staub in die Wohnung ein, der sich auf den Fensterbrettern, auf dem Tisch, auf jedem Möbelstück sammelte.

»Und das Bett?«, sagte Nele. »Das hätten wir damals auch nicht auf Teilzahlung kaufen sollen, fünfzehn Mark, du wusstest genau, dass wir die Monatsraten nicht bezahlen können.«

»Wo hätte ich denn schlafen sollen? Auf einem Strohsack am Boden? Ich bin eine alte Frau. Du wolltest, dass ich nach Vaters Tod hierherziehe.«

Nele sah hoch zu den Schimmelflecken an der Decke. Sie ließ den Blick über die zwei Betten wandern, die Anrichte, das Gestell mit dem Gaskocher, die Töpfe. »Wir sollten lüften«, sagte sie.

»Sieh es doch endlich ein, du bist keine Tänzerin. Und überhaupt dieser sittenlose Amüsierbetrieb. Was hast du da zu suchen? Bewirb dich lieber für etwas Ordentliches, als Waschfrau oder als Dienstmädchen. Du gehst gleich morgen zur Gesindestellenvermittlung.«

»Als Dienstmädchen darf ich dann Wasserhähne polieren für die reichen Leute, ja? Oder Kaminvorsätze aus Messing.«

»So ist es.« Die Mutter spitzte die faltigen Lippen. »Das nennt man Arbeit. Du wunderst dich, dass dich keiner heiraten will? Du bist faul, Nele, und unzuverlässig obendrein.«

Ihr schossen Tränen in die Augen. »Ich bin nicht faul, Mutter! Du weißt genau, dass ich meine Tänze bis zum Umfallen übe.«

»Dann kannst du zur Abwechslung auch mal bis zum Umfallen in der Spulenwicklerei arbeiten.«

»Bei der AEG gehe ich ein, Mutter. Da sitzt man in Reih und Glied und arbeitet im Akkord zwölf Stunden am Tag. Für so was bin ich nicht geschaffen, ich muss mich bewegen.«

»Und wenn du dich mit Bücklingen an den Straßenrand stellst, gehst du da auch ein, weil du den Fischgestank nicht verkraftest? Du denkst, das Leben ist ein Zuckerschlecken! Nie bist du zufrieden, das war schon immer so.«

Zornig wischte sich Nele eine Träne aus dem Gesicht. »Ich habe drei Jahre lang Zinnfiguren bemalt. Es ist nicht mehr so leicht wie in deiner Jugendzeit, Mutter!«

»Denkst du, das weiß ich nicht? Ich sitze vom Morgengrauen bis in die Nacht an der Nähmaschine. Für das Dutzend Oberhemden bekomme ich gerade mal zwei Mark fünfzig. Ich schaffe auch nicht mehr als zehn Mark die Woche, und davon muss ich noch Nähgarn abziehen und das Fahrgeld zu den Bekleidungsläden. Es geht so nicht weiter, Nele. Die Miete zahle ich momentan ganz alleine. Ich sage ja nicht, dass ich mir auch mal Kaffee, Schokolade oder einen neuen Shawl leisten möchte. Ich sage nur, dass du fleißiger sein könntest.«

»Mama, ich bin nicht –«

»Faul ist, wer sich ausruht, bevor er erschöpft ist. Und du könntest mehr machen als dein Getanze.«

»Mein Tanzen ist Kunst, davon verstehst du nichts. Du hockst hier im Sessel und liest Klatschzeitschriften.«

»Ich muss nicht bleiben«, sagte die Mutter. »Ich kann morgen zurück nach Vohwinkel gehen, und dann kümmerst du dich allein um deine Wohnung und siehst einmal, in welche Lage du dich gebracht hast mit deinem Flittchenleben. Als ich in deinem Alter war, habe ich als Hausangestellte bei reichen Leuten gearbeitet, und geschlafen habe ich in einem Verschlag unter dem Treppenabsatz! Ich musste hart arbeiten, mein Leben lang.«

Es stimmte, Mutter war eine fleißige Frau. Quer durch das Zimmer hingen Leinen mit Wäsche, die noch tropfte. Der Trog, in dem sie die Stücke mit der Bürste saubergerieben hatte, lehnte am Fensterbrett. Mutter flickte, Mutter putzte Gemüse, Mutter nähte.

»Da ist etwas Wildes in mir drin«, sagte Nele. Sie schluckte ihre Tränen herunter. »Ich kann's nicht bezähmen. Ich muss tanzen. Vielleicht haben mich die Männer verlassen, weil ich nicht liebenswert bin. Das wollte ich nicht, ich will ja liebenswert sein und fürsorglich. Aber ich bin nun einmal ein anderer Mensch als du, Mutter. Deswegen bin ich noch lange nicht böse. Ich habe diesen Traum vom Tanzen, und den kann ich nicht einfach aufgeben.«

5

Die Nähmaschine stand am Fenster, wo das Licht am besten war. In der Morgendämmerung glänzten die goldenen Buchstaben auf dem Eisenrumpf wie ein Zauberspruch: SINGER. Nele legte nachdenklich eine Hand darauf. »Mach es gut, Mama.« Aus dem Versteck in der Tasse nahm sie Mutters Geld. Sie kritzelte auf die Rückseite der Gasabrechnung:

Liebe Mama, der Dieb war ich. Bitte verkauf dafür mein Kleid. Und vergib mir, dass ich dich allein lasse. Wenn es möglich ist, komme ich eines Tages zurück.
Nele

Sie sah sich um. Gestern Abend war ihr die Wohnung hässlich erschienen; jetzt, da sie drauf und dran war fortzugehen, kam ihr das Zimmer gemütlich vor. Auf dem Gaskocher stand der alte Topf, in dem die Mutter aus geraspelten Kartoffeln Stärke kochte, da lag das Sieb, mit dem sie die Stärke herausfilterte zum Steifen der Tischdecken, Bettwäsche und Blusenrüschen. Unter Mutters Bett lugte der Nachttopf hervor. Sie hasste es, in der Dunkelheit in den Hof hinunterzumüssen zu den Gemeinschaftstoiletten. Die zerschlissene blaue Schürze dort am Haken hatte Mutter schon getragen, als Nele noch ein Kind gewesen war. Würde sie weinen, wenn sie sah, dass Neles Sachen fehlten, und den Zettel las?

Ohne das Geld konnte sie die Gasrechnung nicht bezahlen. Man würde ihr morgen oder übermorgen das Gas abstellen, was bedeutete, dass der Kocher und das Licht nicht funktionierten. Mutter würde auf den Pferdewagen der Deutsch-Amerikanischen Petroleumgesellschaft warten müssen, um dort etwas Brennstoff zu kaufen. Abends würde sie beim schwachen Schein der Petroleumlampe nähen und ihre eigensinnige Tochter verfluchen.

Nele steckte sich das Geld in die Jackentasche. Sie schlang sich ein Wolltuch um den Kopf und griff den Stoffbeutel, er war leicht, Strümpfe, Schlüpfer, ein Kanten Brot, ein Stück Seife, das wog nicht viel. Besser, sie beeilte sich. Mutter war nur unterwegs, ihre Hemden zu verkaufen, sie würde bald wieder hier sein.

Am Kolonialwarenladen in der Ritterstraße eilte Nele mit abgewandtem Gesicht vorbei. Die Inhaberin durfte sie nicht sehen, sonst käme sie nach draußen und fragte, wann sie vorhabe, ihre Schulden zu begleichen.

Um Geld zu sparen, verzichtete sie auf die Straßenbahn. Sie blieb erst in der Kochstraße stehen, vor einer Konditorei. Im Schaufenster waren Pickelhauben aus Mokkaschokolade ausgestellt, eingefasst mit Marzipan, und eine Torte aus mehreren Etagen, auf der Spitze ein Baby aus Zucker. Es gab eine Nougatburg und feinen Baumkuchen. Ihr Magen knurrte. Einen Moment lang stellte sie sich vor, wie es wäre, das gestohlene Geld für Schokolade und Kuchen auszugeben und sich an den Köstlichkeiten satt zu essen.

Sie riss sich vom Anblick des Schaufensters los.

Je näher sie dem Potsdamer Bahnhof kam, desto dichter folgte Elektrische auf Elektrische, vierundzwanzig verschiedene Straßenbahnlinien fuhren zum Potsdamer Platz. Eine Elektrische klingelte schrill, weil Fußgänger nicht aus dem Weg sprangen. Zeitungsjungen riefen Neuigkeiten aus. Radfahrer schnitten Passanten den Weg ab und wurden beschimpft. Auf der Straße schob sich eine Kolonne von Fuhrwerken voran, dazwischen schwarze Automobile, sie waren gefangen hinter unzeitgemäß langsamen Pferdewagen.

Ein Polizist zückte seine Pfeife und drohte mit hellem Pfiff einem Kraftdroschkenfahrer, der auf der Kreuzung zu überholen versuchte. »Kartoffeln und Heringe« stand an einen Gemüseladen angeschrieben. Nele dachte: Bald sehe ich keine deutschen Wörter mehr über den Schaufenstern.

»Naturschwamm, dreißig Pfennige!«, rief ein Mann. Er schaute Nele an. »Die Dame?«

»Nein, danke«, sagte sie.

Der Mann trug einen dunklen Anzug mit Melone. Über seiner Schulter lag ein Stock, daran hingen Dutzende Schwämme, als käme er gerade vom Meer, wo er sie erbeutet hatte, breit gedrückte Flauschbälle, dick wie zusammengerollte Igel. Er fragte die nächste Passantin.

Von einer Straßenbaustelle zog stechender Geruch herüber, die Arbeiter schmolzen Pech und Asphalt. Nele ging unter Säulenbögen hindurch in den Bahnhof und trat an den Fahrkartenschalter. »Nach Köln«, sagte sie.

Die Frau im Schalter fragte: »An welchem Wochentag wollen Sie fahren?«

»So bald wie möglich. Geht heute ein Zug?«

Die Frau sah auf die Bahnhofsuhr. »Wenn Sie sich beeilen, erwischen Sie ihn noch. Der Schnellzug nach Köln fährt in zwölf Minuten ab. Wollen Sie die Karte einfach oder mit Rückfahrt haben?«

»Einfach.« Das Wort brannte in ihrem Mund.

»Fahren Sie erster oder zweiter Klasse?«

Nele stutzte. Sie wagte nicht zu sagen, dass sie bisher immer vierter Klasse gefahren war. »Gibt es keine dritte Klasse?«

»Nicht im Zug nach Köln. Das ist ein Schnellzug.«

»In Richtung Köln bieten Sie keine dritte Klasse an?«

Die Frau verneinte.

»Also nehme ich die zweite.«

»Möchten Sie ein Raucherabteil oder ein Nichtraucherabteil?«

»Nichtraucher.«

»Fenster oder Gang?«

»Das Fenster wäre gut.«

Die Frau hielt ihr einen Grundrissplan des Wagens hin. »Die Plätze sind durchnummeriert. Sie sitzen hier. Ich schreibe es ihnen auf. Zum Fahrpreis kommen zwei Mark Schnellzugzuschlag dazu.«

Nele erhielt ein Kärtchen aus grünem Karton. Berlin – Köln, zweiter Klasse war darauf gedruckt, an den Rändern standen unverständliche Ziffern.

Nele bezahlte hastig und durchquerte die Halle. Im Laufen versuchte sie, sich zu orientieren. Auf der Westseite ging es in Richtung Wannsee, auf der Ostseite hielten die Vorortzüge aus Lichterfelde und Zossen. Wo gingen die Fernzüge ab?

Dem Schaffner an der Pforte zum Bahnsteig lag der Ruß der Dampfloks auf den Wangen. Er lochte Neles Fahrkarte mit einer Markierzange und prägte das Datum darauf: 02.04.1912. »Achten Sie darauf, dass Sie die Fahrkarte immer bei sich tragen«, leierte er in nasalem Singsang herunter. »In Köln geben Sie die Karte bitte wieder ab, wenn Sie den Bahnsteig verlassen.«

»Mache ich.« Sie trat durch die Pforte. Die Luft war von Kohlenstaub erfüllt. Dampfloks fauchten wie stählerne Raubtiere. Hier war ihr Stall, hier füllten sie ihre Bäuche und brachen in ferne Städte auf. Vom benachbarten Gleis fuhr gerade ein Zug ab, die Lokomotive schnaufte in Stößen Rauch aus ihrem Schornstein, mühsam zog sie die Waggons aus der Halle.

Das Gefühl, etwas Verbotenes zu tun, blieb als feiner Schmerz in ihrer Brust. Gleichzeitig aber fühlte sich Nele frei wie noch nie. Sie stand am Beginn eines Abenteuers, und dieses Abenteuer würde ihr Leben verändern.

Samuel kam aus dem Bad, noch im Begriff, sich den Hosenstall zuzuknöpfen. Er kauerte sich nieder, zog die Schuhe an und band die Senkel. »Papa, wo geht das hin, was wir in der Toilette runterspülen?«

»In unterirdische Kanäle«, sagte Matheus. Er zog sich den Mantel an. »Die transportieren unsere Abfälle raus aus der Stadt. Das ist sehr wichtig.«

Cäcilie reichte Samuel seine Jacke. »Hast du die Pausenbrote?«

»Hab ich. Darf ich Anton ein Brot abgeben? Der ist arm.«

»Woher weißt du das?«, fragte sie.

»Das hab ich schon am ersten Schultag gemerkt. Er hat die ganze Zeit seine Schultüte festgehalten und nichts daraus genascht. Als die Schule aus war und wir sind die Treppen runtergerannt, da ist er gestolpert und die Tüte ist ihm runtergefallen. Es flogen lauter Kartoffeln raus, nur obenauf hatten ein paar Äpfel und Nüsse gelegen.«

Matheus sagte: »Gib Anton ein Brot. Cäcilie, vielleicht kannst du ihm immer eines mehr machen.«

»Heute üben wir wieder das i«, sagte Samuel. »Auf, ab, auf – Pünktchen obendrauf.«

Cäcilie küsste Samuel auf die Wange. »Geh besser los, sonst kommst du zu spät zur Schule.«

»Du musst mich nicht hinbringen, Papa«, sagte Samuel. »Es reicht, wenn du bis zur Ecke mitgehst.«

Matheus lachte. »Wie du willst.« Sie verließen die Wohnung. Cäcilie konnte sie noch im Treppenhaus reden hören.

Sie ging ins Schlafzimmer, in dem es sehr kühl war, denn es konnte nicht geheizt werden, nur am Abend war es erträglich, wenn sie zum Vorwärmen heiße, in Handtücher gewickelte Ziegelsteine unter die Bettdecken gelegt hatte.

Cäcilie sah sich im Spiegel an und fragte sich, warum sie nichts mehr für Matheus empfand. Was sie früher an ihm bewundert hatte, fiel ihr jetzt auf die Nerven. Seine Arbeitsversessenheit, seine steife, artige Höflichkeit, die notorische Hilfsbereitschaft.

Sie fuhr sich durch die nussbraunen Haare. Als kleines Mädchen hatte sie unerschütterlich behauptet, ihr Haar sei blond, und nach einer Weile hatten auch alle anderen so getan, als hätte sie blondes Haar.

Wie sie Matheus' schäbige Hüte hasste! Die Ängstlichkeit, mit der er seinen Körper überwachte, weil er fürchtete, eine tödliche Krankheit könnte ihn befallen. Die Pantoffeln. Wann hatte das begonnen, dass sie immer gereizt war in seiner Nähe?

Donnerstagmorgens arbeitete Matheus immer im Waisenheim, er würde einige Stunden fort sein. Cäcilie öffnete den Kleiderschrank. Zwischen den Wäschestapeln lagen Säckchen mit getrocknetem Lavendelkraut, und die Wäsche war sorgfältig mit roten Bändern verschnürt, Handtücher, Kissenbezüge, Hemden, Nachtjacken, Taschentücher.

Sie grub hinten links unter den Winterschlüpfern und holte ein Bündel Briefe heraus. Nachdem sie sich aufs Bett gesetzt hatte, blätterte sie die einzelnen Briefe durch. Da waren Umschläge mit Wappen, Briefbögen mit gestochen feiner Schrift, andere, deren Buchstaben sich wie Krähenfüße spreizten. Jeden dieser Briefschreiber hätte sie haben können. Aber sie hatte sich für Matheus entschieden, den Langweiler, den Zahmen.

Ganz hinten kamen die Briefe von einem, der ihr erst seit einigen Wochen schrieb. Eigentlich schrieb er gar nicht. Er schickte gepresste Blumen. Schneeglöckchen, Narzissen, Schlüsselblumen. Bis auf die Blume waren die Umschläge leer. Die Briefe kamen auch nicht mit der Post, sie lagen plötzlich in ihrem Korb, wenn sie einkaufte, oder sie fand sie in ihrer Jackentasche. Jedes Mal, wenn es in der Tasche knisterte, machte ihr Herz einen Satz.

Gestern war ein Zettel dabei gewesen. Cäcilie nahm die Schlüsselblume aus dem Umschlag und den kleinen Zettel.

Morgen, Café Bauer, 10 Uhr?

Diese Schrift hatte sie zuvor noch nicht gesehen; da war keine Ähnlichkeit mit irgendeiner Handschrift der anderen Briefe, wie sie nach sorgsamen Vergleichen bereits festgestellt hatte. Wer mochte sich dahinter verbergen? Und wie hatte derjenige es immer wieder geschafft, ihr unbemerkt Umschläge zuzustecken? Cäcilie schob den Zettel zurück, versteckte die Briefe im Wäschefach und schloss den Kleiderschrank.

Tu es nicht, geh nicht hin, dachte sie.

Sie holte die Asche aus dem Küchenofen und brachte sie nach draußen zum Müllkübel. Es staubte fürchterlich, als Cäcilie den Aschekasten entleerte. Sie hustete und musste sich abwenden.

In die Wohnung zurückgekehrt, knüllte sie Zeitungspapier zusammen und legte es in den Ofen. Sie schichtete dünne Holzspäne aus dem Korb darauf und entzündete das Papier. Als auch die Späne brannten, legte sie Briketts darauf.

Café Bauer, 10 Uhr.

Die Asche kratzte immer noch. Cäcilie rieb sich mit dem Handgelenk das Auge. Als das Feuer gleichmäßig brannte, erhitzte sie die eiserne Wellenschere und brannte sich links und rechts neben dem Mittelscheitel Wellen ins Haar.

Geh nicht hin, Cäcilie.

Sie parfümierte sich, zog die Lackschuhe an. Sie setzte den blauen Florentinerhut auf und zog das Gummiband unter das Kinn.

Für wen machst du dich hübsch?

An der Tür verharrte sie, den Knauf schon in der Hand. Sie war wütend auf sich selbst. Du weißt genau, wohin das führen wird, sagte sie sich. Du wirst deinen Mann betrügen.

Oh, die süßen Schritte die Treppe hinunter. Der süße Weg in die Stadt. Es war leicht, zu leicht.

»Goliat war ein Riese«, sagte Matheus. »Er war über drei Meter groß. Einen jungen Baum hat er sich zum Speer geschnitzt, die eiserne Spitze des Speers wog sieben Kilo. Er trug einen Brustpanzer aus Bronze, sechzig Kilo schwer, und vor ihm her ging ein Schildträger mit einem mannshohen Schild.«

Aus weiten Augen starrten ihn die Waisenjungen an. Sie saßen im Halbkreis um ihn herum, auf zerstoßenen, schäbigen Stühlen.

»Hatte David keine Angst?«, fragte einer.

»David hatte keine Angst. Er wusste, dass Gott ihm hilft. David legte einen Kieselstein in seine Schleuder und drehte sie über dem Kopf, und –«

»Ein Zeppelin!«, rief ein Kind, das am Fenster saß. Es sprang auf und brüllte erneut: »Ein Zeppelin!«

Sofort stürzten alle Kinder zu den Fenstern. David und Goliat waren vergessen, das magische Wort »Zeppelin« hatte die Kinder verzaubert. Sie klebten mit ihren Nasen an den Scheiben und blickten zum Himmel.

»Welcher ist es, die ›Viktoria Luise‹?«

»Was macht der, wenn der Wind ihn wegbläst?«

»Die haben doch Motoren, du Schwachkopf, die kümmern sich nicht um den Wind!«

»Und wo sitzen die Passagiere?«

Ein älterer Junge, der bereits im Stimmbruch war, verschränkte lässig die Arme und sagte: »In der mittleren Gondel. In der vorderen sitzt der Führer am Steuerrad, da gibt es den ersten Motor. In der Mitte sitzen die Passagiere, und die hintere Gondel trägt die beiden anderen Motoren.«

»Und was ist, wenn der Ballon platzt?«, piepste aufgeregt ein kleiner Junge.

»Das ist nicht *ein* Ballon, du Schlaumeier, das sind *achtzehn* Ballons, schöne einzelne Gaszellen. Selbst wenn drei davon platzen, ist das Schiff noch fahrtüchtig.«

Ein Junge fragte: »Wie viele Leute fahren da mit?«

Wieder antwortete der Ältere. »Die Besatzung sind acht Leute, fünf davon fliegen vorne mit, der Luftschiffführer, der Ingenieur, zwei Steuerleute und zwei Monteure, die anderen sind in der hinteren Gondel.«

»Ich meinte, wie viele Passagiere.«

»Zwanzig. Die haben eine eigene Küche, und es gibt kalte Getränke und Speisen während der Fahrt, und innen ist alles mit Mahagoni und Perlmutt und Teppich.«

»Und wenn sie mal aufs Klo müssen?«, wollte ein Junge wissen, ohne den staunenden Blick vom Himmel abzuwenden.

»Kein Problem«, sagte der Ältere. »Die haben eine Toilette an Bord. Sogar fließendes Wasser.«

»Das fällt dann alles auf uns runter? Bäh!«

Die Kinder lachten. Sie waren aufgeregt wie zu Weihnachten, huschten von einem Fenster zum anderen, drängten sich, reckten die Hälse.

Matheus trat auch an eines der Fenster. Er hörte das Surren der Motoren, während das Luftschiff über die Dächer Berlins hinwegschwebte. Auf kaum etwas waren die Deutschen so stolz wie auf ihre Luftschifffahrt AG, die erste Luftreederei der Welt.

Jahrtausendelang hatten die Menschen vom Fliegen geträumt. Jetzt, im zwanzigsten Jahrhundert, begannen sie, sich diesen Traum zu erfüllen. Vor drei Jahren hatte der französische Ingenieur Louis Blériot als erster Mensch den Ärmelkanal per Flugzeug überquert, in einer selbst gebauten Maschine mit siebzehn Litern Kerosin und Fahrradreifen, und war auf einem Golfplatz nahe Dover Castle gelandet.

Ob sich Samuel genauso wie diese Waisenjungen wünschte, einmal mit einem Luftschiff zu fliegen? Ein Flug mit dem Zeppelin nach Helgoland, da schlug auch sein Vaterherz höher. Er musste daran denken, was Cäcilie gesagt hatte: Samuel sollte mal ein Abenteuer erleben, man müsse ihm mehr bieten als nur die brandenburgischen Kiefernwälder.

Matheus sagte: »Ich sehe schon, ihr habt ein neues Thema gefunden. Ich erzähle nächste Woche weiter von König David, ja?«

Einige von den Kleineren kamen und umarmten ihn, aber heute war die Verabschiedung flüchtig, man merkte, dass ihnen der Zeppelin wichtiger war. Hastig eilten sie zurück an die Fenster.

»Sie gehen schon?«, fragte im Flur die Betreuerin.

»Da draußen fliegt ein Zeppelin«, gab er zur Antwort. »Heute hört mir keiner mehr zu.«

Sie lachte.

Samuel brauchte einen Vater, zu dem er aufsehen konnte. Und Cäcilie wünschte sich einen mutigen, starken Mann, das gab sie ihm immer wieder zu verstehen. Die beiden sollten merken, dass er fähig war, Abenteuer zu bestehen.

Er fuhr mit der Stadtbahn ins Zentrum. Bei der Deutschen Bank hob er vierhundert Mark ab, nahezu alles, was sie besaßen, es blieben nur dreiundsechzig Mark auf dem Konto.

Unter den Linden regelte ein berittener Polizist den Verkehr. Wie ein Götterbote thronte er auf seinem Schimmel inmitten des unablässigen Rollens, Drängens, Scharrens und Klingelns.

Hier hatten die Schifffahrtsgesellschaften ihre Büros, die Norddeutsche Lloyd, die Hamburg-Amerika-Linie. Weltkarten zeigten in den Schaufenstern die momentanen Standorte der Schiffe auf den Meeren und die Routen, die sie fuhren.

Matheus ging an ihnen vorüber und betrat das kleine Büro der White Star Line. Er war aufgeregt, als würde er etwas Verbotenes tun. Eine Türglocke läutete, und hinter ihrem Tisch von Schwarznussholz hob die Reiseagentin den Kopf. »Guten Tag«, sagte sie freundlich.

Matheus erwiderte ihren Gruß und nahm den Hut herunter. »Ich würde gern eine Überfahrt nach New York buchen.«

»Das freut mich.« Sie lächelte. »Bitte, legen Sie ab und setzen Sie sich.« Sie wies auf einen gepolsterten Stuhl vor dem Tisch.

Matheus zog den Mantel aus, hängte ihn an der Garderobe an einen Haken und nahm Platz. »Eigentlich fürchte ich mich vor Schiffsreisen«, sagte er.

»Das brauchen Sie aber nicht. Unsere Schiffe sind modern gebaut und mit der neusten Technik ausgestattet, unter anderem mit dem Marconi-Funksystem.«

»Vor sechs Jahren, auf dem Mittelmeer, hat der Sturm unser Dampfschiff gegen einen Felsen gedrückt. Die Technik hat nichts genützt.« Er nahm die Hände auf dem Schoß zusammen. »Ich habe mir damals geschworen, nie wieder ein Schiff zu betreten.«

Ihre Haltung wurde steif, sie streckte den Rücken durch. »Wie kommt es, dass Sie nun doch wieder eine Schiffsreise buchen wollen?«

Um meine Ehe zu retten, dachte er. »Anders gelangt man ja nicht nach Amerika. Ich habe eine sehr schmeichelhafte Einladung nach Chicago erhalten.«

»Darf ich Ihnen empfehlen, mit der Titanic zu fahren?« Die Reiseagentin versuchte wieder ein Lächeln. »Sie haben sicher schon von ihr gehört. Der größte Dampfer der Welt, wir sind sehr stolz auf ihn. In einer Woche läuft die Titanic zu ihrer Jungfernfahrt aus. Da kann ich Ihnen ein Sonderangebot machen.«

»Sie hat vier Schornsteine, nicht wahr? Schafft sie die Überfahrt schneller als die üblichen Dampfer?«

»Nein. Die Menschen schließen oft von der Anzahl der Schornsteine auf die Geschwindigkeit des Schiffs.« Sie wischte sich über die Augenbrauen. »Der vierte Schornstein bringt nur frische Luft in die Maschinenräume und die Küchen. Ich weiß, es gibt Dutzende Dampfschifflinien über den Atlantik, und seit Jahren läuft ein Wettkampf, wer die Überfahrt am schnellsten schafft. Sie dauert in der Regel sechseinhalb Tage. Wer mit fünfundzwanzig Knoten rast, spart einen Tag ein. Das würde theoretisch erlauben, öfter hin und her zu fahren. Aber da Passagierschiffe immer am selben Tag ihren Hafen verlassen, damit es für die Fahrgäste planbar ist, bringt der eingesparte Tag nur einen höheren Kohleverbrauch und zusätzliche Zeit, die das Schiff unnütz im Hafen liegt. Die White Star Line hat sich entschieden, bei diesem sinnlosen Wettrennen nicht länger mitzumachen. Dafür bieten wir einen Luxus an Bord, der den zusätzlichen Reisetag zum Vergnügen macht. Die Speisen auf der Titanic sind ausgezeichnet, und Sie haben Platz und wunderbare Freizeitangebote. Reisen Sie allein?«

»Nein, in Begleitung.«

»Auch Ihre Frau wird begeistert sein.« Augenzwinkernd ergänzte sie: »Oder Ihre Geliebte?«

»Ich bin Pastor«, sagte er, und als er sah, wie sie errötete, fügte er versöhnlich hinzu: »Ich reise mit meiner Frau und meinem siebenjährigen Sohn. Was kostet die Überfahrt nach New York?«

»Sie müssten zuerst mit dem Zug nach Cherbourg fahren, das wissen Sie?«

Er nickte, obwohl er nicht gewusst hatte, dass der Abfahrthafen so weit entfernt sein würde. Für einen Moment geriet seine Entscheidung ins Wanken.

»Anschließend hängt es ganz von Ihnen ab.« Sie öffnete ein großes Buch. »In der zweiten Klasse wären es, für Sie alle drei zusammen, dreihundertvierzig Mark.«

»Dann brauchen Sie mir die Preise für die erste Klasse gar nicht mehr zu sagen. Ich bekomme die Kosten zwar zurückerstattet, aber womöglich nicht für Frau und Kind. Die dritte Klasse würden Sie mir nicht empfehlen, nehme ich an?«

»In der dritten Klasse fahren hauptsächlich Auswanderer. Schweden, Libanesen, Iren. Und die Kabinen sind eng. Auch dort haben Sie eine Heizung und ein Waschbecken, wir sind modern ausgestattet. In der zweiten Klasse sind die Kabinen aber geräumiger, außerdem gibt es einen Kleiderschrank und einen Spiegel für die Damen. Vielleicht haben Sie Glück und das vierte Bett bleibt frei, dann haben Sie als Familie eine Kabine für sich.«

Er holte seine Brieftasche hervor. Auf dem luxuriösesten, größten Schiff der Welt würde es ihm gelingen, Cäcilies Bewunderung zurückzugewinnen. Ich werde auf hoher See mit Cäcilie tanzen, dachte er, ich werde der Mann sein, den sie sich immer gewünscht hat. Die Titanic wird unser Neubeginn.

Als er wenig später auf dem Heimweg am Café Bauer vorüberkam, meinte er, Cäcilies blauen Hut zu sehen: Eine Frau mit blauem Hut setzte sich mit einem Kavalier an einen Tisch, der Mann stand auf und schob ihr den Stuhl zurecht. Matheus spürte den Impuls, hineinzugehen und sich Gewissheit zu verschaffen.

Aber das konnte sie nicht sein. Cäcilie war zu Hause. Sie würde ihm um den Hals fallen, wenn er ihr die Tickets zeigte.

6

Seine mehlweißen Lippen hätten zu einem Toten gepasst. Davon abgesehen, wirkte er wie ein junger Prinz. Zwei Meter groß, schlank, still und mit dem Gesicht eines Dandys. Er ist reich, dachte Cäcilie. Sie wusste, wie man aussah, wenn man Geld hatte. Da waren zum einen die maßgefertigten Schuhe, nicht zu vergleichen mit der billigen Fabrikware, die Normalsterbliche trugen. Dann die Cartier Santos am Handgelenk: Während der Pöbel Taschenuhren vorzog, trug die Elite moderne teure Armbanduhren von Edmond Jaeger oder Louis Cartier.

Das Café Bauer war den preiswerten Restaurants weit überlegen, in die sie Matheus einzuladen pflegte: Hier roch es nicht beißend nach Sauerkraut und gebratenem Schweinefleisch wie in den verrauchten Gaststätten für das einfache Volk, es spielte auch keine Militärmusik, sondern hier ließ ein Reproduktionsklavier an der Wand automatisch Tänze erklingen. Als das Welte-Mignon vor sieben Jahren auf den Markt gekommen war, hatte man es wie ein Wunder bestaunt. Heute noch konnten sich nur wohlhabende Kreise ein solches Instrument leisten. Ihr Vater besaß eines, natürlich.

»Champagner, bitte«, sagte der Fremde zum Kellner. »Für Sie auch?«

Cäcilie nickte. Jetzt weißt du es endgültig, dachte sie. Er ist reich.

»Und Kaviarschnitten.«

Etwas stimmte nicht mit seiner Aussprache. »Sind Sie Engländer?«, fragte sie.

»Ja. Ich hoffe, mein Akzent stört Sie nicht.« Das mechanische Klavier ließ die Lyrischen Stücke von Edvard Grieg erklingen. Der Fremde sah sie aus ruhigen grauen Augen an.

»Sie waren das also«, sagte Cäcilie und zeigte auf die Schneeglöckchen, die er als Erkennungszeichen vor sich auf den Tisch gelegt hatte.

Er lächelte. »Sie sind schön.«

Die Blumen oder ich?, dachte Cäcilie. »Sie wissen, dass ich verheiratet bin?«

»Eine Gegenfrage: Weiß Ihr Mann, dass Sie hier sind?«

Natürlich hatte er recht, sie war genauso verantwortlich dafür, dass sie hier zusammensaßen. Eine treue Ehefrau hätte die Einladung ausgeschlagen. Sie sagte: »Wenn er es wüsste, wäre ich nicht hier.«

Der Kellner brachte den Champagner, goss ihnen ein und stellte die Flasche in einen silbernen Kühler.

»Auf die Freiheit«, sagte der Engländer und hob das Glas.

Ich schaue ihn mir nur ein wenig an, dachte Cäcilie. Dann erkläre ich ihm, dass eine Affäre nicht in Frage kommt. »Auf die Freiheit«, sagte sie und trank.

»Erzählen Sie von sich.« Dieser britische Akzent war anrührend.

Sie sagte: »Ich lebe in Charlottenburg, bald in Berlin, Bürgermeister Kirschner will die Vorstädte ja eingemeinden. Aber da Sie mir auf Schritt und Tritt folgen, wissen Sie längst, wo ich wohne, nicht wahr?«

»Sind Sie in Berlin aufgewachsen?«

»Genau hier, könnte man sagen. Unter den Linden, das ist meine Welt. Als kleines Kind habe ich im Adlon gespielt, Vater hat sich mit Bankdirektoren aus Frankfurt oder Dresden oder Breslau getroffen, und ich habe im Foyer schwere Ledersessel zusammen oder auseinander gerückt und aus Zeitungen Schiffe gefaltet.« Beim Gedanken daran wurde sie wehmütig. Damals war alles noch in Ordnung gewesen, sie hatte nicht mit Vater gestritten, im Gegenteil, sie hatte ihn bewundert. »Später, als ich acht, neun Jahre alt war, habe ich oft den Chauffeur überredet, mit mir die Straße rauf und runter zu fahren.«

»Das hat er gemacht?«

»Ja, nur durch das Brandenburger Tor wollte er mich nicht fahren, da konnte ich noch so sehr betteln. Das darf nur der Kaiser, sagte er immer. Für mich waren diese Regeln gerade dazu da, gebrochen zu werden.« Sie sah ihn an. Woher rührte die Trauer in seinen Augen? Eine Frau musste ihn verletzt haben, und sein Herz hatte sich nicht davon erholt. »Wissen Sie, wie die Berliner den vierspännigen Wagen nennen? Den der Siegesgöttin auf dem Brandenburger Tor?«

»Nein.«

»Retourkutsche.«

Er verzog die Mundwinkel. »Warum das?«

»Weil Napoleon ihn nach der Schlacht von Auerstedt nach Paris verschleppt hat, doch dann haben wir Napoleon geschlagen, und die Quadriga kam wieder nach Berlin.«

Ein fliegender Händler bahnte sich den Weg zu ihrem Tisch. »Een Jescheck für die Dame?«, fragte er. Er zeigte glänzende Fläschchen. »Ick hab dit beste Parfüm, jibt et nirjendwo, Sonnenwende, Veilchen, Heujeruch.«

»Verschwinden Sie«, sagte der Engländer. Es war die gleiche Stimmlage, in der er vorhin den Champagner bestellt hatte, aber sein kalter Gesichtsausdruck ließ keinen Zweifel daran aufkommen, dass er bereit war, den Händler aus dem Café zu prügeln.

»Nischt für unjut«, murmelte der Händler und zog sich zurück.

Ihr wurde der Mann, der ihr gegenübersaß, leicht unheimlich. »Ich erzähle Ihnen so viel«, sagte Cäcilie, »und weiß überhaupt nichts von Ihnen.«

»Lyman Tundale.« Das Gesicht des Engländers nahm wieder einen weicheren Ausdruck an.

Dass er reich war, ließ er sie spüren, aber warum gab er nicht mit einem hohen Amt und guter Herkunft an? Überhaupt redete er wenig.

»Wie haben Sie es geschafft«, fragte sie, »mir so oft Blumen zuzustecken, ohne dass ich es merkte?«

Er schwieg.

Etwas Abweisendes umgab ihn und zugleich ein stummes Flehen um Hilfe. Die Mischung faszinierte sie wie ein unbekannter Geruch. Sie sagte: »Ein bisschen mehr müssen Sie mir schon verraten. Was machen Sie? Sie können sich also gut anschleichen und jemandem in die Tasche greifen. Sie sind doch kein Dieb, oder?«

»Nein. Ich bin Journalist.«

Sie wurde nicht schlau aus diesem Lyman Tundale. Plötzlich kam ihr ein Verdacht. Was, wenn Vater ihn engagiert hatte? Es würde ihm ähnlich sehen. Vielleicht wollte er ihr sagen: Du bist keinen Deut besser als ich. Sei vorsichtig!, ermahnte sie sich. »Wie lange sind Sie schon in Berlin?«

»Ein paar Jahre. Es ist hübsch hier, nicht wahr?« Er sah sich um.

Cäcilie folgte seinem Blick. Die Wände des Cafés hatte der Historienmaler Anton von Werner mit Szenen aus dem alten Rom bemalt. Es war ein typischer Berliner Widerspruch: Draußen wütete der Verkehr an der Kreuzung Friedrichstraße und Unter den Linden, drinnen perlte Klaviermusik im klassischen Ambiente des Cafés. Sie verband sich mit dem Lärm zu einem Flair von Weltläufigkeit.

Wieder sah er so verletzlich aus. »Mögen Sie Kunst?«, fragte er.

»Ich weiß es nicht. Ich habe kaum noch Zeit für eigene Interessen. Mein Alltag besteht aus Waschen, Bügeln, Flicken und dem Einkochen von Obst.« Sie seufzte. »Früher, bei meiner Familie, kam eine Waschfrau namens Babette zu uns ins Haus, und wir hatten eine Köchin und mehrere Dienstmädchen, die das Essen zubereitet haben. Meine Mutter schmeckte die Speisen nur ab. Wenn sie Lust hatte, verzierte sie den Tisch, den die Dienstmädchen gedeckt hatten, mit Blumen und bestickten Servietten. Während die Dienstmädchen nach dem Mittagessen das Geschirr gespült haben, hat meine Mutter einen Spaziergang gemacht. Aber beim Gehalt meines Mannes können wir uns keine Bediensteten leisten.«

»Eine schöne Frau, die hart arbeiten muss.« Der Engländer fasste über den Tisch und berührte mit den Fingerspitzen ihre Hand. Cäcilie erschauderte unter seiner Sanftheit. Sie wusste, dass sie sich wehren sollte. Trotzdem hielt sie still und wollte den zauberhaften Augenblick bewahren.

Samuel warf den Gummiball gegen die Hauswand. Der Ball prallte ab, und er fing ihn wieder. Nun warf er ihn höher. Um ihn zu fangen, musste er drei Schritte zurückgehen. Da war ein Fleck von Taubenkot. Samuel versuchte, ihn zu treffen.

Um die Ecke kam ein Trupp von Kindern marschiert, die meisten von ihnen kannte er, sie wohnten wie er in der Berliner Straße, manche sogar in seinem Hausaufgang. Sie ahmten Trommeln und Pfeifen nach: »Rumwidibum, rumwidibum, trum trum trum!«

Der Hauptmann – es war der Hausmeisterssohn, ein muskulöser Bursche – ließ auf Samuel anlegen. Die Jungs nahmen ihre Äste und Besenstiele von den Schultern und zielten. »Feuer!«, befahl er. »Krachpeng!«, machten sie. »Bumm! Tschack!«

»Den haben wir«, sagte der Hauptmann. Er befahl das Weitermarschieren. Gehorsam hoben die Jungs ihre Gewehre auf die Schultern. Sie marschierten im Gleichschritt. »Eins, zwei, eins, zwei!« Sie trugen Helme aus Töpfen und Tüten, manche hatten sich den Adler an den Helm gemalt.

Der Hauptmann ließ sie anhalten und kehrtmachen. Er befahl ihnen, wieder auf Samuel anzulegen, diesmal im Liegen. Die Jungs warfen sich zu Boden und luden ihre Gewehre.

Wieso sollte es ein Vergnügen sein, mit dem Gewehr Menschen totzuschießen? Er stellte sich einen Toten vor, mit einem Loch in der Stirn, aus dem Blut sickerte.

»Feuer!«, befahl der Hauptmann.

Samuel hielt es nicht mehr aus und rannte in die Schillerstraße. Wenn sie ihn jetzt nur nicht verfolgten! Wie gern hätte er einen Freund gehabt, mit dem er sich gegen sie verbünden könnte.

Auf dem Türabsatz der Schillerstraße 4 hatte ein Junge ein schwarz-weiß gestreiftes Wachhäuschen aufgebaut. Er verharrte darin, unbeweglich, mit ernster Miene, das Spielzeuggewehr auf der Schulter.

Samuel blieb vor ihm stehen. Der Junge tat so, als hätte er ihn nicht gesehen, nichts konnte ihn von seinem Dienst ablenken. Er kam aus seinem Wachhäuschen, ging im Paradeschritt auf und ab und kehrte in das Häuschen zurück, den Blick starr geradeaus gerichtet.

Einer, der allein spielte, wie er, Samuel. »Was bewachst du?«, fragte er ihn.

Der Junge reagierte nicht.

»Mein Vater ist gerade nach Hause gekommen«, sagte Samuel. »Weißt du was? Er hat eine Überfahrt für uns gebucht, auch für Mama und mich, mit der Titanic! Das ist ein riesiges Schiff. Damit fahren wir nach England und dann nach Amerika.«

Der Junge blickte Samuel an und blaffte: »England ist der Feind! Wir Deutschen machen mit denen nicht gemeinsame Sache.«

Von drinnen ertönte ein kurzer, energischer Befehl der Mutter. Der Junge trat ab und nahm seine Wachhütte wie ein Schneckenhaus auf den Rücken.

Nele sah aus dem Fenster. Die Gegend war ihr fremd. Sie kannte nur Groß-Berlin, und ringsherum das Nirgendwoland, in dem niemand lebte: düstere Nadelwälder, öde Ebenen und Wasserlöcher. An Vohwinkel hatte sie keine Erinnerungen. Als die Eltern wegen der Arbeit dorthin zurückgekehrt waren, war Nele in Berlin geblieben, obwohl sie erst sechzehn gewesen war.

Spitze Kirchtürme ragten in den blauen Aprilhimmel. Der Zug fuhr eine Kurve, Rauch zog am Fenster vorüber, und die Dampflok stieß einen hellen Pfiff aus, der wie ein Fernwehschrei über die Hügel hallte. Die Häuser besaßen hier schwarz-weißes Fachwerk und grüne Fensterläden. Kleine Straßen, gesäumt von Obstbäumen, führten von Dorf zu Dorf.

»Meine Großmutter«, sagte die alte Frau, die ihr gegenüber saß, »wurde noch in eine Welt ohne Eisenbahn geboren. Damals ging man zu Fuß oder fuhr mit dem Pferdewagen.«

Nele sagte: »Das muss lange her sein.«

»Heute hängt alles aneinander, mit Schienen, Gasleitungen, Telegraphenkabeln und Elektrizitätskabeln, eine Menge Sachen, die ich nicht mehr verstehe. So war das früher nicht. Da war man mehr für sich.«

»Fanden Sie es damals besser?«

Die Frau strich sich die schlohweißen Haare aus den Schläfen, mit der Geste einer Dame, die sich schönmacht. »Ach, wissen Sie, jede Zeit hat ihre Bürden. Jetzt bringen diese neuen Kühlschiffe

Fleisch aus Neuseeland und Argentinien, und es gibt bezahlbaren Kaffee und Südfrüchte, die wir früher nicht hatten.«

»Das ist doch gut«, sagte Nele.

»Ja, aber in den Städten stört überall diese Leuchtwerbung. Die ist grässlich, finden Sie nicht? Und alles muss schnell gehen, man kommt kaum noch hinterher, schnellschnell an der Kasse, schnellschnell am Bahnsteig. Die Kinder wollen nicht mehr Polizist werden, sondern Rennfahrer ... Für die Liebe und für Freundschaften hat heute keiner mehr Zeit.«

Die alte Frau erinnerte sie an ihre Mutter. Nele schluckte einen Kloß herunter. Mit ihrer Mutter hatte sie früher so gut reden können. Es war lange Jahre eine wohltuende Gemeinschaft gewesen, die Mahlzeiten, das Lachen.

»Sie sehen traurig aus«, sagte die Alte. »Haben Sie Liebeskummer?«

»Nein.« Nele atmete tief ein und aus. »Ich fange ein neues Leben in Paris an.«

»Sie haben jetzt schon Heimweh, was?« Die Frau sah sie gütig an.

»Das ist es nicht. Ich denke an meine Mutter. Sie hat so viel für mich getan, und ich habe sie im Stich gelassen. Als ich Kind war, habe ich mir eine Puppe gewünscht. Nie reichte das Geld dafür. Dann hab ich zu Weihnachten eine Puppe unter dem Baum gefunden – endlich! Sie war aus der Fußbank meiner Mutter gebaut, zwei Schemelbeine waren die Arme und zwei die Beine, die Puppe konnte sitzen und hatte dabei die Arme vorgestreckt. Mutter hat ihr sogar einen Puppenrock aus alten Lappen genäht.«

»Eine patente Frau.«

»In letzter Zeit haben wir uns viel gestritten. Ich wollte das gar nicht, es ist einfach passiert. Egal, was sie gesagt hat, ich hab mich darüber geärgert.«

Die Alte tätschelt Nele die Hand. »Es fahren auch wieder Züge zurück. Und Ihre Mutter ist bestimmt stolz auf Sie, dass Sie nach Paris ziehen.«

Bestohlen habe ich sie, dachte Nele. Mutter war nicht stolz, sondern wütend, schlimmer noch: Sie war enttäuscht von ihr. Nach allem, was sie für Nele getan hatte, beklaut und allein gelassen zu werden! Einsam würde sie sich zu Hause grämen. Die stille Wohnung klagte Nele an.

»Ziehen Sie aus beruflichen Gründen um?«

»Ich hoffe, in Paris eine bessere Stelle zu bekommen.«

»In welchem Bereich?«

»Ich tanze.«

Über das Gesicht der alten Frau zog ein Schatten. »Kann man damit seinen Lebensunterhalt verdienen?«

Sie fragt so, als hätte ich gesagt, ich zähle beruflich Marienkäferpunkte, dachte Nele. Oder als hätte ich ihr erzählt, ich würde Kaffee mit Zichorie fälschen. »Das kann man«, sagte sie etwas schärfer als beabsichtigt. »Wenn man gut ist, wird man gut bezahlt.«

»Sind Sie gut?«

»Ich denke schon. Das wissen nur noch nicht genügend Leute.«

»Dafür nach Paris zu ziehen ... Ich meine, nebenher mag so etwas angehen, aber als Brotberuf, und dann diese gewagte Reise – denken Sie denn, im Ausland haben Sie bessere Chancen?«

Jetzt hörte die alte Dame sich wirklich an wie Mutter. »Paris ist *die* Vergnügungsmetropole«, erwiderte Nele, »dort gibt es Lustspiele, Opern und Tanzbühnen an jeder Straßenecke. In Paris braucht man Tänzerinnen wie mich.«

»Sie tanzen in der Oper? Dann müssen Sie wirklich begabt sein.«

»Ich tanze auf der Revuebühne. Mein Tanz ist zu frei, er würde nicht zur Oper passen. Ich tanze, was ich bei einer bestimmten

Musik fühle. Die Choreographie ist nicht vorgegeben, sondern von mir selbst, ich denke sie mir aus.«

»Revue ...« Die Alte zog ihre Handtasche näher an sich heran. »Die Männer finden das sicher reizvoll.« Sie sagte es mit säuerlichem Gesichtsausdruck. »Können Sie denn gar nichts anderes? Wie sind Sie in diesen Beruf hineingerutscht?«

»Ich bin da nicht hineingerutscht. Ich liebe das Tanzen. Für mich gibt es nichts Schöneres.«

»Und Ihre Mutter konnte Ihnen nichts anderes verschaffen?«

»Das will ich ja nicht, ich tanze gerne!« Grundgütiger, begriff sie es nicht?

»Naja, aber als Beruf ...«

Nele sah zum Fenster hinaus. Der Zug ratterte über eine Brücke, neben ihnen ging es tief hinab in ein Flusstal. Sie dachte: Ich hätte es sowieso nicht länger ausgehalten zu Hause. Gut, dass ich gegangen bin.

Als Matheus den Schlüssel im Türschloss hörte, sprang er auf, schnappte die Schiffskarten und stürmte damit in den Flur. Er hielt sie hinter dem Rücken versteckt, während Cäcilie die Tür öffnete. »Wir machen es«, sagte er.

Sie sah ihn stirnrunzelnd an.

»Ich habe Fahrkarten ins Abenteuer, Karten für die Titanic!« Er holte sie hervor.

Cäcilie stand wie angefroren da.

»Hab sie vorhin gekauft. Das Konto ist leer, aber wir schaffen das schon, wir leihen uns was für die Kohlen im Winter.«

Sie sagte: »Du scherzt, oder? Hast du wirklich ...?«

War sie erbost? Das war doch, was sie sich gewünscht hatte! Er hielt ihr die Karten hin. »Die Titanic fährt nächste Woche, wir müssen zum Hafen von Cherbourg. Eigentlich kannst du gleich mit dem Packen beginnen.«

Sie las halblaut, wie für sich selbst: »White Star Line. Second Class Passenger Ticket per Steamship Titanic. Sailing from Cherbourg.« Da ging ein Strahlen über ihr Gesicht. Sie fiel ihm um den Hals, küsste ihn, küsste sein Gesicht, die Augen, die Stirn, die Wangen und den Mund, sie küsste ihn so stürmisch, dass ihr der Hut vom Kopf fiel.

Matheus badete in ihrer Zuneigung. Sein ganzer Körper jubelte vor Glück. »Ich denke so viel an dich«, sagte er und hob den Hut auf, »heute hab ich sogar gedacht, ich sehe dich im Café Bauer, stell dir vor, ich schaue schon fremden Frauen nach und denke, das wärst du, vor lauter Sehnsucht!« Er grinste.

»Was du so siehst«, sagte sie.

»Wir machen Ferien auf dem größten Schiff der Welt!«

Sie fragte: »Und du musst nichts arbeiten?«

»Ich werde sicher ein paar Vorträge in Amerika halten müssen, das Moody Institute bezahlt mir schließlich die Überfahrt. Aber wir kommen hier endlich mal raus. Keine Nachbarn, keine Kirchgemeinde.«

Cäcilie legte ihre Arme um ihn. »Versprich mir eins: Du verrätst niemandem an Bord, dass du Pastor bist.«

»Ich verspreche es.«

»Sonst kommen die nämlich gleich an und wollen etwas von dir. Diesmal will ich dich nur für mich haben!«

»Das wirst du, mein Schatz. Und wenn wir in Amerika sind, findest du schon eine Beschäftigung. Es gibt viel zu sehen dort, du kannst mit Samuel Ausflüge machen.«

Sie löste die Umarmung. »Wie lange bleiben wir denn?«

»Das klingt, als würdest du dir wünschen, bald heimzukehren.«

»Nein, nein. Es ist nur ... Damit ich planen kann.«

7

Abseits der Vorzeigestraßen mit elektrischen Bogenlampen, abseits der neuen Warenhäuser Tietz und Wertheim und KaDeWe mit ihren großzügigen Lichthöfen, Glaskuppeln und Dachgärten verlor sich der Glanz Berlins rasch im Häusermeer. Kanäle durchfurchten die Stadt, und Dampfschiffe zogen keuchend darauf ihres Weges, vorbei an Fabriken, Baracken, Baustellen und Materialbergen, und transportierten Äpfel, Eisen oder Holz.

Aus Schloten wölkte schwarzer Qualm in die Straßen. Maschinen rissen und röhrten, sie husteten Öl und Staub und Rauch. Fliegende Händler, Bettler, Sandwichmänner, Straßensänger kämpften um ihr Überleben. Jungen verteilten Flugblätter, um sich etwas für den knurrenden Magen zu verdienen. Beladen mit ihren wenigen Habseligkeiten, zogen verarmte Berliner von einer trostlosen Wohnung in eine noch trostlosere oder in einen soeben fertiggestellten, noch feuchten Neubau, den sie trocken wohnten, bis man die frisch verputzte Wohnung zahlungskräftigeren Mietern anbieten konnte.

Inmitten des Molochs Berlin erhob sich das von eisernen Streben umfasste Gasreservoir, es stieg und sank wie der langsame Atem eines Riesen, der Atem der Stadt Berlin. Dort trafen sich zwei Männer unter einer Gaslaterne.

Lyman sprach nicht mit dem charmanten britischen Akzent wie am Vormittag im Café Bauer, als er Cäcilie Singvogel becirct hatte. Sein Deutsch war tadellos, seine Gesichtszüge hart. Er zog an einer Zigarette. »Wenn du die Arbeit nicht hinkriegst«, sagte er, »schicke ich dich zur Küste, Kriegsschiffe beobachten. Ich kann in Berlin nur gute Leute gebrauchen.«

»Zweihunderttausend Berliner wie letztes Jahr, das wird nicht leicht«, sagte der andere. Er war ein aus Belgien stammender Graveur, den der britische Secret Service unter dem Decknamen T13 führte. »Wir hatten zwanzig Parteifunktionäre und Gewerkschafter mit im Boot, sogar Karl Liebknecht. Sie werden Verdacht schöpfen, wenn ich schon wieder loslege. Eine Friedensdemonstration von solchen Ausmaßen –«

»Wir haben keine Zeit mehr«, unterbrach ihn der Engländer. »Ich wittere den Krieg, er liegt in der Luft. Sie haben einen ›Deutschen Wehrverein‹ gegründet, hier in Berlin, um das Volk kampfbereit zu machen und Kriegsbegeisterung zu wecken. Warum hast du das nicht gemeldet?«

Der Graveur schluckte. »Ich dachte, du weißt schon davon. Den Vorsitz hat General August Keim, der zuvor schon im Deutschen Flottenverein –«

»Ich verlasse die Stadt, muss einen dicken Fisch angeln. Wenn du nicht schleunigst was zustande bringst, T13, dann ersetzen wir dich.«

»Ich schaffe das schon«, beteuerte T13. »Kann nur sein, dass die nächste Demonstration etwas kleiner ausfällt.«

Lyman musterte den Belgier scharf. Schließlich griff er in die Innentasche, zog einen Umschlag mit Geldscheinen heraus und übergab ihn. »Du bist hier, um den Kampfeswillen der Bevölkerung zu schwächen und uns über Kriegspläne zu informieren. Ich will jede Woche eine Erfolgsmeldung haben. Hast du das verstanden?«

»Ich werde dich nicht enttäuschen. Wie gebe ich Meldungen nach London weiter, wenn du fort bist?«

»Du wirfst sie weiter in den Briefkasten an der Bäckerei. Wer sie abholt, das lass meine Sorge sein.«

T13 runzelte die Stirn. »Du hast noch weitere Agenten in Berlin?«

»Ich muss Informationen gegenprüfen.« Lyman stieß Zigarettenrauch aus. Das Erstaunen des Graveurs erfüllte ihn mit Genugtuung. »Geheimdienstprinzip. Ich muss sichergehen, dass du mir keinen Unsinn erzählst.«

»Und wenn der Krieg ausbricht? Es wird extrem gefährlich werden, Dinge auf Papier festzuhalten. Die feindlichen Agenten müssen mich nur einmal mit so einem Zettel erwischen, und sie blasen mir das Licht aus. Ist was dran an dem Gerücht, dass der Chef für uns ein Fahrzeug mit einer Funkeinheit ausstattet, dass wir eine Art mobilen Sender kriegen?«

»Der Chef in London kann dir egal sein. Du arbeitest für mich.«

»Sie werden unsere Codierung knacken.«

»Deswegen hast du die Chemikalien.«

»Die Tinte wird sichtbar, wenn sie das Papier über Ioddampf halten. Wird nicht lange dauern, bis sie das herausgefunden haben.«

Lyman griff nach dem Umschlag.

»Schon gut«, lenkte T13 ein und zog ihn rasch zurück. »Ich kneife nicht. Ich liefere Ergebnisse.«

Lyman nahm einen langen Zug von der Zigarette, bis sie zum glühenden Stummel verschmort war. Dann warf er sie zu Boden. »Das rate ich dir.« Er ließ den Subagenten stehen. Mit großen Schritten entfernte er sich entlang der Gaswerkmauer.

Dem, der mindestens vierundzwanzig Stunden vor der deutschen Mobilmachung eine Warnung nach London gab, winkten fünfhundert Pfund Prämie. Aber es gab Dinge, die musste T13 nicht erfahren. Im Moment gab es Wichtigeres zu tun. Allem Anschein nach waren die Deutschen noch nicht ganz so weit, ihm blieben einige Wochen, um die entscheidende Quelle anzuzapfen. Dass in Europa ein Krieg ausbrechen würde, daran zweifelte niemand mehr. Die Frage war nur, wer am Ende den Sieg davontragen würde.

8

Die Reise war ein Reinfall. Niemand in Paris sprach Deutsch. Man schüttelte böse den Kopf, wenn sie etwas in ihrer Muttersprache fragte, oder zuckte die Achseln. Selbst die Polizei weigerte sich, ihr zu helfen.

Anfangs war sie noch voller Hoffnung gewesen. Ihrem ersten Eindruck nach wussten die Pariser Tanz und freie Künste zu schätzen. Die Menschen waren feiner gekleidet als in Berlin. Manche Damen liefen in hochhackigen Schuhen und weißen Federboas herum, bei anderen schien der Orient gerade hoch im Kurs zu sein: Sie trugen fließende Gewänder und einen Turban. Einige Frauen, Europäerinnen, flanierten sogar im asiatischen Kimono die Boulevards entlang.

Wenn sich die Menschen in Paris so extravagant kleideten, mussten sie auch Sinn für anspruchsvolle Tänze haben. Womöglich konnte Nele sogar ihr heimliches Steckenpferd aufleben lassen, den orientalischen Tanz.

Sie sah kurzhaarige Frauen mit ausrasiertem Nacken. Trotz einfarbiger Verbindung von Rock und Jacke betonten sie mit erotischen Gürteln die Hüfte oder trugen Tangoschuhe, deren Bänder gekreuzt über die Waden gewickelt wurden. Nur eines konnten sie nicht oder gaben vor, es nicht zu können: Deutsch.

Ein blondes kleines Kerlchen tippelte zwischen einer Frau und einem Mann die ersten Schritte, während beide entzückt auf Französisch nach ihm riefen. Die werden mir sicher auch nicht weiterhelfen, dachte Nele.

Aus der Ferne höhnte der Eiffelturm, das höchste Bauwerk der Erde – so karg wie sein rostbraunes Stahlfachwerk, durch das der Wind pfiff, würde auch ihr Parisaufenthalt werden. Sie hatte keine Bleibe, keine Bühne, keinen Menschen.

Stundenlang irrte sie schon umher, sie fand nicht einmal zurück zum Bahnhof. Verzweifelt sprach sie einen alten Mann an, der an einer Straßenecke mit fünf Bällen jonglierte und in einer Mütze, die vor ihm auf dem Boden lag, Spenden sammelte. Vielleicht konnte er ihr ins Artistenmilieu hineinhelfen.

Er lächelte auf ihre Frage hin und sagte in gebrochenem Deutsch: »Sie wollen Agentur?«

»Künstleragentur, ja. Tanzen!« Nele hob die Arme, als hielte sie einen unsichtbaren Tänzer, und machte einige Walzerschritte.

»Künstleragentur. Ich auch.«

Sie runzelte die Stirn. Offenbar hatte sie sich zu früh gefreut, jemanden gefunden zu haben, der Deutsch sprach. Der alte Mann war nicht richtig im Kopf.

»Ich auch, in anderem Leben!«, sagte er.

Nun fing er auch noch mit Wiedergeburtslegenden an.

»Ich nichts Franzose, ich nur hier gekommen für Kunst.« Er legte die Bälle in die Mütze, zog den Mantel aus und krempelte sich die Hemdsärmel hoch.

»Lassen Sie«, sagte Nele. »Ich werde mich schon zurechtfinden.«

Der Greis sprang in einen Handstand. Er lief mit den Händen auf dem Gehweg, die Beine gekrümmt vom Alter, hochrot der Kopf, und rief stolz: »Siehst? Siehst?« Dann kippte er um und krachte auf die Straße.

»Haben Sie sich wehgetan?« Nele hastete zu ihm hin.

Schon stand er auf. Mit schmerzverzerrtem Gesicht rieb er sich die Hüfte, und versuchte gleichzeitig ein Lächeln. »Nichts wehgetan. Ich Artist!«

»Sind Sie wirklich Artist?«

Er nickte heftig. »Große Bühne! Moulin Rouge, Canterbury Hall, Wintergarten ...«

»Sie sind im Wintergarten aufgetreten, in Berlin?« Nele riss die Augen auf.

Stolz bejahte er. »Große Bühne.«

»Ich weiß. Ich bin auch dort aufgetreten.«

Freudig packte er ihre Arme. Seine wasserblauen Greisenaugen sahen ihr ins Gesicht. »Künstlerin! Junge, schöne Künstlerin. Ich helfen.« Er nahm seinen Mantel auf und die Mütze mit den Bällen und zog Nele vorwärts. »Künstleragentur«, sagte er.

Um Hausecken zog er sie, über breite Straßen, vorüber an einem Schlachthof, einer Schule mit lärmenden Kindern, Wohnhäusern. »Wintergarten«, sagte er immer wieder und strahlte.

Eine internationale Künstleragentur ... Wenn dieser Mann in jungen Jahren ein solcher Star gewesen war, dann konnte er ihr Türen öffnen. Oft hatte sie in Berlin den Agenten aufgelauert. Sie tauchten nachmittags ab fünf Uhr in den Cafés auf, Männer mit wallendem Haar und zerknitterten Anzügen. In ihre Geschäftsbüros war sie nie vorgelassen worden, also hatte sie im Café ihre Gespräche belauscht, über Konzertreisen, Bühnen in Russland und Amerika, über unpünktliche Künstler, Honorare. Aber sobald sie an ihren Tisch getreten war, um sich vorzustellen, hatten die Agenten sie jedes Mal rüde abgewiesen. Sie wollten Erfolge vorgewiesen bekommen, ehe sie einen als Klienten aufnahmen, Erfolge, die man erst erreichte, wenn man einen Agenten hatte, es war ein Teufelskreis.

Der Alte zog Nele vor ein Haus, das in den fünfziger Jahren des letzten Jahrhunderts sicher prächtig gewesen war. Putz bröckelte, und die steinernen Engelchen vor dem Eingang hatten vom Schmutz schwarze Gesichter.

Eine mit rotem Teppich bespannte Treppe führte im Haus zur Agentur im ersten Stock. Der Artist trat ein und zog Nele mit. Drinnen sagte er Unverständliches zur Vorzimmerdame, und brachte Nele ins Büro. Hier hatte sich Zigarettenrauch in den Tapeten festgesetzt. Die Wände waren mit farbigen Plakaten bedeckt, dazwischen hingen verwelkte Lorbeerkränze.

Der Alte redete in französischer Sprache auf den Agenten ein, einen Mann Mitte fünfzig mit gewellten, grauen Haaren und Falkenaugen. Schließlich wandte sich der Agent Nele zu und musterte sie. »Sie sind im Wintergarten aufgetreten?«, fragte er.

Nele seufzte vor Erleichterung. »Sie sprechen Deutsch!«

»Was haben Sie gemacht auf der Bühne?«

»Getanzt«, sagte sie. »Ich habe getanzt.«

»Hatten Sie denn Erfolg?«, fragte der Agent. »Wie lange lief Ihr Engagement?«

Ihr brach der Schweiß aus. Sollte sie lügen? Er konnte leicht nachprüfen, ob sie die Wahrheit sagte, ein Telephonanruf genügte. »Es lief nicht so gut«, sagte sie, »mein Tanz war zu anspruchsvoll. Aber ich kann etwas Neues einstudieren.«

Die Miene des Agenten blieb ungerührt, sie verriet nichts. »Wie oft sind Sie aufgetreten?«

»Einmal.«

»Hören Sie.« Der Agent stand hinter seinem Schreibtisch auf. »Ich werde überrannt von Jongleuren, Akrobaten, Dresseuren, Sängerinnen und Zauberkünstlern. Jeder will auf Tournee geschickt werden, jeder will an Theater und Bühnen vermittelt werden.« Er kam um den Schreibtisch herum und schüttelte Neles Hand. »Ich kann Ihnen leider nicht helfen, aber ich wünsche Ihnen viel Erfolg.«

»Ich bin nach Paris gefahren«, flüsterte sie, »weil ich –«

»Als unbekannte Tänzerin haben Sie hier keine Chance.«

»Aber wie soll man bekannt werden, wenn man nicht auftreten darf?«

»Kleinere Bühnen, Beziehungen, Glück ... Vertrauen Sie einfach darauf: Wenn Sie Talent haben, werden Sie sich durchsetzen, irgendwann.«

Bekümmert brachte der Alte sie hinaus. Sie setzten sich auf eine Bank. Nele war wie betäubt, sie sah auf den Gehweg und fühlte sich fremd. Keine einzige Straße kannte sie, keinen Platz, keinen Menschen. Mutters Ersparnisse waren aufgebraucht, vergeudet für eine Fahrt ins Nichts.

»Was mache ich jetzt?«, fragte sie.

»Du gibst nicht auf«, sagte der Alte. »Künstler immer Künstler.«

Der erste warme Tag des Jahres war eine Befreiung. Die Berliner strömten auf die Straßen, in die Parks, sie saßen vorm Café Kranzler an Tischen unter freiem Himmel. Samuel, der lange schweigend an Cäcilies Seite gegangen war, fragte: »Mama, was ist das?« Er zeigte auf drei Männer, die vor dem Neubau der Königlichen Bibliothek ein mannshohes Dreieck über den Gehweg trugen. Durch ein Kabel war ein Telephonhörer mit dem Dreieck verbunden, den hielt sich einer der drei Männer ans Ohr.

»Keine Ahnung, Schatz.«

Hinter ihr sagte eine Stimme mit britischem Akzent: »Die Männer suchen einen Leitungsschaden. Sie wollen ihn reparieren.«

Cäcilie fuhr herum. Aber der hochgewachsene Engländer beachtete sie gar nicht. Er kauerte sich neben Samuel, sein eleganter schwarzer Cutaway streifte den Boden, es kümmerte ihn nicht. Er nahm den Zylinder vom Kopf und wies mit dem silbernen Knauf seines Stocks in Richtung der Techniker. »Das Dreieck ist innen hohl. Darin ist Draht aufgewickelt. Durch *induction* – er sagte dieses Wort in Englisch – »wird ein Ton erzeugt, wenn im Kabel Strom fließt. Diesen Ton hört der Mann im Kopfhörer.«

»Wo ist das Kabel?«, fragte Samuel.

»Unterirdisch. Es ist genau unter den Männern.«

Samuel sah staunend zum Dreieck hin. »Warum will er den Ton hören?«

»Wo das Kabel beschädigt ist, entweicht Strom in den Boden. Dort verstummt der Ton. Dann wissen die Techniker, wo Reparaturen nötig sind.«

Die Männer trugen das Dreieck weiter. Angestrengt lauschte der eine von ihnen in den Hörer, als spräche die Erde zu ihm, als erzählte sie ihm eine lange Geschichte.

»Gehen sie durch die ganze Stadt und hören alle Kabel ab?«

Lyman Tundale lachte. »Nein. *You're a smart boy.* Sie sind nur hier, weil es einen Schaden gibt. Irgendwo kommt der Strom nicht an, wie er soll.« Er stand auf. »Wie geht es Ihnen heute, Miss?«

Wie wagemutig der Engländer war! Matheus hat mich nie so begehrt, dachte sie. »Samuel, siehst du die Kutsche vorn am Straßenrand? Wenn du magst, darfst du dir die Pferde anschauen gehen. Vielleicht erlaubt dir der Kutscher, dass du ihnen über die Nüstern streichelst.«

Der Junge schlenderte hin. Tatsächlich nickte der Kutscher gütig, und Samuel durfte die Pferde streicheln. In diesem Augenblick, wo sie ihn glücklich sah, wurde sie sich der Gefahr bewusst, in die sie sich begeben hatte. Ein Nachbar konnte vorbeikommen und sie mit dem Engländer sehen. Oder Samuel selbst schöpfte Verdacht, oft schon hatte er sie mit seinen Beobachtungen verblüfft.

»Dass Sie die Stirn haben, mich hier anzusprechen«, sagte sie. »Jeder kann uns sehen. Und wer weiß, was Samuel heute seinem Vater erzählt.«

»Spielen Sie die Entrüstete, oder sind Sie wirklich zornig auf mich?«

»Als ich Matheus geheiratet habe, habe ich erlebt, wie es ist, wenn man seinen Ruf zerstört. Ich weiß, was es bedeutet, schief angesehen zu werden. Ich lege keinen Wert darauf.«

»Bitte entschuldigen Sie.« Er setzte seinen Zylinderhut wieder auf.

»Mein Mann fährt mit mir und Samuel für längere Zeit weg. Wir könnten uns sowieso nicht verabreden.«

Seine Lippen wurden schmal. »Ich bin nicht der Typ Mann, der einer Frau nachläuft. Auch wenn ich vielleicht diesen Eindruck gemacht habe.«

Gleich geht er, und dann siehst du ihn nie wieder. Cäcilie prägte sich sein Prinzengesicht ein. Ein so attraktiver Mann begehrt mich, dachte sie. Es gab ihrem Herzen Flügel. »Worüber schreiben Sie gerade?« Sie spähte auf die Bücher unter seinem Arm. Offenbar hatte er sie sich in der Bibliothek ausgeliehen. *Deutscher Flottenbau*, stand auf dem vorderen.

»Ich wüsste nicht, was Sie das angeht.« Er hob die Hand an den Zylinder. »Machen Sie es gut.« Damit wendete er sich um und ging mit großen Schritten davon.

Ihr Herz flog ihm nach, in der Brust blieb ein Ringen um Luft. Sie wollte ihn um Verzeihung bitten, ihn anflehen, nicht fortzugehen.

Samuel zupfte an ihrer Hand. »Können wir nach Hause?«

Den ganzen Weg über sah Cäcilie das schöne Gesicht Lyman Tundales vor sich und die Trauer in seinen Augen. Zu Hause kämpfte sie sich die Treppe hoch. Samuel klingelte, und Matheus öffnete die Tür. Matheus: die Haare ungekämmt, wie ein wüstes Vogelnest.

»Ich muss mit dir reden, Cäcilie«, sagte er, als sie mit Samuel in die Wohnung trat. Wie würde sie reagieren, wenn er es ihr erzählte?

Samuel zog sich Schuhe und Jacke aus und verschwand in seinem Zimmer, als sei es seine alltägliche Pflicht zu verschwinden. Cäcilie brauchte heute lange mit dem Mantelausziehen – vielleicht, weil sie Angst davor hatte, was er ihr sagen würde.

»Es hat nichts mit der Titanic zu tun«, sagte er, »nur mit mir.«

»Was ist es, Matheus?«, fragte sie müde.

»Lass uns ins Wohnzimmer gehen.« Er ging ihr voran, wartete, bis sie ins Zimmer getreten war, und schloss hinter ihr die Tür.

Cäcilie setzte sich in den Sessel. Sie wirkte geistesabwesend, ihr Blick hing irgendwo in der Ferne.

»Ist alles in Ordnung mit dir?«, fragte er.

Sie nickte.

Er zog sich einen Stuhl heran und setzte sich ihr gegenüber. »Cäcilie, ich ... Ich bin enttäuscht von mir.«

Ihr Blick wachte auf. Sie sah ihn beinahe erleichtert an.

»Heute wäre der Bibelkreis gewesen. Ich habe ihn abgesagt, ich habe vorgeschoben, erkältet zu sein. Das war der erste Fehler.«

»Warum bist du nicht hingegangen?«

»Ich nehme Englischunterricht.« Er wischte die Hände an den Hosenbeinen ab, sah wieder hoch. »Ich muss meine Kenntnisse auffrischen, für Amerika.«

»Ach, Matheus.«

»Ich war beim Englischlehrer, und auf dem Rückweg bin ich Georg Harteneck begegnet. Hab ihn zu spät gesehen, da hatte er mich schon bemerkt.«

»Sie werden dir die Lüge verzeihen.«

»Cäcilie, ich habe Husten vorgetäuscht und ihm dann auch noch gesagt, dass ich gerade von der Apotheke komme, sogar die

Medikamente habe ich aufgezählt, Aspirin gegen die Kopfschmerzen, Heroin, um den Hustenreiz zu lindern, der Doktor hätte es mir verschrieben.«

Cäcilie schwieg.

Er beobachtete sie, wie sie in die Ferne starrte. Sie niedergeschlagen zu sehen und zu wissen, dass er, Matheus, daran die Schuld trug, bereitete ihm körperlichen Schmerz. Sein Gesicht brannte wie Feuer. Bereute sie es, ihn geheiratet zu haben?

Es hatte so gut mit ihnen angefangen. Cäcilie war damals jeden Sonntag an ihm vorübergegangen, wenn er nach dem Gottesdienst am Kircheneingang gestanden und die Hände der Gottesdienstbesucher geschüttelt hatte. Kühl und abweisend gab sie ihm die Hand, die Tochter eines Bankdirektors, gebildet, jung, verwöhnt. Obwohl er ihren abschätzigen Blick fürchtete, fragte er sie einmal, ob sie im Chor mitsingen würde. Sie sah ihn an wie einen Käfer, der plötzlich zu sprechen begann. Dann lächelte sie wissend. Natürlich durchschaute sie, dass sie ihm gefiel, dass er sie heimlich verehrte. »Der Chor ist nichts für mich«, sagte sie. »Aber wir können einmal spazieren gehen.«

Den Rest des Tages raste sein Herz. Es kam ihn wie ein Wunder an. Plötzlich fühlte er sich, als könnte er jede Frau für sich gewinnen. Er, der Dreißigjährige, der bisher bei keiner einzigen Erfolg gehabt hatte. Er war kein Versager mehr, kein langweiliger Theologe, nein, er war einer, der die Welt erobern konnte. Hatte Gott ihn deshalb so lange warten lassen, fragte er sich, damit er nun Cäcilie für sich gewann?

Sie war gefährlich. Cäcilie war fast zehn Jahre jünger als er und ihm dennoch an Klasse weit überlegen. Er wusste, er sollte sich eine Frau suchen, die ihm gute Speisen kochte und ihn mit Wärme umarmte, eine, die gewöhnlich genug war, um ihr Leben lang bei ihm zu bleiben.

Trotzdem ging er mit zitternden Knien zum Tiergarten, und Cäcilie und er spazierten die Wege entlang, sie hakte sich sogar bei ihm unter. Bei jedem Offizier, der sein edles Tier durch den Park ritt und mit Verachtung auf die Zivilisten zu seinen Füßen herabblickte, dachte er, Cäcilie könnte dem Mann bekannt sein. Er glaubte, sie schäme sich vor den Offizieren, weil sie mit ihm, einem einfachen Baptistenpastor, spazieren ging. Überhaupt waren in der Abendstunde viele Reiter im Tiergarten unterwegs, nicht nur Offiziere. Cäcilie, die seine Anspannung bemerkte, machte sich über die fettleibigen Herren lustig, die im Sattel hingen und von ihren Pferden durchgeschüttelt wurden, neben sich hübsche junge Damen, die weitaus besser ritten.

Sie lachte über die Jungen, die Münzen aus dem Brunnen fischten: Die Jungs beugten sich weit über den Rand, reckten ihre Hintern in die Höhe, und angelten mit den Händen nach Geldstücken, bis zum Oberarm im Nass.

Ein Straßenkehrer in Uniform stieß seinen Besen vor sich her, dass die Borsten nur so über das Pflaster fauchten, und pfiff dabei ein Lied.

Irgendwann vergaß Matheus die Herren mit Spazierstöcken und die Damen in weißen Kleidern. Er verstand, dass Cäcilie an seiner Seite sein wollte. Dass sie es genoss, mit ihm spazieren zu gehen. Bald duzten sie sich, zeigten auf Eichhörnchen, pflückten am Wegesrand Gänseblümchen. Matheus ging zu einem Schmuckhändler, der aus einem Koffer Ringe verkaufte, und erwarb einen silbernen Ring für Cäcilie. Als er ihn ihr mit schüchternem Augenaufschlag überreichte, sagte sie: »Wovor hast du Angst?«, und steckte sich den Ring lachend an den Finger.

Stimmt, dachte er, wovor habe ich Angst? Am liebsten wollte er die ganze Welt umarmen, so glücklich war er. Sie hatte seinen Ring angenommen! Er scherzte: »Für Gold hat das Geld nicht gereicht.«

»Ich beneide dich«, sagte sie.

»Du beneidest mich? Wieso?«

»Dir lastet kein Reichtum auf den Schultern.« Es klang, als meine sie es ernst.

»Ich verstehe nicht.«

»Weißt du, ich wünsche mir die Freiheit, die ich im Urlaub spüre, wenn ich nur einen Koffer mit drei Kleidern habe und durchatmen kann. Hier in Berlin ist mein Leben wie ein Zimmer, das mit Möbeln vollgestellt ist, es gibt keinen freien Flecken Wand mehr, überall hängen Bilder, überall stehen Schränke und Lampen. Du hast es besser. Du besitzt nicht so viel. Ich weiß aus dem Urlaub, wie gut es tut, ohne Grammophon zu sein, ohne gesellschaftliche Empfänge, ohne Französischunterricht, ohne die gekünstelte Unterhaltung beim Essen.«

»Hätte nie gedacht, dass dir Konversation schwerfällt.«

»Weil sie nicht frei ist! Kaum stelle ich zu Hause eine echte Frage, heißt es: ›Nicht vor dem Personal!‹ Diese manierierte Welt bin ich leid. Am Meer ist es anders, da lässt man sich wirklich auf das Leben ein und auf den schönen Ort, nicht bloß, weil es das Meer ist, sondern weil man weniger um sich hat, weniger Besitz.«

»Immerhin kannst du Urlaub machen. Das ist ohne Geld schwierig.«

»Aber das allein ist es nicht. Ich möchte Reformkleider tragen, ich will Sport treiben ohne einen zusammengepressten Brustkorb! Ich will Fahrrad fahren, ganz egal, ob man mich schief ansieht, weil ich eine Frau bin!«

Cäcilie war bereit, ein armer Mensch zu werden. Sie und er verstanden sich so gut, als würden sie sich ewig kennen. Die Stunden mit ihr waren paradiesisch für ihn. Und er bot ihr etwas, von dem er nicht einmal gewusst hatte, dass er es besaß: Freiheit. »Würdest du den Luxus nach ein paar Wochen nicht vermissen?«, fragte er.

Cäcilie schüttelte heftig den Kopf. »Nein. Man muss nicht alles sofort haben. Es ist auch gut, einmal auf eine Anschaffung zu sparen. So hat man mehr Freude daran! Erst die Vorfreude und dann den Stolz, dass man es erreicht hat. Die Dinge haben größeren Wert für einen.«

Sie gingen weiter aus, ruderten auf dem Wannsee, machten ein Picknick in der Jungfernheide. So wie Cäcilie sich auf seine Welt einließ, wagte auch er sich in ihre. Sie stellte ihn ihren Freundinnen vor, brachte ihm bei, wie er in gehobenen Kreisen am Tisch zu sitzen hatte, wann man aufstand und wie man sich begrüßte.

Schließlich hatten sie geheiratet. Cäcilie hatte Samuel zur Welt gebracht. Sie hatten zu dritt weitere wundervolle Jahre verlebt. Aber seit einigen Monaten war Cäcilie immer mürrischer und unzufriedener geworden. Es schnürte ihm das Herz ein.

Jetzt stand sie auf, ging in die Küche und fing an, das Abendbrot vorzubereiten, er konnte die Teller klappern hören, als sie den Tisch deckte, alltägliche Geräusche. Heute klangen sie hohl und bedrückend.

Er ging ins Bad. Der Badeofen war nicht angeheizt, ihm blieb nichts anderes übrig, als kaltes Wasser in die Wanne einzulassen. Er zerrte sich das Hemd über den Kopf, zog die Hose, die Unterhose und die Strümpfe aus.

Er biss die Zähne zusammen und stieg in die Wanne. Die Kälte zwickte ihn in die Waden, sie schloss sich wie ein Ring aus Eis um die Unterschenkel. Eine Weile stand er so, dann setzte er sich hin. Er griff nach dem Waschpulver, es war eigentlich nur für Kleider gedacht, aber er musste den Schmutz herunterwaschen, wie sollte denn Cäcilie mit ihm zufrieden sein, sicher hatte er Achselgeruch und seine Füße stanken! Er schüttete das Pulver ins Badewasser, stellte die Schachtel fort und rührte das Wasser um, bis es schäumte. Mit dem Schwamm und der braunen Kernseife – SUNLICHT war in großen Buchstaben in das Seifenstück geprägt – schrubbte er sich, bis die Haut von Kopf bis Fuß rot war, rot und rein.

Es half nichts. Zwischen ihm und Cäcilie blieb ein Schweigen, auch wenn sie Alltagsworte sprachen, es blieb, während sie die Sachen in die Koffer packten, es blieb auf der langen Zugreise nach Cherbourg im Nordwesten Frankreichs, als sie sich im Speisewagen gegenübersaßen. Erst im Hafen schien es ihm, als löste sich Cäcilies Anspannung.

II

VERFÜHRUNG

9

Der Abend dunkelte bereits, da fuhr mit zwei Stunden Verspätung die Titanic in den Hafen von Cherbourg ein. Alle Kajüten waren hell erleuchtet, ihre Lichter spiegelten sich im Meer.

Die Schaulustigen im Hafen wurden still. Sie kletterten an den Laternenmasten hoch, stiegen auf Kisten, spähten von Mauern aus, um einen guten Blick auf den modernsten Dampfer der Welt zu bekommen. Kofferträger, Chauffeure, Familien vom Kleinkind bis zum Großvater schwiegen vor Ehrfurcht. Die Titanic war eine Schönheit. Sie fuhr mit der Würde in das Hafenbecken, die nur Riesen besitzen, und obwohl sie noch mindestens tausend Meter entfernt war, sah jeder, dass sie sämtliche Gebäude der Stadt und selbst die Hafenkräne weit überragte. Ihre Schornsteine neigten sich nach hinten, als wäre das Schiff zum Fliegen gebaut.

Die Passagiere warteten seit dem Nachmittag in zwei Zubringerdampfern; man hatte es für unhöflich gehalten, sie im Freien warten zu lassen. Samuel drückte seine Nase an der Fensterscheibe des Tenders platt. »Ist die Titanic das größte Schiff auf der Welt?«

»Das ist sie«, sagte Matheus. Er schob die Koffer dichter zusammen. Erwachsene und Kinder drängten an die Fenster. Jemand rempelte ihn an, und Matheus fasste rasch nach seiner Brieftasche.

»Warum baut keiner eines, das noch größer ist?«

»Sie werden's sicherlich versuchen, irgendwann. Aber es ist sehr teuer, und man muss extra eine Werft dafür bauen.«

Obwohl auch die Nomadic kein kleiner Dampfer war, schaukelte der Tender unter den Schritten der vielen Fahrgäste. Dampfkessel zischten, dann setzte das Stampfen von Kolben ein. Die Nomadic stieß einen hellen Pfiff aus. Sie steuerte auf die Titanic zu. Neben ihr machte sich die Traffic auf den Weg. Aus ihrem Schornstein quoll schwarzer Rauch. In die Nomadic hatten nur Gäste der ersten und zweiten Klasse einsteigen dürfen, die Traffic brachte die Postsäcke und die Passagiere der dritten Klasse zum Ozeanriesen.

Samuel drehte sich um. »Warum kommt die Titanic nicht ans Ufer, warum müssen wir zu ihr hinfahren?«

»Sie ist zu groß für diesen Hafen«, sagte er.

Cäcilie ergriff Matheus' Arm. »Schau mal«, raunte sie, »da ist John Jacob Astor!« Sie zeigte auf einen Mann mit weißem Hut und Spazierstock, der hinter den Holzbänken der Nomadic stand und die Menge der Gaffenden belustigt beobachtete.

»Und wer ist das?«

»Astor ist einer der reichsten Männer der Welt. Er betreibt das Astoria-Hotel in New York, und das ist nur eine seiner Unternehmungen. Er hat sich von seiner Frau scheiden lassen und das Mädchen geheiratet, das da neben ihm steht, Madeleine heißt sie, eine Achtzehnjährige, inzwischen müsste sie neunzehn sein. Sie ist jünger als sein eigener Sohn.«

Madeleine sah tatsächlich sehr jung aus. Die Krempe ihres Hutes überragte ihre schmalen Schultern. Bei ihr und John Jacob Astor standen drei Bedienstete, einer davon hielt einen Hund an der Leine, einen Airedale Terrier mit schwarzem Rücken und rotbraunem Bauch. Es war ein lebhaftes Tier, das nicht recht zur steifen Haltung der Astors passen wollte: Kaum je stand es fünf Sekunden still, es witterte, machte ein paar Schritte, blickte hoch, roch an einem Schuh, kam zurück, stupste Madeleine an.

»Es gab einen Riesenaufruhr«, sagte Cäcilie, »nicht weil sie so jung ist, sondern weil er sich wegen ihr scheiden lassen hat. Das machen die Reichen nicht, man lässt sich nicht scheiden, man hat Mätressen, auch öffentlich, aber eine Scheidung – damit hat er gegen die Konventionen verstoßen.« Sie fügte hinzu: »Er schreibt Romane.«

»Ich frage mich, wo du solche Dinge erfährst. Beim Friseur? Oder aus Frauenzeitschriften?«

»Der Mann, der jetzt zu ihnen tritt«, raunte sie, »ist Benjamin Guggenheim. Er ist ebenfalls Millionär. Lieber Himmel, fahren die alle mit der Titanic? Du kannst davon ausgehen, die Astors und die Guggenheims wohnen nicht in einer einfachen Kabine. Sie haben sicher die teuersten Suiten gebucht.«

»Wie im Märchen«, hauchte Samuel und legte die Fingerspitzen an die Scheibe, als könnte er die Titanic berühren.

Die Traffic, der zweite Zubringerdampfer, näherte sich dem Rumpf der Titanic an anderer Stelle. Die Titanic ließ sie wie ein Spielzeugboot erscheinen. Türen wurden im Rumpf des Kolosses geöffnet, und die Seeleute des Luxusliners fingen Seile auf, die ihnen zugeworfen wurden. Mit geübten Handgriffen vertäuten die Seemänner die Tender und senkten Rampen herab, Zugänge mit eisernem Geländer. Die Traffic richtete zugleich ein Förderband auf das große Mutterschiff. Unverzüglich begann das Band, Postsäcke hinüberzufahren.

Auch die breite Schiebetür der Nomadic öffnete sich. Kalte Luft zog herein, es roch nach Tang und Fisch. Schon gingen die ersten Passagiere über die Rampe, John Jacob Astor, Guggenheim, ihre Dienerschaft. Scharen von Fahrgästen folgten. Man ließ sie ein in das Riesenschiff.

Matheus hob die Koffer an. Cäcilie nahm ebenfalls, ohne zu murren, zwei Koffer. Die Reise war anstrengend gewesen, allein die Zugfahrt von Paris zum Gare Maritime in Cherbourg hatte sechs Stunden gedauert, und dann noch das Warten hier – aber Cäcilie schien jetzt bester Laune zu sein.

»Guck mal, Papa, das Wasser!« Samuel sah vom Steg hinunter auf die schwarzen Wogen. »Ich seh keine Fische. Gibt es hier Wale?«

»Bestimmt«, sagte Matheus. »Geh weiter, hinter uns kommen noch andere Leute.«

Im Schiff nahm ein Offizier ihre Bordkarten entgegen, in einem großen Raum mit Tischen und Stühlen, und sah auf einer Liste nach. »Matheus Singvogel«, sagt er, »Cäcilie Singvogel, Samuel Singvogel. Sie sind Deutsche?«

»So ist es.«

Der Offizier rief einen Kabinenjungen. Der Junge war kaum fünfzehn Jahre alt, aber in einen Anzug gekleidet wie ein Erwachsener. Er sagte freundlich: »Bitte, folgen Sie mir.«

»Siehst du?«, sagte Cäcilie. »Wozu die Sorgen, Matheus, sie sprechen Deutsch mit uns!«

Der Schiffsjunge wandte sich um. »Erlauben Sie.« Er nahm Cäcilie die Koffer ab und schleppte sie tapfer voran. An einer Gittertür blieb er stehen.

»Ein elektrischer Aufzug, hier an Bord?« Matheus war verblüfft. Er besah die Steuerknöpfe. »Wie viele Etagen hat die Titanic?«

Der Junge stellte die Koffer ab. »Wir haben sieben Decks für Passagiere, Sir, hinzu kommen drei Decks für Fracht und Maschinenräume. Insgesamt sind es also zehn.«

Es duftete nach frischem Holz und Lack. Alles war neu, jeder Winkel penibel sauber. Und zehn Stockwerke! Er sah sich nach Cäcilie und Samuel um. Ihre Gesichter strahlten. Der Eindruck, den das Schiff auf sie machte, kam ihm vor wie sein eigener Verdienst – schließlich hatte er diese Reise gebucht, und sie war nur möglich geworden, weil man ihn nach Chicago eingeladen hatte. Euphorie stieg in ihm auf, er fühlte sich stark.

»Das ist ja eine schwimmende Stadt!«, sagte Cäcilie.

Die Aufzugtür öffnete sich. »So könnte man es nennen, Miss.« Der Kabinenjunge hob die Koffer wieder an. »Wir haben einen Swimmingpool, ein Türkisches Bad, einen Squashplatz und eine Bibliothek.« Er stieg mit ein und wandte sich an den Liftboy: »*Deck D, please.*« Der Junge zog das Eisengitter zu und betätigte den Knopf, der mit Saloon Deck bezeichnet war. Mit einem kurzen Ruck setzte sich der Fahrstuhl in Bewegung. Samuel klammerte sich an Matheus' Hand. Matheus beugt sich zu ihm hinunter. »Keine Angst«, sagte er, »uns passiert nichts. Das ist wie ein Kran, weißt du?«

»Wie viele Menschen sind auf dem Schiff?«, fragte Cäcilie.

»Wir sind nicht voll ausgebucht. Durch den Kohlestreik der Bergarbeiter waren viele unsicher, ob wir rechtzeitig genug Kohle für die Überfahrt zusammenbekommen, und haben ihre Reisen verschoben.«

Matheus stutzte. »Aber der Andrang im Hafen! Ich kann mir nicht vorstellen, dass das Schiff leer ist.«

»Von leer kann keine Rede sein.« Der Kabinenjunge schmunzelte. »Es sind sechshundert Passagiere in der ersten und zweiten Klasse an Bord und siebenhundert in der dritten Klasse. Isidor Straus ist beispielsweise hier, kennen Sie ihn? Er ist der Mitbesitzer von Macy's in New York.«

»Dort würde ich gern einkaufen«, sagte sie, »Macy's in New York!«

Der Fahrstuhl bremste ab und kam zum Stillstand. Der Aufzugdiener öffnete das Gitter.

»Das ist das Salondeck«, erklärte der Kabinenjunge und führte sie einen Flur entlang. Feiner Teppichboden dämpfte ihre Schritte. Eine Treppe mit hölzernen, polierten Stufen führte in die Höhe. Paneele schmückten die Wände. Der Junge öffnete eine Tür und machte eine einladende Geste. »D dreiundfünfzig, Ihre Kabine.«

Voller Neugierde traten sie ein. Zwei Doppelstockbetten standen im Raum, drei der vier Bettstellen waren weiß bezogen, eines mit einem goldbestickten Tuch bedeckt. Der Kabinenjunge öffnete einen großen Kleiderschrank. Die Innenfächer glänzten. Er erklärte: »Hier können Sie Ihre Sachen unterbringen.«

»Ich packe gleich aus«, sagte Cäcilie mit einem Elan, als sei Auspacken ihre liebste Beschäftigung. Sie war wie ausgewechselt. Seit sie in den Zubringerdampfer gestiegen waren, leuchteten ihre Augen.

Wir sind die ersten, die diesen Raum bewohnen, dachte Matheus. Nach ihnen würden noch viele hier nächtigen, aber sie, Familie Singvogel, weihten die Kabine ein.

In diesem Moment stieß die Titanic einen tiefen röhrenden Ton aus, der auf das weite Meer hinausschallte, als wollte das Schiff seine Überlegenheit gegenüber allen anderen Schiffen verkünden. Es röhrte noch zweimal. Die Titanic hatte genug Menschlein verschlungen, sie war satt.

»Hier haben Sie eine Waschgelegenheit«, sagte der Kabinenjunge. Er klappte das Fach eines weiteren Mahagonischranks auf und brachte ein weißes Waschbecken zum Vorschein. Zur Probe drückte er einen Hebel nieder. Klares Wasser strömte aus dem Hahn. »Seife finden Sie in der Schale.«

»Wir haben sogar einen Spiegel«, sagte Cäcilie.

»Wenn Sie mir noch für einen Moment folgen würden?« Der Kabinenjunge führte sie auf den Flur hinaus. »In der ersten Klasse sind einige Kabinen mit Bädern ausgestattet, hier in der zweiten müssen Sie die Waschräume leider mit anderen teilen. Ich hoffe, das ist in Ordnung für Sie.«

Matheus sagte: »Natürlich.«

»Für die Dame – ach, warten Sie.« Er blieb stehen. »Ich habe vergessen, Ihnen zu zeigen, wo sich die Schwimmwesten befinden.«

Schwimmwesten. Matheus packte ein Schwindelgefühl. Er sah das Mittelmeer vor sich, dunkel und tosend. Er spürte den Druck des Rettungsgürtels um seinen Bauch, sah die Seemänner verzweifelt Wasser pumpen. Eilig verdrängte er die Erinnerung. Sie waren auf dem modernsten Dampfer der Welt, er kam frisch aus der Werft, und wenn stimmte, was ihm die Reiseagentin zugesichert hatte, besaß er einen doppelten Stahlboden. Riss die Außenhaut, weil sie auf ein Riff liefen, dann drang immer noch kein Wasser ins Schiff ein. Hier konnte ihm nichts passieren.

Eine Melodie erklang, wie von einem Jagdhorn gespielt. Der Kabinenjunge sagte: »Das ist Fletcher, er geht durch die Decks und kündigt das Abendessen an.«

Wenig später saßen sie im Speisesaal der zweiten Klasse. Sie löffelten Consommé, aßen gebackenen Schellfisch, mit Curry gewürztes Hähnchen und Reis, Frühlingslamm mit Minzsauce, gerösteten Truthahn und Preiselbeersauce. Nur einmal hatte Matheus ähnlich nobel gespeist, das war bei ihrer beider Hochzeitsessen gewesen. Die weiße Tischdecke war makellos, die Servietten kunstvoll gefaltet. Das Besteck glänzte, in die Griffe war der fünfzackige Stern eingraviert, das Symbol der White Star Line. Drei Musiker spielten dezente Stücke für Violine, Cello und Klavier.

Cäcilie lobte jeden Gang der Speisenfolge, und sie sah sich nach den anderen Passagieren um, nicht schüchtern wie er, der sich fühlte, als habe er sich unrechtmäßig eingeschlichen, sondern so, als gehöre jeder hier zur Familie.

An ihrem Tisch kämmte sich ein Mann mit grau meliertem Backenbart jedes Mal, wenn die Kellner eine neue Speise brachten, die Haare. Seine Frau tupfte sich mit der Serviette die Mundwinkel. Matheus war nervös gewesen, als die beiden kamen, er hatte ihre Namen nicht verstanden. Dennoch nickten sie ihm häufig zu und lächelten.

Als zum Abschluss Eis serviert wurde, sagte der Herr etwas, das Matheus schon wieder nicht verstand. Das Englisch dieses Herrn war ungewohnt, die Vokale hatten einen dunklen Beiklang, der es schwer machte, die Worte zu entschlüsseln. Matheus bat um Verzeihung. Hatte der Herr *coal strike* gesagt?

»Schön, wie wir den Kohlestreik austricksen«, sagte der Herr noch einmal. Jetzt gab er sich Mühe, ein langsames, klares Englisch zu sprechen.

Cäcilie widersprach: »Aber der soll doch seit vier Tagen vorbei sein. Die Bergarbeiter streiken nicht mehr.«

»Sehen Sie sich die Häfen an!« Der gut gekämmte Herr sagte es freundlich. »Sie sind übervoll mit Schiffen, keiner kann fahren, weil es an Kohle mangelt.«

»*It's so bad?*«, fragte Matheus.

»In England sitzen die meisten Schiffe fest, man kommt nicht mehr weg. Sehen Sie, wie fröhlich und engagiert die Crew zugange ist? Diese Leute sind glücklich, dass sie eine Arbeit bekommen haben. Sie waren vermutlich seit Wochen arbeitslos. Und jetzt haben sie auf dem modernsten Schiff der Welt angeheuert.«

Cäcilie fragte: »Woher hat denn die Titanic ihre Kohle?«

»Die White Star Line hat alles zusammengekratzt«, sagte der Herr, »was sie in ihren anderen Schiffen noch an Kohle übrig hatte. Die Titanic hat so gerade genug, um nach New York zu kommen. Wir fahren nicht mit Höchstgeschwindigkeit, ich bin sicher, sie haben Angst, dass uns sonst unterwegs die Kohle ausgeht.«

»Und in New York bleibt das Schiff liegen?«

»In New York gibt's keinen Streik. Da können sie die Kohlebunker vollmachen.«

Matheus stellte sich vor, wie er plötzlich einen Hustenanfall erlitt und Blut spuckte, wie er zu Boden fiel, sich krümmte und wand und im Sterben lag und wie sie dann alle zu ihm hinstürzten. Welchen Aufruhr das im noblen Speisesaal geben würde! Die Menschen wären sicher entsetzt, ihn so hilflos zu sehen.

Zwischen zwei Löffeln Eis sagte Samuel leise: »Können wir nach dem Essen nach oben gehen und vom Schiff runtergucken?«

Sie versprachen es.

Lyman Tundale war an Bord! Sie hatte ihn bereits im Tender entdeckt, aber natürlich so wenig wie möglich hinübergeschaut, um Matheus nicht auf ihn aufmerksam zu machen. Samuel war zum Glück durch das beeindruckende Schiff abgelenkt gewesen, sonst hätte er womöglich den Engländer wiedererkannt. Was machte Lyman Tundale auf der Titanic? War er ihretwegen hier? Sie wärmte sich an diesem Gedanken, es war, als sei die Sonne nach einem langen Winter zurückgekehrt.

Lautlos schwebten die Kellner durch den eichengetäfelten Speisesaal, räumten Teller ab, servierten, gossen Wein nach. Aus einer nahe gelegenen Backstube strömte Kuchenduft. »So lässt sich's leben«, sagte Cäcilie. Sie erinnerte sich an den Gestank der Plumpsklos im Hinterhof in Berlin, daran, wie jedes Mal der Geruch in die Wohnung gezogen war, wenn sie lüfteten. Jahrelang hatte sie sich geärgert, dass die Bewohner des Hinterhauses keine Toiletten in ihren Wohnungen hatten. Sie war froh, der Berliner Wohnung entkommen zu sein.

»Kommt, gehen wir rauf«, sagte sie. Am Lift mussten sie einen Moment warten, andere Fahrgäste hatten dieselbe Idee gehabt. Dann fuhren sie drei Etagen hinauf bis unter das Dach. Sie verließen den Fahrstuhl. *Boat Deck* stand an einer Tür. Cäcilie öffnete sie.

Sofort war da das Rauschen des Meeres, der Wind, die klare Seeluft. Sie waren frei, sie befanden sich mitten auf dem Meer. Nacht und Wasser umgaben sie, nur in der Ferne funkelten einige Küstenlichter.

»Ist das schon Irland?«, fragte Samuel.

»Nein.« Matheus legte ihm die Hand auf den schmalen Rücken. »Da kommen wir erst morgen an. Das hier wird noch die englische Küste sein.«

Die See war rau. Der Wind wehte ungebändigt, er holte zu großen Böen aus und entfaltete seine ganze Kraft.

Von den Schornsteinen führten dicke Drahtseile zur Reling. Samuel stellte sich auf die Zehenspitzen und befühlte eines. »Was ist das, Papa?«

»Die Seile halten die Schornsteine fest.«

Samuel sah sich die geschwärzten Finger an. Er wird doch nicht ...?, dachte Cäcilie – da wischte er sie sich schon an der Hose ab.

Sie packte seine Hand. »Samuel, wir werden eine ganze Woche auf dem Schiff sein, und ich kann hier nirgendwo Wäsche waschen. Willst du mit einer fleckigen Hose herumlaufen?«

»Verzeihung, Mama.«

Matheus sah sich die weißen Rettungsboote an, die auf Brusthöhe an Ladebäumen hingen. Sie ahnte, was er dachte. Das wogende Meer machte ihm Angst, er stellte sich wahrscheinlich vor, wie sie kenterten. Mittlerweile waren sie acht Jahre verheiratet. Seine Gedanken waren ihr vertraut wie ein muffiges Wohnzimmer.

»Die sind höher als unser Haus«, sagte Samuel. Er legte den Kopf in den Nacken und sah an einem der Schornsteine hinauf. »Bis an die Wolken reichen die.« Und wirklich, die vier Schornsteine ragten höher in den Himmel als das pompöse neugebaute Rathaus Charlottenburg.

Matheus sagte: »Vorn ist die Brücke, Samuel, da wird das Schiff gesteuert. Ist das nicht erstaunlich? Mit einem einzigen Steuerrad lenkt der Kapitän diese ganze Eisenstadt.« Er trat an die Reling. »Die Brücke überragt das Schiff, komm, ich halte dich fest, dann kannst du gucken. Siehst du es?« Er wartete, bis Samuel sich an die Reling herantraute. »Man nennt so etwas Brückenflügel. Die Schiffsoffiziere können alle Richtungen beobachten, wenn sie das Schiff manövrieren, sie sehen direkt runter zum Wasser und die ganze Schiffsseite lang.«

»Ist das der Kapitän, Papa?«

»Wo?«

»Da drüben mit dem anderen Mann?«

Auf der benachbarten Promenade standen zwei Männer zusammen. Einer trug Offiziersuniform, gegen den schwarzen Kragen hob sich sein weißer Bart ab. Er hatte etwas Herrschaftliches an sich, der aufrechte Rücken, die ruhigen Bewegungen der Hände strahlten Souveränität aus. Als Cäcilie den anderen besah, erstarrte sie.

Matheus setzte Samuel ab. »Das könnte sein. Der weiße Bart, die Uniform – ja, du könntest recht haben.«

Der Mann gab dem Kapitän die Hand. Cäcilie sah sein Gesicht. Die schmalen Lippen, die feinen Gesichtszüge – sie hätte ihn unter Hunderttausenden erkannt.

Lyman Tundale verabschiedete sich vom Kapitän. Er ging zur Tür, die ins Schiffsinnere führte, und öffnete sie. Eine Frau trat heraus. Er redete mit ihr, legte ihr den Arm um die Hüfte. Gemeinsam spazierten sie zur Reling.

Das konnte nicht sein, das war unmöglich! Cäcilie hasste diese Frau im Pelzmantel, ihre Locken, ihre Handschuhhände, die sich an die Reling schmiegten. Du tust mir weh, Lyman Tundale, dachte sie.

10

Samuel musste jedes Wort mühevoll buchstabieren. Trotzdem liebte er Bücher und besuchte gern ihre Ferienheime, die Bibliotheken. Auf der Titanic gab es zwei davon, eine für die Bücher erster Klasse und eine für die Bücher zweiter Klasse. Die Bücher fuhren mit dem Ozeandampfer um die halbe Welt, eine Vorstellung, die ihn belustigte.

Ab und an kamen Leute herein und spazierten an den Regalen vorüber, nahmen einen Band heraus, blätterten, lasen. Er hätte sie gern gebeten, ihm vorzulesen, aber sie redeten eine fremde Sprache. Den Eltern hatte er versprochen, die Bibliothek nicht zu verlassen, und sie hatten gesagt, sie würden ihn zum Mittagessen hier abholen. Er sah sich die Bilder in einem Buch über Tiere an und entzifferte die englischen Bildunterschriften. *Cat, elephant* und *tiger* verstand er ohne Probleme. Aber was waren ein *sloth* und ein *armadillo*? Auf den Bildern wirkten sie wie Märchentiere.

Er schloss die Augen und lauschte. Aus dem Schiffsinneren drang das Stampfen der Maschinen. Die Jungs in Berlin mussten jetzt aufrecht in ihren Schulbänken sitzen und wiederholen, was der Lehrer ihnen sagte. Stattdessen auf dem Schiff zu sein, kam ihm verboten vor. Ein Gefühl, als wäre er von zu Hause abgehauen, um die Welt zu bereisen.

Fort von den Halbstarken, die ihn regelmäßig gezwungen hatten, im Handwagen zu sitzen, während sie damit durch die Straßen rasten. Zweimal hatte er sich den Kopf blutig geschlagen, als der Wagen in einer Kurve umkippte, bis er begriff, dass sie ihn absichtlich umkippen ließen, um ihn, Samuel, über das Straßenpflaster fliegen zu sehen.

Fort von den Nachbarjungs, die ihn als Mädchen beschimpften und behaupteten, er würde sich vor Angst in die Hosen machen – sie hatten sogar so getan, als sähe man tatsächlich einen Pinkelfleck an seiner Hose.

Nach und nach verließen die anderen Leute die Bibliothek, er blieb allein zurück, nur der Bibliothekar war noch da, er saß an seinem Tisch und zählte die eingegangenen Leihkarten. Was sollte auf einem Schiff schon passieren? Bis sie heute Nachmittag in Queenstown anlegten, konnte niemand Gefährliches an Bord kommen. Samuel stand auf. Sicher gab es weitere zauberhafte Orte auf diesem Dampfer zu entdecken. Er stellte das Buch zurück in den Schrank und ging zur Tür. Leise öffnete er sie und schlüpfte hinaus.

Neben der Bibliothekstür hing ein Briefkasten an der Wand. Wie magisch dieses Schiff war! Ein Briefkasten mitten auf dem Ozean. Brachten sie die Briefe per Zauberei in die fernen Länder, wo die Empfänger auf ihre Post warteten? Oder hatten sie Tauben an Bord?

Eine Treppe führte hinab ins Innere des Schiffs. Samuel folgte ihr, zaghaft zuerst, dann mutiger. Nach zwei Etagen bog er in einen Flur ab und blieb verblüfft stehen. Der Flur war so lang wie seine Straße in Berlin. Er musste durch das gesamte Schiff führen, von einem Ende zum anderen. Samuel spazierte los. An einer Tür hing ein Schild, er buchstabierte es: *First Class Only*. Das verstand er nicht, es musste Englisch sein. Im Türschloss knirschte es. Die Tür wurde aufgerissen, und ein Mann stürzte heraus, er prallte gegen ihn. Beide fielen hin. Der Mann rief: »*Damn!*« Er rappelte sich auf und rannte den Flur hinunter.

Samuels Rippen schmerzten, der Mann war offenbar sehr knochig gewesen. Etwas funkelte am Boden. Samuel hob es auf. Da kamen drei weitere Männer durch die Tür. Sie trugen Uniformen und rannten dem ersten nach, stämmige Männer, wie Hunde, die eine Katze verfolgten.

Samuel sah sich an, was er aufgelesen hatte. Einen Ring, golden, mit einem weiß blitzenden Stein. Was sollte er damit machen? Bestimmt hatte der Kerl mit den langen Spinnenbeinen ihn gestohlen. Am besten gab er ihn bei einem Schiffsoffizier ab.

Der Flur war wieder leer, die drei »Hunde« waren verschwunden. Verprügelten sie den Hageren, wenn sie ihn fingen? Samuel klammerte die Faust um den Ring. Er stand auf und ging einige Schritte.

Eine Kabinentür schwang auf. Jemand sagte: »*Come here.*« Es klang wie: Komm her. Als Samuel durch den Türrahmen blickte, erschrak er: Es war der Dieb! Das hagere Gesicht mit den großen Augen, der dünne Körper, die zigarettengelben Finger – Samuel blieb vor Angst das Herz stehen.

Er presste die Faust um den Ring zusammen und ging weiter. Um sich nichts anmerken zu lassen und den Puls zu beruhigen, hielt er die Luft an.

Die Hand des Diebes schnellte vor, und Samuel wurde in die Kabine gezogen. Der Dieb schloss hinter ihm die Tür. Er befahl etwas auf Englisch.

Samuel flüsterte: »Ich verstehe nicht.«

»*What?*«

»Ich kann Sie nicht verstehen.«

»Du sprichst Deutsch?« Der Dieb beugte sich herab, um Samuel in die Augen zu sehen.

»Ja.«

Er steckte die flache Hand aus. »Gib ihn mir.«

Samuel legte den Ring in die Hand des Mannes.

»Jetzt kannst du verschwinden.«

Aus Angst, wieder von ihm gepackt zu werden, ging Samuel in einem Bogen zur Tür.

»Was läufst du überhaupt mutterseelenallein rum?«, fragte der Dieb.

»Ich sehe mir das Schiff an.«

»Warte!«, befahl er.

Samuel blieb stehen. Er sah sich nicht um. Lassen Sie mich gehen, flehte er in Gedanken.

Der spinnenbeinige Mann kam heran und stellte sich neben ihn. »Ich bin Adam. Wie heißt du?«

»Samuel.«

»Hast du Angst vor mir?«

Samuel schwieg.

»Musst du nicht haben. Ich tue dir nichts. Du willst dir das Schiff anschauen? Ich kann dir eine Menge zeigen, ich habe Schlüssel.«

Ihn schwindelte, als stünde er an einem Abgrund. Der Mund war ausgetrocknet, die Zunge klebte am Gaumen.

»Wir erkunden das Schiff zusammen, einverstanden?«

Samuel schüttelte den Kopf.

»Du musst nichts machen. Ich geh in die eine oder andere Kabine und hole Sachen ab. Wenn uns jemand anspricht, sagst du, du hättest dich verlaufen. Wahrscheinlich verstehen sie dich sowieso nicht. Überlass das Erklären mir. Ich werde ihnen sagen, dass ich dich aufgegabelt habe und dir helfe, deine Kabine zu finden.« Er schob Samuel zur Tür hinaus.

Ich muss wegrennen, dachte er. Aber der Dieb war vorhin sehr schnell gewesen, auf seinen langen Beinen könnte er ihn bestimmt mühelos einholen. Er würde verhindern wollen, dass Samuel ihn verriet, er würde ihn nicht entkommen lassen.

»Dir passiert schon nichts. In Queenstown gehe ich mit der Beute von Bord, dann bist du mich los. Bis dahin sind's nur ein paar Stunden.«

Samuel schluckte. Er sollte stundenlang mit dem Dieb durch das Schiff laufen? Hoffentlich trafen sie seine Eltern oder die drei Verfolger in Uniform. Er würde es keine zehn Minuten mit dem Spinnenbeinigen aushalten.

»Ich erklär's dir. Wir sind im E-Deck. Es gibt zwei Straßen, das hier ist die Scotland Road, wie die Arbeiterstraße in Liverpool. Die Crewmitglieder benutzen sie und die Passagiere dritter Klasse. Die Scotland Road ist unsere Fluchtstraße.« Er schloss eine Zwischentür auf. Nachdem sie beide hindurchgegangen waren, schloss er die Tür hinter sich wieder ab.

Durch einen schmalen Gang gelangten sie zur anderen Seite der Titanic. Dort führte erneut ein endloser Korridor vom Bug zum Heck, allerdings war er etwas schmaler als die Arbeiterstraße, und statt blanker Rohre an der Decke war er mit einem Teppich ausgelegt wie in einem Hotel.

»Das ist die Park Lane«, erklärte der Dieb. »Benannt nach der noblen Straße in London. Sie verbindet alle Kabinen der ersten Klasse im Oberdeck.« Er klopfte an eine Kabinentür. Als es still blieb, steckte er Eisenhäkchen ins Schloss und stocherte darin herum. »Du bleibst draußen. Wenn jemand kommt, klopfst du. Ich lasse die Tür einen Spalt offen, deine Hand legst du hier um den Rahmen, sodass ich sie von innen sehen kann. Ich will deine Hand die ganze Zeit sehen – wenn du abhaust, kriege ich dich. Ich reiße dir den Kopf ab, verstanden?« Er öffnete die Tür und verschwand in der Kabine.

Samuel umklammerte gehorsam den Rahmen. Er schwitzte. Wäre er nur in der Bibliothek geblieben! Hoffentlich suchten ihn jetzt seine Eltern. Die Park Lane lag wie ausgestorben da. Endlich öffnete sich eine Tür weit hinten im Flur, und ein Herr mit Hut trat heraus, gefolgt von einer Dame im roten Kleid. Sollte er klopfen? Erwischten sie den Dieb, kam er, Samuel, frei. Andererseits sah es dann so aus, als habe er beim Stehlen geholfen. Würde man ihm glauben, wenn er es erklärte? Und was würde Adam ihm antun, im Fall, dass er entkam? Er konnte in der Nacht ihre Kabine aufbrechen und ihn packen und aus dem Bett zerren und ihn über Bord zu den Haien werfen.

Samuel klopfte.

»Komme«, sagte Adam. Er schob Samuel vom Türrahmen fort und schloss leise die Tür. »Wir können weiter.«

»Sie klauen.«

»Gut beobachtet, Junge.«

»Man darf nicht stehlen.«

»Ach? Hast du das in der Kirche gelernt?«

»Warum sprechen Sie Deutsch?«

»Hab ein paar Jahre in Hamburg gearbeitet.«

Adam klopfte erneut an eine Kabinentür. Von drinnen hörte man Vogelgezwitscher. Als niemand antwortete, schloss der Dieb auf. Samuel blieb im Flur. Eine Weile war es still, dann spülte eine Toilette, und ein dicker Mann trat aus dem Nachbarraum. Er blickte Samuel fragend an.

»Ich suche meine Kabine«, hauchte er. Das Blut schoss ihm in den Kopf. Gleich würde etwas Furchtbares passieren, der Dicke hatte sie ertappt, er würde Alarm schlagen, sie waren aufgeflogen!

Der Mann sagte etwas, das Samuel nicht verstand.

Da trat Adam aus der Kabine. Er lachte und wies auf Samuel und redete auf den Dicken ein, so lange, bis ein Lächeln auf dessen Gesicht trat.

»Er will dir etwas schenken«, sagte der Dieb.

Der dicke Mann betrat die Kabine, vor der Samuel gerade Wache geschoben hatte, und winkte sie hinein. Er sagte viele unverständliche Worte. Ein golden schimmerndes Bett stand in der Kabine und ein Tisch mit Sesseln, außerdem gab es ein großes Sofa und einen Spiegel. Der Boden war mit feinem grünem Teppich ausgelegt.

Auf der Kommode stand ein Käfig mit Türmen und großem Einlasstor, wie ein Schloss. Darin hüpften zwei gelbe Kanarienvögel von Stange zu Stange und pfiffen fröhlich.

»Er ist Kaugummivertreter«, sagte Adam, »er arbeitet für Wrigley's.«

»Was ist Kaugummi?«, fragt Samuel.

Die Männer redeten miteinander. Der dicke Mann blickte Samuel verblüfft an. Dann hielt er ihm etwas hin, das in Papier eingewickelt war.

»Ein Streifen Wrigley's Spearmint«, sagte Adam. »Schmeckt großartig, das Zeug. Greif zu!«

Samuel nahm den Kaugummi, wickelte ihn aus und roch daran. Der Dicke zeigte ihm durch Gesten, er solle ihn in den Mund stecken. Samuel gehorchte. Es schmeckte fürchterlich scharf. Er nickte und sagte: »Danke.« Als er auf dem Ding kaute, wurde es allmählich süßer, und der scharfe Geschmack verlor sich.

Adam übersetzte: »Er sagt, in seiner Heimat lieben sie das.«

Samuel fragte leise: »Können wir gehen?«

Sie verabschiedeten sich. Kaum waren sie draußen, sagte Adam: »Du bist Gold wert, Junge.«

»Haben Sie ihn beklaut?«

»Hab's wieder hingelegt, als er mit dir beschäftigt war. Zu riskant.«

»Und er war nett zu uns. Sie sollten nicht mehr stehlen.«

»Vergiss den Kaugummimann. Es gibt hier ganz andere Reiche. Was ich denen wegnehme, gehört ihnen gar nicht.« Sie gingen weiter den Flur hinunter.

»Wie meinen Sie das?«

»Ist alles uns Armen abgepresst. Ich hole es nur zurück. Denkst du, die arbeiten redlich und haben sich ihren Luxus verdient? Unsinn. Wir werden nie reich wie sie, selbst wenn wir tausend Jahre arbeiten. Ihr Geld gibt ihnen die Macht, uns unser Geld wegzunehmen und noch reicher zu werden. Was arbeitet dein Vater?«

Samuel zögerte. »Das darf ich nicht sagen.«

»Das darfst du nicht? Ist er am Ende ein Gauner wie ich?«

»Nein.«

»Du bist mir ein lustiger Kerl.« Er blieb stehen und klopfte. E43 stand an der Tür. Als nichts zu hören war, sagte er: »Sehr gut. Pass schön auf, Samuel. Der alte Knauser ist nicht so nett wie unser Kaugummivertreter. Gib mir sofort Bescheid, wenn jemand kommt.«

»Welcher alte Knauser?«

»Das ist die Kabine von Englehart Ostby, einem Schmuckhändler. Reist mit seiner Tochter Helene und einem Beutel voll Edelsteinen, die er in Paris gekauft hat. Wahrscheinlich hat er das Beutelchen beim Zahlmeister für den Tresor abgegeben.«

»Warum brechen Sie dann ein bei ihm, wenn es doch nicht da ist?«

»Sie haben anderen Schmuck in der Kabine, darauf kannst du deine Seele wetten.« Adam grinste. »Helene muss sich schließlich hübsch machen für die Mahlzeiten.« Er stocherte mit seinen Eisenhäkchen im Schloss. Lautlos verschwand er in der Kabine.

Samuel schluckte den Kaugummi hinunter und starrte nervös in den Korridor.

Die Postkarte gefiel ihr: Neben der Titanic war darauf ein winziges Segelschiff abgebildet, der Vergleich würde Vater beeindrucken. Und nicht nur ihn. Cäcilie nahm eine weitere aus dem Ständer, für ihren Onkel.

Es duftete nach Seifenschaum. Der Friseur, der die Postkarten verkaufte, pinselte einen Herrn ein, um ihn zu rasieren. Cäcilie sah sich die Briefbeschwerer und die roten Wimpel an. Jeder trug das Emblem der White Star Line, den weißen Stern.

Aber alles Ablenken half nichts. Innerlich stachen sie glühende Nadeln, ständig dachte sie daran, wie Lyman Tundale diese Frau umarmt hatte. Tröstete er sich mit ihr, weil sie, Cäcilie, ihn abgewiesen hatte? Aber was suchte er dann auf der Titanic?

Cäcilie legte den marmornen Briefbeschwerer zurück, den sie in der Hand gewogen hatte.

»Gehen wir weiter«, sagte Matheus.

»Augenblick, ich will noch diese Postkarten kaufen.«

Sein Blick wurde unwillig. »Muss das sein?«

»Wenigstens eine, für Vater. Er soll sehen, dass man auch dann was erleben kann, wenn man nicht so reich ist wie er.«

»Wir haben bereits unser Konto geplündert. Jetzt willst du noch den Rest auf den Kopf hauen, um zu protzen? Vergiss nicht, wir müssen in Amerika ein Zugticket kaufen, übernachten, essen ...«

»Das kriegst du doch alles erstattet. Ich kaufe bloß eine läppische Postkarte! Matheus, du bist unmöglich.«

Auf seinen Wangen traten die Kiefermuskeln hervor. »Siehst du nicht, was sich hinter der glänzenden Fassade verbirgt auf diesem Schiff? Geldgier. Alles kostet Geld, das Benutzen der Sporthalle, die Liegestühle an Deck, die Getränke.«

»Die Liegestühle kosten einen Dollar für die gesamte Fahrt, und man bekommt eine warme Decke dazu, das ist wirklich nicht zu viel verlangt.«

»Aber wir haben die Fahrt schon bezahlt! Und sie verlangen für jede Kleinigkeit wieder etwas.«

Der Friseur sah herüber. Sogar sein Kunde drehte sich nach ihnen um.

Matheus zog Cäcilie beiseite. Er zischte: »Ich weiß, was in dir vorgeht. Du siehst neidisch in Richtung der ersten Klasse.«

»Darum geht es überhaupt nicht«, widersprach sie. »Mich ärgert, dass du nichts genießen kannst. Das war schon zu Hause so. Warum habt ihr Ärmeren nur immer ein solches Problem mit dem Genießen?«

»Weil es Geld kostet, das wir nicht haben.«

»Unsinn. Auch wenn man arm ist, hat man Dinge, die man auskosten kann. Wir haben für die Überfahrt nach Amerika dreihundertvierzig Mark bezahlt, und jetzt haben wir keinen Dollar mehr für einen Liegestuhl? Das ist absurd.« Wann hatte ihre Liebe angefangen, sich aufzulösen? Als er ihr jeden Morgen seine Träume erzählte, unwichtiges, wirres Zeug in einer ermüdenden Ausführlichkeit? Als sie anfingen sich zu streiten, und kein Quäntchen Güte mehr da war, um nachgeben zu können um der Liebe willen? Auch jetzt konnte sie nicht nachgeben, sie ärgerte sich über seine Engstirnigkeit und seinen Geiz. »Wäre es dir lieber, wenn ich ein Morse-Telegramm an Vater schicke, für drei Dollar die ersten zehn Wörter und fünfunddreißig Cent jedes weitere? Ich bin bescheiden, ich habe mich mit einer Postkarte begnügt! Wir machen eine tolle Reise, Matheus, warum kannst du sie nicht auskosten?«

»Die Reise ist ein übermütiges Abenteuer, ich dachte, dass du dich darüber freust. Aber nein, jetzt muss es noch mehr Luxus sein. Du bekommst nie genug, nie. Kannst du nicht einmal zufrieden sein?« Er zog die Brieftasche heraus. »Da, gib den Rest aus, wenn es dich glücklich macht.« Er warf sie zu Boden und ging.

11

Die Hügel von Irland legten ein grünes Band über den Ozean, sie spielten mit dem Blau. Nie zuvor hatte Nele Natur in solcher Schönheit gesehen. Segelboote zogen vorüber. Die Titanic drehte bei und steuerte auf die Hügel zu. Obwohl sie noch draußen auf dem Meer waren, meinte sie, den Duft von Wiesenblumen zu riechen.

In den letzten Stunden war sie sich nicht immer sicher gewesen, ob es der richtige Entschluss gewesen war, nach Amerika auszuwandern. Angebrannte Brotsuppe wurde nicht besser davon, wenn man mehr Schwarzbrot hineinrieb, nicht mal teure Butter half da weiter oder zerquirltes Eigelb, verbrannt war verbrannt, es wurde nur *mehr* durch das Hinzufügen, nicht *besser*. Ihre Flucht ins Ausland war gescheitert. Aber anstatt umzukehren und in Berlin als Fischverkäuferin einen Neuanfang zu machen, floh sie noch weiter fort. Waren ihre Chancen in Amerika denn größer, brauchte man sie dort als Tänzerin? Sie wusste so wenig über diesen Kontinent. Und sie hatte umgerechnet achtundzwanzig Mark für ein Ticket dritter Klasse ausgegeben, um es herauszufinden, die gesamte Summe, die ihr der gütige alte Artist geschenkt hatte.

Der Anblick der irischen Küste besänftigte sie.

Es musste bald Mittagessen geben. Sie sehnte sich nach Mutters Zwetschgenklößen und der süßen braunen Soße aus Zucker und zerlassener Butter.

Auf dem Promenadendeck der dritten Klasse ging es hoch her. Die Passagiere aus Syrien, Kroatien, Italien hatten viele kleine Kinder bei sich, auch Säuglinge. Aus Gesten und kargen Wortbrocken hatte sie erfahren, dass manche von ihnen seit Tagen unterwegs waren, über das Mittelmeer nach Marseille, dann mit dem Zug bis Paris und mit einem weiteren Zug nach Cherbourg. Die Reisestrapazen hatten ihnen aber nicht ihre Fröhlichkeit geraubt. Kinder spielten mit ihren Kreiseln an Deck, peitschten sie, bis sie sich lustig drehten; Erwachsene zeigten sich die irischen Hügel und plauderten angeregt.

Jetzt rasselten die Ankerketten hinab. Offenbar fuhr die Titanic auch hier nicht in den Hafen, er war zu klein für sie. Vom grünen Ufer aus kamen Schiffe auf sie zu, zwei Schaufelraddampfer und etliche kleine Boote, wie ein Schwarm von Piraten, die den großen Koloss entern wollten.

Sie stimmte an: *Weißt du wie viel Sternlein stehen /An dem blauen Himmelszelt?* Sie hatte sich beschützt gefühlt, wenn Mutter dieses Lied sang, es hatte sie getröstet, vor allem, nachdem Carl sie verprügelt hatte, Carl, der betrunken die Treppe heraufgepoltert kam und herumbrüllte und immer nur einen Grund suchte, Nele zu bestrafen. Das Lied war ihr Trost gewesen, ihr Schutzzauber. Sie hatte sich in Mutters Arme verkrochen und geduldig darauf gewartet, bis das Lied ihre wunde Kinderseele geheilt hatte.

Der Deutsche schaute schon wieder zu ihr herüber. Er reiste mit Frau und sein Sohn, sie hatte die Familie in Cherbourg auf dem Weg vom Zug zu den Tendern beobachtet. Warum sah er sie so an? Weinte er? Er wischte sich mit einem Taschentuch über die Wangen. Ihren Blick musste er bemerkt haben, er sah zu Boden. Blickte wieder auf. Ein Ruck ging durch ihn, als habe er einen Entschluss gefasst, er passierte die schmale Pforte, die das

Promenadendeck der zweiten Klasse abtrennte, und kam zu ihr.

»*Excuse me*«, sagte er, »*I just ...*«

»Sie können Deutsch mit mir reden«, unterbrach sie ihn.

Er wurde rot. »Also doch. Sie haben gerade ein deutsches Lied gesungen, ich war mir nicht sicher.« Tatsächlich stand Wasser in seinen Augen. Er musste geweint haben. »Es ist mir peinlich, aber darf ich Ihren Namen erfahren? Ich möchte Sie wirklich nicht belästigen.« Er nahm den Hut ab, Wind fuhr ihm in die Haare. Sie stellten sich wüst auf, ungekämmte Haare wie von einem Schuljungen.

»Ich bin Nele.«

»Matheus Singvogel. Sie müssen verzeihen, ich spreche für gewöhnlich keine Frauen an, es ist ... Ich weiß nicht, warum ich das gerade tue.«

»Dass Sie mich ansprechen, stört mich nicht. Schlimm finde ich, dass Sie mich seit 'ner guten Stunde anstarren.«

Er fuhr zusammen. »Das ... Ich ...«

»Schon gut. Haben Sie sich mit Ihrer Frau gestritten?«

»Woher wissen Sie das?«

Nun konnte sie nicht anders, als zu lächeln. Wie ein schüchterner Junge stand er da, hilflos und doch offensichtlich verknallt in sie. »War nicht schwer zu erraten. Gehen Sie mal zurück zu ihr, versöhnen Sie sich.«

Die Schaufelraddampfer tuckerten immer näher heran, deutlich konnte sie ihre Namen lesen: Ireland, America. Sie brachten wohl irische Passagiere. Die kleineren Boote drängten sich an die Dampfer heran, und Händler diskutierten mit den Schiffsoffizieren, sie hielten Geschirr hoch, irische Spitze, feine Hemden. Einige wurden an Bord gelassen.

Ein Raunen ging durch die Auswanderer auf dem Promenadendeck, sie wandten sich von der Reling ab und blickten nach oben. Nele folgte ihrem Blick. Ein Heizer, über und über von Kohlenstaub bedeckt, war im vierten Schornstein nach oben geklettert. Er schaute aus ihm heraus und spähte nach Irland hinüber.

»Was soll das?«, wunderte sich Matheus Singvogel.

»Vielleicht kommt er von hier und guckt sich seine Heimat an«, sagte sie. »Auf jeden Fall hat er den besten Ausblick von da oben.«

Ein Schiffsoffizier rief einen wütenden Befehl. Da erst schien der Heizer die Aufmerksamkeit der Passagiere zu bemerken. Rasch zog er sich wieder in den Schornstein zurück.

»Das ist offensichtlich nicht erlaubt.«

Nele rollte die Augen. »Sind Sie Polizist oder so was?«

Ein Horn spielte. Matheus Singvogel sagte: »Es gibt Mittagessen. Ich sollte meinen Sohn von der Bibliothek abholen.« Er sah Nele an, vor Scham wurde sein Hals fleckig. »Leben Sie wohl. Und Verzeihung noch mal, ich weiß nicht, was mich ... Also, ich hätte nicht ...«

Dramatisch wie eine Schauspielerin im Stummfilm legte sie sich den Handrücken an die Stirn und tänzelte Rückwärtsschritte. »Leben Sie wohl, Herr Singvogel.« Sie wischte sich eine gespielte Träne aus dem Augenwinkel.

Er nickte und wandte sich ab.

Was für ein verrückter Kerl, höflich und verkrampft. Trotzdem tat es ihr gut, dass sie ihm aufgefallen war. Vielleicht würde sie doch eines Tages einen Mann finden, der zu ihr passte.

Hunderte von Möwen stürzten sich kreischend auf die Küchenabfälle der Titanic, die aus einer Luke ins Meer platschten. Die Möwen stritten, sie fuhren auf und segelten große Bögen.

Die Krankenstation beruhigte Matheus nicht, sie steigerte sein Unwohlsein nur noch. Die Schränke mit weißen Stahltüren ließen den Untersuchungsraum kühl wirken, und der Medikamentengeruch signalisierte: Du bist krank.

In Regalen standen Fläschchen aus dunklem Glas und auch einige aus Porzellan. Eine Waage war da und Metallkästen, deren Verwendung er nicht ergründen konnte. Womöglich würde er lange Zeit hier verbringen, vielleicht ließen sie ihn nicht einmal nach Amerika hinein, er hatte gehört, dass nur Gesunde ins Land durften.

Er spürte ein Zucken im rechten Oberarm. Da. Es ging los. Der Körper leitete den Sterbeprozess ein. Matheus Singvogel starb während der Schiffsreise in die Vereinigten Staaten von Amerika, würde der Gemeindeälteste im Gottesdienst ansagen, und alle, die an seiner Krankheit gezweifelt hatten, würden sich schämen. Andere würden sagen: Er hat es gewusst. Irgendwie wusste er, dass er schwer krank ist.

Was passierte mit seinen Predigtunterlagen? Und seine armen alten Eltern, wer sollte es denen beibringen, ihr Sohn war vor ihnen gestorben! Vater hatte bereits so gelitten, als letztes Jahr einer der Gäule gestorben war, die früher seine Bierkutsche gezogen hatten.

Für Cäcilie blieb nicht viel zum Leben übrig, das meiste hatten sie für die Reise ausgegeben. Er stellte sich vor, wie sie jeden Abend heimlich weinte, weil sie sich nach ihm, Matheus, sehnte. Wie sie alte Fotografien ansah, Erinnerungen heraufbeschwor und sich wünschte, er wäre noch am Leben. Sie würde bald merken, was sie an ihm gehabt hatte.

»Reisen Sie allein?«, wurde er in kehligem Englisch gefragt.

»Nein, mit meiner Frau und meinem Sohn. Sind Sie Arzt?«

»Ich bin Chirurg, ja. Verzeihen Sie! William O'Loughlin, ich habe mich Ihnen nicht vorgestellt.« Er reichte Matheus die Hand.

»Matheus Singvogel. Arbeiten Sie immer auf einem Schiff?«

»Ich bin seit vierzig Jahren zur See unterwegs. Machen Sie sich keine Sorgen, wir sind bestens ausgestattet. Wir haben alle Instrumente und Medikamente, die wir brauchen könnten. Was fehlt Ihnen, was kann ich für Sie tun?«

Matheus nahm allen Mut zusammen. Er fürchtete, gleich Entsetzen im Gesicht des Arztes zu lesen. Aber die Wahrheit musste heraus. »Mein Urin ist dunkel. Dazu kommen die Augen. Ich hab auf der Reise versäumt, sie mit kaltem Wasser auszuwaschen, womöglich sind dort schon Larven geschlüpft, es gibt doch winzige Insekten, die als Parasiten Menschenaugen befallen, und meine Augen jucken. Außerdem habe ich das Gefühl, dass der Adamsapfel – *Adam's apple*, ist das richtig? –, also, dass mein Adamsapfel angeschwollen ist. Er kommt mir sehr groß vor.«

Der Arzt leuchtete in die Augen, besah den Adamsapfel. »Ihr Adamsapfel hat eine normale Größe, er scheint mir nicht angeschwollen zu sein. In den Augen kann ich auch keine Entzündung sehen.«

Wie oberflächlich er ihn untersuchte! »Ich bin mir sicher, Sir, da ist etwas nicht in Ordnung mit mir. Eine schwere Erkrankung, ich spüre es. Prüfen Sie mich bitte gründlich und seien Sie ganz offen, ich muss wissen, wie viel Zeit mir bleibt.«

»Mister Singvogel, belasten Sie zurzeit irgendwelche Sorgen?«

»Nein.«

»Sind Sie verschuldet?«

»Nein.«

»Und Ihre Ehe, ist da alles zum Besten bestellt?«

Er zögerte. »Ich ... bin mir nicht sicher.«

»Wissen Sie, manchmal empfinden wir eine Krankheit, weil wir einem anderen, schwerwiegenden Problem ausweichen. Sie sind gesund. Ihrem Körper geht es gut.«

»Der Urin, Doktor, und die juckenden Augen, das ist doch keine Einbildung!«

Der Arzt nickte. »Ich kann Ihnen gegen die Unruhe eine Mixtur aus Chloroform und Morphin verabreichen. Und es gibt nervenstärkende Mittel, *Beecham's Pills* aus Aloe, Ingwer und Seife, *Tidman's Sea Salt, Ambrecht's Coca Wine.*«

»Was würden die kosten?«

»Krankheiten, die an Bord entstanden sind, werden von mir kostenfrei behandelt. Auch alle Medikamente sind kostenfrei. Aber lieber wäre es mir, wenn Sie auf Medikamente verzichten könnten. Sprechen Sie sich mit Ihrer Frau aus. Wenn es Ihnen übermorgen nicht besser geht, sehe ich Sie mir noch einmal an, einverstanden?«

Die Passagiere saßen in ihren Liegestühlen, blätterten im illustrierten Versandhauskatalog von Sears, Roebuck & Co oder in der Bordzeitung *Atlantic Daily Bulletin*, um die neuesten Börsenkurse nachzulesen oder die Ergebnisse der Pferderennen. Sie ließen sich von den Stewards heißen Tee bringen, räkelten sich vor den Fotokameras ihrer Angehörigen und lächelten in das schwarze Kästchen aus Karton für einen Schnappschuss zur Erinnerung an den Urlaub auf dem Luxusdampfer.

Sie hingegen, Cäcilie, durfte sieben Schiffsetagen nach Samuel durchsuchen. Wütend stampfte sie durch die Korridore. Er würde sich etwas anhören müssen. Der Junge hatte einfach die Bibliothek verlassen und spielte jetzt vermutlich irgendwo lustig mit anderen Kindern Domino, während sie durchs ganze Schiff lief und ihn suchte.

Wie viele Sorgen man mit einem Kind hatte!

Sie musste daran denken, wie sie ihn letztes Jahr zur Rettungswache gebracht hatte, als der Junge vom Spielen mit einer Platzwunde am Kopf wiederkam, und wie sie noch Tage später seine Verbände gewechselt und die Wunde abgetupft hatte.

Sie dachte daran, dass Samuel sie vor seiner Einschulung gebeten hatte, ihm aus der Fibel vorzulesen. Er fürchtete sich vor der Schule, und sie sollte ihm helfen, sich darauf einzustellen. Natürlich las sie ihm vor. *Unser Kaiser heißt Wilhelm. Er wohnt in Berlin. Er sorgt für alle seine Untertanen wie ein Vater für seine Kinder. Wir alle lieben unseren Kaiser. Seinen Geburtstag feiern wir im Januar. Dann beten wir für den Kaiser und hören aufmerksam auf das, was uns von ihm erzählt wird. Zum Schluss singen wir: »Hurra! Heut ist ein froher Tag, des Kaisers Wiegenfest! Wir freuen uns und wünschen ihm von Gott das Allerbest!« Wir singen froh und rufen laut: »Der Kaiser lebe hoch! Der liebe Gott erhalte ihn recht viele Jahre noch!«*

Was, wenn dem Jungen etwas zugestoßen war? Man hörte schreckliche Berichte, es gab gewissenlose Menschen. Sie hätte ihn nicht in der Bibliothek allein lassen dürfen. Das hatte sie doch nur getan, um sich unauffällig nach dem Engländer umzusehen! Ich bin eine Rabenmutter, dachte sie. Ich bin die schlechteste Mutter der Welt.

»Samuel?«, rief sie. War sie hier nicht schon gewesen? Dieses Schiff war das reinste Labyrinth. Sie stieß eine Tür auf und bremste sofort ab. Das musste ein Café für die erste Klasse sein. An den Wänden standen Kentia- und Chamaeropspalmen in Eichenholzkübeln. Unverkennbar sollte das Café eine Oase der Ruhe bieten, nur leises Rascheln von Seidenkleidern und dezentes Klappern von Teegeschirr und Kuchentellern waren zu hören, dazu das sanfte Raunen der Gespräche.

Schon wollte sie die Tür wieder schließen, da sah sie den Engländer an einem der Fenster stehen. Er war allein, und er hielt sich ein Fernglas vor die Augen. Was beobachtete er da draußen? Die Fenster reichten vom Boden bis zur Decke, sie boten einen guten Ausblick.

Cäcilie zog sich leise zurück. Sie ging zur Reling, weit genug weg von den Fenstern. Für die Menschen, die sich hier entspannten, hätte er kein Fernglas gebraucht. Sah er aufs Meer hinaus? In seiner Blickrichtung lagen zwei Kriegsschiffe vor Anker. Andere belustigten sich, tranken Tee, lasen und plauderten. Er beobachtete Kriegsschiffe. Sonderbar.

Cäcilie kehrte zurück ins Café. Sie hatte ein schlechtes Gewissen, sie musste ja ihren Sohn suchen. Ich rede nur kurz mit Lyman, dachte sie, dann suche ich weiter. Während sie sich dem Briten von hinten näherte, schlug ihr das Herz bis in den Hals hinauf. Würde er erschrecken, sie hier zu sehen? Sich freuen? Sie spürte, wie sich ihre Wangen röteten. Das wollte sie nicht, sie wollte gefasst aussehen.

Immer noch blickte er durch das Fernglas aus dem Fenster. Als sie hinter ihm stand, sagte er, ohne sich umzudrehen: »Schön, dass Sie da sind, Cäcilie.«

Offenbar war es unmöglich, diesen Mann zu überraschen. Er tauchte auf, wo er wollte, und er hatte seine Augen überall. Sie sagte: »In Berlin habe ich geglaubt, wir würden uns nie wiedersehen.«

»Das hätte ich bedauert.« Der Engländer nahm das Fernglas herunter und drehte sich zu ihr um. »Manchmal reagiert man ungehalten, wenn man eine Sache noch nicht kennt. Ich war es nicht gewohnt, abserviert zu werden, wie Sie es mit mir in Berlin getan haben. Aber der Ärger hat sich irgendwann gelegt, und ich habe Sie vermisst.«

Sie schluckte. »Sind Sie deshalb hier? Sie buchen eine Reise nach Amerika, um mich zu sehen?«

»Ich würde Sie gern heute Abend zum Essen in die erste Klasse einladen. Es wird Ihnen an nichts fehlen, Hummer, Pâté de Foie gras, Ochsenzunge, Austern ...«

»Soweit ich weiß, ist es nicht erlaubt, dass ich als Passagierin aus der zweiten Klasse –«

»Lassen Sie das meine Sorge sein. Ich kümmere mich darum. Davon abgesehen: Auch das Palm Court Café ist der ersten Klasse vorbehalten, und es hat Sie offensichtlich niemand daran gehindert, hierherzukommen.«

»Was ist mit der Frau, die Sie an Deck umarmt haben?«

»Die kann Ihnen nicht das Wasser reichen, und das wissen Sie.« Er lächelte.

»Spielen Sie nicht mit mir!« Zu ihrem Entsetzen stellte Cäcilie fest, dass ihre Hände zitterten.

»Sie werden sehen, ich bin kein Mann, der spielt. Nehmen Sie meine Einladung an?«

»Ich kann nichts versprechen. Matheus ist heute krank, vielleicht will er in der Kabine bleiben. Aber wenn er das Abendessen nicht ausfallen lässt, muss ich mit ihm und Samuel in den Speisesaal der zweiten Klasse gehen. Können wir uns nicht außerhalb der Essenszeiten verabreden und an einem weniger öffentlichen Ort?«

»Schämen Sie sich für mich?«

»Ich bin verheiratet, das wissen Sie doch.«

»Treffen wir uns hier, heute Abend, sieben Uhr. Ich geleite Sie an den Tisch.«

Er war ein geschmeidiger Jäger, der sie, ihre Beute, umpirschte. Sein unnachgiebiger Wille machte ihr Angst. Aber er weckte auch eine lustvolle Sehnsucht in ihr.

12

Erst bestahlen sie Multimillionär Chaffee in Kabine E31, dann Colonel John Weir. Adam zog sich mit Samuel in eine Bettwäschekammer zurück und zeigte ihm die Beutestücke. »Dieser Weir ist durch seine Silberminen reich geworden. Wir nehmen ihm nur ein wenig von dem Zeug weg, das er mit seinem Silber gekauft hat, mit welchem Recht gehört das ihm? Schau dir das an: ein goldener Zigarrencutter.« Er leuchtete mit der Taschenlampe darauf.

Samuel wusste nicht, was das war und was man damit machte, aber es blitzte und sah geheimnisvoll aus.

»Ne goldene Streichholzschachtel, wer braucht so was? Manschettenknöpfe aus Türkis.« Adam drehte die Dinge in den Fingern. Aus seinen Taschen brachte er einen Ring zum Vorschein. »Ein Saphir.« Er zog an einer Kette eine Uhr heraus. Im Taschenlampenlicht blitzte sie. »Diese Uhr mit der dicken Kette, alles Gold – die ist sicher zweihundertfünfzig Dollar wert.«

Obwohl es gestohlen war, freute sich Samuel über die Beute, er fühlte sich, als hätte er ein gelungenes Bild gemalt oder wäre mit einer besonders guten Zensur nach Hause gekommen. Das verwirrte ihn.

Adam las die Uhrzeit. »Kurz nach zwölf. Die Titanic legt frühestens in einer Stunde ab. Gehen wir zum Schutzdeck, da gibt es einen Herrn Rothschild in Kabine C95. Und Thomas Pears, den

Erben des Seifenimperiums, in Kabine C2. Ergiebig könnte auch C83 werden, Henry Harris. Dem gehörten mehrere Theater am Broadway.«

»Woher wissen Sie das alles?«, fragte Samuel.

Adam ließ die Beutestücke in seinen Taschen verschwinden. Er zog eine grüne Broschüre hervor, auf der ein großer weißer Stern prangte. »Das Ding wird überall verteilt, die White Star Line macht regelrecht Werbung damit.«

»Was steht da drin?«

»Das sind die Namen der Passagiere erster und zweiter Klasse. Vorbereitung ist alles in meinem Gewerbe.«

»Steht auch mein Name drin?«

Adam blätterte, dann zeigte er Samuel die Zeile, in der sein Name stand. Es erfüllte Samuel mit Stolz.

Er konnte nicht anders, als Adam für seine Ruchlosigkeit zu bewundern. Der Mann war ja kein Räuber, der anderen einen Knüppel überzog – er nahm nur denen etwas weg, die zu viel hatten. »Haben Sie sich nie geschämt, ein Dieb zu sein?«, fragte er ihn.

»Ach was. Die Reichen sollten sich schämen für ihre Raffgier.« Adam spähte durchs Schlüsselloch. *Shit!*, fluchte er. »Dieser John Weir ist zurück, und er hat den Diebstahl bemerkt. Jetzt schickt er die Crew auf die Suche nach uns. Der war früher Colonel bei der Armee, er weiß, wie man jemanden aufspürt. Verflucht!«

Er zerrte sich die Beutestücke aus den Taschen. »Wenn die mich mit dem Zeug erwischen, bin ich geliefert. Hier.« Er drückte Samuel die Uhr, die Ringe und Halsketten in die Hand. »Bewahre das für mich auf.«

»Können wir es nicht hier verstecken?«

»Nein. Wir müssen raus, die gehen die Kammern durch. Wenn sie uns gleich laufen gesehen haben, durchsuchen sie die hier besonders gründlich.«

»Und wenn sie mich fangen?«

Er stopfte Samuel weiteren Schmuck in die Taschen. »Ich laufe zuerst los. Sobald sie mir nachjagen, guckt keiner mehr auf die Tür. Dann spazierst du einfach raus und gehst in die andere Richtung.«

Er kämpfte mit den Tränen. »Ich will die Sachen nicht haben. Sie werden denken, ich hätte das geklaut.«

»Keiner denkt das. Wenn sie dich kriegen sollten, sagst du, du hast das Zeug hier gefunden. Aber sie kriegen dich nicht. Zähl bis zehn, dann gehst du raus und nach links.« Er wendete sich zur Tür um, holte Atem wie ein Sportler vor dem Sprint. Er zischte: »Scheiße, ihr Drecksäcke!« Adam öffnete die Tür und schloss sie hinter sich wieder.

Eins.

Draußen rief jemand etwas.

Zwei.

Schritte polterten vorüber.

Drei. Vier.

Wieder Schritte und laute Rufe, Drohungen.

Fünf. Sechs. Sieben. Acht.

Ein Mann rief einen Befehl, das war bestimmt der Colonel, er hatte eine schneidende Stimme wie ein General.

Neun. Zehn.

Samuel zitterte. Er wollte nicht da rausgehen. Aber hier bleiben durfte er auch nicht, Adam hatte gesagt, sie durchsuchten die Kammern, eine nach der anderen. Samuel schob die Beutestücke tief in die Taschen. Was nicht hineinpasste, steckte er sich ins Hemd, die Uhr, einige Ketten. Er spürte sie kalt an seinem Bauch.

Er sah durchs Schlüsselloch. Das ließ ihn nur einen Teil des Flurs erkennen. Er öffnete sie um einen Spalt. Rechts stand ein grauhaariger Mann mit kerzengeradem Rücken, der die Fäuste ballte, noch weiter hinten rannten Crewmitglieder. Samuel schlüpfte aus der Tür, schloss sie leise und ging nach links.

Er durfte die Sachen nicht in ihrer Kabine verstecken. Der Kaugummimann hatte ihn heute mit Adam zusammen gesehen. Wenn sie nachforschten und ihn entdeckten, würden sie womöglich die Familienkabine durchsuchen.

Wo sollte er hingehen?

Samuel irrte durch das Schiff, an lachenden Passagieren vorbei, ging durch verglaste Drehtüren. Er spazierte unter einem Kristalldach entlang, beschienen vom warmen Sonnenlicht, obwohl er im Schiffsinneren war, und fand einen Raum mit Gewichthebemaschinen, Rudermaschinen, Fahrrädern und mechanischen Pferden. Ein dicker Mann trat keuchend in die Pedale eines Fahrrads, ohne dass es sich vom Fleck bewegte. Nur die roten und blauen Zeiger der weißen Fahrraduhr kreisten.

Auf einem elektrischen Kamel und einem elektrischen Pferd saßen je ein schlanker junger Mann, sie wurden rauf und runter geschwungen und gaben ein komisches Bild ab. Das war verrückt: Sie fuhren über den Ozean, was an sich schon ein Wunder war, und dabei taten diese Männer so, als würden sie durch eine Landschaft reiten.

Ein Versteck fand er nicht. Die Diebesgüter brannten auf seinem Leib, er hatte das Gefühl, dass jeder ihm ansah, was er transportierte. Hatte der Schiffsjunge nicht gesagt, dass nur ein Teil der Kabinen belegt war? Dann musste es leere, unbenutzte Räume geben, in die auf der Fahrt niemand hineinsehen würde. Wenn er doch nur Schlösser knacken könnte wie Adam!

Ihm taten bereits die Füße weh, und er hatte Durst. Am Ende der Scotland Road entdeckte er eine spiralförmige Treppe, die in die Tiefe führte. Bestimmt hatten sie die Kabinen von oben nach unten gefüllt, jeder wollte doch lieber oben wohnen, wo man mehr sah und die Maschinen nicht hörte. Dann konnte es sein, dass er unten den unbenutzten Teil des Schiffs finden würde. Samuel stieg hinab.

Er betrat eine Lagerhalle, in der ein Automobil parkte, umgeben von Kisten und Säcken. Das Auto war neu, sein roter Lack schimmerte. In der Halle aber roch es wie in einem Keller. Das konnte das passende Versteck werden!

Angespannt lauschte er. Jemand war dort, da waren Geräusche. Er schlich zum Ausgang auf der anderen Seite. Durch eine angelehnte Tür sah er Postsäcke, Hunderte davon, und fünf Männer, die Briefe sortierten. Einer von ihnen sah hoch und blickte ihn an, sagte etwas. Samuel hastete zurück zur Treppe. Rauf oder runter? Kamen sie ihm nach?

Er stieg hinab bis zum letzten Geschoss. Ein langer dunkler Gang erwartete ihn, an dessen Ende es beständig stampfte und rumpelte. Samuel tastete sich an der Seite des Gangs voran. Die Korridore der Crew sahen schäbig aus im Vergleich zu den Fluren der Passagiere, ihre Türen waren mit dicken Nieten versehen. Kohlenstaub drang ihm in die Nase.

Er spähte voran in eine große Halle, ohne das Halbdunkel des Gangs zu verlassen. Da waren Öfen, so groß wie Häuser. Männer mit rußigen Gesichtern schaufelten Kohle in die Flammen. Über den Öfen zischten Kessel. Der Dampf trieb die Motoren an.

Niemand beachtete ihn, die Männer waren damit beschäftigt, Kohle zu schippen und die Kolben zu schmieren, sie arbeiteten unentwegt, wie stumme Sklaven der Maschinen. Er schlich sich aus dem Gang und drückte sich links an der Wand entlang. Am ersten Ofen tastete er sich vorbei, er machte kleine Schritte, bis er hinter den zweiten Ofen gelangt war. Hitze stach ihn ins Gesicht, seine Haare stellten sich auf. Hier ging bestimmt niemand hin. Samuel zog die glitzernden Beutestücke aus seinen Taschen, holte auch die Uhr und die Ketten unter dem Hemd hervor. Er schob sie zu einem kleinen Haufen an der Wand zusammen und fegte den Kohlenstaub darauf, der fingerdick den Boden bedeckte. Bald war nichts mehr vom Gold zu sehen. Ein herumliegendes Stück Kohle legte er daneben, um sich die Stelle zu merken.

Hoffentlich hatten sie Adam nicht gefangen. Er musste ihn suchen gehen und ihm sagen, wo die Sachen lagen, damit er sie mit von Bord nehmen konnte. Samuel schlich sich hinaus und stieg die Wendeltreppe hinauf, bis er im E-Deck war. Die schwarzen Hände seifte er sich in einem Waschraum der dritten Klasse ein und spülte sie sauber. Er folgte der Scotland Road. An den Zwischentüren lauschte er. Schloss der Dieb gerade eine auf, wechselte er die Welten, von der ersten Klasse in die dritte, von der Park Lane zur Scotland Road? Crewmitgliedern, die ihm entgegenkamen, schaute Samuel mutig ins Gesicht, er hatte ja keinen Schmuck mehr bei sich, niemand konnte ihm etwas nachweisen.

Er stieg im Heck der Titanic nach oben und fand sich inmitten einer Menschentraube wieder. Er drängelte sich durch, bis er an der Reling stand. Möwen segelten so dicht vorüber, dass er meinte, sie greifen zu können.

»Entschuldigung«, fragte er eine Frau, »können Sie mir sagen, wie spät es ist?«

Sie sah ihn verständnislos an.

»Tick tack tick tack«, machte er, und hob fragend die Augenbrauen.

Da lachte sie und zeigte ihre leeren Hände. Sie hatte wohl keine Uhr.

Er blickte sich um. Die Frauen trugen schlichte Röcke, die Männer schäbige Hüte, das waren Leute, wie sie in Berlin bei ihnen im Hinterhof wohnten. Die besaßen keine Uhren. Es war zwecklos, weiterzufragen.

Die Titanic stieß einen tiefen Ton aus, er hallte von den irischen Hügeln wider. Kurz darauf fing das ganze Schiff an zu zittern. Die Motoren stampften los, schwarzer Rauch strömte aus den Schornsteinen.

Wo war Adam? Noch mal würden sie nicht anlegen. Entweder war er ohne die Beute von Bord gegangen, oder er musste bis New York mitfahren.

Einer der Männer kletterte auf eine Bank und spielte auf seinem Dudelsack ein trauriges Lied. Das Instrument quäkte und pfiff, es war, als wollte der Mann sich damit verabschieden von den Wiesen und der felsigen Küste. Irland musste ihm am Herzen liegen. Mehr und mehr Leute sangen mit, sie kannten das Lied. Beim Singen schauten sie wehmütig auf die Küste. Waren das Auswanderer? Sie rechneten wohl nicht damit, ihre Heimat bald wiederzusehen.

13

Behäbig dampfte die Titanic voran in Richtung Amerika. Cäcilie sah aus einem Fenster des Palm Court Cafés. Es war neunzehn Uhr, und sie war hier, um sich mit Lyman Tundale zu treffen, der nicht ihr Ehemann war, und den sie trotzdem begehrte. Das Treffen war so verführerisch leicht zu regeln gewesen: Matheus hatte über Bauchweh und Gliederschmerzen geklagt, und sie hatte Samuel zur Strafe für sein Ausbüxen dazu verdonnert, das Abendessen auszusetzen und in der Kabine zu bleiben.

Der Himmel färbte sich rot. Durch die geöffneten Schiebefenster im Heck wehte frische Seeluft herein, und man erblickte Irland hinter dem Schiff als hauchdünne Erhebung am Horizont, es verschwand allmählich aus der Sicht, das Letzte, was sie von Europa sehen würden.

Die Gäste im Café musterten sie. Merkte man ihr an, dass sie eine Ehebrecherin war? Ich mache den gleichen Mist wie Vater, dachte sie.

Als kleines Mädchen war Cäcilie einmal mitten in der Nacht aufgewacht. Aus dem Foyer unten im Haus waren laute Stimmen heraufgedrungen. Ängstlich stand sie auf, schlich in den Flur und sah von der großen Treppe hinunter. Sie beobachtete, frierend, an das Treppengeländer geklammert, wie Mutter und Vater sich stritten. Es endete damit, dass die Mutter ins Ankleidezimmer ging und mit gepackten Koffern wiederkam. Sie wollte weggehen, für immer, das begriff Cäcilie auch mit ihren fünf Jahren.

Sie hastete die Treppe hinunter, lief zu ihr, schrie, weinte, aber die Mutter stieß sie zurück und sah sie gar nicht an. Der Vater brachte sie ins Bett zurück. Am nächsten Morgen war alles wie immer, es gab Frühstück, die Dienstmädchen kochten Milch auf. Cäcilie wollte fragen, was letzte Nacht los war, sie wollte von der Mutter hören, dass sie bleiben und Cäcilie nie verlassen würde.

Aber die Mutter war abweisend und verschlossen gewesen, und Cäcilie hatte gewusst, dass sie kein Wort verlieren durfte über letzte Nacht, nicht aussprechen durfte, wie groß ihre Angst war. Später, als sie älter geworden war, begriff sie, dass Vater die Schuld trug, weil er sich mit jungen Frauen traf, jahrelang ging das so, immer wieder hörte sie Gerüchte, dass er sich mit seinen Geliebten auf dem Gut Madlitz vergnügte, wo er mit dem Kaiser zu jagen pflegte.

Es war ihr eine Genugtuung gewesen, ihn mit dem treuen, besitzlosen Matheus zu schockieren. Vater hatte getobt. Hatte ihr vorgehalten, dass Cäcilies jüngerer Bruder sich weitaus vielversprechender entwickelte. Je mehr er tobte, desto glücklicher war sie mit Matheus gewesen. Sie hatte seine Aufrichtigkeit bewundert, alles an ihm hatte ihr Vertrauen eingeflößt. In seiner Baptistenkirche fand sie Familien, in denen man sich aufeinander verließ. Sie fand einen Gott, der von den Männern verlangte, bei ihren Frauen zu bleiben. Wer sich nicht daran hielt, wurde aus der Kirche ausgeschlossen.

Matheus würde sie nie hintergehen, das wusste sie. Hatte sie ihn deshalb geheiratet? Um sicherzugehen, dass ihr nicht zustieß, was ihre Mutter hatte erleiden müssen? Viele Freundinnen sagten ihr damals, dass er unter ihrem Niveau sei – vielleicht war auch das unbewusste Absicht gewesen, bei ihm konnte sie sicher sein, dass er niemals eine fand, die ihr überlegen war.

Nach Vaters Willen hätte sie einen Adligen heiraten sollen. Viele der Kunden im Bankhaus Delbrück, Schickler & Co. kamen infrage, andere Adlige kannte Vater aus dem Herrenhaus, in dem ihm der Kaiser einen Platz verschafft hatte, die Sprösslinge der Fürstenhäuser Hohenzollern-Sigmaringen und Hohenzollern-Hechingen, außerdem etliche Grafen und Freiherren, unter denen er »mit Leichtigkeit«, so hatte er oft gesagt, einen Ehemann für sie finden würde.

Ich muss gehen, dachte sie und riss sich vom Anblick der fernen Küste los. Sie musste weg von hier, zurück zu ihrer Familie. Sie würde nicht wie Vater alles zerstören. An der Tür stieß sie mit dem Engländer zusammen. »Da sind Sie«, sagte er. Er lächelte. Unter seinem Lächeln schmolz Cäcilies Entschlusskraft zusammen wie ein Schneeball, der zu nahe an den Ofen gerollt war.

Lyman Tundale reichte ihr die Armbeuge, und sie legte ihre Hand hinein. Der Stoff seines Anzugs war weich.

Wenn Matheus sie wirklich lieben würde, hätte er längst erkannt, dass sie unglücklich war. Sie bedeutete ihm nichts! Er sah nur seine Wehwehchen und sein Ansehen in der Kirche. Wann hatte er sich zuletzt einen Abend lang Zeit für sie genommen? Lag das nicht mindestens zwei Jahre zurück? Er verdiente nichts anderes, sie musste ihm zeigen, dass es so nicht weiterging.

An Lyman Tundales Seite fühlte sie sich wieder wie die Cäcilie, die sie früher gewesen war, sie fühlte sich als angesehene Bankierstochter, als »gute Partie«. Er behandelte sie mit Hochachtung, wie eine Lady und nicht wie eine Frau, die sich schon wegen des Kaufs einer Postkarte rechtfertigen musste.

Was kümmert's mich, wenn die anderen uns angaffen, dachte sie, ich werde diese Menschen nie wiedersehen, sobald wir an Land gegangen sind. Der Engländer führte sie unter ein Glasdach, in dessen Mitte ein prunkvoller Kronleuchter hing, zwei Dutzend

Lampen, die hell strahlten wie die Abendsonne. Unter dem Dach führte eine breite Treppe abwärts. Ihre Schuhe sanken in den beigefarbenen Teppich ein.

Sie betraten eine Festhalle mit stuckverzierter Decke und Bleiglasfenstern. Die Tische waren mit weißem Porzellan gedeckt, mit Silberbesteck und herrschaftlich aufgestellten Servietten. Frische Rosen standen auf jedem Tisch.

»Ich habe eine Überraschung für Sie«, sagte Lyman Tundale. Er bot ihr einen Stuhl am Tisch an, und als sie sich gesetzt hatte, stellte er ihr andere Gäste vor: Deutsche! Zwei Pärchen, die Damen unter Hüten mit radgroßen Krempen, ein Herr mit Monokel, einer mit Schnauzbart. Die Dame, die Cäcilie gegenübersaß, trug einen Fuchs um die Schultern mit versilberten Krallen. Sie soll sich bloß nicht einbilden, dass sie mich damit einschüchtern kann, dachte Cäcilie.

An den Tischen ringsum sah es bunt aus. Eine Frau trug einen engen, geschlitzten Rock, darüber eine Tunika aus golddurchwirktem Schleierstoff und einen Turban, auf dem zu allem Überfluss noch eine Reiherfeder senkrecht stand. Ihr tiefes Dekolleté schien den Männern zu gefallen. Die Augenränder hatte sie mit schwarzem Stift nachgezogen. Neben ihr war eine Frau in seegrünes Voile gekleidet, verziert mit grünseidener Soutachierung, auf altgoldenem Unterkleid. Die Herren trugen Smoking, manche einen Cutaway.

War das nicht Isidor Straus, zwei Tische weiter? Wenn er sprach, blitzte ein goldener Schneidezahn in seinem Mund auf.

Sie ertappte sich dabei, dass sie mit den Ohrringen spielte. Offenbar war sie sich ihrer selbst doch nicht so sicher, wie sie sich einreden wollte. Sie nahm die Hände herunter und lächelte den anderen am Tisch zu.

Die Dame mit dem Fuchs wandte sich ihr zu und fragte: »Was sagen Sie dazu? Wir sprachen gerade von der Titanic. Die Mauretania ist schneller, aber ich würde nie diesen Komfort gegen höhere Geschwindigkeit eintauschen.«

Die andere Dame ließ Cäcilie keine Zeit, Stellung zu beziehen. »Also, ich fahre immer mit Kapitän Smith. Er ist verlässlich, ein Gentleman und hat mich noch nie enttäuscht. Wir planen alle unsere Reisen so, dass wir seine Schiffe nehmen.«

»Reisen Sie öfter in die Staaten?«, fragte der Herr mit dem Monokel und sah Cäcilie wohlwollend an.

»Nein. Mein Sohn geht noch zur Schule, wir wollen ihn nicht allzu oft herausreißen.« Himmel! Am liebsten hätte sie sich auf die Zunge gebissen. Wie dumm von ihr, Samuel zu erwähnen! Was sollte sie antworten, wenn man sie gleich nach ihrem Ehemann fragte?

»Ich habe vorhin Ihren Namen nicht recht verstanden«, gab der Herr zu.

»Cäcilie. Ich bin die Tochter des kaiserlichen Hofbankiers Ludwig Delbrück.«

»Delbrück, das sagt mir etwas, natürlich! Bankhaus Delbrück, Schickler & Co.« Der Herr nickte erfreut. »Ihr Vater hat doch letztes Jahr die Kaiser-Wilhelm-Gesellschaft gegründet, da bin ich Mitglied. Er ist zweiter Vizepräsident, nicht wahr?«

Sie nickte.

»Er ist uns allen ein großes Vorbild. Ein Mann mit Rückgrat. Als der Hansabund sich den Sozialdemokraten zugewandt hat, ist er gleich ausgetreten. Das verdient Bewunderung. Ihr Vater scheut sich nicht, Signale zu setzen.«

Zwei Kellner brachten Consommé fermier. Cäcilie wartete, ob jemand ein Tischgebet sprechen würde, aber die anderen falteten einfach ihre Servietten auf die Schöße, tauchten die Löffel ein und aßen, also aß sie auch. Die Suppe lockte mit herbem, salzigem Geschmack den Gaumen und machte Lust auf mehr.

»Wir sitzen im größten Schiff der Welt«, sagte Lyman, »und vergessen völlig, was diese technische Meisterleistung erneut beweist: Unsere Kultur ist schwach geworden, wir werden von der brutalen Kraft der Technologie überrollt. Überrollt, zerstört und neu aufgebaut.«

Der Herr mit dem Monokel brummte zustimmend.

Lyman fuhr fort: »Nehmen wir allein den Adel in Großbritannien. Er geht unter. Die Landwirtschaft auf seinen Gütern hat diesen Stand reich gemacht, jetzt macht sie ihn bankrott. Und warum? Gefrierschiffe ruinieren ihn! Plötzlich ist es lukrativ, Fleisch aus anderen Ländern anzukaufen, es ist billiger als unser eigenes. Und die Regierung weigert sich, die Adligen durch Schutzzölle zu retten. Wir sind Weltführer in Import und Export, aber für die adligen Landbesitzer ist es eine Katastrophe. Selbst die angesehensten Familien müssen ihren Besitz verramschen, um zu überleben.«

Stammte er aus einer solchen Familie? So musste es sein. Ich habe großen Respekt vor ihm, dachte Cäcilie. Wie blass wirkte dagegen Matheus.

»Im Kaiserreich haben wir den Vorteil«, sagte der Schnauzbärtige, »dass die Regierung den Adel schützt, mit Zöllen, wie Sie sagen, und mit Steuererleichterungen. So bleibt der Landbesitz einigermaßen profitabel.«

Die Kellner räumten die Suppenteller ab und brachten Buttfilet.

»Haben Sie gehört, dass Karl May gestorben ist?«, fragte eine der Damen.

»Ich kenne ihn nicht«, erwiderte die andere.

»Karl May, der Romanautor! Er ist vor zwei Wochen gestorben.«

Der Herr mit dem Monokel fragte: »Ist nicht unser Handelsminister ein Delbrück? Clemens Delbrück, natürlich! Sind Sie verwandt?«

Plötzlich war da ein Fotograf, die Westentaschenkamera bereits aufgeklappt und das Objektiv hervorgezogen, und machte Bilder von ihnen am Tisch. Cäcilie hob die Serviette, um ihr Gesicht zu bedecken. Zu spät, der Fotograf hatte bereits abgedrückt und zog weiter.

»Eine Dreistigkeit!«, sagte die Dame mit dem Fuchsfell. »Ohne uns zu fragen!«

Cäcilie sah Lyman Tundale flehentlich an. »Tun Sie etwas! Gehen Sie ihm nach und sagen Sie ihm, er soll die Kamera herausrücken!«

Der Schnauzbärtige sagte: »Oder finden Sie wenigstens heraus, für welches Blatt er fotografiert.«

Fotos von ihrer Untreue in einer großen Zeitung, das war das Letzte, was sie gebrauchen konnte. Man würde sie erkennen. Den Krämer in Berlin hatte Lyman Tundale so unwirsch behandelt, warum zögerte er jetzt?

»Ich sehe mal, was ich erreichen kann.« Er stand auf und ging zum Fotografen hinüber, der inzwischen in eine Diskussion mit den Kellnern verwickelt war. Während er sprach, klappte er eine zweite Kamera auf, als rechne er damit, gleich weitermachen zu können. Lyman Tundale stellte sich dazu und redete ruhig auf ihn ein. Der Fotograf sah zu Cäcilie herüber. Er nickte.

Die Dame, die Cäcilie gegenübersaß, beugte sich nach vorn. »Wo haben Sie diesen schmucken Mann gefunden? Mister Tundale ist klug, hat Manieren, sieht umwerfend aus ... Ich dachte immer, so etwas gibt es heute nicht mehr.«

Ihr Ehemann ließ empört das Monokel aus dem Auge fallen. »Ich verbitte mir solche Bemerkungen!«

Als Cäcilie nach einer Stunde immer noch nicht zurückgekehrt war, wurde Matheus unruhig. Er brachte Samuel zu Bett. Irgendetwas wollte der Junge ihm erzählen, über Leute von der Crew und was er tun sollte, wenn sie in die Kabine kämen, aber Matheus verstand es nicht und hörte ihm auch nicht recht zu, seine Gedanken kreisten unentwegt um Cäcilie.

Sie aß doch allein zu Abend, warum brauchte sie so lange? Hatte sie nette Tischgesellschaft gefunden, mit der sie noch plauderte? Der Streit ums Geld war schrecklich gewesen, er hatte völlig überreagiert, er hätte ihr die Brieftasche nicht vor die Füße werfen sollen.

Matheus sprach ein Gebet für Samuel, ohne mit den Gedanken dabei zu sein, und deckte ihn zu. »Ich hole die Mama. Schlaf schon ein, wir sind vielleicht noch ein wenig an Deck und gucken uns Sterne an.« Er löschte das elektrische Licht und verließ die Kabine. Auf dem Weg zum Speisesaal setzte sich kalter Schweiß auf seine Handflächen. Er fürchtete sich davor, Cäcilie umringt von Männern zu sehen, die sie charmant umgarnten, auf eine Art, die er nicht beherrschte.

Im Speisesaal sah er von Tisch zu Tisch – und fand sie nicht. Unmöglich, dass er sie auf dem Weg dorthin verfehlt hatte, ihre Kabine lag nahe beim Saal, es gab nur einen Weg dorthin, und der Korridor war schmal. Wo war Cäcilie?

Er suchte auf dem Promenadendeck, in der Bibliothek. Vergebens. Ein Verdacht hockte in ihm wie ein giftiger Frosch, er glotzte ihn böse an und war nicht zu verscheuchen.

Ich muss mich waschen, dachte er, die Seife hier an Bord ist nicht die richtige. Er brauchte die braune Kernseife und einen Schwamm, mit dem er sich schrubben konnte, bis er rein war. Auch die Augen juckten. Bohrten sich da schon Larven in den Augapfel? Der Arzt wusste nichts davon, er konnte nicht alle Erkrankungen kennen.

Matheus wagte sich in die erste Klasse vor. In die Lounge wollte man ihn nicht hineinlassen, die Crew blickte vielsagend auf seinen Anzug. Obwohl er die hellen Stellen regelmäßig mit einem schwarzen Stift färbte, blieb es ein alter Anzug, der ihn als Passagier zweiter Klasse verriet.

Den Leseraum bewachte niemand, zwei Mädchen in adretten Kleidern hockten dort auf dem Plüschteppich und spielten mit ihren Puppen. Du bist rasend vor Eifersucht, warnte er sich. Sie ist vom Abendbrot nicht zurückgekehrt, na und? Du musst deiner Ehefrau vertrauen. Geh zurück zur Kabine, lass diese dumme Suche, du machst dich nur lächerlich.

Der giftige Frosch trieb ihn weiter. In den Rauchsalon ließen sie ihn nicht eintreten, aber er schaffte es, in den Speisesaal der ersten Klasse vorzudringen, indem er sich im Vorraum einer Gruppe von wohlhabenden Reisenden anschloss und mit ihnen ging, als gehörte er dazu.

Gleich hinter der Tür blieb er stehen. Er sah Cäcilie am Tisch mit feinen Leuten sitzen, sie lachte, sie amüsierte sich. Ihre alte Welt hatte Cäcilie gelockt, und sie hatte der Versuchung nachgegeben. Einer der Herren legte ihr die Hand auf den Arm. Sie zog ihn nicht fort, sah den Herrn nur kurz an, dann ließ sie ihren Arm liegen und duldete die Berührung.

Matheus wurde übel. Er stolperte aus dem Saal, stützte sich im Vorraum an der Wand ab. Jede Faser seines Körpers schrie, und zugleich fühlte er sich wie ein erbärmlicher, gedemütigter Schatten und wünschte, sich auflösen zu können, einfach zu verschwinden.

14

Bitch!, fauchte jemand, als sie den prunkvollen Saal verließen. Cäcilie drehte sich um. Die Frau, der Lyman an Deck die Hand auf die Hüfte gelegt hatte, funkelte sie böse an. Ich hatte ihn zuerst, dachte Cäcilie, schon in Berlin hat er mich umworben, da war an dich noch nicht zu denken. Sie lächelte in sich hinein. Es gab ihr ein Gefühl des Triumphs, die vielen herausgeputzten Frauen zu sehen und zu wissen, dass der Engländer sich für sie, Cäcilie, entschieden hatte.

Zuerst war sie überzeugt gewesen, dass Lyman Tundale sie an Deck bringen würde, um zum Abschluss noch einmal den Abendhimmel zu genießen. Aber offenbar führte er sie zu seiner Kabine. Natürlich würde sie sich empören, sobald sie dort waren, und ihm deutlich machen, dass sie eine Dame von Anstand war.

Andererseits gefiel es ihr, dass er zu seinen Gefühlen stand. Und warum hatte sie die feinen Strumpfbänder angezogen, die mit der kleinen Schleife?

Cäcilie schluckte. Ich gehe nicht mit rein, auf keinen Fall, sagte sie sich. Gleich darauf gab sie sich der erregenden Vorstellung hin, dass der Engländer sie auskleidete und die Strumpfbänder sah, dass er ihre Schenkel mit Küssen bedeckte und vor Begehren errötete.

Matheus sah ihren nackten Körper nicht mehr. Er zog die Vorhänge zu und löschte das Licht, bevor er sich zu ihr legte. Anfangs war er neugierig und leidenschaftlich gewesen, inzwischen aber lebte er seine körperlichen Triebe so verhalten aus, als wäre es ungehörig, sie zu genießen, und fragte nicht, was ihr gefiel.

Sie wusste, dass es auch anders ging. Ein einziges Wort stand dafür: Madlitz! Tage und Nächte voller Vergnügen, die ihre Mutter zum zornigen Toben gebracht hatten. Vater erzählte nie davon, aber dass Mutter sich so ereiferte, wenn er nach Madlitz fuhr, genügte, um Cäcilies Vorstellungskraft anzufeuern.

Es steht dir zu!, hauchte eine lustvolle Stimme in ihr. Vielleicht half ein Abenteuer ihrer Ehe sogar, sie würde Genüsse lernen, die sie Matheus beibringen konnte.

Sie betrat hinter Lyman Tundale die Kabine. Als sie sich in seinem privaten Raum umsah, wurde ihr bewusst, wie fremd der Engländer noch für sie war. Im Grunde wusste sie nichts von ihm. Sie sagte: »Hat der Fotograf eingewilligt, die Bilder zu vernichten?«

»Die anderen Deutschen sind mir egal. Aber er hat versprochen, dass er kein Bild verwendet, auf dem du zu sehen bist.«

Er sagte zum ersten Mal du zu ihr.

Lyman schloss die Kabinentür. Er trat vor Cäcilie und umfasste zärtlich ihre Ellenbogen. »Ich habe dich beobachtet, seit Monaten. Im Sommer, mit dem weißen Kleid und dem Sonnenschirm. Im sechzehner Autobus. Ich habe dich gesehen, wie du zum Schustergeschäft gegangen bist, wie du Kaffee gekauft hast, wie du vor dem Nachrichtenaushang des *Berliner Tageblatts* standest und gelesen hast. Wie du dir bei einem Straßenhändler ein Armband gekauft hast. Cäcilie, ich weiß, du kennst mich kaum. Aber ich kenne dich. Und ich habe diesen Augenblick herbeigesehnt.«

Es klopfte. Cäcilie fuhr zusammen. Matheus! Wenn er sie gesehen hatte, wenn er ihnen gefolgt war! Oder jemand hatte sie verpetzt, natürlich, die Frau, die sie beschimpft hatte, sie war zu Matheus gelaufen. Cäcilie floh ins Badezimmer. Sie setzte sich auf den Rand der Badewanne und klammerte sich mit der Rechten am marmornen Waschbecken fest. Ihr Herz raste. Was hatte sie in der Kabine des Engländers zu suchen? Das war kaum zu erklären.

Lyman öffnete.

»Ein Telegramm, Sir«, sagte eine Stimme.

»Besten Dank.« Der Engländer schloss die Tür. »Lässt du dir ein Bad ein, oder kommst du wieder her?« Seine Stimme hatte einen spöttischen Unterton.

Ein Telegramm? Auf der Titanic? Sie verließ das Badezimmer. »Wer schreibt dir hierher?«

»Mein Redakteur.« Er legte das Telegramm auf den Tisch.

»Das muss ja dringend sein! Worum geht es?«

Er sah verärgert auf. »Stell nicht solche Fragen. Meine Arbeit geht dich nichts an.«

»Ach nein?« Sie kniff die Augen zusammen. »Mir läufst du nach, beobachtest mich und weißt sonst was. Aber ich darf nichts über dich wissen?«

»Ich erzähle dir ja gern von mir«, sagte er. »Das da bin ich nicht, das ist bloß die Arbeit.«

»Unterschätze mich nicht. Ich bin von erstklassigen Privatlehrern unterrichtet worden. Mit zwölf habe ich begonnen, die *Vossische Zeitung* zu lesen. Ich kenne mehr Regierungsmitglieder und führende Industrielle als jede andere Frau in Berlin. Die Tischgespräche im Hause Delbrück waren lehrreich.«

»Ich weiß.« Er trat hinter sie. »Verzeih mir. Es wird nicht wieder vorkommen, dass ich dich unterschätze.« So dicht kam er an sie heran, dass sie seinen Atem im Nacken spürte. Was war das? Langsam, aber beständig knöpfte er die feinen Haken ihres Kleides auf. Es erschien ihr verboten, und doch genoss sie die unscheinbaren Berührungen auf ihrem Rücken. Als er aufhörte, streifte sie sich das Kleid von den Schultern. Es glitt an ihr hinab und fiel zu Boden. Er fing an, sie zu liebkosen, küsste sie sanft hinter dem Ohr, den Hals hinunter, und streifte ihr, fast wie von selbst, die Träger des Büstenhalters über die Schultern.

Sie musste etwas sagen, ihm Einhalt gebieten. In ihrem Bauch kribbelte es. Warum war Lyman so verlockend? Sie streifte die Schuhe ab. Mit wild galoppierendem Herzen sank sie in die Kissen des Bettes und sah ihn an. Er knöpfte sein Hemd auf. Er war schlank und gut gebaut, ein kleiner Leberfleck auf der linken Brust zog ihren Blick an. Lyman beugte sich zu ihr herunter und küsste sie.

Cäcilie schlang ihre Arme um ihn. Wie im Rausch rieben sie ihre Körper aneinander. Plötzlich hielt er inne, richtete sich auf und fragte: »Willst du das wirklich?«

Ja, rief die lustvolle Stimme in ihr. Cäcilie wartete darauf, dass die Vernunft etwas erwidern würde, aber sie horchte ergebnislos in sich hinein, ihre Vernunft schwieg.

Behutsam zog Lyman sie ganz aus und legte sich neben sie. Er berührte ihre Brust, küsste und streichelte sie. Nach einer Weile legte er sich auf Cäcilie und drang langsam in sie ein. Er zügelte seine Bewegungen, als wollte er ihr Zeit geben.

Wie von einer unsichtbaren Kraft fühlte sie sich zu Lyman hingezogen, sie presste sich an ihn. Etwas baute sich in ihr auf, eine Woge, die immer größer wurde, bis sie kaum noch zu halten war. Die Welle ergoss sich in ihren Körper, wohlig und warm und berauschend.

Dann lag Cäcilie da wie ans Ufer gespült, Lyman rollte sich von ihr herunter und hielt ihre Hand. Eine Weile noch zuckten berückende Gefühle durch ihre Glieder. Schließlich wurde es still. In die Stille hinein fragte die Vernunft: War es das wert?

Die Wirklichkeit kehrte mit Wucht zurück. Da war das Bett, der Vorhang, der Kleiderschrank. Die Tür zum Bad stand offen.

Neben ihr lag Lyman Tundale, er atmete schwer, und sie sah sein Knie, er hatte hässliche, spitze Knie, Matheus hatte schönere.

Die Vernunft sagte: Hast du nicht gemerkt, welche Mühe sich Matheus gibt? Er fährt mit dir auf einem Luxusdampfer übers Meer, weil du es dir gewünscht hast. Er will eure Ehe retten. Und du?

Cäcilie hatte das Gefühl, dass sie ihre Ehe in den Händen hielt wie ein zerbrechliches Gefäß aus Glas und drauf und dran war, es fallenzulassen. Vielleicht fiel es auch schon, vielleicht war das Unglück nicht mehr aufzuhalten. »Wir sind nie wieder so spazieren gegangen wie früher«, sagte sie. »Es ging nur noch darum, die Alltagsaufgaben zu erledigen, einzukaufen, zu putzen, zu waschen.«

»So etwas passiert schnell.«

»Ich war keine erfahrene Hausfrau, natürlich nicht. Ich musste lernen, wie man Eier in Kalkwasser einlegt, wie man Weißkraut zu Sauerkraut verarbeitet und Obst einkocht. Bald hat mich Matheus nur noch als Reinemachfrau und Waschfrau und Köchin gesehen. Ich war so enttäuscht!« Sie zog sich die Decke heran und schlüpfte darunter. »Bevor wir verheiratet waren, hat er sich von seiner Schokoladenseite gezeigt, er hat mich umworben, war charmant. Etwa zwei Jahre nach Samuels Geburt wurde er ein anderer Mann, einer, der mich für selbstverständlich genommen hat – ein Kuss zur Begrüßung, halt schön die Wohnung sauber, ich bin dann arbeiten und komme spät heim.«

Lyman Tundale drehte sich zu ihr und stützte den Kopf auf. »Ich erzähl dir was von mir. Das ist noch trauriger. Ich habe vor vielen Jahren eine Frau verehrt, und das meine ich so, ich habe sie tief in meinem Herzen verehrt. Vanessa.« Er sprach es englisch aus. »Sie sah dir ähnlich ... Wusstest du, dass Jonathan Swift diesen Namen erfunden hat, der Autor von ›Gullivers Reisen‹? Das ist zweihundert Jahre her, er hatte damals eine Geliebte, Esther van

Homrigh, ihr Spitzname war ›Esse‹, er machte aus ›van‹ und ›Esse‹ Vanessa. Hat ihr Gedichte geschrieben.«

Cäcilie spürte, dass Lyman seine Geschichte nicht zu Ende erzählen wollte, er mochte nicht darüber reden, deshalb erzählte er von Swift. »Was ist passiert?«

»Er hat ihr das Herz gebrochen. Sie ist mit fünfunddreißig gestorben.«

»Nein, ich meine, mit der Vanessa, die du kanntest?«

Er schwieg. »Ich habe sie nicht bloß gekannt. Ich habe sie geliebt.« Seine Stimme war plötzlich brüchig. »Mein Bruder hat sie geschwängert, dann musste sie ihn heiraten.«

Das war sie also, die Frau, wegen der sein Blick manchmal so verhangen war. Schon bei ihrem ersten Treffen im Café Bauer hatte sie gewusst, dass eine Frau ihn verletzt haben musste.

»Hat sie deinen Bruder geliebt?«

»Wie mich? Nein.«

»Dann ist es tatsächlich eine traurige Geschichte.«

»Er ist mit ihr nach Deutschland gegangen. In jedem Brief schimpft er auf die Briten. Er sagt, dass Vanessa sich in Stuttgart wohlfühlt. So schlecht kennt er sie.«

»Und du bist ihnen hinterhergezogen? Oder warum lebst du in Deutschland?«

»Ich habe ihre Kinder gehütet. Habe sie geliebt, als wären es meine eigenen. Aber vor zwei Jahren hat mich mein Bruder aus dem Haus gewiesen und gedroht, mich umzubringen, wenn ich mich Vanessa oder den Kindern nähere. Er muss gespürt haben, dass sie mich noch liebt. Dabei habe ich sie kein einziges Mal angerührt, das schwöre ich.«

»Konntet ihr nicht darüber reden, dein Bruder und du?«

Lyman lachte bitter. »Reden, das kennt er nicht. Er kennt nur Drohungen. Er ist vier Jahre älter als ich. Als wir Kinder waren, hat er so lange auf mich eingeprügelt, bis mir zwei Rippen gebrochen waren. Er hat hündische Unterwürfigkeit verlangt, hat mich sogar einmal gezwungen, ihm die Stiefel abzulecken und seinen Urin zu trinken. Ich habe ihn gehasst.«

Zuerst hatte Lyman den Geheimnisvollen gegeben. Jetzt öffnete er sich ihr ganz. Von den bizarren Abgründen seiner Offenbarung wurde ihr schwindelig. Bei ihm gab es wohl nur ganz oder gar nicht. Es wirkte so, als würde ihm die Beichte guttun, als habe er seine Not zu lange für sich behalten, und sei froh, sie endlich mit jemandem teilen zu können.

»Du hast Vanessa nie wiedergesehen?«, fragte sie.

»Natürlich hab ich sie wiedergesehen. Ich bin ihr nachgeschlichen, habe sie abgepasst, wenn sie mit den Kindern spazieren gegangen ist oder zu einem Arztbesuch unterwegs war. Bis sie mich gebeten hat, nicht mehr zu kommen.« Er sagte es gepresst. »Sie hat es nicht ausgehalten, um mein Leben zu fürchten.«

Diese Anspannung in seiner Stimme! Seinen Bruder konnte er nicht besiegen, der Bruder war stärker, er war Lyman überlegen.

Als er sich jetzt aufrichtete, waren seine Gesichtszüge hart. »Ich hätte ihn längst getötet, es gab Dutzende Gelegenheiten. Aber Vanessa wüsste sofort, dass ich es war. Ich kenne sie. Sie könnte keinen Mörder lieben.«

Cäcilie fröstelte, sie zog die Decke höher. »Was du durchgemacht hast, tut mir leid.« Sie sah ihm in die Augen. »Vielleicht kommt der Tag, an dem du sie nicht mehr vermisst.«

Sein Blick wanderte zum Bullauge.

»Früher hatten wir einen Schneider«, sagte sie, »der regelmäßig kam. Ich musste als Kind auf einen Stuhl steigen, und der Schneider nahm Maß und fertigte für mich Kleider an, mein liebstes war aus blütenweißer Baumwolle und mit Rosen bestickt. Die Eltern haben mir auch Hüte bei einer Putzmacherin anfertigen lassen.

All das ist vorbei. Es gibt keine Kaviarschnitten und Krabben mehr für mich und keine Suppe mit Eierstich, kein riesiges Tortenstück mit Bergen von Schlagsahne. Irgendwann findet man sich damit ab. Ich habe mich umgewöhnt. Heute freue ich mich schon an Hutzelbirnen.«

Er runzelte die Stirn. »Was sind Hutzelbirnen?«

»Ich schneide Birnen in Scheiben und bringe sie zum Bäcker. Der legt sie für dreißig Pfennige ein paar Tage mit Zeitungspapier auf seinen Ofen, bis sie zusammengeschrumpelt sind. Dann fülle ich sie in ein Leinensäckchen und hänge sie in der Vorratskammer auf. Samuel nascht sie gerne als Süßigkeit. Oder ich koche die Hutzelbirnen zum Mittagessen in Wasser auf.«

Er sah sie spitzbübisch an. »Und du sollst meine Hutzelbirne sein, an die ich mich gewöhne?«

Sekunde um Sekunde wartete Matheus beim Ticken seiner Taschenuhr, Minute um Minute, Stunde um Stunde, bis sich endlich die Kabinentür öffnete und Cäcilie eintrat. Leise schloss sie die Tür.

»Wo warst du?« Der Kleine schlief schon, sie mussten flüstern. Es gelang ihm kaum.

»Ich hatte Kopfweh und bin aufs Promenadendeck gegangen, die frische Luft hat mir gut getan.«

»Dort habe ich dich gesucht, da warst du nicht.«

»So? Wo war ich dann?«

Er gab sich keine Mühe mehr zu flüstern. Er sagte: »In der ersten Klasse, im Speisesaal. Mit einem Mann, der überaus freundlich zu dir war.«

Sie sah zu Samuel hin. »Komm mit«, sagte sie, und ging nach draußen.

Er folgte ihr. Natürlich, sie wollte nicht, dass Samuel von ihrer Untreue hörte.

»Das war ein netter Unterhalter, sonst nichts«, sagte sie draußen. »Aber dir kann ich es ja nicht ehrlich sagen, du bist gleich beleidigt. Was bist du überhaupt für ein Mann, der mir hinterherläuft wie ein Dackel! Du hättest mitgehen können zum Essen, aber nein, du hockst lieber in dieser stickigen Kabine.«

Mit allem hatte er gerechnet, dass sie weinen würde, dass sie ihn um Vergebung anflehen würde. Aber er hatte nicht erwartet, dass sie *ihm* die Schuld gab. Ihr Gegenangriff verschlug ihm die Sprache.

»Du machst alles kaputt mit deiner Eifersucht«, sagte sie. »Den Reichen neidest du ihr Geld, den Armen ihr Vergnügen. Dauernd redest du dir ein, krank zu sein, statt einmal deinen Mann zu stehen und der zu sein, der du bist, und dich glücklich damit zu fühlen.«

»Ich bin undankbar? Ich bin neidisch? *Du* hast doch gerade mit Leuten aus der ersten Klasse gespeist, weil dir das Essen bei uns in der zweiten nicht gut genug ist, und wer weiß, die Gesellschaft ist dir vielleicht auch nicht gebildet genug.«

»Da! Du tust es schon wieder. Die Reichen, die erster Klasse reisen, dürfen die nicht ihr Essen genießen? Weil es auch Leute in der dritten Klasse gibt, nicht wahr, das verbietet sich, mit demselben Dampfer zu fahren, und der eine schlemmt, während der andere nichts als die Kleider auf dem Leib hat.«

»Das sage ich doch gar nicht.«

»O doch, du sagst es und du meinst es. Deine Frau dürfen sie auch nicht einladen, sie soll hübsch zufrieden sein mit dem, was sie hat. Insgeheim denkst du, dass man ein Halsabschneider sein muss, um überhaupt zu so viel Geld zu kommen. Nicht wahr, das denkst du doch? Jeder, der im Speisesaal der ersten Klasse sitzt, hat Leute ausgebeutet oder ist durch Betrügereien reich geworden.«

»Du drehst mir das Wort im Mund herum. Ich habe nie so etwas gesagt.«

»Du denkst es. Und deshalb kannst du's nicht haben, wenn ich bei denen aus der ersten Klasse esse.«

»Iss dort, von mir aus jeden Tag! Aber ich glaube nicht, dass du dort bist, weil dir das Essen besser schmeckt. Du suchst etwas anderes. Mach nicht dieses Gesicht, Cäcilie! Wir wissen beide, was das ist.« Habe ich sie schon verloren, dachte er, ist sie schon entschlossen, mich zu verlassen?

15

Zum Frühstück gab es Tomatenomelett, geräucherten Hering, Kuchen – Samuel aber aß nur ein halbes Marmeladenbrot. Er war noch blasser als sonst. »Hast du keinen Appetit?«, fragte Matheus.

Der Kleine schüttelte den Kopf. Waren seine Augen nicht mit einem dünnen Tränenfilm überzogen? Bestimmt hatte er sie gestern streiten gehört.

Manchmal erschien es ihm, als sei Samuel nur deshalb so schmächtig, weil die Ehe seiner Eltern nicht glücklich war. Immerhin war er das Produkt dieser nicht sehr starken Liebe. Eine tiefere Liebe hätte einen kräftigeren Jungen hervorgebracht.

Cäcilie sah ebenfalls müde aus. Aber sie schien kein schlechtes Gewissen zu haben und hielt seinen Blicken stand. War seine Eifersucht tatsächlich überspannt und ungerecht? Er musste es herausfinden. Nach dem Frühstück ließ er die beiden allein und begab sich an Deck auf die Lauer. Er wartete auf den Mann, der ihr im Speisesaal die Hand auf den Arm gelegt hatte. Matheus trug Mantel und Hut, es wehte ein kühler Wind. Er tat so, als sei er an Details des Schiffs interessiert, spazierte auf und ab und begutachtete die Ladekräne.

Als er schon aufgeben wollte, weil ihm die Kälte in die Kleider kroch, sah er ihn. Der hochgewachsene Mann mit den dünnen Lippen redete freundlich mit einigen Damen. Er wirkte entspannt wie ein Urlauber, der sich über Geld keine Gedanken machen musste. Die Damen lachten, ganz offensichtlich gefiel ihnen, was er gesagt hatte. Matheus fühlte einen Stich in seinem Inneren, den er nur allzu gut kannte: Er beneidete den Mann um seine ungezwungene, selbstbewusste Art, mit den Frauen zu reden. Sicher hatte er Cäcilie mit diesem Talent in seinen Bann gezogen.

Eine der Frauen kannte er, die Kleine mit den rötlichen Haaren, Nele. Waren die anderen auch Deutsche? Hatte er es auf Deutsche abgesehen? Der Mann begleitete die Damen zu den Liegestühlen, sie ließen sich von Stewards Decken und Tassen mit dampfender Schokolade bringen, setzten sich, plauderten. Währenddessen zog sich der Fremde hinter die Ecke beim Eingang zum Sportraum zurück, aus dem ein anderer Mann trat, und als sie sich begegneten, war der Hochgewachsene plötzlich wie verwandelt. Er stand anders da, gestikulierte streng, alles an ihm war kühle Geschäftsmäßigkeit. Er gab Anweisungen, und sein Gesicht war dabei aus Eis.

Der andere zückte einen Fotoapparat. Er schlich sich an die Damen heran und fotografierte sie in ihren Liegestühlen, was zu einigem Aufruhr führte. Als Matheus sich wieder nach Cäcilies Bekanntschaft umsah, war der eigenartige Kerl fort. Etwas stimmte nicht mit diesem Mann.

Matheus öffnete das halb hohe Gatter, das zur Promenade der ersten Klasse führte. Er wollte an den Frauen vorbeispazieren, wollte lauschen, ob sie tatsächlich Deutsch sprachen. Noch bevor er das Gatter passiert hatte, blieb er stehen.

Nele war aufgestanden und kam ihm entgegen. Ihr rundes Gesicht, die Schwingung der Kieferlinie faszinierte ihn. Wie feenhaft sie die Füße setzte beim Gehen!

Sie warf Blicke aus grünen Augen um sich und griff nach einer goldenen Uhr, die gerade auf dem Schoß eines schlafenden Herrn gelegen hatte: Schon war sie in ihrer Manteltasche verschwunden. Nele bewegte sich genauso leichtfüßig weiter wie zuvor.

Sie ist eine Diebin, dachte er. Der Mann wird seine Uhr vermissen. Ich bin mitschuldig, weil ich den Diebstahl beobachtet habe. Er stellte sich ihr in den Weg. »Entschuldigen Sie«, sagte er. »ich –«

»Sie schon wieder«, unterbrach sie ihn. »Haben Sie sich mit Ihrer Frau versöhnt?«

»Ich habe gesehen, was Sie da gerade getan haben.«

»Ach. Starren Sie mir immer noch hinterher?«

»Sie können dem Herrn nicht einfach die Uhr stehlen!«

Nele zog ärgerlich die Brauen zusammen. »Hatte ganz vergessen, dass Sie Polizist sind. Was wollen Sie jetzt machen? Mich anzeigen?«

»Ich schlage vor, dass Sie die Uhr zurücklegen, und wir vergessen die Sache.«

»Kümmern Sie sich um Ihre eigenen Angelegenheiten!«

Mit welcher Frechheit sie sich weigerte, das Unrecht wieder gutzumachen, verblüffte ihn. »Sie verlangen von mir, dass ich so tue, als hätte ich es nicht gesehen?«

Nele fasste nach seinem Arm und schob ihn zur Reling. Die Berührung elektrisierte ihn, auch wenn er das gar nicht wollte. Sein Puls beschleunigte sich.

Sie sagte: »Dieser Mann kann sich ohne Weiteres eine neue Uhr kaufen. Ach was, zehn Uhren!«

»Hören Sie zu.« Es war eine Prüfung, und er war bereit, sie zu bestehen. Sie konnte noch so schön aussehen, er durfte sich nicht von ihrem Aussehen bestechen lassen. »Ich zähle jetzt bis drei. Wenn Sie die Uhr nicht zurücklegen, rufe ich einen Steward.«

»Das werden Sie nicht tun.«

»Eins.« Ihre Hand an seinem Arm ließ seine Knie weich werden. »Zwei. Drei.« Mit Mühe wendete er sich ab. »Steward!«, rief er.

Einer der Stewards kam zu ihnen.

»I saw this Lady steal that man's watch.«

Der Steward musterte Nele verblüfft. Offenbar konnte er nicht glauben, dass eine zarte, zauberhafte Frau wie sie eine Diebin sein sollte.

»You will find it in her pocket, there.« Matheus wies auf die Manteltasche.

Da zog sie die Uhr schon selbst heraus. Er hatte erwartet, einen vernichtenden, wütenden Blick von ihr zu erhalten. Aber all ihre Dreistigkeit war verflogen. Sie schaute den Steward nur traurig an.

Der Steward nahm die Uhr. *»What is your name, Sir?«*

»Matheus Singvogel.«

»Thank you, Sir. I will come back to you.« Er legte Nele die Hand auf die Schulter. *»Follow me to the Master-at-Arms.«* Sie gingen fort in Richtung der Treppe.

Das Gefühl, das Richtige getan zu haben, wollte sich nicht einstellen. Stattdessen flatterte Matheus' Magen.

Die Mutter kaufte ihm Kekse, vielleicht nur, um Vater zu ärgern, denn er mochte es nicht, wenn sie Geld ausgab. Es waren Bahlsen-Kekse. Aber heute schmeckten sie Samuel nicht so recht.

In der Sonne an Deck spielten Kinder. Sie hatten mit Kreide Kästchen auf den Boden gemalt und hüpften auf einem Bein darüber, er kannte das Spiel, in Berlin spielten sie es auch. Zwei Jungs bauten mit ihren Zinnsoldaten ein Schlachtfeld auf. Sie alle redeten englisch, sie würden ihn auslachen, wenn er sie auf Deutsch fragte, ob er mitspielen durfte.

Samuel lehnte sich an die Reling, kaute missmutig einen Keks und atmete den Duft des Meeres ein. Es roch nach Fisch. Nahe beim Schiff kam ihm das Wasser schwarz vor, und wenn er weiter in die Ferne sah, schien es blau zu sein. Die wenigen Wolken am Himmel zerfaserten wie Watte, wenn man sie lang zog.

In jeder Himmelsrichtung reichte das Meer bis zum Horizont. Er dachte: Wie wäre das, wenn es auf der Erde gar kein Land gibt? Dann müssten wir alle auf Schiffen leben. Er versuchte, sich einzureden, dass es Deutschland nicht gab und Amerika auch nicht und dass sie auf einer nie endenden Reise über das Meer waren. Man musste in Bewegung bleiben, damit die Piraten einen nicht fanden.

Oder was, wenn das Meer eine Badewanne war, und sie wären winzig wie ein Staubkorn und könnten das Ende der Badewanne nicht sehen? Dann passierte es vielleicht, dass sie an etwas riesigem Gelbem vorüberfuhren, zehnmal so groß wie die Titanic, und es hatte die Form einer Ente und schwamm einfach so auf dem Wasser. Er musste schmunzeln bei dem Gedanken, wie die Damen von ihren Klappstühlen aufsprangen und schrien und voller Angst auf die große Gummiente zeigten.

»Gibst du mir 'nen Keks ab?«

Samuel fuhr zusammen. Er sah in das knochige Gesicht mit den großen Stieraugen. »Du bist noch da!«, rief er.

»Nicht so laut. Wir wollen doch nicht, dass der Colonel auf uns aufmerksam wird.« Adams zigarettengelbe Hand streckte sich nach den Keksen aus.

»War es zu gefährlich in Queenstown?«

»Ich hab einen Mordshunger.«

Samuel gab ihm die Kekspackung.

Der Dieb futterte gleich drei Kekse auf einmal. »Musste mich unsichtbar machen«, sagte er mit vollem Mund. Brösel fielen ihm aus den Mundwinkeln. »Der Colonel hat doch nur darauf gewartet, dass ich versuche, von Bord zu gehen.«

»Ich hab noch alles. Gut versteckt.«

Adam nickte anerkennend. Er steckte sich zwei weitere Kekse in den Mund. »Du bist besser, als ich dachte. Wie war dein Name nochmal? Samuel?«

»Ja, Samuel.«

»In New York ist viel los, da bringe ich das Zeug unbemerkt an Land. Hilfst du mir bis dahin, an Essen ranzukommen?«

»Ich versuch's. Vielleicht kann ich bei den Mahlzeiten etwas mitnehmen, vom Obst auf jeden Fall und eine Scheibe Brot oder so.«

»Wo sind die Sachen eigentlich?«, fragte Adam. »Die Uhr, der Zigarrencutter, die goldene Streichholzschachtel?«

»Unten im Schiff bei den großen Öfen. Ich hab sie hinter den zweiten Ofen gelegt und mit Kohlenstaub bedeckt. Da ist es so heiß, da geht keiner hin.«

»Du bist wirklich gut.«

Sie sahen schweigend auf das Meer hinaus. Adam kaute Kekse. Neben ihm fühlte sich Samuel beinahe erwachsen. Natürlich, der Mann war ein Dieb. Aber er akzeptierte Samuel, er redete mit ihm wie mit einem Ebenbürtigen und bat ihn sogar um Hilfe. Die gesamte Beute hatte er ihm anvertraut. Und er, Samuel, hatte Adam nicht enttäuscht, es war ihm gelungen, sie in Sicherheit zu bringen. Sie beide konnten sich aufeinander verlassen. »Sind wir Freunde?«, fragte er. Seine Stimme hörte sich piepsig an, wie von einem kleinen Kind. Es ärgerte ihn. Er war kein kleines Kind mehr, hier, auf dem Schiff, war er gewachsen.

Adam sah ihn an. »Ich bin kein guter Freund für dich, Kleiner.«

»Doch, ich finde, das sind Sie.«

Adam lächelte. »Ich mag dich, Junge. Aber glaub mir, du möchtest mich nicht zum Freund haben.«

»Warum nicht?«

»Ich bin unzuverlässig und eigennützig. Ich kümmere mich nur um mich selbst. War schon immer so.«

Sie schwiegen wieder.

»Meine Eltern streiten sich«, sagte Samuel. »Sie merken nicht, wie gut sie es haben, das Meer und das tolle Schiff sehen sie überhaupt nicht. Mutter lügt Vater an, und Vater schleicht ihr nach. Sie denken, dass ich es nicht merke.«

»Warum erzählst du mir das?«

»Weiß nicht.«

»Hast du Angst, dass sie sich scheiden lassen?«

»Wenn man verheiratet ist, bleibt man zusammen, bis man stirbt.«

»Nicht unbedingt. Es kommt langsam in Mode, sich scheiden zu lassen.«

»Meine Eltern machen das nicht. Papa ist Pastor, und Mama hat keinen Beruf gelernt, wovon soll sie leben, wenn sie allein ist?«

»Sie kann sich einen reichen Mann angeln.«

Tatsächlich. Das konnte sie. Mutter war früher bei den Reichen beliebt gewesen. Bestimmt erinnerte sich noch jemand an sie. »Meine Eltern sollen zusammenbleiben und sich wieder liebhaben.«

»Das hast du nicht in der Hand. Sie müssen es allein hinkriegen.« Adam schüttete die Tüte aus, die restlichen Krümel fielen ins Meer. Er zerriss die Tüte, faltete, rollte und kniff, bog und falzte und hielt Samuel eine Rose aus Papier entgegen. »Das könntest du deiner Mutter aufs Kissen legen. Vielleicht denkt sie, die Blume kommt von deinem Vater.«

Samuel staunte die Rose an. »Wie haben Sie das gemacht?« Er nahm sie vorsichtig zwischen Daumen und Zeigefinger und drehte sie. »Die ist wunderschön!«

»Erhoffe dir aber nicht zu viel. Wie gesagt, im Grunde müssen's deine Eltern selbst hinbekommen.«

Jemand klopfte an der Kabinentür. Cäcilie würde nicht anklopfen, sie würde einfach hereinkommen. Holten sie ihn, damit er als Zeuge gegen Nele aussagte? Ihm war unwohl bei dem Gedanken. Er hatte der jungen Frau das Leben zerstört. Als Seelsorger wäre es seine Aufgabe gewesen, ihr Gewissen zu wecken, und nicht, sie bloßzustellen.

Er öffnete.

Nele stand da. Ihre grünen Augen blitzten vor Wut. »Für wen halten Sie sich eigentlich?«, fuhr sie ihn an. »Für den lieben Gott?«

»Es tut mir leid.« Der ganze Flur hörte mit. »Wollen Sie reinkommen?«

Während sie die Kabine betrat, schimpfte sie weiter. »Die haben mich auseinandergenommen wie einen Verbrecher. Wegen einer Uhr! Waren Sie in der Schule schon der Streber, oder haben Sie erst später als Petze Karriere gemacht?«

Du meine Güte! Diese Frau besaß eine spitze Zunge. »Ich wollte Ihnen keinen Ärger machen. Aber Sie müssen doch zugeben, dass Sie mich dazu herausgefordert haben. Warum konnten Sie die Uhr nicht einfach zurücklegen?«

»Das geht Sie nichts an.«

»Wie haben Sie mich überhaupt gefunden?«

»Habe beim Purser nachgefragt.« Sie schritt durch die Kabine, besah die Betten und den Mahagonischrank mit dem Waschbecken. »Schön haben Sie's hier in der zweiten Klasse. Das wird nicht lange so ordentlich bleiben. Irgendwie muss ich es Ihnen heimzahlen.«

»Das heißt, Sie werfen jetzt alles zu Boden, um mich zu bestrafen, oder wie?«

Sie drehte sich um und sah ihm in die Augen. »Ich bin keine Diebin. Hab noch nie gestohlen, na ja, bis auf einmal, vor ein paar Tagen. Aber das glauben die mir nicht. Ich bin in Tränen ausgebrochen, um den Master-at-Arms weichzukriegen, ich hab ihm geschworen, dass es nur ein Aussetzer gewesen ist. Er bleibt dabei, wenn wir in New York ankommen, will er den Vorfall der Polizei melden.«

»Immerhin hat er Sie freigelassen.«

»Pah! Was denken Sie, warum? Offenbar gibt es einen echten Dieb an Bord, 'ner Menge Leute fehlt was. Der Schiffsprofos denkt, ich wär das gewesen. Er kann es mir aber nicht nachweisen. Jetzt folgen mir seine Späher überallhin, weil sie hoffen, sie finden mein Beuteversteck.« Sie fuhr mit dem Finger an der Kante des Schranks entlang. »Die werden bald kommen und Ihre Kabine auf den Kopf stellen. Wahrscheinlich halten sie uns für Komplizen.«

»Ich habe Sie angezeigt!«

»Ein Streit zwischen Ganoven, was weiß ich. Warum müssen Sie so furchtbar moralisch sein?«

»Ich bin kein Polizist, wenn Sie wieder darauf hinauswollen.«

Sie wurde still und betrachtete ihn. »Sie haben eine gute Stimme, wie ein Theaterschauspieler. So ein schmächtiger Körper und darin diese Stimme.«

»Warum stehlen Sie überhaupt? Stecken Sie in finanziellen Nöten?«

»Wie ich schon sagte, das geht Sie nichts an.« Sie hob Samuels Socke vom Boden auf und legte sie auf das Bett.

Er sagte: »Für Armut muss man sich nicht schämen. Durch meine Arbeit kenne ich viele arme Menschen, und ich hatte immer Verständnis für sie.«

»Aber Ihrer Meinung nach sollen sie sich in ihr Schicksal fügen.«

»Wenn die Alternative stehlen heißt, ja.«

»Jetzt weiß ich's. Sie sind Pfarrer.«

Er riss die Augen auf. »Wie haben Sie das erraten?«

»Richtig und falsch, gut und böse – das sind für Sie klare Dinge.«

»Das ist ja nicht bloß meine Meinung. Die Bibel ist recht deutlich in solchen Fragen.«

Sie seufzte. »Sie bilden sich also ein, mit Sicherheit zu wissen, was Gott liebt und was er verabscheut.«

»So würde ich es nicht formulieren. Aber im Kern: ja.«

»Tanzen Sie?«

»Das wird Sie überraschen. Ich tanze tatsächlich, zumindest versuche ich es.«

»Hätte ich nicht gedacht. Ich hätte vermutet, dass das Tanzen für Sie Sünde ist. Manche Leute finden ja sogar die unverhüllten Beine eines Klavierflügels unanständig.«

Ihm kam der Gedanke, dass Cäcilie überrascht sein könnte, ihn hier mit Nele vorzufinden. Er warf ihr Untreue vor und fand selbst großen Gefallen daran, sich mit einer fremden jungen Frau zu unterhalten. Er sagte: »Sie klingen, als sei es Geschmackssache, was moralisch richtig und was falsch ist. Wenn ich Lust habe, kann ich also lügen, morden ...«

»Und Sie klingen, als hätten Sie alle Erkenntnisse in dieser Richtung für sich gepachtet, bloß weil Sie Christ sind. Mein Trinkervater gehörte zeitlebens zur Kirche. Aber es hat ihn nicht davon abgehalten, mich zu verprügeln. Wissen Sie, was mich anwidert? Dass Sie sich einbilden, moralisch überlegen zu sein, während Sie es nicht sind. Zum Beispiel starren Sie mich an – dabei sind Sie verheiratet! Dass ich Ihnen gefalle, ist keine Entschuldigung.«

Das saß. »Bitte gehen Sie.«

»Natürlich, werfen Sie die böse Frau raus. Das löst Ihre Probleme.«

Er sah zu Boden. Die ungezügelte Wut in ihrer Stimme irritierte ihn.

»Sie sind dermaßen selbstgerecht!« Sie verließ die Kabine und warf lautstark die Tür zu.

16

»Deine Zahnbürste ist trocken.« Vater trat ans Bett und sah ihm streng ins Gesicht. »Hast du mich angelogen?«

Ihr lügt doch auch, dachte Samuel. Laut sagte er: »Ich bin bestimmt der einzige Junge auf dem ganzen Schiff, der die Zähne putzen muss!«

»Unsinn.«

»In meiner Klasse in Berlin putzt keiner die Zähne. Von den Jungs jedenfalls.«

»Dann bekommst du Zahnfäule. Willst du, dass krank machende Bakterien in deinem Mund siedeln?«

»Ist mir egal.«

»Du putzt jetzt die Zähne. Steh auf!«

Samuel quälte sich aus dem Bett. Er trat ans Waschbecken, befeuchtete seinen Finger, schraubte die Blechdose auf, die das Zahnpulver enthielt, und tunkte ihn hinein. Er steckte den Finger in den Mund und verteilte den Pulverbrei. Nachdem er sich die Hand abgespült hatte, nahm er die Zahnbürste und rieb sich mit den Dachsborsten über die Zähne. Der Holzgriff der Bürste lag unangenehm hart in seiner Hand. Außerdem hasste er den salzigen Geschmack des Zahnpulvers.

Vater sagte leise: »Cäcilie, ich habe heute diesen Mann beobachtet, du weißt schon, von gestern Abend. Er ist mir nicht geheuer. Erst hat er mit drei deutschen Frauen gescherzt und war entspannt und fröhlich, dann hat er einem Fotografen mit eiskalter Miene befohlen, sie zu fotografieren.«

Dachten sie, er konnte das nicht hören, wenn er sich die Zähne putzte? Samuel spitzte die Ohren.

»Was du nicht sagst.« Mutter seufzte. »Deine Eifersucht macht dich kreativ, Matheus.«

»Etwas stimmt nicht mit ihm!«

»Er ist Journalist. Vielleicht lässt er deshalb Fotos machen. Du suchst doch nur einen Grund, mir auszureden, ihn wiederzusehen.«

»Dafür brauche ich keinen Grund. Du bist meine Frau!«

»Wir unterhalten uns nur. Willst du mich einsperren? Ich habe lange genug das Haus gehütet. Ich muss doch Freunde haben dürfen, das wirst du mir nicht verbieten.«

»Ich habe nichts gegen Freundschaften, Cäcilie. Aber dieser Mann ist an mehr als nur an deiner Freundschaft interessiert. Ich möchte nicht, dass du ihn triffst.«

»Das wird sich auf dem Schiff nicht vermeiden lassen«, sagte sie.

»Machst du dich lustig über mich?«

So wütend hatte er seinen Vater noch nie erlebt. Eigentlich brauchte Vater Harmonie, er tat fast immer, was die Mutter sich von ihm wünschte. Diesmal schien sie eine Grenze überschritten zu haben. Der Streit der beiden machte ihm Angst. Aber er war zugleich froh, den Vater so entschlossen zu sehen und zu erleben, wie er für seine Ehe kämpfte.

Samuel spuckte aus.

Er hörte ein Klopfen. Mutter öffnete die Tür. Mehrere Stewards drangen in die Kabine ein. Sie redeten auf Englisch mit den Eltern. Mutter entrüstete sich und schimpfte, aber sie hörten ihr nicht zu.

Die Stewards durchsuchten die Kabine. Sie hoben die Matratzen an, öffneten die Schubladen, die Schranktüren, die Koffer, sie tasteten sogar das Innere der Kopfkissen ab. Samuel schluckte. Er wusste, weshalb sie hier waren. Sie suchten die Manschettenknöpfe, die Ringe, den Zigarrencutter.

Wer könnte ihn verraten haben? Der Kaugummimann? Adam hatte denen sicher nichts gesagt, sie hielten zusammen, auf ihn konnte er sich verlassen.

Einer der Stewards holte die Papierblume unter dem Bett hervor. »*You dropped that.*« Er legte sie aufs Bett.

Vater fragte: »Was ist das?« Er sah Mutter böse an.

»Die gehört mir nicht«, verteidigte sie sich.

»Es hat niemand vor uns hier gewohnt, wie soll sie in die Kabine gekommen sein?«

Samuel sagte: »Es ist meine.«

»Du musst deine Mutter nicht in Schutz nehmen«, sagte Vater.

»Es ist wirklich meine.«

Mutter fragte: »Wo hast du sie her?«

»Von einem Freund. Guck sie dir genau an. Er hat sie aus der Kekspackung gebastelt.«

Sie begutachtete die Blume. »Die ist wunderschön. Dein Freund ist ein großer Künstler.«

»Ich würde ihn gern einmal kennenlernen«, sagte Vater. »Schön, dass du einen Freund gefunden hast. Davon hast du uns gar nichts erzählt.«

Samuel nickte und sah den suchenden Stewards zu. Hier findet ihr nichts, dachte er. Ich bin zu schlau für euch.

In der Nacht wurde Matheus von Cäcilie geweckt. Sie schob sich zu ihm ins Bett, er fühlte ihre Hand, die seinen Körper umfasste, es hatte etwas Hilfesuchendes an sich.

Als er ihr tränennasses Gesicht auf seiner Brust spürte, fuhr er hoch. »Was ist los? Du weinst ja!«

Sie flüsterte: »Ich liebe dich, Matheus.«

»Warum weinst du?«

Sie schwieg.

Hatte sie ein schlechtes Gewissen wegen des Journalisten? Oder bereute sie die Streitereien der letzten Tage? Ihre Tränen beruhigten ihn nicht, sie schürten eher seine Sorgen.

»Ich mache doch genauso Fehler«, sagte er leise. »Ich weiß, ich kann ziemlich selbstgerecht sein. Und ich ...« Er rang mit sich. »Ich war dir in meinen Gedanken nicht immer treu.« Er spürte Cäcilies Kopf auf seinen Rippen. Der Tote war schon in ihm, der Tote, der er einmal sein würde: Knochen, Knorpel und Schädel, ein Skelett, wie es in Hunderttausenden Särgen lag.

Was dachte er da? Noch lebe ich, sagte er sich, und ich liebe diese Frau. Ich werde um sie kämpfen. »Weißt du noch«, sagte er, »wie wir einmal diesen Straßengeiger zu uns nach Hause eingeladen haben?« Er musste schmunzeln bei der Erinnerung.

»Ja«, hauchte sie. »Er hat uns die gesamten Vorräte weggegessen.«

»Aber dafür hat er bis in die Nacht gespielt, unser eigenes kleines Konzert im Wohnzimmer.«

»Ich war schwanger.«

Sie schwiegen.

Er sagte: »Und weißt du noch, als Samuel dann auf der Welt war, wie wir an seinem Bettchen gestanden und ihn angestaunt haben?«

»Er ist ein Wunder, Matheus. Das dürfen wir nie vergessen.«

»Nachts hat er manchmal so schnell geatmet, wenn er geträumt hat. Erinnerst du dich?«

Sie lachte leise. »Er hat Grimassen gezogen im Schlaf, das süße kleine Gesichtchen hat gezuckt. Und dann hat er irgendwann geseufzt und wieder ruhig geschlafen.«

Cäcilie betrog ihn nicht, das war unmöglich, das würde sie nicht tun. Warum die Tränen, warum das reuevolle Flüstern vorhin? »Damals war dein Vater so wütend. Ich habe jeden Tag damit gerechnet, dass er vor der Tür steht und dich zurückholt.«

»Die ganze Welt hatte sich gegen uns verbündet«, sagte sie. »Vater hatte wirklich keinen Grund, sich aufzuregen. Als wäre er treu gewesen! Was glaubst du, warum ich zur Baptistenkirche gegangen bin anstatt zur evangelischen wie mein Vater? Mir war es zuwider, wie er sich verhalten hat. Bei dir habe ich Verlässlichkeit und Frieden gefunden, Matheus.«

»Frieden? Meinst du?«

»Obwohl mich Vater aus der Familie verstoßen hat, ich habe mich ausgeglichener, behüteter gefühlt als je zuvor. Ich weiß, dass ich mich auf dich verlassen kann. Dass du immer zu mir halten wirst.«

Sie sollten viel öfter an diese guten Zeiten zurückdenken. »Cäcilie«, flüsterte er, »ich liebe dich.«

Sie schwieg. Ihre Fingerkuppen streichelten seine Brust.

17

»Ich verstehe dich nicht, Samuel«, sagte sie. »Am Tisch erklärst du, du hast keinen Appetit, und jetzt nimmst du dir vier Brote und einen Apfel mit.«

»Falls ich später Hunger bekomme«, rechtfertigte er sich. Sie traten durch die Türen des Speisesaals in den Flur.

Matheus gab ihm den Schlüssel und sagte: »Geh rasch zur Kabine und hol mir Mantel und Hut – und zieh dir auch was Warmes an.«

Gehorsam trabte Samuel durch den Flur davon.

»Was war heute Nacht?«, fragte Matheus, sobald Samuel außer Hörweite war. Er drehte sich zu ihr um. »Warum hast du geweint?«

Beim Gedanken daran stiegen ihr wieder Tränen in die Augen. Ihr Inneres fühlte sich wund an, seltsam verletzlich. »Ich konnte nicht schlafen. Mir ist eingefallen, wie du mich gepflegt hast vorletzten Winter, als ich mich mehrmals am Tag übergeben musste und Schüttelfrost hatte. Wie du mir Tee eingeflößt und meine Hand gehalten hast.«

»Darüber hast du nachgedacht?«

Nicht nur darüber. Aber das konnte sie ihm unmöglich sagen. »Ich musste auch daran denken, welche süßen Bilder mir Samuel schon gemalt hat und wie er sich immer geniert, sie mir zu geben. Du weißt, wie er dann ›für dich, Mama‹ flüstert und mir das Bild dabei überreicht.« Sie stockte. Sag es, befahl sie sich. Nein, sag es nicht. »Es tut mir leid, dass wir gestritten haben.« Nur das? Nichts anderes tut dir leid?

»Mir tut's auch leid. Ich hätte dir nicht nachspionieren dürfen. Unsere ganze Ehe hat doch keinen Sinn, wenn wir einander nicht vertrauen. Ich vertraue dir, Cäcilie. Natürlich kannst du mit dem Herrn reden, wenn du möchtest.«

Noch mehr Tränen sammelten sich in ihren Augen. Wie schwer musste es ihm fallen, das zu sagen!

»Du sollst dich nicht fühlen, als wärst du eingesperrt. Pass nur auf dein Herz auf, Schatz, ja?«

»Ich versprech's.« Sie würde Lyman Tundale nie wieder küssen und auch nicht mehr mit ihm reden. So wie sie es sich in der Nacht vorgenommen hatte.

Kurz bevor sie die Kabine erreichten, kam ihnen Samuel entgegen. Er schleppte schwer an Matheus' Mantel, und um den Hut nicht zu knicken, hatte er ihn sich aufgesetzt: Schief saß er, er bedeckte das halbe Gesicht und auch noch einen Teil der Schulter.

Sie lachten. »Siehst gut aus«, sagte Matheus und nahm Samuel die Sachen ab.

»Hast du abgeschlossen?«, fragte sie. »Gib mir mal den Schlüssel. Ich habe mich anders entschieden, ich komme doch mit. Muss mir nur was anziehen.« Sie nahm den Schlüssel, ging voran und schloss die Kabine auf. Drinnen schlüpfte sie in den Mantel. Etwas knisterte in ihrer Tasche.

Sie zog einen Umschlag heraus. Darin lagen eine getrocknete Schlüsselblume und ein Zettel: *10:00 Uhr, Mitteldeck, vordere Treppe?*

Natürlich war der Umschlag von Lyman. Er würde nicht aufhören, sie zu umwerben, bis sie ihm deutlich sagte, dass die Affäre ein Ende haben musste, um ihrer Familie willen.

»Schatz, wie spät ist es?«, rief sie nach draußen.

Matheus' Uhrenkette klirrte leise. »Viertel nach zehn.«

Viertel nach zehn! Sie hatten spät gefrühstückt, wegen der aufreibenden Nacht länger geschlafen. Wenn sie Lyman noch antreffen wollte, musste sie sich beeilen. Vielleicht war er gar nicht mehr da.

Ich bringe es in Ordnung, Matheus, dachte sie. Sie zog den Mantel wieder aus und trat nach draußen. Leise sagte sie: »Ich weiß, es ist nicht leicht für uns, aber ich brauche noch mal eine Stunde.«

Es war still im Flur. Dann sagte Matheus: »In Ordnung.« In seinen Augen stand die Angst, sie zu verlieren.

»Mach dir keine Sorgen«, sagte sie, »hörst du?« Sie gab ihm einen Kuss.

Als sich die beiden entfernt hatten, erkundigte sie sich bei einem Steward, der jemandem warmes Wasser brachte. Den dampfenden Krug in den Händen, erklärte er ihr, das Mitteldeck liege zwei Etagen unter dem Salondeck. Während sie die Treppe hinunterstieg, wappnete sie sich innerlich. Sie würde Lymans schönem Gesicht nicht nachgeben, dem aufrechten, stolzen Körper und dem klugen Blick. Sie würde seinem Charme nicht erliegen.

Am Fuß der Treppe schaute sie sich um. Lyman Tundale war nicht zu sehen. Stattdessen trat eine junge Frau auf sie zu und fragte: »*Are you Cecily Singvogel?*«

Cäcilie bestätigte.

Die Frau lächelte sie an. »*Please follow me.*«

Sie betraten einen Raum wie aus Tausendundeiner Nacht: Bronzene Lampen hingen von der Decke und verbreiteten warmes Licht. Den Boden bedeckte ein blau-weißes Mosaik. Säulen aus Teakholz trugen Deckenbalken von purem Gold.

Ringsum an den Wänden standen Liegen, dazwischen niedrige Tische. Aus einem marmornen Brunnen sprudelte Wasser, Gläser standen griffbereit. »Was ist das?«, fragte Cäcilie.

»Der Raum zum Abkühlen«, sagte die Frau.

Cäcilie fragte, wovon man sich darin abkühle. Zur Antwort reichte ihr die Frau ein schwarzes Badekleid. »Er hat gesagt, Sie würden das nicht mitbringen.« Außerdem gab sie ihr ein kleines Stück Papier.

This ticket entitles bearer to use of Turkish or Electric bath on one occasion. Paid one Dollar.

Oben in die Ecke war die Nummer 186 gestempelt. Sicher hatte Lyman nicht nur den Dollar bezahlt. Er hatte mehr gegeben, damit sie so zuvorkommend behandelt wurde.

Sie überlegte, die Dinge zurückzugeben.

»Möchten Sie etwas trinken?«, fragte die Frau.

Bezahlt war es schon. Lyman war nicht hier. Er schenkte ihr dieses Erlebnis, vielleicht aus Dankbarkeit für das, was sie geteilt hatten. Sollte sie es nicht ein letztes Mal genießen, die Lady eines reichen Mannes zu sein, bevor sie zu Matheus zurückkehrte? Ein Türkisches Bad an Bord des modernsten Dampfschiffs der Welt! Sie würde weniger danach lechzen, wenn sie es einmal erlebt hatte. Ja, dachte sie, ich tue es, damit ich es in Zukunft lassen kann.

Bald darauf schwitzte Cäcilie im Dampfbad, dann im heißen und anschließend im warmen Raum. Sie erfrischte sich im Pool, der mit beheiztem Salzwasser gefüllt war, das, so sagte man ihr, weit vor der irischen Küste aus dem Meer an Bord gepumpt worden war.

Sie duschte sich, rieb sich mit einem hellen Handtuch trocken und dachte, jetzt hätte sie alle Stationen dieses Bades durchlaufen. Die zuvorkommende Bademeisterin lächelte nur und brachte Cäcilie zu einer Wanne, die in der Mitte durch eine senkrechte Wand geteilt wurde. In der Wand war ein ovaler Ausschnitt, auf den sich

Cäcilie niederlegen musste, so als würde ihr Leib am Bauchnabel durchtrennt. Ein Gummieinsatz umschloss ihren Körper.

»Erschrecken Sie nicht«, sagte die Bademeisterin. »Sie werden merken, das elektrische Bad tut Ihnen gut.«

Cäcilie fuhr zusammen. Jede Woche hörte man von Menschen, die durch Stromschläge umkamen. Sie wollte sagen: Warten Sie! Da spürte sie schon ein seltsames Kribbeln auf der Haut. Muskeln im Rücken und in den Oberschenkeln zogen sich zusammen, die Glieder zuckten.

»Wie ist es?«, fragte die Bademeisterin.

Cäcilie brachte nichts heraus, sie versuchte, wieder Herrin ihres Körpers zu werden und das Zucken zu unterbinden. Es gelang ihr nicht. Auf furchterregende Weise wurde sie von einer unsichtbaren Kraft geschüttelt.

Es schien ihr eine Ewigkeit zu dauern, bis die Bademeisterin endlich den Strom abstellte. »Beim ersten Mal sollte man es nicht zu lange auskosten. Wünschen Sie jetzt eine Massage? Meine Kollegin ist eine wunderbare Masseurin. Oder möchten Sie lieber die Lichtbank kennenlernen? Dort können Sie sich entspannen.«

»Entspannen, unbedingt entspannen.«

Die Frau führte sie zu einem Bett, das mit einer Haube bedeckt werden konnte. An der Unterseite der Haube waren Dutzende Glühbirnen angebracht. Cäcilie legte sich aufs Bett, und die Bademeisterin klappte die Haube herunter. Nun war nur noch ihr Kopf frei. Nachdem die Bademeisterin die Lampen eingeschaltet hatte, ließ sie Cäcilie allein.

Die Wärme der Lampen tat ihren müden Gliedern gut. Sie musste an die hitzigen Gefühle denken, die sie vorgestern Abend mit Lyman geteilt hatte, und das Gespräch danach. Wie offen er zu ihr gewesen war, welch erniedrigende Erfahrungen er preisgegeben hatte! Und jetzt schenkte er ihr dieses wundervolle Erlebnis im Türkischen Bad. Es war eigentlich Passagieren der ersten Klasse vorbehalten, aber er hatte es geschafft, dass sie nicht nur hereingelassen, sondern auch noch mit äußerster Zuvorkommenheit behandelt wurde.

Zum Dank dafür würde sie ihm das Herz brechen.

Sie hatte sich immer einen Mann wie ihn gewünscht. Unter denen, die sie umworben hatten, war nie einer von diesem Format gewesen. Der Schicklersohn, den Vater ihr aufzuzwingen versucht hatte, betrachtete eine Frau nur als Schmuck für seine Bankkarriere. Die anderen waren entweder alt, hässlich oder auf eine tollpatschige Art unfähig gewesen, Gefühle der Zuneigung in ihr zu wecken.

Sie konnte die Absage verschieben und Lyman erst einmal danken. Das Schiff war ein Ausnahmeort, die Reise währte kurz genug. War die Affäre nicht sowieso zu Ende, wenn die Titanic am Mittwoch in New York eintraf? Das waren nur noch vier Tage. Wenn sie es Matheus verschwieg, wäre es für ihn nicht schlimm. Er war misstrauisch geworden, aber dass sie sich Lyman schon hingegeben hatte, das überstieg seine Phantasie. Er konnte ja nicht wissen, dass sie sich bereits in Berlin kennengelernt hatten.

Du weißt, dass es falsch ist, hörte sie ihre Mutter sagen. Du tust ihm weh. Ihm und Samuel.

Samuel! Nein, er durfte nicht das gleiche Schicksal erleiden wie sie in ihrer Kindheit. Er sollte mit einer Mutter aufwachsen, auf die er sich verlassen konnte. Er sollte nicht in der Angst groß werden, dass seine Eltern sich trennen würden.

Sie fühlte sich wunderbar matt und sinnlich nach den Stunden im Türkischen Bad und verließ es mit einem Anflug von Traurigkeit. Diesen Luxus würde sie nie wieder erleben.

Unvermittelt fuhr sie zusammen: An der Treppe stand Lyman. Er sah sie ruhig an. »Hat es dir gefallen?«

»Ich wusste gar nicht, dass es das alles gibt, Dampfbad und Salzwasserpool und Lichtbank. Sogar im elektrischen Bad war ich. Hast du die ganze Zeit auf mich gewartet?«

»Die Bademeisterin hat mich angerufen. So war es mit ihr abgesprochen.«

»Angerufen? Wie geht das?«

»Ich habe ein Telephon auf dem Zimmer. Man kann auf dem Schiff überallhin telephonieren. Natürlich nicht nach draußen.«

Sie standen still da und sahen sich an. Um Cäcilies Herz formte sich ein Mantel aus flüssigem Zucker, er tränkte das Herz.

Lyman sagte: »Ich muss dir etwas beichten.«

Zog er einen Schlussstrich unter die Affäre? Würde er sie fortschicken? Ihr Körper spannte sich an.

»Das Telegramm vom Moody Institute aus Amerika … Das war in Wahrheit ich. Ich habe dafür gesorgt, dass ihr hier seid.«

18

Sonnenfunken glitzerten auf dem Wasser. Der Wind war kalt, er schnitt in die Haut und erfrischte.

Der Kleine beugte sich über die Reling. Er sagte: »Stell dir vor, Papa, wenn wir kein Schiff wären, sondern ein Zeppelin!«

Matheus verstand nicht.

»Siehst du, da unten? Sie winken!« Samuel winkte zum Wasser hin. »Wir müssten Bonbons haben, um sie ihnen auszustreuen, das wäre toll.«

Jetzt begriff er. Samuel wollte mit ihm in eine Märchenwelt reisen. »Auf keinen Fall«, sagte er. »Da verletzen wir jemanden. Besser wäre es, wir würden Blumen werfen. Schau, ich schütte einen Korb Blumen über die Reling. Natürlich keine Rosen, nur Blumen ohne Dornen.« Er tat so, als würde er einen Korb hinüberhieven und ihn ausleeren.

Samuel war entzückt. »Die Blumen segeln zur Erde runter. Und die da unten jubeln.« Er drehte sich zu den Ankerketten der Titanic um, deren Enden über das vordere Deck gespannt waren. »Das sind unsere Luftanker. Wenn wir über einem Wald anhalten wollen, werfen wir sie aus und haken uns an den Bäumen fest.«

»Und was machen wir, wenn wir weiterfliegen wollen?«

»Dann klettert einer runter und macht die Anker von den Ästen los.«

Matheus hob die Brauen. »Der muss aber mutig sein.«

»Wir sind alle mutig! Sonst würden wir nicht mit einem Luftschiff fahren. Guck mal, die Tauben! Sie haben sich ein Nest bei uns gebaut. Sie sind immer auf Reisen. Wenn sie Hunger haben, fliegen sie runter zur Erde und picken etwas auf, und dann kommen sie wieder.«

»Vielleicht sind es Brieftauben. Damit können wir Nachrichten an unsere Verwandten schicken.«

Samuel umarmte ihn. »Du bist toll, Papa. Mit dir kann man schön spielen.«

»Mit dir auch, Samuel.« Er streichelte ihm den Kopf.

»Das sind unsere Segel«, sagte Samuel und wies auf die Schornsteine. »Der Wind entscheidet, wo wir hinfahren.«

»Haben wir keine Propeller und keinen Motor?«

»Nein. Wir sind ein altmodisches Luftschiff. Ohne Motor ist es schöner, da ist es ganz still im Himmel.« Er beugte sich wieder über die Reling. »Guck, da unten, ein Vulkan! Wir müssen höher aufsteigen, damit uns die Gluthitze nicht brät.«

»Wollen wir zur Arktis fahren, zu den Eisbergen, um uns abzukühlen?«

»Das entscheidet doch der Wind!«

»Und wo bekommen wir unser Essen her?«, fragte Matheus.

»Wir halten über einer Stadt und lassen einen von uns runter. Er nimmt seltene Dinge mit, die wir überall auf der Welt aufgesammelt haben, dann kann er sie gegen Essen tauschen.«

Zwei alte Damen neigten sich über die Reling und suchten mit den Augen das Meer ab. Sie verstanden sicher kein Deutsch. Bei der Aufregung, mit der Samuel über Bord zeigte, dachten sie offenbar, dass es etwas zu sehen gäbe.

Ein dürrer, hohlwangiger Kerl blieb neben ihnen stehen. »Samuel, ich muss mit dir reden.«

»Adam!« Samuel strahlte. »Papa, das ist mein Freund.«

Zögerlich gab er dem jungen Mann die Hand. Warum sollte einer wie der sich mit seinem Sohn anfreunden? »Sie sprechen Deutsch?«, fragte er.

»Ja. Und Sie sind Samuels Vater?«

»Aber Deutscher sind Sie nicht, das hört man heraus.«

»Ich hab ein paar Jahre in Deutschland gearbeitet.«

»Ach. Was haben Sie gemacht?«

»Ich habe viel Zeit in fremden Vorgärten verbracht. Gartenzwerge. Ich hab sie verkauft und aufgestellt.«

Matheus verzog den Mund. »Diese Plage! Vor jedem Busch und in jedem Beet muss einer stehen. Ich weiß nicht, was die Leute an denen finden.«

»Ich auch nicht.« Adam lächelte. »Die Engländer pflegen ihre Gärten. Die Deutschen *lieben* ihre Gärten. Sie stellen Spielzeug rein, wie soll man das sonst erklären?«

»Für mich ist das keine Liebe, einen Zwerg mit roter Zipfelmütze aufzustellen. Die meisten beschränken sich ja nicht mal auf einen. Da muss es ein Angler sein, ein Sämann, ein Musikant ...«

»... ein Bergarbeiter mit Grubenlampe«, ergänzte Adam, »ein Jäger, ein Zwerg mit Spaten, einer, der faul im Gras liegt ...«

»Wie eine Pest.« Matheus erschrak über sich selbst. Warum ereiferte er sich so sehr? Samuel hatte einen Freund gefunden, und er beleidigte ihn und seinen Beruf, nur weil ihm das Aussehen des Burschen nicht gefiel. Musste er jedes Mal so misstrauisch sein? Nele hatte er angezeigt, Cäcilie spionierte er nach, und Samuels Freund war ihm suspekt. »Verzeihen Sie«, sagte er. »Ich wollte Ihren Beruf nicht schlechtmachen.«

»Ach, da gibt es nichts schlechtzumachen.«

»Ich lasse euch zwei mal allein«, sagte Matheus, »und sehe nach, wo meine Frau steckt. Und bitte, entschuldigen Sie meine Unhöflichkeit, ich habe es nicht so gemeint.«

»Sie haben Gartenzwerge verkauft?«, fragte Samuel ungläubig.

»Irgendwas musste ich deinem Vater doch erzählen.«

»Hier.« Er reichte ihm die Brote und den Apfel. »Vom Frühstück.«

Adam nahm sie und biss ins erste Brot. »Hast du Lust, eine Gräfin zu besuchen? Kabine C37, sie hat bestimmt ein paar Klunker im grünen Beutel.«

»In welchem Beutel?«

»Neben jedem Bett in der ersten Klasse hängt ein grüner Netzbeutel an der Wand, da verstauen die Reichen abends vor dem Schlafengehen ihre Wertsachen, vielleicht weil sie Angst haben, dass sich in der Nacht jemand ins Zimmer schleicht. Nur vergessen die meisten, den Beutel am Morgen leerzuräumen. So macht man's Dieben leicht.« Er kaute und sprach dabei. »Weißt du, wo die Gräfin von Rothes ihr Zuhause hat? Im Kensington Palace in England. Da warten noch genug Juwelen auf sie. Wenn sie hier ein paar mit uns teilt, wird ihr das nicht schaden.«

»Wo haben Sie eigentlich den Schlüssel her, den für die Verbindungstüren?«

»Von einem Kellner. Ein Neffe von Luigi Gatti, der das À-la-carte-Restaurant betreibt. Sein Onkel hat ihm den Schlüssel besorgt, damit er ohne größere Umwege zur Arbeit erscheinen kann. Wahrscheinlich hat der Bursche sich bis heute nicht getraut, Gatti zu gestehen, dass er den Schlüssel verloren hat.«

»Hat er ihn denn verloren?«

Adam grinste. »Er glaubt es zumindest.«

»Du hast ihn –«

»Bevor wir die Gräfin von Rothes besuchen«, unterbrach er ihn, »habe ich noch eine Aufgabe für dich. Wenn du die große Treppe runtergehst, findest du im Schutzdeck das Büro von Hugh McElroy, dem Purser.«

»Aber da kann ich nicht hin.«

»Du sagst, du hast dich verlaufen.«

»Die sprechen doch kein Deutsch!«

»Umso besser. Guck einfach verwirrt und bleib nirgendwo zu lange stehen, bis du beim Purser bist. Dort beobachtest du ein paar Sachen für mich.«

Samuel sah an seiner Kniehose hinunter, den Strümpfen. Seine Schuhe waren abgestoßen und rissig. »Man sieht gleich, dass ich nicht zur ersten Klasse gehöre.«

»Hör mir zu. Beim Purser lassen Passagiere Dinge wegschließen oder holen Schmuck aus dem Safe, weil sie ihn fürs Dinner anziehen wollen. Merk dir, wo McElroy die Schlüssel hintut und wer noch da ist und wo er die Liste hat, auf der er notiert, von wem was im Safe ist.«

»Wenn Sie den Safe ausgeraubt haben, wird sich Herr ... Meckelroi ... an mich erinnern, und dann werden sie mich drannehmen.«

Doch von einer solchen Gefahr wollte Adam nichts wissen. Er redete, als würde Samuel bloßen Hirngespinsten aufsitzen. Bald wusste Samuel nicht mehr, ob er seinen großen Freund wegen seiner Kaltblütigkeit bewundern oder fürchten sollte. Er blieb unschlüssig, und Adam wurde ärgerlich. »Entweder man ist bei einer Sache dabei, oder nicht. Wir sind doch Freunde, dachte ich! Willst du mich hängen lassen?«

»Ich passe wieder an der Tür auf, wenn Sie in die Kabinen gehen, ja? Das mit dem Safe ist zu gefährlich. Der wird bestimmt bewacht.«

»Eben deshalb schicke ich dich hin: damit du das rausfindest. Willst du mich ins offene Messer laufen lassen? Na also. Geh hin und finde heraus, wie die Lage ist.«

Samuel zögerte und schüttelte den Kopf.

»So eine Memme bist du?«

Adam löste sich von der Reling und machte Anstalten zu gehen. »Deinen Fraß kannst du in Zukunft für dich behalten. Ich versorge mich selber.«

»Warten Sie!« Samuel schluckte. Er war es leid, als Feigling dazustehen. So war es ja schon immer in Berlin. »Ich mach's. Ich gehe dahin.«

»Wirklich?«

»Ja. Ich trau's mir zu.«

Adam schlug ihm anerkennend auf die Schulter. »Am besten gehst du gleich. Wir haben nur noch vier Tage, um das Ding durchzuziehen.«

»Im Safe sind bestimmt besonders wertvolle Sachen. Wenn Sie die gestohlen haben, wird die Schiffsmannschaft Sie jagen wie einen Bankräuber. Hoffentlich schießen sie nicht.«

»Von dem Schmuck nehme ich nicht so viel. Hauptsächlich hab ich's aufs Bargeld abgesehen. Ein Bündel weniger, das merken die erst beim Zählen, und dann denken sie, sie haben in der Liste einen Fehler gemacht, oder der Purser wird verdächtigt.«

Ein Unschuldiger würde für den Diebstahl verantwortlich gemacht werden? Bis zu diesem Tag hätte sich Samuel nicht vorstellen können, an einer solchen Ungerechtigkeit mitzuwirken. Aber er wagte es nicht, erneut gegen Adam aufzubegehren.

»Nun geh schon«, sagte der Dieb. »Du bist ein Kind! Sie werden dir nicht die Ohren abschneiden.«

Feine Herrschaften spazierten die Treppe der ersten Klasse hinunter, Damen mit eleganten Handschuhen und Männer im Frack. Selbst die Kinder sahen aus wie Erwachsene. Die Mädchen trugen helle, gebauschte Kleider, die Jungen Westen und lange Hosen. Jeder hier würde erkennen, dass er, Samuel, zu den Ärmeren gehörte.

Neben einer Wanduhr standen, wunderbar ins Holz geschnitzt, zwei Engel. Ihre Flügel gefielen ihm. Gern hätte er sie näher betrachtet, aber Adam hatte ihm eingeschärft, nirgends stehen zu bleiben.

Im Schutzdeck verließ er die teppichweichen Treppenstufen. Eine Gruppe von Leuten sammelte sich vor einem Schalter aus dunklem Holz wie in einer Bank. Ein Mann bediente sie. Das musste der Purser sein.

Er besaß das Gesicht einer Bulldogge. Die fülligen Wangen hingen etwas herab, und aufmerksame kleine Äuglein sahen die Menschen an, die ihm ihre Schätze anvertrauten. Er nahm Schmuck entgegen, gab Ringe und Kettchen heraus, blausamtene Schachteln, rotseidene Säckchen und suchte, wenn man ihn fragte, in einer Liste nach Namen.

Eine Dame reichte ihm ein ausgefülltes Telegrammformular. Er gab es in eine runde Dose, steckte sie in eine Öffnung, und mit einem Zischen schickte er sie fort. Also gab es auf dem Schiff ein Rohrpostsystem! In Berlin schickte man so Telegramme von einem Stadtbezirk in den anderen, die Rohrpostämter hatten ihn mit ihrer pneumatischen Depeschenbeförderung auch in der Heimat begeistert.

Samuel stellte sich neben einen Herrn mit buschigem Bart und tat so, als gehöre er dazu. In seinem Rücken redete jemand Deutsch. Es ging um das Moody Institute in Amerika. Da fuhren sie doch hin! Samuel sah über die Schulter.

Da war Mama – und ein Mann. Sie hatte sich bei ihm eingehakt, und sie schritten auf die großen Glastüren zu. »So hast du sie überzeugt, uns einzuladen?«, fragte sie.

Der Mann sagte: »Ich habe Himmel und Hölle in Bewegung gesetzt, nur um dich zu sehen.«

Mutters Augen leuchteten.

Er kannte den Mann. Der Kerl hatte ihm in Berlin erklärt, wie man die Stromleitungen reparierte, und er hatte mit Mutter gesprochen, während er, Samuel, die Pferde gestreichelt hatte.

Mutter und ihn Seite an Seite zu sehen, tat ihm weh. Papa gehörte dahin, nicht der fremde Mann. Wie konnte sie mit dem durch die Glastüren gehen, ihn anlächeln und seinen Arm halten?

Samuel überlegte, ihnen nachzulaufen und sie anzuschreien, den Mann loszulassen. Er war reich, und offenbar mochte er Mutter. Sie brauchte Vater nicht mehr. Der reiche Mann konnte sie versorgen. Samuel fühlte sich, als würde ihm die Brust zerreißen. Er bekam keine Luft mehr.

Und ich?, dachte er. Bin ich euch egal? Er war nicht immer gehorsam gewesen, gestern zum Beispiel hatte er die Bibliothek verlassen, obwohl er versprochen hatte, dort zu bleiben. Manchmal hatte er böse Dinge zur Mutter gesagt. Und er hatte mit Absicht für die Reise seine Fibel nicht eingepackt, obwohl die Anweisung seiner Eltern klar gewesen war. Jetzt bereute er all das bitterlich. Er war schuld daran, dass es Mutter bei ihnen in der Familie nicht mehr gefiel.

Samuel warf sich herum und rannte los. Er stieß gegen gebauschte Kleider, hastete die Treppe hinauf. Man stellte sich ihm in den Weg, Spazierstöcke schlugen nach ihm, von überallher schimpften die Passagiere über ihn. Er war blind vor Tränen, stolperte, rappelte sich wieder auf. Das Luftschiff brannte, es fiel aus dem Himmel wie ein Feuerballon.

Sie war nicht in der Kabine. Bleib ruhig, sagte er sich, sie hat dir heute Nacht gesagt, dass sie dich liebt. Vertrau ihr! Matheus setzte sich aufs Bett und wartete. Nach einer Weile stand er auf und nahm die Papierrose vom Schrank. Dieses kleine Kunstwerk hatte der hohlwangige Kerl geschaffen, der Gartenzwergverkäufer? So konnte man sich in Menschen täuschen.

Was macht sie nur?, dachte er. Es schmerzte ihn, dass Cäcilie verschwunden war. Die Stunde war längst um. War der Journalist gekommen und hatte sie gefragt, ob sie mit ihm spazieren ging? Dann hätte sie ihnen wenigstens Bescheid sagen können, sie wusste doch, dass er oben an Deck auf sie wartete.

Mit jeder Minute wurde seine Angst größer.

Die Diebin fiel ihm ein, Nele. Wäre es nicht seine Pflicht, sie aufzusuchen? Durch ihren Vater hatte sie ein völlig falsches Bild vom christlichen Glauben. Jemand musste ihr von Gottes Liebe erzählen. Außerdem verdiente sie eine Entschuldigung.

Matheus stellte sich vor den Spiegel, zog den Kamm aus der Hosentasche und versuchte, seinen wüsten Haarschopf zu bändigen. Sie soll sehen, dachte er, dass nicht alle Christen verlotterte, unzuverlässige Trinker sind. Nach den fürchterlichen Erfahrungen ihres Elternhauses, die sie angedeutet hat, soll sie einmal einen guten Eindruck gewinnen.

Vom Glauben? Oder von dir?, spottete eine Stimme in ihm.

Matheus suchte den Purser der zweiten Klasse auf, dessen Büro sich im Oberdeck befand. »Ist sie alleinstehend?«, fragte der Zahlmeister. Die Glühlampen, die den Tresen beleuchteten, legten einen bläulichen Schimmer auf sein Gesicht.

»Ich denke schon.« Wie peinlich, nach einer Frau zu fragen, von der man nur den Vornamen kannte. Der Purser musste glauben, dass er ihr nachstellte wie ein junger Heißsporn.

»Dann weiß ich, wo ich nachsehen muss.« Er zog eine Liste aus seinem Schubfach hervor. »Wir haben die alleinstehenden Damen am hinteren Ende des Schiffs einquartiert. Wo ist sie ... Nele ... Nele ...«

»Wieso im Heck?«

»Das ist weit weg von den alleinstehenden Männern – die haben ihre Kabinen im Bug.«

Matheus runzelte die Stirn.

»Damit will ich nichts andeuten. Ich kümmere mich nicht um diese Fragen, dafür gibt es eine Anstandsdame. Sie ist speziell für die alleinstehenden Frauen zuständig.«

»Ich bitte Sie!«, sagte er entrüstet. »Ich bin Pastor und möchte ein seelsorgerliches Gespräch führen!«

»Da haben wir sie. Nele Stern. Sie reist dritter Klasse, Kabine F196.«

»Wie komme ich am besten dorthin? Ich muss ein Deck hinab, nicht wahr, ins Mitteldeck?«

Der Purser nahm einen Schlüsselbund aus einem kleinen Kasten und sagte der Familie, die hinter Matheus wartete: »Bitte haben Sie einen Moment Geduld.«

Er kam hinter dem Tresen hervor und rief: »Mister Ashcroft, übernehmen Sie!« Matheus bat er, ihm zu folgen.

Sie gingen den Flur hinunter. Es roch nach Kartoffeln, irgendwo musste hier der Raum sein, in dem sie die Kartoffeln wuschen, oder das Kartoffellager. Für Hunderte von Passagieren wurden sicher Berge von Kartoffeln mitgeführt. Irgendein armer Schlucker fuhr nur mit, um sie zu schälen.

Der Zahlmeister schloss ihm eine Tür auf. »Dort entlang geht's zur dritten Klasse«, sagte er.

»Und die Tür ist immer abgeschlossen?«

»Gesundheitsbestimmungen der Einwanderungsbehörde in den Vereinigten Staaten. Die Passagiere dritter Klasse werden streng untersucht, sie könnten Krankheiten einschleppen. Wenn sie sich an Bord frei bewegen würden, müssten Sie, mein Herr, und auch die Fahrgäste erster Klasse sich bei der Ankunft in New York denselben Untersuchungen unterziehen, das muss nicht sein, nicht wahr?« Er nickte ihm zu und schloss hinter ihm die Tür ab.

Da bin ich also, dachte er, inmitten gefährlicher Bakterien, Larven und Schimmelpilze. Er spürte ein Jucken zwischen seinen Zehen. Auch die Hände kribbelten. Am besten, er fasste hier nichts an, vor allem nicht die Toilettentüren. Wie war es Nele gelungen, diesen geschlossenen Bereich zu verlassen? Es musste Schleichwege geben, vermutlich tauschten die Eingesperrten sich darüber aus.

Die Treppe, die er hinabstieg, war schlicht, sie hätte genauso gut zu einem gewöhnlichen Haus gehören können. Kinder tobten an ihm vorüber, sie jagten sich und juchzten, das Schiff war für sie ein abenteuerlicher Spielplatz. Matheus hörte die Dampfkolben stampfen, es klang, als würde das Schiff schwer atmen auf seinem Weg nach Amerika.

Der untere Treppenabsatz wurde von zwei Menschenschlangen eingerahmt. »Was ist passiert?«, fragte er einen der wartenden Männer, aber der zuckte nur die Achseln, er verstand kein Englisch.

Ein anderer drehte sich um, ein stämmiger Mann, der aussah wie ein Boxer. »Zwei Badewannen für siebenhundert Leute, das ist passiert.«

Jetzt fiel Matheus auf, dass die eine Schlange ausschließlich aus Männern und Jungen bestand, die andere ausschließlich aus Frauen. Viele hatten ein Tuch bei sich. Ein kleiner Junge kniete auf dem Boden und schob ein Stück Seife wie ein Spielzeugauto vor sich her, dazu machte er brummende Geräusche. Während sie in der zweiten Klasse etliche Bäder hatten, fertigte man diese Menschen mit läppischen zwei Badewannen ab.

Matheus zwängte sich an der Schlange vorbei. Weiter hinten im Flur fand er die Kabine F196. Er klopfte. Nele Stern, dachte er, ein schöner Name.

Eine Frau öffnete, aber es war nicht Nele. Sie trug schwarze Locken. Aus südländischen Augen sah sie ihn fragend an.

»Ich suche Nele Stern.«

Die Frau sagte etwas in einer fremden Sprache.

»Nele?«, fragte er noch einmal.

Da hellte ihr Gesicht sich auf. »Nele.« Sie öffnete die Tür und bat ihn mit einer Geste, einzutreten. Hatte sie ihn wirklich verstanden? Nele war nicht im Zimmer, das sah er sofort. Die Kabine war schmal, der Platz reichte gerade für ein Doppelstockbett.

Die Frau bedeutete ihm, sich aufs Bett zu setzen, und verließ die Kabine. Er dachte: Hoffentlich holt sie nicht die Anstandsdame. Es würde keinen guten Eindruck machen, dass er im Zimmer zweier alleinstehender Frauen auf dem Bett saß.

Der Raum war beheizt, aber er verfügte über kein Fenster nach draußen. Wie lüfteten sie hier? Wenigstens gab es eine elektrische Lampe. Für viele der Auswanderer sicher etwas Neues. In Berlin hatten die meisten Armen bloß Gaslicht mit Zählern, in die sie Groschen einwerfen mussten – war das Geld abgelaufen, versiegte die Gasleitung. Eine gefährliche Angelegenheit, er war froh, sie los zu sein. Einmal hatte er sich abends schon früh schlafen gelegt. Als das Geld abgelaufen und die Lampe erloschen war, war er zu faul gewesen, den Hahn der Lampe zu schließen. Cäcilie kam nach ihm heim und warf wieder ein Geldstück in den Münzgaszähler ein. Ungehindert war das Gas in sein Zimmer geströmt, und er hatte es im Schlaf eingeatmet. Hätte sie ihn nicht geweckt, wäre er womöglich gestorben. Kurz darauf waren sie umgezogen in ihre jetzige Wohnung, die über elektrischen Strom verfügte.

In diesem Augenblick trat Nele ein. »Habe mir gedacht, dass Sie das sind«, sagte sie.

Er stand auf. Hatte er auf Neles Bett gesessen? »Sie hatten recht. Die haben unsere Kabine auf den Kopf gestellt. Natürlich haben sie nichts gefunden.«

»Wie überraschend.«

»Ich wollte mich bei Ihnen entschuldigen. Es war nicht richtig, Sie ...«

»... zu verpfeifen? Allerdings.«

»Und ich wollte mit Ihnen noch mal über Gott reden. Was Sie da erlebt haben, hat Sie verletzt und wütend gemacht, aber glauben Sie mir, Gott ist anders, als Sie meinen.«

Sie verzog belustigt die Mundwinkel. »Und Sie wissen das, ja?«

»Es ist mein Beruf, das zu wissen.«

»Ihre Arroganz verblüfft mich immer wieder. Sie haben Gott dabei, in einer kleinen Streichholzschachtel in Ihrer Tasche?«

»Spotten Sie nicht.«

»Sie sind es doch, der Gott verspottet! Wie können Sie als kleiner Mensch behaupten, den wilden, ungezähmten Gott verstanden zu haben? Das würde ja bedeuten, dass er nicht schlauer sein kann als Sie.«

»Gott will verstanden werden. Darum hat er Jesus Christus auf die Erde geschickt.«

»Ach was. Jesus Christus war ein Mensch wie Sie und ich.«

»Da bin ich anderer Meinung. Er hat zum Beispiel gesagt: Ihr seid von dieser Welt, ich bin nicht von dieser Welt.«

»Wenn die Überlieferungen stimmen.«

»Natürlich, wenn sie stimmen.« Matheus sah sie an, ihr rundes Gesicht, die grünen Augen. Sie trug einen Jumper aus heller Wolle, eines dieser modernen Kleidungsstücke, die man einfach über den Kopf zog, ohne Knöpfe oder Haken. Cäcilie trug nie so etwas, sie verachtete Jumper als Kleidung der einfachen Leute. Aber wenn man jahrelang nur Blusen sah, war ein Jumper eine schöne Abwechslung. Er stand Nele gut.

»Sind Sie deshalb hergekommen?«, fragte sie. »Sie wollen mich missionieren? Vergessen Sie's! Ihr Gott will mich gar nicht haben. Ich bin Varietétänzerin!«

»Das ist ja das Verrückte. Gott ist heilig, nicht wahr? Man würde erwarten, dass sein Sohn Jesus Christus sich auf der Welt für die Edlen und Wahrhaftigen starkgemacht hätte. Aber das Gegenteil ist der Fall: Der Herr des Universums wurde unter Armen geboren. Er hat mit Huren gegessen und ist in Gesellschaft von Räubern gestorben. Er hat gesagt, er sei für die Kranken gekommen, nicht für die Gesunden.«

»Schön, dass Sie von Ihrer Sache so überzeugt sind. Ich bin es nicht, das müssen Sie akzeptieren. Jesus hat gebetet, nicht wahr? Mit wem hat er da gesprochen – mit sich selbst? Diese ganze Dreieinigkeitsgeschichte, Vater, Sohn und heiliger Geist, das kann doch keiner verstehen. Ich hab auch keine Lust, mich mit Ihnen darüber zu streiten. Wir streiten uns jedes Mal, wenn wir uns sehen, fällt Ihnen das auf?«

Ja, das stimmt, dachte Matheus. Aber sie hatte schöne Wimpern, und ihre Augen glänzten.

Natürlich ärgerte sie sein Versuch, sie zu bekehren. Menschen, die in engen Kästchen dachten, hatten Nele schon immer aufgeregt, und bei Matheus Singvogel war es nicht anders. Aber sie spürte, dass es ihm ernst war mit dem, was er sagte; er spielte keine Rolle, er posierte nicht. Und während ihre Bekanntschaften in Berlin meist auf das rasche Vergnügen aus gewesen waren, wollte Matheus sie für die Ewigkeit retten. Dieser Wunsch berührte sie.

Er ist verheiratet, ermahnte sie sich, und er kümmert sich liebevoll um seinen kleinen Sohn. Im Tender, der sie auf die Titanic gebracht hatte, war ihr die Familie schon aufgefallen, und sie hatte gesehen, wie geduldig er auf seinen Sohn einging.

»Erzählen Sie mir von Ihrer Frau und Ihrem Sohn«, sagte sie. »Kommen Sie, setzen Sie sich aufs Bett. Ich beiße nicht.«

Er setzte sich. »Leider bin ich nicht immer der Vater, der ich sein sollte. Andere gehen mit ihren Söhnen angeln oder bauen einen Drachen und lassen ihn steigen. Manche zimmern sogar ein Baumhaus. Ich dagegen arbeite die meiste Zeit. Nicht dass Samuel sich beschweren würde, er beklagt sich nie. Trotzdem weiß ich, er bekommt nicht, was ihm zusteht.«

»Und Ihre Frau?«

»Cäcilie. Sie ist anders als er. Sie sagt deutlich, dass sie unzufrieden mit mir ist. Ich bin geizig, wirft sie mir vor, und ich denke zu viel an mich selbst. Ich schaffe es einfach nicht, alle Seiten glücklich zu machen, die Kirchengemeinde, meine Frau, meinen Sohn, die Verwandten, die Nachbarn.«

»Letzten Endes können Sie die anderen nur glücklich machen, wenn Sie selbst glücklich sind, wissen Sie? Es ist wichtig, sich auch um sich selbst zu kümmern.«

»Was meinen Sie damit?«

»Na ja, sich mal zu entspannen, sich etwas Gutes zu tun.«

»Das konnte ich nie.« Er sah zu Boden. »Wenn ich mich hinsetze, um mich auszuruhen – oder sagen wir, wenn ich einen Spaziergang machen will –, dann fallen mir gleich hundert Sachen ein, die noch erledigt werden müssen. Und dass ich mir mal Zeit für Samuel nehmen sollte. Oder der Nachbarin versprochen habe, für sie Kohlen raufzutragen. Mit solchen Gedanken im Kopf kann man sich kaum ausruhen.«

»Darf ich offen sein?«

»Bitte.«

»Sie sind etwas verkrampft. Sie müssen nicht die ganze Welt retten, nicht allein jedenfalls. Wo haben Sie das bloß her? Es ist doch eine ziemlich vermessene Einstellung, zu denken, dass nicht auch mal jemand anderes die Kohlen hochtragen kann, zum Beispiel.«

Er sah sie verwundert an. »So, wie Sie das sagen ...«

»Es ist wahr.«

»Ich glaube, das kommt bei mir von Zuhause. Mein Vater war immer fort, und Mutter hat mich nie gelobt. An allem fand sie etwas auszusetzen. Mein Schulzeugnis konnte fabelhaft sein, Hausfleiß, Denken, Sprechen, Aufrichtigkeit, Ordnungsliebe alles mit ›lobenswert‹ benotet, aber wenn ich dazu in Reinlichkeit oder Gehorsam nur ein ›befriedigend‹ bekam, war das ganze Zeugnis für sie schlecht. Ich hatte immer den Eindruck, der Mutter nicht gut genug zu sein.«

»Und jetzt fühlen Sie sich wertlos, wenn Sie mal einen Moment nichts leisten.«

Er nickte. Dann musste er lachen. »Wie machen Sie das? Ich kenne Sie kaum und erzähle Ihnen Dinge, die ich nicht mal mit meiner Frau bespreche!«

Nele lächelte. »Mir müssen Sie nichts beweisen, daran liegt's.«

19

»Herrlich, diese Bratkartoffeln«, sagte Matheus. Er spießte eine weitere davon auf seine Gabel und steckte sie sich in den Mund. »Scharf angebraten, und die Kruste gut gepfeffert und gesalzen.«

Cäcilie musterte ihn. »Du bist so gut gelaunt heute Abend, wie kommt's?«

»Ich habe allen Grund dazu. Oder nicht?« Als sie ihn weiterhin verständnislos ansah, sagte er: »Das Meer hat vorhin wild geschäumt und mich daran erinnert, was für ein Abenteuer wir hier erleben. Es roch nach Freiheit! Und jetzt sitzen wir im Warmen, die Musiker spielen schöne Lieder, und jemand serviert mir einen schmackhaften Gang nach dem anderen. Da soll ich nicht glücklich sein?« Er stieß Samuel mit dem Ellenbogen an. »Was ist mit dir? Welche Laus ist dir über die Leber gelaufen?«

»Nichts, Papa.«

Matheus stellte seine Gabel aufrecht auf den Tisch und spazierte mit ihr zu Samuel hinüber. »Guten Abend«, sagte er mit verstellter Stimme, »mein Name ist Klaus Zinken, ich habe heute guuute Bratkartoffeln im Angebot. Wollen Sie eine?«

Samuel verzog den Mund.

Herr Zinken sah auf die Speisekarte. »Ich hätte auch Eiscreme zum Nachtisch. Oder Nüsse oder Kokos.«

»Dann nehme ich das Eis«, sagte Samuel.

Herr Zinken verneigte sich so tief, dass er ihm in die Hand piekte.

»Au!« Samuel zog die Hand zurück und grinste. »Passen Sie doch auf!«

Cäcilie räusperte sich. »Wir sitzen nicht allein am Tisch.«

Excuse me. Matheus nickte den Herrschaften zu, die mit ihnen speisten. »Weißt du noch«, fragte er Samuel, »wie wir dich gefüttert haben früher? Du warst ein furchtbarer Esser. Wir mussten dich zu jedem Löffel überreden.«

»Daran wird er sich wohl kaum erinnern«, sagte Cäcilie.

Nachdem sie jeder einen Eisbecher geschlemmt hatten, gingen sie zur Kabine zurück. »Du bist mir doch nicht böse?«, fragte er.

»Warum?«

»Wegen meiner Spielereien gerade beim Essen.«

»Unsinn. Ich staune bloß. So habe ich dich schon lange nicht mehr erlebt.« Cäcilie schaute ihn fragend an.

In der Kabine warf sich Samuel aufs Bett. Cäcilie sagte, sie wolle sich in der Bibliothek ein schönes Buch suchen, sie sei gleich zurück.

»Mach nur«, sagte Matheus. »Und lass dir Zeit.«

Kaum hatte sie die Tür geschlossen, hob Samuel den Kopf: »Ich hab sie gesehen. Mit einem reichen Mann.«

»Das ist in Ordnung. Wir haben darüber gesprochen. Sie darf mit ihm Freundschaft schließen.«

»Du verstehst nicht, Papa.« Sein Gesicht war ernst. »Sie hakt sich bei ihm unter. Sie sieht ihn verliebt an.«

Etwas Langes, Spitzes stach ihn in seinem Inneren. »Mach dir keine Sorgen«, sagte er.

»Glaubst du, dass sie in die Bibliothek geht?«

Würde sie so dreist lügen? Damals, als sie mit dem Journalisten gegessen hatte, hatte sie es getan. Aber sie hatten sich doch versöhnt, er hatte ihr Freiraum gegeben und sie hatte ihn um Verzeihung gebeten!

Er musste an letzte Nacht denken. Was, wenn ihr aus Reue die Tränen gekommen waren, weil sie eine Affäre mit diesem Journalisten begonnen hatte? Dass sie so schlimm weinte, nur weil ein weiterer Ehestreit zwischen ihnen ausgebrochen war, fiel ihm schwer zu glauben.

»Soll ich ihr nachgehen?«, bot Samuel an. »Ich gucke nur, ob sie wirklich in die Bibliothek geht.«

»Du bleibst hier!«, sagte er streng. »Ich sehe nach. Ich werde ihr sagen, dass du auch ein Buch wolltest, was für eines möchtest du denn?«

»Tiere.«

Matheus öffnete leise die Tür und spähte hinaus. Er sah noch, wie Cäcilie zur Treppe einbog. Na also. Kein Grund, sich Sorgen zu machen. Die Bibliothek der zweiten Klasse befand sich im Schutzdeck, eine Etage über ihnen. Deshalb nahm sie nicht den Aufzug. Es war ja kein weiter Weg.

Trotzdem war er nicht vollständig beruhigt, und so folgte er ihr und sah von unten den Treppenschacht hinauf. Ihre Hand wanderte das Geländer entlang. Cäcilie musste in Gedanken sein, sie ging langsam. Er blinzelte. Das wäre das Schutzdeck gewesen, aber sie ging weiter. Wollte sie hinaus auf die Promenade, frische Luft schnappen? Er folgte ihr, stieg die Treppe hoch. Tatsächlich, sie ging im Promenadendeck nach draußen.

Er trat hinter ihr hinaus. Der Himmel war bewölkt, ein rostroter Schimmer überzog die Wolken. Zwischen ihnen zeigte sich tiefes Abendblau. Die kalte Luft weckte ihn aus seinem Albtraum. Cäcilie tat doch nichts Böses, sie genoss die Schiffsreise wie er, sie wollte sich nur das Meer ansehen.

Jetzt spazierte sie an der Reling entlang. Ein Steward öffnete eine kleine Hintertür und ließ Cäcilie eintreten. Matheus fuhr zusammen. Wohin ging sie? Er eilte ihr nach.

»*First class only*«, sagte der Steward.

»Das ist meine Frau«, brachte er heraus, kaum fähig, die Zähne auseinanderzukriegen, geschweige denn, englisch zu sprechen. Er bemühte sich. »Sie hat einen Liebhaber in der ersten Klasse.«

»Ist sie verheiratet?« Der Steward stutzte.

»Mit mir, ja.«

»Ich lasse Sie rein. Aber sagen Sie ihm nicht, dass ich es war.«

»Wem? Dem Engländer? Er hat Sie bezahlt, damit Sie Cäcilie hier durchlassen?«

»Beeilen Sie sich.« Er hielt ihm die Tür auf.

Matheus stürzte hindurch. Er fand sich in einem länglichen Raum wieder, in dem alles weiß war: die Korbstühle, die Tische, die Wände. Nur einige Efeupflanzen, die sich über die Wände rankten, und die jungen Leute, die an den Tischen saßen und sich mit Kaffee und Vanilleeclair bedienen ließen, gaben dem Raum Farbe und Leben.

Am anderen Ende des Cafés ging Cäcilie durch eine offen stehende Tür hinaus. Matheus folgte ihr und gelangte in einen großen Raum mit Sesseln. Damen und Herren standen in Gruppen zusammen und unterhielten sich. Wo war Cäcilie? Eine Schwingtür bewegte sich noch leicht. Durch die Bullaugen erblickt er sie in einem Korridor.

Er eilte zur Tür. Als er sie öffnen wollte, erstarrte er. Cäcilie war stehen geblieben, und der Journalist lächelte ihr zu. Er neigte sich zu Cäcilie hinunter, küsste sie. Kurz darauf verschwanden die beiden in einer Kabine.

Wie Feuer fuhr es ihm durch den Körper. Feuer Feuer Feuer. Er hielt den Atem an, er zitterte, es hörte nicht auf, das Feuer verbrannte ihn schier von innen. Er drehte sich um. Halb blind tappte er zwischen den Menschen hindurch, stieß gegen einen Sessel, flüsterte eine Entschuldigung. Er fand ins Café. In seiner Verwirrung riss er eine Tasse vom Tisch, sie zerbarst und Kaffee ergoss sich auf den Boden. Die Gäste entrüsteten sich. Er taumelte weiter. Irgendwie gelangte er nach draußen.

»Es tut so weh«, flüsterte er zu sich selbst. Alles, was ihm wertvoll gewesen war, brach in Stücke. In seiner Brust war ein fürchterliches Reißen.

Der Journalist war der gut aussehende Mann, den sich Cäcilie immer gewünscht hatte, einer, der es zu etwas gebracht hatte. Er hingegen war ein Schlappschwanz. Jeder andere hätte sofort die Kabine gestürmt und den Ehebrecher zum Duell herausgefordert.

Matheus sah den Journalisten vor sich, wie er mit dem Degen einen *coup de seconde* ausführte und ihn entwaffnete. Bestimmt konnte er hervorragend fechten und Auto fahren und tanzen und war ein erfahrener Liebhaber.

Wie konnte sie ihm das antun? Sie hatte ihm lebenslange Treue versprochen! War er ihr inzwischen gänzlich gleichgültig? Und Samuel, kümmerte sie der Kleine nicht mehr? Cäcilie war egoistisch, eine verzogene Millionärstochter war sie, er hätte sie nie und nimmer heiraten sollen.

Er wischte sich Tränen aus dem Gesicht. Die nassen Wangen waren kalt. Jetzt lief ihm auch noch die Nase. Doch der Schmerz verwandelte sich allmählich in Wut und Trotz.

Er holte tief Luft. Mochte sein, dass er weichherzig war und nicht zu den Erfolgreichen der Gesellschaft gehörte, aber die beiden sollten ihn nicht unterschätzen. Auch er konnte kämpfen.

Als er ins Café zurückkehrte, gab es einen Tumult. Man versuchte, ihn rauszuwerfen. Er riss sich los und drang zur Empfangshalle vor. Auch dort stellten sich ihm Stewards in den Weg. Er packte einen von ihnen am Kragen und zischte: »Wenn Ihnen die Frau weglaufen würde wegen eines reichen Schnösels aus der ersten Klasse, was würden Sie tun, hm? Ich werde den Kerl zur Rede stellen!« Daraufhin ließ man ihn gewähren.

Er stieß die Schwingtür auf. Vor der Kabine, in der die beiden verschwunden waren, blieb er stehen und versuchte, seinen Zorn zu bändigen. Als wild gewordener Ehemann würde er Cäcilies Zuneigung sicher nicht zurückgewinnen. Er klopfte.

Stille.

Er klopfte erneut, kräftiger.

Ein Herr mit Glatze schloss neben ihm die Kabine auf. »Die beiden sind noch im Ritz«, sagte er.

»Wo ist das?«

Der Glatzköpfige stutzte. »Das wissen Sie nicht? So nennen wir das À-la-carte-Restaurant. Jeder nennt es so, dachte ich. Ist immerhin der teuerste Ort des Schiffs.«

»Wo finde ich dieses Ritz?«

Er wies hinter sich. »Das Restaurant neben dem Café Parisien.«

Matheus machte sofort kehrt. Hatte Cäcilie Heimweh nach ihrer Bankiersfamilie, nach ihrer Herkunft? Mit seinem Monatslohn konnte er sie nie in solche Restaurants ausführen. Er hätte auf seine Zweifel hören sollen, damals in ihrer Verlobungszeit, als sie beteuert hatte, dass ihr Geld nicht wichtig sei. Aber vor Samuels Geburt war sie eine andere gewesen. Sie nörgelte nicht ständig herum, nein, sie war fröhlich. Oft lachten sie gemeinsam, wenn er ihr wieder einmal im Haushalt etwas zeigen musste. »Ich werde eine gute Hausfrau sein«, sagte sie, »du wirst sehen!« Sie, die immer nur bedient worden war, sagte das aus vollem Herzen!

Sie hatte recht behalten, eine fabelhafte Hausfrau war sie geworden. Bis sie begonnen hatte, mürrisch zu werden. Er hätte viel eher mit ihr darüber reden müssen, was ihr fehlte.

Der gewiefte Journalist nutzte ihre Unzufriedenheit aus. Er spürte, dass er leichtes Spiel bei ihr hatte. Und sie tappte blind in die Falle. Warum sah sie nicht, was das für einer war?

Matheus betrat das Restaurant. Er blieb stehen, erschlagen von der Pracht des Saales. Wie in einem französischen Königspalast waren die Wände in Walnussholz gekleidet und die Decke mit Stuck verziert. Gäste saßen auf antik wirkenden Stühlen und aßen manierlich. Er fand Cäcilie und den Engländer, mit ihnen saß ein älteres Ehepaar am Tisch.

»Sir«, sagte ein Kellner und stellte sich ihm in den Weg, »dieses Restaurant ist der ersten Klasse vorbehalten.«

»Die Dame dort ist meine Frau.« Er wies in Richtung des Tischs. »Und ich gedenke, mich zu ihr zu setzen. Oder sehen Sie Ihre Aufgabe darin, Ehepaare auseinanderzureißen?« Er ließ den verdutzten Kellner stehen. Am Tisch waren alle vier Stühle besetzt, also zog er sich kurzerhand einen freien Stuhl vom Nachbartisch heran. »Guten Abend«, sagte er mit gespielter Freundlichkeit. »Sie haben doch nichts dagegen?«

Cäcilie erbleichte.

»Ganz und gar nicht«, sagte der Journalist. »Setzen Sie sich.«

»Offenbar wissen Sie nicht, wer ich bin.«

»Doch, das weiß ich.«

Cäcilie stammelte: »Wir sollten besser ...«

»Bleib«, sagte der Journalist und legte ihr die Hand auf den Arm. »Wir sind erst bei der Vorspeise, und ich habe nicht vor, mir den Hauptgang verderben zu lassen.« Er wandte sich an die ältere Dame zu seiner Linken. »Bitte, ignorieren Sie diesen Flegel. Sie sagten ...?«

»Ich habe mein Dienstpersonal angehalten, das Obst nicht mehr auf dem Mittwochsmarkt einzukaufen.« Die Federn auf dem Hut der Dame zitterten. »Die Verarmten, die dort einkaufen, pflegen die Unsitte, alles zu befingern. Ich möchte kein Stück Obst essen, das durch hundert schmutzige Hände gegangen ist.«

»Was meinen Sie, wer Ihr Obst pflückt? Und wer gießt Ihr Gemüse?«, fragte Matheus. »Es sind die Armen, ganz gleich, wo Sie einkaufen! Kein Reicher würde sich auf dem Feld die Finger schmutzig machen oder auf eine Leiter steigen, um Kirschen zu ernten! Anbauen dürfen es die Armen also und für Sie zum Markt bringen, aber dann sollen Sie's nicht mehr berühren?«

Unbeirrt fuhr sie fort: »Und die Betrunkenen, die am Morgen durch die Straßen torkeln ...«

»Vielleicht würden auch Sie sich betrinken, verehrte Dame«, sagte er, »wenn es in Ihrem Heim nur Geschrei und Gezänk gäbe und wenn Ihre Kinder hungern würden und Sie keine Möglichkeit wüssten, aus dieser Lage wieder herauszukommen.«

»Matheus ...«, setzte Cäcilie an.

Der ältere Herr hob beschwichtigend die Hände. »Diese armen Kreaturen, sie gehören ja immerhin zur gleichen Rasse. Nur wissen Sie, der Gestank! Ich bin Arzt. Ich rieche es schon im Flur, ob in meinem Wartezimmer Patienten aus der Unterschicht warten. Wir müssen ihnen beibringen, sich regelmäßig zu waschen.«

»Recht so«, pflichtete die Dame bei, »Bildung rettet aus der Armut. Diese Kreaturen wissen es ja nicht besser. Sie bewohnen ein einziges Zimmer und teilen es mit einem stinkenden Hund. Die Zahnpflege lässt ebenfalls zu wünschen übrig. Mich bettelte im Hafen jemand an. Er stank so erbärmlich aus dem Mund, ich musste mich abwenden, um mich nicht zu übergeben.«

»Oft sind die Ohren entzündet«, sagte der Arzt, »weil sie nicht gereinigt werden. Und die Augen von all dem Schmutz, in dem die Armen leben.«

Die Dame lächelte. »Ein Bad wirkt Wunder.«

»Ihre Dummheit«, entfuhr es Matheus, »schreit zum Himmel! Wie sollen sich die Ärmsten der Armen ein Bad leisten? Ich komme aus Berlin.« Er korrigierte sich: »*Wir* kommen aus Berlin«, und nickte in Cäcilies Richtung. »Dort muss man sein Brennholz kaufen. Die Bauern, die das Holz in die Stadt bringen, wollen Bares dafür sehen oder wenigstens einen Eimer Kartoffelschalen zum Düngen.«

Die Dame sagte: »Den sollte doch wohl jeder haben.«

»Eben nicht!«

»Fest steht«, sagte der Arzt, »dass es ihnen auf der Titanic gut geht. Es gab eine Zeit, da sind die Einwanderer ganz anders in die Vereinigten Staaten gereist. Früher brachte man mit demselben Schiff Vieh und Menschen über den Atlantik, aus Amerika Vieh und auf dem Rückweg in die Staaten Menschen, und zwischendrin hat man das Schiff bloß notdürftig gereinigt.«

Der Journalist ergänzte: »Mein Großvater erzählte mir noch, als er über das Meer gereist ist, standen Schilder im Schiff, die es Passagieren der ersten und zweiten Klasse verboten, den Passagieren der dritten Klasse Essen oder Geld hinabzuwerfen, das würde Unruhen hervorrufen.«

Alle lachten, bis auf Matheus.

»Sie haben zwei Badewannen für siebenhundert Menschen«, sagte er.

»Ach, hören Sie doch auf.« Der Arzt verlor seine Geduld. »Auf anderen Ozeandampfern schlafen die Passagiere dritter Klasse in Sälen mit fünfzig und mehr Leuten. Hier haben sie teilweise Kabinen zu zweit. Da wird sich niemand beschweren.«

»Unzufrieden und gierig sind sie immer«, widersprach die Dame. »Man erkennt es an ihrem verschlagenen Blick, mit dem sie einen ansehen.«

»Es gibt auch gierige Reiche, die nach dem schnappen, was anderen Leuten gehört«, sagte Matheus und sah den Verführer an.

Saß da ein spöttisches Lächeln in seinen Augenwinkeln? Dieser Hund, er schien sich seiner Sache völlig sicher zu sein.

Matheus musste daran denken, wie er vor einigen Wochen in Berlin über Hiob vierundzwanzig, Vers fünfzehn gepredigt hatte: »Das Auge des Ehebrechers lauert auf die Abenddämmerung, und er denkt: Niemand kann mich sehen.« Der unverfrorene Engländer machte sich nicht einmal die Mühe, seine Tat zu verbergen.

Kellner räumten die Suppenteller ab und brachten dem Engländer und Cäcilie aufwändig garnierte Fleischgerichte, die er nicht kannte – war das Fasan? Der Arzt bekam einen Hummer und seine Frau einen gerösteten Fisch. »Was darf ich Ihnen bringen?«, wandte sich einer der Kellner an Matheus.

Alle Augen richteten sich auf ihn. Zu sagen, dass er nichts wollte, würde ihn geizig erscheinen lassen. Die geschraubten Namen für die feinen Gerichte aber waren ihm nicht geläufig. Verlegen zeigte er auf den Teller der Dame. »Ich nehme auch den Fisch.«

»Keine Vorspeise?«, fragte der Journalist.

»Nein, keine Vorspeise.« Ihm wurde heiß im Gesicht. Dies war das Terrain des Verführers, hier kannte er sich aus. Es würde nicht leicht werden, im noblen Restaurant vor Cäcilie eine gute Figur zu machen.

Nachdem er die Peinlichkeit eine Weile ausgekostet hatte, begann der Journalist wieder ein Gespräch. »Was halten Sie von den Anarchisten, die mit selbst gebastelten Bomben die russische Regierung angreifen?«

»Sie meinen die Selbstmörder?«, fragte der Arzt. »Soweit ich weiß, sterben sie bei den Angriffen. Sie stürmen als lebende Bomben in die Nähe von Regierungsangehörigen und sprengen sich in die Luft. Ein Wahnsinn ist das.«

»Bitte, ich ...« Cäcilie führte die Serviette an den Mund.

Das war die Gelegenheit, die Führung zu übernehmen. »Kein gutes Thema für den Tisch«, sagte Matheus. Es wurde still. Nun war es an ihm, ein neues zu beginnen, das spürte er. Aber ihm wollte nichts einfallen, das ihn als Gebildeten herausstellte. »Haben Sie von diesem ... äh ... Dänen gehört?« Es war doch ein Däne? Es musste ein Däne sein! Hoffentlich war es ein Däne. »Also, der in der Arktis unterwegs ist?« Wie war sein Name noch gleich? Besser, er hätte nicht damit angefangen. Mit der missglückten Frage stellte er sein Unwissen erst recht heraus.

»Sie meinen sicher Amundsen?«, half der Journalist gönnerhaft.

»Ja, Amundsen.«

»Ein mutiger Mann.«

»Jede Zeit hat ihre Mutproben«, sagte Matheus. »Wir haben als Kinder zum Beispiel Kreuzottern erlegt. Es gab von der Stadt eine Belohnung für jedes Exemplar, das wir vorgezeigt haben. Unsere Eltern durften nichts davon wissen, natürlich. Sie wären vergangen vor Angst.«

Der Engländer nahm sein Weinglas, trank einen Schluck und sagte: »Sie wollen doch Amundsens Heldentat nicht im Ernst mit Ihren Lausbubengeschichten vergleichen.«

»Haben Sie sich mal mit einer Kreuzotter angelegt?«

»Selbstverständlich nicht. Ich brauchte das Geld nicht, und ich hätte meine Gesundheit auch niemals für etwas so Unsinniges aufs Spiel gesetzt. Amundsen ist da ein anderes Kaliber. Anstatt eine Schlange totzuprügeln, erforscht er einen Erdteil für die Menschheit.«

Es bereitete ihm offenbar Vergnügen, derart herablassend mit ihm zu reden! Matheus hätte ihm am liebsten die Faust ins Gesicht geschlagen. Der Kerl wollte mit harten Bandagen kämpfen? Das konnte er haben. »Haben Sie Kinder?«

»Nein.«

»Cäcilie und ich haben einen Sohn. Samuel.« Er sah Cäcilie an, aber sie zeigte keine Regung. »Er liebt die Geschichte von David und Goliat. Darin geht es um Mut.«

»Ach bitte, langweilen Sie uns nicht mit Kindergeschichten.«

»Schlau über Amundsen daherzureden, mag mutig klingen. Einem Mann die Frau auszuspannen, das ist feige.«

Es wurde totenstill am Tisch. Der Engländer wies auf Cäcilie neben sich und sagte: »Sehen Sie irgendwelche Ketten? Ich habe Ihre Frau nicht gezwungen, mit mir zu Abend zu essen. Sie ist freiwillig hier. *Sie* hingegen wollen sie zwingen, zu Ihnen zurückzukehren.«

»Sie versuchen, Cäcilie mit Geld zu kaufen! Meinen Sie, mit diesem Essen und dem Stuck und den demütigen Kellnern können Sie sie beeindrucken?«

»Ich behandle sie, wie es einer Dame von solcher Schönheit zusteht.«

»Den Teufel tun Sie. Eine Dame ist kein Flittchen! Ein wahrer Gentleman achtet die Ehre einer verheirateten Frau.«

»Und Sie sind dieser Gentleman? Wenn Sie Ihre Frau putzen und kochen und waschen lassen, und ihr nicht mal erlauben, eine Postkarte zu kaufen?«

»Drei Gespräche mit Cäcilie machen Sie noch lange nicht zum Experten für unsere Ehe!«

Cäcilie stand auf. »Merkt ihr nicht, dass ihr euch beide lächerlich macht? Ich höre mir das nicht länger an.« Sie verließ den Tisch.

»Großartig haben Sie das hinbekommen«, sagte der Engländer. »Sie trampeln auf ihrer Seele herum wie ein Bauerntölpel. Was habt ihr Deutschen überhaupt auf der Titanic zu suchen!«

»Die Titanic ist nicht britisch«, hielt er dagegen. »Falls Sie das noch nicht wussten, sie gehört mitsamt der White Star Line dem Amerikaner J. P. Morgan.«

»Erzählen Sie mir nicht, was britisch ist und was nicht«, fauchte der Journalist, der jetzt zum ersten Mal nervös wirkte. »Alle Schiffe der White Star Line haben ihren Heimathafen in Großbritannien, fahren unter britischer Flagge, werden von britischen Besatzungsmitgliedern geführt und folgen den Regeln des britischen Handelsministeriums. Wo das Geld herkommt, spielt keine Rolle.«

Matheus sah Cäcilie nach. Sollte er ihr hinterhergehen? Sicher lief sie zur Kabine, zu Samuel. Wenn sich ihr Schrecken gelegt hatte, würde er mit ihr reden. Jetzt war es wichtig, dem Journalisten zu zeigen, dass er künftig die Finger von ihr zu lassen hatte.

Der Arzt sagte: »Verzeihen Sie, ich bin anderer Meinung, auch wenn ich in allen sonstigen Belangen mit Ihnen sympathisiere, Mister Tundale. Nicht umsonst unterstützt das englische Parlament die Cunard Line mit Hunderttausenden Pfund jedes Jahr, damit sie britisch bleibt. Es wird Krieg geben, das wissen wir doch alle, und dann können Schiffe zur Kriegsmarine eingezogen werden, die in britischer Hand sind. Deutschland hat mit der Hamburg-Amerika-Linie und dem Norddeutschen Lloyd eine mächtige Flotte zur Hand, zusätzlich zur Kriegsmarine, und es baut derzeit an einem Schiff, das die Titanic in den Schatten stellen soll. Wir müssen aufpassen, dass sie uns nicht überrunden. Schon jetzt hat die Hamburg-Amerika-Linie den weltweit größten Bestand an Passagierschiffen.«

»Eben deshalb ist es wichtig,« sagte Tundale, »dass die Titanic als britisch wahrgenommen wird. Sie zeigt unsere Stärke. Wir haben sie gebaut, und wir fahren sie, punktum! J. P. Morgan kümmert mich nicht. Die Deutschen sind nichts als Nachahmer, die sich zur Größe des britischen Empire aufschwingen wollen.«

Deutschland gegen Großbritannien, das war wie bei kleinen Kindern, die sich mit Dreck bewarfen. Matheus sagte: »Ihre erbärmlichen Versuche, mich zu beleidigen, können Sie sich sparen.

Ich habe es nicht nötig, meine Heimat gegen einen skrupellosen Frauenhelden wie Sie zu verteidigen.«

»Auch das ist typisch deutsch. Fehlen den Deutschen die Argumente, dann werden sie ausfällig.«

Das arrogante Zucken der Mundwinkel bei Tundale reizte Matheus ärger als seine Worte. »Wenn Deutschland wirklich so ein schwächlicher Nachahmer wäre, dann hätten sich England, Frankreich und Russland nicht vor lauter Angst in der Tripelentente verbündet.«

»Ha! Angst! Unsere neue Dreadnought-Klasse besitzt Schiffsgeschütze von so hoher Reichweite, dass Sie mit Ihren Kähnen nicht mal in die Nähe kommen.«

»Wieso haben Sie dann solchen Respekt vor der deutschen Kriegsmarine?«, konterte Matheus. »Ihre Militärausgaben verschlingen bereits ein Drittel des nationalen Budgets. Sie fürchten sich davor, dass wir in England anlanden könnten, so sieht es aus!«

»Wir sind bereit. Krieg ist gesund für die Menschen, er spornt zu Leistungsfähigkeit an und merzt die Schwachen aus. Glauben Sie ja nicht, dass wir uns diesem gesunden Mechanismus verschließen. Wir Briten sind die stärkere Zivilisation, wir werden Deutschland besiegen, ohne Zweifel.«

»So wie in der Wirtschaft?« Matheus lachte. »England hat verlangt, dass wir ›Made in Germany‹ auf die Exportware drucken – ein ärmlicher Versuch, seine eigenen Waren zu schützen. Aber anstatt abgeschreckt zu sein, kauft jetzt jedermann in Ihrem Land unsere Produkte, und ›Made in Germany‹ stellt einen Kaufanreiz dar! Wir verkaufen günstige Ware von hoher Qualität. Für Sie ist der Schuss nach hinten losgegangen. Es ist doch Fakt, dass deutsche Wissenschaftler und Ingenieure längst zur Weltspitze gehören, wir produzieren mehr Erfindungen, haben mehr Industrien und erhalten mehr Nobelpreise als jede andere Nation. Die Schwaben sind die besten Hersteller von chemischen Produkten und Präzisionsmechanik, Kohle und Stahl kommen von Rhein und Ruhr, wir haben AEG, Siemens, Krupp, Daimler-Benz, außerdem werden überall in Deutschland Gymnasien und Universitäten gegründet, Theater, Bibliotheken, Museen, Verlage!« Endlich konnte er wieder klare Gedanken fassen. Wortgewandt war er immer gewesen. Er würde diesem Kerl eine Lektion erteilen.

Tundale schüttelte den Kopf. »Die Stärke der Deutschen ist nichts als Einbildung«, sagte er. »Wo haben Sie Ihre Häfen? In der Ostsee und in der Nordsee. Deutsche Schiffe müssen immer durch den Ärmelkanal oder um Schottland fahren. Wenn wir das nicht wollen, kommen Sie doch gar nicht zu Ihren wenigen Kolonien, weil Großbritannien Sie mit seiner stärkeren Flotte jederzeit blockieren kann! Deshalb bauen Sie hektisch Schlachtkreuzer. Sie sind militärversessen, ich weiß es, ich war in Deutschland. Ihr Kaiser zeigt sich in Kürass und Adlerhelm wie ein Feldherr, den Säbel umgeschnallt, und beim einfachen Volk ist das Frühstücksgeschirr mit Schlachtszenen bedruckt. Bilder von Geschützen verzieren die Kuchenteller. Sogar Universitätslehrer promenieren in Uniform als Offizier der Reserve. Ihre Kinder singen zu Weihnachten vom Militär!« Er sang mit einer verzerrten Spottstimme in deutscher Sprache: »Morgen kommt der Weihnachtsmann,/Kommt mit seinen Gaben:/Trommel, Pfeife und Gewehr,/Fahn' und Säbel und noch mehr,/Ja ein ganzes Kriegesheer,/Möcht' ich gerne haben.«

Der Arzt hatte lange darauf gewartet, sich wieder an der erregten Konversation beteiligen zu können. Jetzt sah er seine Gelegenheit gekommen. »Es muss ja nicht zum Krieg kommen«, sagte er. »Mir würde es schon genügen, wenn sich in Zukunft nur die Gesunden fortpflanzen, damit wir gutes Erbmaterial bekommen. Die anderen sollten aus Vernunft auf Kinder verzichten.«

»Kein Mensch verzichtet aus Vernunft, wie Sie es nennen, auf eine Familie«, erwiderte Matheus so kühl er nur konnte. »Es ist das Anrecht eines jeden, eine Familie zu haben. Gerade die Schwerkranken brauchen den Familienzusammenhalt.«

»Da darf man kein falsches Mitgefühl haben.« Der Arzt schüttelte den Kopf. »Wir stören die natürliche Zuchtwahl durch unsere Irrenpflege, durch die übertriebene Sozialfürsorge und die künstliche Verminderung der Kindersterblichkeit. Und ehe Sie mich jetzt als Unmenschen hinstellen, mein Lieber, ich sage nicht, wir sollten sie alle umbringen. Aber wenn man den Irren und Schwachen die Fortpflanzung verwehren würde, indem man sie zwangskastriert, dann würde es auch kein degeneriertes Lumpenproletariat mehr geben, das sich kaninchenmäßig vermehrt und unsere Gesellschaft schwächt.«

»Wie bitte?« Matheus blieben die Worte im Halse stecken. »Sie reden über Menschen, über Mütter und Kinder ... Ich fasse nicht, dass Sie das gesagt haben.«

»Lassen Sie mal die Kirche im Dorf. Ich rede nicht von Mord, wie manche Darwinianer, sondern von Kastration. Was geben wir an öffentlichen Geldern aus, um die Kranken zu pflegen! Wir bezahlen Millionen, damit unsere Rasse genetisch verarmen kann!«

»Aber genau das beweist unsere Menschlichkeit.«

»Es gibt auch Tiere, die den Schwächeren im Rudel helfen. Das meine ich nicht. Mir geht es um die Fortpflanzung. Das wollen Sie offenbar nicht verstehen.«

»Er versteht Sie sehr gut«, sagte der Journalist. »Die Deutschen sind Verstellungskünstler. Sie geben sich nach außen hin friedlich, reden von Theatern und Universitäten und kulturellen Errungenschaften. In Wahrheit jedoch ist Berlin voll von Exerzierplätzen, und an jeder Ecke, in jedem Park stehen Siegesstatuen, Männer in Stiefeln mit geballten Fäusten und kühlem Schlachtfeldblick.

Die Deutschen zelebrieren ihre Generäle. Es geht ihnen nicht um Menschlichkeit. Es geht ihnen um Macht.«

Er musste plötzlich an den Hausmeister in Berlin denken, der unter ihnen im ersten Stock wohnte. Er sagte oft Sätze, die mit »es geht um« anfingen. »Es geht um Ehre, Ruhe und Sicherheit.« Oder: »Es geht um Gerechtigkeit. Ein heiliges Feuer brennt in unseren Herzen, wir werden Deutschland verteidigen.«

Matheus musterte den Engländer. Woher wusste er so gut Bescheid über Deutschland? Er sagte die Wahrheit: In Berlin sah man immer öfter Truppen marschieren, man kam nicht weiter, musste eine Viertelstunde warten, bis das Bataillon oder die Schwadron vorüber waren. Da waren die Grenadiere des Ersten Garderegiments, die voller Stolz die spitzen Mützen trugen. Es gab Husaren in grüner, blauer oder roter Uniform, die Kavallerie betrachtete sich als die Krönung der Armee.

Totenkopfhusaren, wie sie im Volksmund genannt wurden, ritten auf Rappen einher und trugen schwarze Uniformen, mit silbernem Totenkopf an der Pelzmütze. Der Hausmeister sagte: »Die geben kein Pardon und nehmen kein Pardon, das sind ganze Männer!«, und jammerte, dass die Totenkopfhusaren nach und nach eine graue Felduniform bekommen sollten, das sei sehr schade, die alte Tradition werde mit Füßen getreten, man könne das Zweite Leib-Husaren-Regiment »Königin Viktoria von Preußen« doch nicht aussehen lassen wie einen Haufen Straßenkehrer.

Der Hausmeister, der seinerseits tatsächlich eine Art Straßenkehrer war, schlug mit hartem Knall die Hacken zusammen wie ein Offizier und grüßte mit mathematischer Präzision. Die Begeisterung fürs Militär teilte er mit Tausenden von Berlinern. Sie standen Spalier oder zogen im Gleichschritt mit, wenn das Gardekorps zur Frühjahrs- oder Herbstparade auf dem Tempelhofer Feld ausrückte.

Matheus fasste sich ans Handgelenk, um seinen Puls zu fühlen. Schwach kam er und holperig.

»Sie sind blass«, sagte der Journalist. »Stimmt etwas nicht mit Ihnen?«

»Mir geht's gut«, log er.

»Wissen Sie was? Sie werden verlieren.«

Wen meinte er? Die Deutschen im Krieg? Oder ihn, Matheus, in ihrem Wettstreit um Cäcilie? »Warten Sie mal ab.«

»Sie werden verlieren, denn Sie verwandeln mit Ihrem Militarismus die eigenen Kinder in gehorsame Feiglinge. Sie stumpfen sie ab mit Ihrem Drill.«

Dagegen konnte er nichts sagen. Samuel hatte sich erst vor einigen Tagen darüber beschwert. Matheus hasste es, dass der Engländer klüger war als er. Er hasste ihn, und es machte ihn rasend, dass der Kerl ihm nicht nur die Ehefrau streitig machte, sondern ihm obendrein das Gefühl gab, geistig unterlegen zu sein.

Er stand auf. »Es ist leicht für Sie«, zischte er, »über Völker zu urteilen. Da ziehen Sie sich fein auf den Beobachterposten zurück. Aber sehen Sie sich mal Ihr eigenes Leben an. Tragen Sie zum Guten in der Welt bei? Sie nehmen einem Sohn die Mutter weg und einem Mann die Ehefrau, ist es das, worauf Sie so stolz sind? Cäcilie wird bei mir bleiben. Sie besitzt nämlich zehnmal mehr Integrität als ein … ein … Dampfschwätzer wie Sie.«

Tundale starrte ihn an. Schließlich brach er in Gelächter aus. »Dampfschwätzer! Da ist Ihnen nichts eingefallen, was?« Auch der Arzt und seine Frau lachten.

In Matheus explodierte ein Vulkan. Heiße Lava floss ihm durch die Adern. Dieser Schurke verletzte seine Familie, und dann verspottete er ihn auch noch! Er verdiente Feuer und Schwefel, er verdiente Heulen und Zähneklappern in der Finsternis, ewige Verdammnis verdiente er!

»Selbstverständlich wird sich Cäcilie für mich entscheiden«, verkündete der Engländer. »Ein Dorfpfarrer wie Sie mag seine Haushälterin heiraten oder ein dummes Mädel, das ihm die Kinder zur Welt bringt. Aber keine hübsche Bankierstochter. Sehen Sie endlich ein, dass Sie mit Cäcilie Delbrück ein wenig zu hoch gegriffen haben.« Wieder lachte er. »Dampfschwätzer ... Der sind wohl eher Sie.«

Sein Hals schwoll an, die Adern pochten. Sterne zerplatzten vor seinen Augen, und rote Wellen sprangen auf. Er packte den Tisch und riss ihn hoch. Teller, Gläser, das Tafelsilber, die Blumenvase, alles stürzte klirrend zu Boden. Er trat nach den Scherben, dass sie auseinanderspritzten. Die Tischdecke hielt er in der Faust. »Ich warne Sie!« Damit schleuderte er sie nieder. »Lassen Sie die Finger von Cäcilie!«

Er verließ das Restaurant.

20

Erst in der Kabine beruhigte sich sein Puls. Der Mond schien durch das Bullauge hinein und tauchte den Raum in sanftes Licht. Cäcilie hatte Samuel zu Bett gebracht. Jetzt lagen sie da und schliefen, oder sie taten so.

Matheus beugte sich über Samuel. Er küsste ihm die Stirn. »Hab keine Angst. Alles wird gut werden.«

Dann stand er lange vor Cäcilies Bett und sah sie an. Ihre nussbraunen Haare rahmten das Gesicht ein. Die Augen waren geschlossen, und sie atmete ruhig. Ich habe sie vor dem Frauenräuber gerettet, dachte er. Ich bin ins Restaurant eingedrungen und habe sie vor Schlimmerem bewahrt.

Er redete in Gedanken zu ihr: Du bist schwach geworden, Cäcilie. Aber jetzt bist du wieder hier, wo dein Zuhause ist, bei mir und deinem Sohn.

Ihr schlafendes Gesicht antwortete: Es tut mir so leid, was ich dir angetan habe.

Ich weiß, sagte er. Es war furchtbar für mich. Aber ich verzeihe dir.

Er nahm sich vor, sie morgen keinen Zorn spüren zu lassen. Das Heimkehren würde er ihr so leicht wie möglich machen.

Er zog die Schuhe aus, das Hemd, die Hose, streifte sich die Strümpfe von den Füßen. Müde schlüpfte er unter seine Bettdecke, er fühlte sich, als sei er vom Schlachtfeld heimgekehrt. Das

Zähneputzen erließ er sich für heute. Bevor er einschlief, dachte er: Ich habe ihr verziehen. Der Gedanke machte ihn stolz und tröstete ihn.

Es ging auf Mitternacht zu. Lyman Tundale setzte sich in seiner Kabine an den Tisch und las zum dritten Mal das Telegramm, das er am Nachmittag erhalten hatte.

TANTE LUISE KRANK IM BETT – STOP – ÄRZTLICHE BE-HANDLUNG GESCHEITERT – STOP – VERLOBUNG MIT TOCHTER MUSS GELINGEN – STOP – P.

Hattet ihr im Ernst erwartet, dachte er, dass der alte Delbrück auf euch reinfällt? Tante Luise war das Codewort für Ludwig Delbrück, zweiundfünfzig Jahre alt, Sohn des Bankiers Gottlieb Adelbert Delbrück, seit 1886 Teilhaber des vom Vater mitbegründeten Bankhauses. 1910 hatte er es mit der Privatbank Gebrüder Schickler zum Bankhaus Delbrück, Schickler & Co. fusioniert.

Delbrück war ein gewiefter Fuchs. Er hatte es mit seinen Schachzügen zum kaiserlichen Schatullenverwalter gebracht, und nicht nur Hofbankier war er, sondern auch Mitglied im Aktionärsausschuss der Bank des Berliner Kassenvereins. Der Berliner Kassenverein spielte eine Schlüsselrolle bei den Vorbereitungen des Krieges. Er war zur zentralen Wertpapiersammelbank geworden. Passenderweise gehörte Delbrück außerdem zur Staatsschuldenkommission und saß in zahlreichen Aufsichtsräten von Unternehmen, die mit der Waffenproduktion beschäftigt waren. Bei Krupp zum Beispiel, dem führenden deutschen Waffenproduzenten. Die Krupp-Werke stellten Geschütze her, auch Kriegsschiffwerften gehörte zum Konzern.

Dieser Mann bereitete den großen Krieg vor, zumindest was die finanzielle Seite betraf. Was hatten sie erwartet? Dass es leicht sein würde, ihn anzubohren? Die »Verlobung« mit Cäcilie, seiner Tochter, war da erheblich vielversprechender. Sie besaß eine schwache Stelle, das hatte er gleich begriffen, als er begonnen hatte, sie in Berlin heimlich zu observieren: Durch die Ehe weit unter ihrem Stand hatte sie eine Menge von Annehmlichkeiten eingebüßt. Ob bewusst oder unbewusst, sie vermisste den Luxus. Er hatte nur nach einem Weg suchen müssen, sie von zu Hause wegzulocken und an die alten Genüsse zu erinnern, an die Hochachtung, die ihr früher entgegengebracht worden war, an das gute Essen, die Bediensteten, die prachtvollen Räume. Auf der Titanic kam alles zusammen: Cäcilie war fort von daheim, was es ihr leichter machen würde, ihr Land zu verraten, und sie war umgeben von Luxus.

Die Worte des Pastors hallten in seinem Kopf wider: *Einem Mann die Frau auszuspannen, das ist feige.*

Oh, das wusste er, niemand wusste das so gut wie er. Wie sich Matheus Singvogel jetzt fühlte, so hatte auch er, Lyman, sich gefühlt, als Vanessa ihm sagte, dass sie von seinem Bruder schwanger sei und ihn heiraten werde.

Am Ende macht es dich stärker, Matheus, dachte er. So wie es mich stark gemacht hat. Man musste zäh sein im Leben und unerbittlich. Mit der Ausdauer eines Wolfs hatte er sich im Secret Service nach oben gekämpft, der Geheimdienst war noch jung, die Chancen waren groß und mussten nur ergriffen werden. In der Abteilung Äußeres war er bereits einer der wertvollsten Agenten, man hatte ihm und zwei Kollegen die Spionage in Deutschland unterstellt, mit Dutzenden Untergebenen. Der Erfolg bei Cäcilie stand kurz bevor. Noch hier auf dem Schiff musste es geschehen.

Lyman zückte seine Brieftasche. Mit spitzen Fingern pickte er das Foto heraus. Vanessa. »Ich tue das für dich«, sagte er. Sie anzusehen, wühlte ihn immer noch auf. An manchen Tagen beflügelte es ihn, an anderen war ihm danach, sich die Pulsadern aufzuschneiden.

Sie gehörten zusammen. Lucas hätte sich da nicht einmischen dürfen, niemals, er hatte mit seiner Tat einen heiligen Tempel entweiht, und nun unterdrückte er Vanessa mit Gewalt und Drohungen.

Da Vanessa und Lucas gebürtige Engländer waren, würden sie und ihre Kinder von den Deutschen im Krieg interniert werden, er musste nur in Erfahrung bringen, wo. Die gefälschten Dokumente, die Lucas als Spion belasteten, waren bereits vorbereitet. Seine Hinrichtung würde nicht auf ihn, Lyman, zurückfallen, er musste danach nur ein paar Wochen warten, bis er Vanessa und die Kinder rausholte. Sie würde keinen Verdacht schöpfen.

Er sah wieder auf das Foto. Traurigkeit kroch ihn an, sie sank wie eine Lähmung in seine Glieder. Vanessa hatte sich bestimmt nicht verändert. Sie war die kindliche Frau geblieben, die herzensgute, die über einen Wasserläufer im Bach staunen konnte und Kuchen für die Nachbarn buk. Aber war er noch der, den sie damals geliebt hatte? Konnte er das überhaupt noch, Gedichte schreiben, zärtlich sein?

Der neue Mensch, Lyman Tundale, hatte von ihm völlig Besitz ergriffen. Er dachte schon von sich selbst als Lyman. Er horchte in sich hinein: Lebte sein altes Ich überhaupt noch, war es nicht erstickt unter den Steinen, die er zum Schutz daraufgeschichtet hatte?

Henry Holloway, das war sein Name gewesen. Wenn er an diesen Namen dachte, fühlte er Verzweiflung. Es war nur ein hauchdünner Riss im Herzen, aber er wusste, wenn er ihn berührte, würde der Schmerz ihn überwältigen. Er erinnerte sich an nächtelanges Weinen, daran, dass er vor Übelkeit nicht einmal einen Schluck

Wasser hinuntergebracht hatte. Irgendwann waren seine Tränen aufgebraucht gewesen. Ärzte, die ihm helfen wollten, waren verzweifelt. Liebesweh – für diese Diagnose wussten sie kein Heilmittel.

Du bist jetzt stark, sagte er sich. Du bist Lyman Tundale, erfolgreicher Spion im Dienste Großbritanniens. Henry Holloway hätte das nicht geschafft. Bald war der Krieg da, dann konnte er Lucas beseitigen, und war Lucas fort, konnte er weinen, so viel er wollte, und dieser Sehnsucht nachgeben, wieder Henry Holloway zu sein, der Sanftmütige.

Er zog sich den Schuh aus. Unter der Innensohle befand sich ein Foto von Lucas, arg malträtiert, man sah den Bruder kaum, die filzigen Papierränder eroberten bereits die Augen und den Mund. »Lange nicht gesehen.« Auch wenn es nur noch der Rest eines Fotos war, Lyman sah die breiten Kieferknochen, die wuchtige Stirn, die Schneidezähne seines Bruders, er sah dessen selbstgebaute Peitsche, hörte ihn lachen.

»Es gibt Krieg«, flüsterte er, »hörst du? Dann sehen wir, wer der Schwächling ist.«

Er schnitt mit dem Daumennagel über das Foto.

»Wehe, wenn du ihr auch nur ein Haar gekrümmt hast. Ein Haar, Lucas!« Der Anflug von Schwäche verflog. Lyman schüttelte spöttisch den Kopf. Hirngespinste! Er fühlte Kraft in seine Glieder zurückkehren.

Im Traum hatte Nele sogar die Musik gehört, den *Bolero* von Moritz Moszkowski. Als sie sich am Ende des Stückes verbeugte, ging der Applaus wie ein Sommerregen auf sie nieder. Zuschauer erhoben sich. Bald stand der gesamte Saal, und die Leute klatschten ausdauernd, während sie sich wieder und wieder verneigte. Sie hatte es gespürt im Traum: Die Menschen waren berührt von ihrem Tanz, berührt und verzaubert.

Wogen schlugen gegen den Rumpf des Schiffs. Heute war das Meer aufgewühlt. Weiß schäumte es in den Wellentälern. Die Titanic schnitt unbeirrt ihren Weg durch das Wasser, aber an Deck war es ungemütlich. Ein nasser Wind fuhr Nele in die Haare. Nieseltropfen benetzten ihr Gesicht.

Ihr konnte nichts die Laune verderben. Seitdem sie vom Traum erwacht war, fühlte sie sich wie frisch verliebt. Dass niemand an Deck war, kam ihr gerade recht. Sie tanzte leichte Schritte durch den Nieselregen, lehnte sich gegen den Wind.

Bald war sie völlig durchnässt und fror. Besser, ich gehe wieder rein, dachte sie, sonst hole ich mir eine Erkältung, und dann gibt es Probleme mit der Einwanderungsbehörde. Sie hatte von den anderen Auswanderern gehört, dass die strengen Beamten niemanden einreisen ließen, der krank war. Sie setzten die Unglücklichen einfach ins nächste Schiff zurück nach Europa und scherten sich einen Dreck darum, ob sie für die Überfahrt nach Amerika ihren gesamten Besitz ausgegeben hatten.

Nele wandte sich um. Sie stutzte. Was machte der Junge hier draußen? Er kletterte an einer der Hebevorrichtungen hinauf und stieg ins Rettungsboot, das von den stählernen Armen herunterhing. War das nicht der Sohn des Pastors? Sie stieg die kleine Treppe hinauf, durchquerte das Gatter und ging zum Boot. Von unten konnte sie den Jungen nicht sehen, er musste auf dem weißen Segeltuch hocken, das über dem Rettungsboot aufgespannt war.

»Samuel?«, fragte sie.

Keine Antwort.

»Ich hab gesehen, dass du ins Boot geklettert bist. Was machst du da oben?«

Ein blonder Schopf zeigte sich über der Bordwand. »Wer sind Sie? Woher wissen Sie, wie ich heiße?«

»Ich bin Nele. Du solltest wieder reingehen, Samuel, es ist kalt und nass hier draußen, du wirst dir was wegholen.«

»Die Eltern haben mich raufgeschickt, ich soll an Deck spielen.«

»Das glaube ich nicht. Bei dem Wetter? Und allein an Deck! Du lügst mich an.«

»Ich lüge nicht.«

»Sie haben dich nach draußen geschickt?«

Der Junge rief: »Ich sag die Wahrheit!« Er wandte den Blick von ihr ab, schien nach Worten zu suchen. Schließlich murmelte er: »Sie wollen nicht, dass ich höre, wie sie sich streiten.«

»Haben sie das gesagt?«

»Nein, aber ich weiß es.«

Um die Ehe des Pastors stand es nicht zum Besten, das hatte sie längst bemerkt. Wie konnten die ihren Sohn so behandeln? »Komm runter«, sagte sie. »Wir gehen rein.«

Er runzelte die Stirn.

»Du hast schon blaue Lippen, Junge. Ich meine es ernst: Du sollst da runterklettern, und dann bringe ich dich rein. Ich lasse nicht zu, dass du dir den Tod holst.«

Stumm stieg er aus dem Boot und ließ sich am Hebekran herunter.

Sie nahm seine Hand. Die Finger waren eiskalt. »Du hast ganz kalte Hände, siehst du!« Hastig zog sie ihn mit sich zum Treppenhaus hin.

Ihr Vater hatte sie geschlagen. Die Mutter hatte an ihr herumgenörgelt wegen des Tanzens. Aber war es nicht viel schlimmer, fortgeschickt zu werden, gerade dann, wenn man sich fürchtete? War es nicht schlimmer, von den Eltern übersehen zu werden?

»Das kann nicht dein Ernst sein«, sagte Matheus. »Nach allem, was passiert ist!«

Cäcilie sah ihn eindringlich an. »Er ist auch ein Mensch. Hast du schon mal daran gedacht? Er ist ein Mann, der sich verliebt hat. Ich muss mich wenigstens von ihm verabschieden und ihm erklären –«

»*Was* erklären? Dass du verheiratet bist und eine Familie hast? Das weiß er, das wusste er von Anfang an. Er schert sich einen Teufel um unsere Ehe! Ich fasse es nicht, dass du diesen Casanova in Schutz nimmst!«

»Lyman ist kein Casanova. Du kennst ihn nicht.«

»Ach, nennt ihr euch schon beim Vornamen?« Zu hören, wie Cäcilie den fremden Namen aussprach, tat ihm weh. »Blitz und Donner, Cäcilie, wach auf! Merkst du nicht, dass du unser Leben wegwirfst? Ich habe gesehen, wie ihr euch geküsst habt!«

»Du machst dich zum Narren, Matheus. Dein Auftritt gestern im Restaurant ... Ich habe mich so geschämt!«

»Du solltest dich auch schämen, mit einem Ehebrecher im Restaurant zu sitzen. Was habt ihr noch alles geteilt? Lässt du dich von ihm befummeln?«

»Hör auf, so von mir zu reden.«

»Es ist Sonntagmorgen«, sagte er. »Wir sollten im Speisesaal im Gottesdienst sitzen und der Predigt lauschen, als Familie. Schau doch, was du angerichtet hast! Was ist nur aus uns geworden!«

»Ich werde jetzt zu Lyman gehen und mit ihm reden. Wenigstens das hat er verdient.«

Matheus stellte sich ihr in den Weg. »Du bleibst hier.«

»Du verdammter Tyrann! Ich gehe. Du wirst mich nicht daran hindern.«

Wenig fehlte, und er würde sie schlagen. Vor lauter Zorn war er kaum noch in der Lage, klar zu denken.

»Was ist?« Sie hob amüsiert die Brauen. »Willst du den ganzen Tag die Tür bewachen?«

Dass sie auch noch über ihn lachte ...! Er holte aus und versetzte ihr eine Backpfeife. In ihrem Blick sah er Entsetzen aufkeimen, sie schaute ihn an und hatte Angst vor ihm. Ein roter Handabdruck erschien auf ihrer Wange. »Das wollte ich nicht«, sagte er. Er griff nach ihrer Hand. »Cäcilie ...«

»Fass mich nicht an!«, fauchte sie.

»Ich hab in der Nacht an deinem Bett gestanden und dachte, dass ich dir keine Szene machen will und dass alles wieder gut werden soll. Ich will dir die Affäre nicht nachtragen, ich will nur, dass wir zusammenbleiben. Cäcilie, es tut mir leid, ich ...«

Sie schob sich an ihm vorbei und verließ die Kabine.

Er stand da, unfähig, sich zu rühren. Ein Grausen erfasste ihn. Ich habe Cäcilie geschlagen. Er sah seine Hand an, die gerötete Innenfläche. Er hatte sich für einen guten Menschen gehalten. Dabei war er genauso schlecht wie all die Verbrecher, die Mörder, die Räuber, die Opiumhändler.

»Ich wollte dich nicht schlagen«, sagte er. Er sank aufs Bett nieder. Jetzt geht sie zu ihm, dachte er, und er wird ihr erzählen, wie ich die Tischdecke heruntergerissen und den Tisch umgestoßen habe. Sie wird sich noch mehr schämen. Sie wird ihm sagen, dass ich sie schlage. Ich habe ihren Respekt verloren, endgültig und zu Recht.

Vielleicht war es besser, wenn es ihn nicht mehr gab, wenn er weg war. Er stand auf und trat vor den Waschschrank. Im Spiegel sah er sein Gesicht, die blutunterlaufenen Augen, die schlaffen Lider, den bösen Mund. Er verdiente es nicht, weiterzuleben.

»Wo gehen wir hin?«, fragte Samuel.

»Zu deinen Eltern.«

Er blieb stehen. »Das geht nicht. Ich darf sie nicht stören.«

Nele hockte sich vor ihn hin, um auf Augenhöhe zu sein. »Jetzt hör mir mal gut zu. Dein Papa und deine Mama haben sich entschieden, dass sie ein Kind haben wollen. Sein Kind schickt man nicht einfach weg. Du störst sie niemals, weil du ihr Sohn bist und sie dich liebhaben. Sie sind vielleicht ein bisschen durcheinander und haben deshalb vergessen, wie wichtig du ihnen eigentlich bist. Aber daran werden wir sie erinnern. Jetzt komm.« Sie nahm seine Hand und zog ihn mit.

Als sie sich der Kabine näherten, wurde sie auch unsicher. Was sollte sie sagen? Reißen Sie sich zusammen, Sie haben ein Kind! Oder zögerlicher: Bitte verzeihen Sie, er hat gefroren da draußen.

Nele blieb vor der Tür stehen. »D dreiundfünfzig, das ist doch richtig?«, fragte sie.

Samuel nickte.

Sie klopfte an und lauschte. Drinnen war es ruhig. Dann hatten sie also aufgehört zu streiten und würden ihr dankbar sein, dass sie ihnen den Kleinen brachte. Sie klopfte noch einmal, aber es blieb still. Die Tür war unverschlossen. Vorsichtig spähte sie in die Kabine. »Niemand da. Wahrscheinlich sind sie unterwegs, um dich zu holen. Komm.« Sie zog ihn hinein. Immer noch war seine Hand eiskalt. »Setz dich aufs Bett.«

Sie öffnete den Schrank. Er sah überhaupt nicht aus, als sei Familie Singvogel auf Reisen. Sämtliche Kleidungsstücke waren fein zusammengelegt. Man hätte den Schrank als Musterbeispiel für die Ausbildung von Dienstmädchen verwenden können. Von dieser Ordnungsliebe könnte ich mir ein Scheibchen abschneiden, dachte sie. Sie nahm sich ein Handtuch vom Stapel und trat zu Samuel hinüber.

Er hatte sich hingesetzt und starrte vor sich hin. Die Lippen waren blau, und er zitterte, aber er kam offenbar nicht auf die

Idee, sich die Bettdecke umzulegen und sich zu wärmen. »Ganz der Vater«, sagte sie. Sie legte das Handtuch beiseite und wickelte den Kleinen in die Bettdecke ein. »Du musst dich besser um dich kümmern! Wie alt bist du?«

»Sieben.«

»Hör mal, mit sieben Jahren, da muss man auch schon ein bisschen selbst auf sich achtgeben. Du frierst doch!« Sie nahm das Handtuch und begann, ihm die Haare zu trocknen. Er ließ es mit sich geschehen, als wäre es das Natürlichste der Welt, dass sie ihm mit dem Handtuch durch den Haarschopf fuhr. Das Zittern hörte auf, und auch die Lippen bekamen allmählich eine rote Farbe. Das zu sehen, weitete ihr das Herz.

Seltsam, wie die Muttergefühle sie übermannten. Sie hätte nie geglaubt, dass ihr das passieren würde. Hatte ihre Mutter auch so empfunden? War sie deshalb so streng mit ihr gewesen, hatte sie ihr deshalb jeden Tag ins Gewissen geredet? Wie ungerecht es von ihr gewesen war, die Mutter im Stich zu lassen. Alles, was sie getan hatte, war, sich um ihre Tochter zu sorgen.

Sie sehnte sich plötzlich danach, Mutters Gesicht zu sehen, ihre Stimme zu hören. Fehlten dem Kleinen die Eltern genauso? Er machte sich bestimmt Sorgen, dass seine Familie auseinanderbrach, weil sie so viel stritten. Nele sang:

> *Weißt du wie viel Sternlein stehen*
> *An dem blauen Himmelszelt?*
> *Weißt du wie viel Wolken gehen*
> *Weithin über alle Welt?*
> *Gott, der Herr, hat sie gezählet,*
> *dass ihm auch nicht eines fehlet*
> *An der ganzen großen Zahl,*
> *An der ganzen großen Zahl.*

Samuel verzog das Gesicht. »Das ist ein Kinderlied!«

»Aber ein Schönes, das musst du zugeben.«

Unvermittelt stiegen dem Jungen Tränen in die Augen. »Wenn sie an Deck gegangen wären, um mich zu holen, dann wären sie längst wieder hier.«

»Die haben dich nicht vergessen, Samuel. So etwas darfst du nicht denken!«

»Vielleicht ist Papa böse auf mich. Mama hat mir Kekse gekauft, und er findet es schlimm, dass sie Geld ausgibt, wo wir doch schon die teure Reise machen. Bestimmt denkt er, ich habe die Kekse haben wollen und Mama danach gefragt.«

»Und wenn's so wäre! Samuel, tausend Kinder fragen ihre Mütter nach etwas, und die Mütter sagen Ja oder Nein, je nachdem, was es ist und ob sie es bezahlen wollen. Du kannst überhaupt nichts für den Streit deiner Eltern, das steht schon mal fest.« Sie musste ihn ablenken. Wenn die beiden noch länger ausblieben, würde es von Minute zu Minute schlimmer werden mit ihm.

Sie sah auf die Uhr. »Weißt du was? Die Gottesdienste müssten jetzt rum sein. Hast du Lust, mit mir in der dritten Klasse zu essen? Ich kläre das mit den Stewards, dafür sparen sie ja ein Essen in der zweiten Klasse ein. Es macht dir doch nichts aus, heute einmal Zwieback mit Wasser zu essen?«

»In der dritten Klasse gibt's bloß Zwieback?« Er sah sie ungläubig an.

Schon habe ich ihn auf andere Gedanken gebracht, dachte sie. »Nur wer sich freiwillig zum Kohlenschippen meldet, bekommt dazu eine Schale Kartoffelsuppe.«

Er kniff die Augen zusammen. Dann musste er lachen, und sie lachte mit ihm, und er sagte: »Wer das Deck schrubbt, kriegt einen Apfel.«

»Und wer die Teller abwäscht, kriegt ein Stück Brot«, ergänzte sie.

Er sagte: »Man kann auch dem Kapitän die Schuhe putzen. Für eine Gurke.«

»Oder mit einem Ruder bei der Überfahrt helfen für ein Hühnerbein.«

»Woher wussten Sie meinen Namen?«, fragte er. »Das haben Sie mir noch nicht gesagt.«

»Von deinem Vater. Ich stamme aus Berlin wie ihr. Allerdings aus der Luisenstadt. Deswegen fahre ich auch dritter Klasse. Ich bin arm wie eine Kirchenmaus.«

»Bei uns in der Kirche gibt es wirklich eine Maus«, sagte er begeistert. »Ich habe sie mal mit Brotkrümeln gefüttert, nach dem Bibelunterricht.«

»Komm, gehen wir essen. Wenn du dich gut benimmst, nehme ich dich hinterher in den Aufenthaltsraum der dritten Klasse mit, da steht ein Klavier. Es gibt ein paar Iren, die spielen ganz ausgezeichnet. Und natürlich essen wir keinen Zwieback, es gibt Suppe, gekochtes Hammelfleisch mit Kapernsoße und zum Nachtisch Kompott, du wirst sehen, es schmeckt gut.«

21

Der Boden war glatt gefroren. Matheus musste sich an der Reling festhalten, um nicht auszurutschen. Eben noch hatte es genieselt, aber binnen Minuten war es so kalt geworden, dass die Nässe auf dem Schiff einen Eispanzer bildete. Auch das Metall der Reling war von Eis umschlossen, seine Hand schmerzte von der kalten Berührung.

»Ich möchte sterben, Gott«, sagte er.

Cäcilie tat ganz recht daran, ihn zu verlassen. Er hatte sie geschlagen! Männer, die ihre Frau schlugen, hatte er immer verachtet. Nun war er selbst so einer.

Er sah hinunter in das schwarze Wasser. Es würde in seine Lunge eindringen und ihn ersticken. Dann war er das Herzreißen los, das ihn quälte. Das Wasser konnte ihn freimachen. Hatte er deshalb so oft vom Ertrinken geträumt, weil sein Leben heute so endete? Er sah zum Himmel, aber die kalte Welt tröstete ihn nicht, und Gott schwieg.

Mit dieser Reise hatte er Cäcilie beweisen wollen, dass sie mit ihm ein Abenteuer erleben konnte. Er hatte ihre Bewunderung erlangen wollen. Jetzt hatte sie noch die letzte Achtung vor ihm verloren.

Auch Samuel hatte er vernachlässigt. War das nicht seine Aufgabe gewesen, ein guter Vater zu sein, dem Jungen vorzulesen, mit ihm die Welt zu entdecken? Wann hatte er ihm schon wirklich zugehört, wann hatte er sich für seine Sorgen interessiert? Samuel war einsam, er wünschte sich einen Freund. Vielleicht hätte er, Matheus, dieser Freund sein sollen.

»Ich habe versagt. Ich habe das Leben, das du mir gegeben hast, vergeudet«, flüsterte er. »Was jetzt, Gott? Was fängst du mit einem an, der zu schwach war?«

Selbst Gott hatte ihn verlassen. Er konnte mit einem wie ihm nichts anfangen, er brauchte einen mutigen David, der sich Goliath entgegenwarf, keinen, der seine Frau schlug.

Es wird allen besser gehen, wenn ich weg bin, dachte er. Auf einem Röntgenbild hatte er einmal die knöchernen Finger seiner Hand gesehen. Es war gespenstisch gewesen, wie eine Vorausschau auf den Tod. Der Tod lauerte bereits in ihm, er wartete nur darauf, ausbrechen zu können.

Nele erkannte es auf den ersten Blick, Matheus war verzweifelt. Einsam stand er an der Reling. Der Wind zerpflückte das Krähennest von Haaren auf seinem Kopf. Warum werfe ich mich an die Unglücklichen heran?, fragte sie sich. Sie trat neben ihn. »Das meinte ich aber nicht, als ich Ihnen geraten habe, sich mal etwas Gutes zu tun.«

Er drehte sich zu ihr. »Nele.«

»Sie sehen aus, als gäb's heute Weltuntergang.«

»Ich habe Cäcilie geschlagen.« Sein Blick war leer.

»Das mögen wir Frauen nicht besonders. Hat sie gedroht, Sie zu verlassen?«

»Ich habe es verdient.«

»Allerdings, das haben Sie. Streit kann es ja mal geben, aber Sie dürfen nicht zuschlagen. Und Ihren Kleinen haben Sie raus in die Kälte geschickt.«

Er riss die Augen auf. »Samuel! Wo ist er?«

»Keine Sorge. Ich hab ihn mit reingenommen. Wir haben zusammen gegessen, und jetzt ist er mit seinem Freund Adam losgezogen.«

»Danke. Vielen Dank.«

»Sie sollten nicht hier draußen rumstehen. Da wird Ihnen doch die Nase zum Eiszapfen. Kommen Sie mit, im Aufenthaltsraum der dritten Klasse können wir uns unterhalten. Sie schulden Ihrer Frau eine Entschuldigung, wir müssen uns was einfallen lassen.«

»Dafür ist es zu spät.«

»Glaube ich nicht. Wenn sich ihre Wut erst mal gelegt hat, können Sie sich versöhnen. Ich weiß, wie eine Frau fühlt. Kommen Sie.«

Lethargisch folgte er ihr durch das Schiff. In der Tür zum Aufenthaltsraum blieb er stehen. Er sah befremdet auf die Karten- und Dominospieler, auf Gestalten, die laut und in unverständlichen Sprachen palaverten.

»Keine Angst, die tun Ihnen nichts.«

»Mir ist jetzt eher nach Alleinsein zumute«, sagte er.

»Stört Sie der Lärm? Oder meine Gesellschaft?«

»Der Lärm. Mit Ihnen würde ich wirklich gern reden.«

»Dann gehen wir in meine Kabine.« Sie führte ihn durch die Flure ins Mitteldeck und schloss die Kabine auf. Als er sich aufs Bett gesetzt hatte, nahm sie barfuß am Kopfende Platz, winkelte die Knie an und sagte: »Was ist passiert? Ein Alles-richtig-Macher wie Sie schlägt nicht ohne Anlass zu.«

»Sie hat einen Geliebten hier an Bord, einen Engländer. Ich hab gesehen, wie sie sich geküsst haben. Sie ist gerade wieder zu ihm gegangen. Ich bin einfach nicht der richtige Mann für Cäcilie. Wenn ich diesen Lyman Tundale sehe, im feinen Anzug, reich, gebildet – nehmen Sie mich im Vergleich: Ich habe nichts, ich kann nichts.«

»Warum hat Cäcilie Sie geheiratet?«

»Wenn ich das wüsste! Sie ist aus gutem Hause, sie hätte einen Unternehmer haben können oder einen adligen Offizier. Dann würden Dienstmädchen sie umsorgen. Sie könnte das Leben einer Dame führen.«

»Vielleicht will sie das gar nicht.«

»Sie gibt mir dauernd zu verstehen, wie unzufrieden sie mit mir ist. Cäcilie wünscht sich einen Mann, der entscheidungsfreudig ist und etwas hermacht.«

»Wie ging es Ihnen damals, als Sie heirateten?«

Er dachte nach. »Damals glaubte ich, wenn ich diese Frau gewonnen habe, kann ich die ganze Welt erobern.«

»Also waren Sie stark damals.«

Er runzelte die Stirn. »Ja.«

»Wie haben Sie Ihre Zeit verbracht?«

»Oft sind wir abends ins Kino gegangen. Und wir waren beinahe jeden Tag spazieren, wir haben viel gelacht.«

»Und dann?«

»Ich weiß nicht. Es gab Streit mit ihrem Vater. Irgendwann fing sie wohl an, seine Villa zu vermissen. Sie hat angefangen zu nörgeln, hat mir vorgeworfen, dass ich geizig bin. Der Alltag hat unsere Zeit aufgefressen. Zuerst haben wir nur noch am Sonntagnachmittag Ausflüge gemacht, dann fielen auch die ins Wasser, weil Samuel krank war oder ich zu tun hatte, irgendwas war immer.«

»Das hört sich für mich nicht so an, als wären Sie der falsche Mann für Cäcilie. Der richtige Mann steckt in Ihnen.«

Er blinzelte. »Wir reden die ganze Zeit von mir. Sagen Sie doch auch etwas über sich. Sie sind Varietétänzerin, haben Sie erzählt. Ich muss gestehen, dass ich bisher nie in einem Varietétheater war.«

Hatte sie das wirklich erwähnt? Er hörte gut zu. »Ich hab im Wintergarten gearbeitet. Davon haben Sie aber schon gehört, oder?«

»Meinen Sie *den* Wintergarten an der Friedrichstraße?« Er hob erstaunt die Brauen.

»Genau den.«

»Dann sind Sie ein Star, und ich bin vermutlich der Einzige in Berlin, der Sie nicht kennt. Wie peinlich!«

»Ach was. Ich bin kein Star. Würde ich sonst dritter Klasse fahren? Im Wintergarten wechselt alle zwei Wochen das Programm, die Besucher wollen ja ständig neue Nummern sehen. Da arbeiten unzählige Künstler, die großen holt der Direktor aus New York oder Paris oder London, und die kleinen wie ich dürfen zwischendrin mal auf die Bühne.«

»Wie muss ich mir das vorstellen?«

»Alles gibt es, Jongleure, Kraftmenschen, Clowns. Haben Sie mal vom Entfesselungskünstler Houdini gehört?«

»Ja. Hat er sich nicht kopfüber an ein Hochhaus hängen lassen und sich aus einer Zwangsjacke befreit? Und man hat ihn gefesselt in einen Fluss getaucht. Er hat sich unter Wasser frei gemacht, richtig?«

»Der tritt im Wintergarten auf. Dazu Sänger, Artisten, Girltrupps. Es gibt Tierdressuren und eben Tänzerinnen wie mich.«

»Wie tanzen Sie, wenn Sie auf der Bühne sind?«

Täuschte sie sich, oder war er rot geworden? Seine Schüchternheit reizte sie. »Soll ich es vormachen?«

Er nickte.

»Ist ein bisschen eng hier. Aber ich versuch's.« Sie stand auf und drehte sich, langsam, ohne Eile. Vor ihm zu tanzen, beschleunigte ihren Puls. Sie lächelte, bewegte geschmeidig ihre Arme. Auf die Hände kommt es an, hörte sie in Gedanken ihre Tanzlehrerin, die alte Sanden, sagen. Nele ließ sich in den Spagat fallen. Langsam richtete sie sich auf, bog das hintere Bein hinauf. Zur Musik der Stille tanzte sie. In seinen Augen war ein Flackern, es verriet, dass ihm ihr Tanz gefiel.

Sie wiegte die Hüfte, wie sie es für die orientalischen Tänze gelernt hatte, beschrieb mit den Armen einen weichen Bogen. Mitten im Tanz sank sie zu ihm aufs Bett. Sie strich ihm mit der Hand über den Bauch. Rutschte höher. Höher. Bis sich ihre Münder berührten. Zärtlich küsste sie ihn.

»Du bist ein liebenswerter Mann, Matheus«, sagte sie. »Lass dir nichts anderes einreden.«

Cäcilie sah die Papiere auf dem Tisch. Sie zwang sich, nicht hinzuschauen. Das ging sie alles nichts mehr an. »Lyman, es geht nicht. Ich bleibe bei Matheus.«

Sein Blick lauerte. »Liebst du ihn?«

»Im Augenblick nicht.«

»Also –«

»Warte«, unterbrach sie ihn, »lass mich ausreden. Ich habe ihn geheiratet, und wir haben einen Sohn. Ich bin verwirrt, du weißt, dass ich mich nach dir sehne, und nur nach dir. Bei jedem Atemzug denke ich an dich. Aber ich darf meine Ehe nicht kaputt machen. Ich habe es versprochen.«

Er trat auf sie zu, sah ihr tief in die Augen. »Cäcilie ...«

»Bitte, mach es mir nicht so schwer«, sagte sie. »Sonst schaffe ich es nicht.« Als er sich weiter näherte, hob sie abwehrend die Hände. »Bitte, Lyman!«

»Ich rühre dich nicht an. Aber reden müssen wir. Du hast ein schlechtes Gewissen wegen Matheus, nicht wahr?«

»Sehr.«

»Das brauchst du nicht. Matheus ist selbst auch kein unbeschriebenes Blatt. Er hat eine Geliebte, und er wird dich verlassen.«

Ihr stockte der Atem. Was sagte Lyman da?

»Ist dir keine Veränderung an ihm aufgefallen?«

»Das kann nicht sein. Nicht Matheus. Ich kenne ihn, er würde so etwas nicht tun.«

»Denk nach. Hat er sich verändert?«

Tief sank das bittere Wissen in sie ein. »Doch«, hauchte sie. »Er war so fröhlich, so selbstbewusst. Wie damals.«

»Seine Geliebte ist Varietétänzerin. Sie kommt aus Berlin und ist hier an Bord. Er ist gerade bei ihr, vermute ich. Sie treffen sich schon seit längerer Zeit. Matheus hat gedacht, er würde mich beobachten, aber es ist umgekehrt, ich habe ein Auge auf ihn gehabt.«

Das tut er nur, weil ich ihn betrüge, dachte sie. In ihrer Vorstellung sah sie ihn mit einer wunderschönen, langbeinigen Frau über das Deck spazieren, einer Frau, die ihm lächelnd zuhörte, während er von seiner Schiffshavarie im Mittelmeer erzählte. »Meinst du, er will sich von mir scheiden lassen?«, fragte sie.

Lyman fragte zurück: »Was denkst du?«

Ihre Finger waren steif vor Angst, sie wollte sich rühren, wollte tief Atem holen, aber sie konnte es nicht. »Er dachte schon immer, dass ich nicht die Richtige für ihn bin.« Ihre Lider flatterten. »Zu meinem Vater gehe ich nicht zurück, seinen Triumph könnte ich nicht ertragen.«

»Du hast mich«, sagte Lyman und lächelte. »Du wirst es als geschiedene Frau besser haben als je zuvor.«

»Unsinn!« Wie konnte er das sagen? Ihr Leben stürzte zusammen, und er tat so, als sei es eine Veränderung zum Guten. »Ich werde geächtet sein, gesellschaftlicher Abschaum! Die abtrünnige Tochter des Bankiers Ludwig Delbrück, die Leute haben nur darauf gewartet. Meine Verwandten werden sich das Maul zerreißen! Ich hab sie damals beschimpft, und nun können sie es mir heimzahlen. Vielleicht stecken sie mir Geld zu und feixen dabei, und ich muss es nehmen, um nicht mit Samuel auf der Straße zu landen. Oder sie geben mir keins, weil Vater es ihnen verbietet, so lange, bis ich bei ihm zu Kreuze gekrochen bin.« Sie erschrak. »Der Kirchenrat, was wird er zu Matheus sagen, wenn er sich scheiden lässt und mit einer Revuetänzerin durchbrennt? Matheus wird gefeuert werden, er wird sich mit dieser Hure zugrunde richten. Und was soll aus Samuel werden? In der Schule wird man ihm Schimpfworte hinterherrufen, die Mutter eine Ehebrecherin, der Vater ein Vergnügungssüchtiger, der seinem Berufsstand Unehre macht!«

»So muss es nicht werden«, sagte Lyman. »Du kannst dir selbst den Lebensunterhalt verdienen und in Würde leben.«

»Wie denn, bitteschön? Soll ich zwölf Stunden am Tag in der Fabrik an der Spinnmaschine sitzen? Wer kümmert sich in der Zeit um Samuel?«

»Du kannst für England arbeiten. Damit könntest du deinem Vater eins auswischen, und ich würde dir ein gutes Leben ermöglichen. Du hättest ein stattliches monatliches Gehalt.«

»Für England arbeiten? Wie meinst du das?« Sie kniff die Augen zusammen.

»Vertrau mir, Cäcilie.«

Da begriff sie. Die Erkenntnis traf sie wie ein Hieb. »Du bist kein Journalist, nicht wahr? Du bist ein englischer Spion.«

»Ich arbeite für den neu gegründeten Secret Service. Daran ist nichts Ehrenrühriges, jedes Land hat seinen Nachrichtendienst.«

»Du hast in Berlin spioniert. Du hast mich nur deshalb becirct, weil ich die Tochter des kaiserlichen Schatullenverwalters bin!« Ich bin so dumm, dachte sie, so dumm! »Und jetzt willst du, dass ich auch noch zur Hochverräterin werde.« Keinen seiner Küsse hatte er ihr aus Liebe gegeben, keines seiner Komplimente war von Herzen gekommen – er hatte sie, Cäcilie, benutzt wie einen Stuhl, wie einen Topflappen. Endlich spürte sie wieder Kraft in den Gliedern.

Lyman sagte: »So ist es bei jedem, zuerst sträubt man sich dagegen. Aber du schadest keinem einzelnen Menschen, du arbeitest nur in der Politik mit, das tun viele. Meinst du, Deutschland hat keine Spione? Das Kaiserreich hat bei uns Hunderte eingeschleust, die unsere Kriegshäfen ausspionieren und unsere Regierung belauschen. So ist die moderne Welt!« Er trat zu ihr und legte ihr fürsorglich die Hand auf den Arm. »Tu es für deinen Sohn. Du versorgst ihn als gute Mutter, und deine Verwandtschaft musst du um keinen Pfennig bitten.«

Cäcilie sah sich am Potsdamer Bahnhof hocken und betteln, in Lumpen gekleidet. Spitzhelme würden sie anbrüllen, sich zu trollen. Samuel und sie müssten Wohnungen trocken wohnen, um Miete zu sparen. Die kalte, feuchte Luft würde ihm einen chronischen Keuchhusten verpassen, und sie würde miterleben, wie sein junges Leben verdarb. »Ich hasse dich!« Sie zog ihren Arm weg.

»Es wäre klug, wenn du mit mir zusammenarbeitest. Ich kann dich versorgen. So wie ich über unsere Agenten in den Vereinigten Staaten die Einladung für euch organisiert habe. Ich kann dir in Berlin Hilfe und Geld beschaffen.«

»Was muss ich tun?«, würgte sie heraus.

»Einen Vertrag unterzeichnen. Und einige Gespräche mit deinem Vater führen, über die du mich unterrichtest. Das ist alles.«

Tränen der Wut rannen ihr über die Wangen. »Was soll das bringen, was hast du davon?«

»Ich will erfahren, wie Deutschland seine Aushebungen und die Kriegsproduktion finanziert, welche Art von Kriegsanleihen sie planen. Hat er einmal darüber geredet?«

Cäcilie konnte kaum einen klaren Gedanken fassen. Sie ließ sich in den Sessel sinken. Dieses Rauschen in ihrem Kopf! Häufig war es um den kommenden Krieg gegangen in letzter Zeit, sie hörte Vater sagen: »Das Deutsche Reich braucht Ruhe und Sicherheit.

Und es muss seine Ehre hochhalten, wenn nötig, mit einem präventiven Angriffskrieg.«

Die Frau eines befreundeten Bankiers, die gerade zu Besuch gewesen war, hatte sich daraufhin vor ihren fünfjährigen Sohn gekniet und verzückt gesagt: »Wir machen einen General aus ihm!« Er trug sowieso schon Husarenuniform.

Hatte Vater etwas über die Finanzierung gesagt?

Lyman beugte sich vor und sah ihr forschend ins Gesicht. »Ich muss wissen, wie hoch er pokert. Plant er, ungedeckte Kriegsanleihen auszugeben, um sie im Fall eines Sieges mit dem Beutegut zurückzuzahlen? Riskiert er eine Inflation? Mehr erwarte ich nicht von dir, du sollst dich nur mit ihm unterhalten und mir davon erzählen.«

Mit vielem, was Vater tat, war sie nicht einverstanden. Aber das hieß noch lange nicht, dass sie ihm gern in den Rücken fiel und seine Geheimnisse verriet.

»Denk an deinen Sohn. Und an Matheus. Vielleicht kommt er eines Tages zurück zu dir, wenn er sieht, wie gut du alles im Griff hast. Irgendwann wird er die Tänzerin leid sein und sich nach einem geordneten Leben zurücksehnen.«

»Ich kann es herausfinden, denke ich.«

Er reichte ihr einen Füllfederhalter mit goldener Feder und legte ein Dokument auf den Tisch. »Es ist alles vorbereitet.«

Sie hielt den Füller in der Hand und zögerte. Ich werde zur Verräterin an meiner Heimat, dachte sie.

Er sagte: »Manchmal muss man etwas Ungewöhnliches wagen, um Gutes zu erreichen.«

Für dich, Samuel. Für dich. Sie unterschrieb.

III

MUT

22

Es war Abend, als sie zur Kabine zurückkehrte. Sie fühlte sich taub. Ihr Körper machte die nötigen Schritte, ihre Hand öffnete die Tür, und sie beobachtete sich selbst dabei, als stünde sie neben sich. Matheus lag im Bett und starrte an die Decke. Samuel schlief. Sie ließ die Tür angelehnt, um ein wenig Licht aus dem Flur zu haben.

»So geht es nicht weiter mit uns, Cäcilie.« Matheus setzte sich auf. »Wir richten uns zugrunde.«

Gleich sagt er es, dachte sie. Er sagt, dass es besser für uns beide ist, wenn wir uns trennen. Er sagt, dass er jemanden kennengelernt hat. Ich werde Lyman Tundale ausgeliefert sein, dem Wolf, der meine Schafskehle im Maul hat.

»Ich bin enttäuscht von dir und furchtbar verletzt«, sagte Matheus. »Aber wenn wir einen Neuanfang schaffen wollen, müssen wir bereit sein, alles hinter uns zu lassen. Es tut mir unendlich leid, dass ich dich geohrfeigt habe. Das hätte ich niemals tun dürfen.« Er sah sie an. »Cäcilie, ich vergebe dir das mit dem Engländer.«

Kein Wort sagte er von seiner Geliebten. Glaubte denn jeder, man könne sie für dumm verkaufen? »Das sagst du so von deinem hohen Ross herunter, ohne mit der Wimper zu zucken. Du warst schon immer ein begabter Lügner. Was ist mit deiner Liebschaft zur Revuetänzerin? Bildest du dir ein, ich merke nichts davon?«

Röte schoss ihm ins Gesicht. »Da ist nichts«, stotterte er, »wir ... wir reden nur.«

»Ach?« Sie verzog den Mund.

»Ja, unsere Ehe ist kaputt, Cäcilie. Das heißt noch nicht, dass wir sie nicht reparieren können! Du willst Leidenschaft und immerwährendes Glück haben, nur ist das Leben nicht so, es gibt auch schlechte Tage. Trotzdem dürfen wir nicht aufgeben! Liebe ist kein Schicksal. Sie ist etwas, das man gemeinsam pflegt, die Liebe kann wachsen oder verkümmern, wir nehmen Einfluss darauf. Mag sein, dass wir uns von anderen angezogen fühlen, du vom Engländer, ich von der Tänzerin, aber Liebe ist nicht so, als würde man vom Automobil angefahren, als habe man keine Wahl. Liebe erwischt einen nicht einfach, sondern wir müssen uns für die Liebe entscheiden und sie leben wie eine Berufung. Willst du unsere Ehe mit neuem Leben füllen? Ich will es.«

»An diesem kleinen Vortrag hast du sicher lange gearbeitet. Du hast deinen schönen Pastorentonfall drauf, mit dem du die Schäfchen in der Kirche überzeugst.« Sie zischte: »Ich soll dir vertrauen, während du nicht mal deine eigene Liebhaberin erwähnst? Du lügst, wenn du nur den Mund aufmachst. Meinst du, ich habe deine Ausflüchte nicht satt, deine Notlügen? Ich weiß überhaupt nicht mehr, wer du bist. Du zeigst doch nie dein wahres Gesicht.«

»Und dieser Lyman Tundale, der tut das, ja, glaubst du das? Ich habe ihn belauscht, ihn und einen Mann vom britischen Militär. Der Offizier hat gesagt: Vergessen Sie nicht, dieses Schiff hat eine wichtige militärische Aufgabe. Und dann haben sie über den Mythos der Unsinkbarkeit gesprochen, den dein feiner Journalist erst der Presse untergejubelt hat.«

»Du siehst Gespenster, Matheus.«

»Tue ich nicht. Woher würde ich sonst diese Geheimnisse wissen? Die Titanic hat eine baugleiche ältere Schwester, die Olympic, und die wurde letztes Jahr bei einem Fahrunfall vor der Isle of Wight vom Kreuzer Hawke gerammt. Das Kriegsschiff besitzt einen Rammbug aus Stahl und Beton, der dafür konstruiert ist, feindliche Schiffe zu versenken. Aber die Olympic ist nicht gesunken. Zwei ihrer wasserdichten Kammern wurden geflutet, und trotzdem ist sie ohne Mühe zurück nach Southampton gefahren. Daraus hat Lyman Tundale die Legende der unsinkbaren Schwesternschiffe Olympic und Titanic gewoben. Er war das, Cäcilie, und er verfolgt ein Ziel damit! Es geht darum, die Deutschen einzuschüchtern. Es geht um den bevorstehenden Krieg. Was glaubst du, warum er sich so gut mit dem Reich auskennt? Ich bin mir sicher, Lyman Tundale«, er sah sie bedeutungsschwer an, »arbeitet für den britischen Geheimdienst.«

Matheus schwindelte oft, aber dumm war er nicht.

»Man treibt ein böses Spiel mit uns«, sagte er. »Man hat uns auf die Titanic gelockt, denk an das seltsame Telegramm! Alles nur, damit du von britischen Agenten ausspioniert werden kannst. Natürlich haben sie das nicht in Deutschland gemacht, wo du deine Heimat vor dir siehst und es dir schwerfällt, sie zu verraten, sie haben dich weggelockt in die Fremde. Er zeigt dir den Luxus, den du vermisst, er macht dich mir abspenstig ... Cäcilie, dieser Engländer will dich nur benutzen! Vielleicht versucht er, über dich und deinen Vater an den Kaiser heranzukommen. Ich will nicht, dass unsere Ehe stirbt, nur weil du einen berühmten Vater hast. Wir müssen uns wehren.«

»Lass mich nachdenken.« Lyman hatte recht gehabt mit der Geliebten, aber offenbar wollte Matheus bei ihr bleiben. Konnte sie ihre Unterschrift rückgängig machen? Was würde Lyman tun, wenn sie trotz ihrer Unterschrift die Zusammenarbeit verweigerte? Oft hatte sie bei ihm das Gefühl gehabt, in Gefahr zu sein, sie hatte es genossen, das Böse, das Raubtierhafte an ihm. Was, wenn es sich gegen sie wendete? Ihr Blick fiel auf den schlafenden Samuel. Er war ihre Schwachstelle. Wenn der Engländer drohte, Samuel etwas anzutun, war sie ihm ausgeliefert. Er hat mich in der Hand, dachte sie. Den Vertrag hatte er außerdem, mit dem er sie bloßstellen konnte, er musste nicht mal Samuel verletzen, es genügte, der deutschen Spionageabwehr den Vertrag zuzuspielen, und schon landete sie im Gefängnis und sah ihren Sohn nie wieder. »Wir sollten flüstern«, sagte sie, »sonst wecken wir ihn.«

»Wir sollten überhaupt aufhören, uns zu streiten. Ich weiß, du empfindest nichts mehr für mich. Mir fällt es im Augenblick auch schwer, dich zu lieben. Aber das kann wiederkommen.«

Es verletzte sie, wie er das sagte. Wenn er sie nicht mehr liebte, was sollte dann der Kampf? Das Gefühl, ungewollt zu sein, raubte ihr das letzte Quäntchen Kraft. Sie wünschte sich weg von ihm. Während sie sich entkleidete, verspürte sie Scham und Abscheu. Heute wollte sie nicht nackt vor Matheus stehen.

Rasch legte sie sich ins Bett und deckte sich zu. Wie sollte das alles besser werden? Auswege gab es nicht. Ihre Ehe war zerrüttet, und sie hatte sich als englische Spionin verpflichtet. Eine Landesverräterin war sie, eine, die ihrem eigenen Vater in den Rücken fiel.

Das funkelnde Sternennetz beleuchtete das Meer. Lyman spähte zwischen zwei Rettungsbooten in die Nacht hinaus. Auf den Wogen nahe des Rumpfes spiegelte sich das Licht aus den Bullaugen, und eine helle Frauenstimme sang eine Opernarie, gedämpft durch die Schiffswand, dazu spielte ein Flügel. In weiter Entfernung sah er auf der Schwärze des Ozeans schimmerndes Eis.

Die sternenklare Kälte hatte alle Nachtschwärmer ins Schiffsinnere getrieben, sie brachte mit der Schönheit des Himmels auch gefrierenden Atem und schnitt wie mit Messerklingen ins Gesicht.

Er mochte das, es half ihm dabei, hart und gefühllos zu sein. Die Enttäuschung, die er in Cäcilies Augen gesehen hatte, durfte ihn nicht berühren. Er brauchte diese Frau als Werkzeug, das war wichtiger als ihre Zuneigung zu ihm. Außerdem würde er trotzdem wieder mit ihr schlafen, sie war künftig von ihm abhängig, Frauen gefiel es, von einem Mann beherrscht zu werden.

»Was ist mit dem Bild aus dem Speisesaal?«, fragte der Fotograf.

Lyman sagte: »Das bringen Sie, selbstverständlich bringen Sie das. Verstehen Sie nicht? Ein Bild ist stärker als tausend Worte. Unter das Foto sollen die Redaktionen setzen: Deutsche auf der Titanic. Wir müssen zeigen, dass Großbritannien überlegen ist, so weit überlegen, dass sogar die Deutschen unsere Schiffe bevorzugen.«

»Und die Singvogel? Die wollten Sie doch anwerben. Sie ist auf dem Foto.«

»Das macht nichts. Es entkräftet den Verdacht, dass sie Spionin sein könnte, man wird sich denken, dass wir sonst kein Foto von ihr gemacht hätten. Wichtig ist nur, dass *ich* nicht zu sehen bin. Die Frau ist ein gutes Pfund. Wenn sie meine Vermutungen bestätigt, steuert das Deutsche Reich im Kriegsfall auf eine Inflation zu. Die können wir durch Falschgeld zusätzlich antreiben.«

»Steht's denn wirklich so schlimm? Wir haben Frankreich und Russland an unserer Seite. Vielleicht muss es gar nicht zum Krieg kommen.«

»Mit den Deutschen kämpfen Österreich-Ungarn, Bulgarien und das Osmanische Reich. Und wir dürfen auf keinen Fall hinter die deutsche Kriegsmarine zurückfallen. Wenn man auf dem Land geschlagen wird, kann man innerhalb von Wochen eine neue Armee improvisieren. Eine neue Marine hingegen lässt sich nicht herbeizaubern. Nach einer verlorenen Seeschlacht die Marine wieder aufzubauen, dauert mindestens vier Jahre.«

Der Fotograf blies sich warme Luft in die Hände und rieb sie aneinander. »Warum machen Sie sich da Sorgen? Unsere neuen Schlachtschiffe pusten die Deutschen weg mit ihren Zwölf-Zoll-Geschützen!«

»Das Deutsche Reich baut längst ähnliche Schlachtkreuzer. Bleiben Sie bei Ihren Fotos. Sie haben keine Ahnung vom Krieg.«

»Ich vertraue unserem Ersten Lord der Admiralität.«

»Winston Churchill? Vergessen Sie ihn. Dem hängen die deutschen Spione seit Jahren wie Flöhe in der Wäsche.«

»Ach was!« Der Fotograf lachte. »Das sind Märchen, die sie in den Zeitungen bringen. Glauben Sie wirklich, dass es in England von deutschen Agenten wimmelt? Die verdächtigen doch inzwischen jeden Brieftaubenzüchter, weil die Tauben geheime Botschaften über den Ärmelkanal bringen, und jeden Friseur, weil er mit den Kunden redet, und jeden Kellner, weil er seine Ohren überall hat ... Und dann diese unsäglichen Romane, haben Sie die mal gelesen? *Die Spione des Kaisers*, oder, noch schlimmer, *Die Invasion von 1910*. Das ist pure Angstmache.«

Lyman fuhr herum und packte den Fotografen an der Gurgel. »Halten Sie den Mund!« Er flüsterte: »Unsere Freunde vom Inlandsgeheimdienst haben erst kürzlich einen Friseur in London enttarnt, der für die Deutschen spionierte, Gustav Ernst, haben Sie die Geschichte vergessen? Deutsche Schläfer bereiten sich längst darauf vor, bei uns Brücken in die Luft zu sprengen. Jede Woche versucht einer, die Baupläne unserer U-Boote ins Deutsche Reich zu schmuggeln. Die Deutschen hören seit Monaten den Funkverkehr der britischen Marine ab.«

Der Fotograf machte hektische Handzeichen. »Da kommt jemand«, würgte er heraus.

Lyman ließ ihn los.

Ein Pärchen schlenderte vorbei. »Das wäre so schön, Schatz, wenn wir einen sehen könnten«, hauchte sie. »Stell dir das mal vor, ein ganzer Berg aus Eis. Sie müssen majestätisch sein. Es gibt sie doch, Eisberge, oder? Nicht diese kleinen Schollen da hinten, ich meine richtige Berge.«

»Morgen bei Tageslicht kannst du sie viel besser sehen. Lass uns reingehen.« Ihr Partner zog sie durch die Tür.

Kaum waren sie fort, krächzte der Fotograf: »Tut mir leid. Ich hab's nicht so gemeint.« Er rieb sich die Kehle. »Ich dachte nur, diese ganze Hysterie ...«

»Wenn Ihnen in ein paar Monaten die Kugeln um die Ohren pfeifen, werden Sie es nicht mehr Hysterie nennen. Wollen Sie auf der Verliererseite stehen und mit Blei in der Brust irgendwo in einem Schützengraben verrecken? Wir müssen diesen Krieg gewinnen. Das schafft man durch Informationen und durch den Einfluss aufs Volk. Und Sie sind da vorne dran, ist Ihnen das nicht klar? Radio, Zeitungen, Nachrichten im Kino, so wird in Zukunft Krieg geführt.«

Vom Ausguck her schlug eine Glocke an, einmal, zweimal, dreimal. Drei Glockenschläge, das bedeutete Gefahr. Lyman beugte sich zwischen den Rettungsbooten über den Rand des Schiffs.

Zuerst sah er noch nichts. Dann beobachtete er mit Entsetzen, wie sich vor ihnen eine riesige weiße Masse aus der Nacht schälte, ein Gigant aus Eis, beinahe so hoch wie die Titanic. Die Natur stellte sich der von Menschen gebauten Maschine in den Weg. In ihrer Pracht und Kraft stand sie da, bereit, das Schiff auflaufen zu lassen.

Die Motoren surrten lauter, das Krähennest hatte zur Brücke hinuntertelephoniert, man versuchte, dem Eisberg auszuweichen. Zoll um Zoll drehte der Bug der Titanic ab, während sie auf den Eisberg zupflügte.

Niemals war das zu schaffen, niemals. Oder doch? Diese wunderbaren Halunken, sie schafften es, sie brachten die Titanic –

Ein Ruck ging durch das Schiff. Eissplitter spritzten an Deck und schlitterten über den Boden. Das Beben währte wenige Augenblicke, dann hörte es auf, und eine geisterhafte Stille kehrte ein, eine Stille, wie sie seit Beginn der Reise nicht mehr dagewesen war. Die Maschinen waren verstummt. Lautlos glitt das Schiff über das Meer.

»*Shit*«, sagte Lyman.

Der Fotograf fragte: »Was war das?«

»Das wird ein Desaster für die Public Relations.« Er tippte dem Fotografen auf die Brust. »Sie gehen in New York als Erster an Land und bringen Ihre Fotos an den Mann. Die Menschen sollen die Titanic unversehrt sehen, wir machen das Schiff zum Helden, der siegreich aus dem Kampf heimkehrt, verstanden? Das kleine Unglück muss den Mythos noch stärker machen.«

»In Ordnung«, sagte der Fotograf, packte seine Kamera aus und richtete sie auf die vorüberziehende Eiswand. Das Eis glitzerte im Licht der Schiffslampen wie Diamantenstaub. Der Fotograf drückte ab.

»Haben Sie mir zugehört?«

»Hab ich.« Der Eisberg verschwand in der Dunkelheit hinter dem Schiff.

Matheus erwachte. Er hob den Kopf. Durch das dicke viereckige Glasfenster drang kein Licht in die Kabine, es war noch Nacht. Was hatte ihn geweckt? Vielleicht kann man Telegramme spüren, dachte er im Halbschlaf, die Funker arbeiten ja rund um die Uhr. Diese Erfindung war noch viel zu wenig erforscht, womöglich waren die Funkwellen schädlich für den Menschen.

Der seltsame Draht dort oben zwischen den Schornsteinen: So sendeten sie Nachrichten durch den Äther, sogar durch die Wände von Gebäuden. Die Luft, die er gerade atmete, bestand aus elektrisch geschriebenen Worten. Mit den Telegraphen schleuderten sie Worte über weite Entfernungen, in Sekundenschnelle. Die Botschaft sprang von einem Schiff zum nächsten, jeder Funker sandte sie weiter übers Meer hin zum nächsten, der sie ebenfalls weiterleitete, bis sie auf Land traf.

Vor vierzig Jahren hatte man, um dasselbe zu erreichen, ein Kabel am Boden des Ozeans entlanggelegt, bis nach Amerika. Das war eine Heldentat gewesen, ein Unterfangen für Männer.

Und was tat er? Wahre Männer beobachteten weit entfernte Sterne und elektromagnetische Felder. Wahre Männer forschten, wie dieser Albert Einstein mit seiner Relativitätstheorie, so einen hätte Cäcilie respektiert, sie wäre an seinen Lippen gehangen und hätte überall mit ihrem klugen Ehemann geprahlt. Warum konnte er kein Albert Einstein sein? Kein Thomas Alva Edison, kein Werner von Siemens?

Wahre Männer kämpften mit Maschinengewehren, sie machten sich die Technik untertan, anstatt vor ihr zu versagen wie er. Wahre Männer sprangen ins Meer, um Schwämme zu sammeln, sie tauchten tief hinab und klaubten die Tiere vom Meeresboden. Wenn er Cäcilie so einen Schwamm brachte von da unten, dann würde sie ihn bewundern, sie würde sich damit waschen und allen stolz erzählen, dass ihr Mann todesmutig in die Tiefe geschwommen war für sie.

Aber so einer war er nicht. Er heftete mit Reißnägeln eine gehäkelte Bordüre an den Einlegeboden des Küchenschranks: »Üb immer Treu und Redlichkeit!« Krank war er außerdem, er spürte es, die Keime bildeten Kolonien auf seinem Körper, sie drangen in ihn ein und wucherten auf seinen Organen.

Warum war es so still? Die Maschinen liefen nicht. Es war mitten in der Nacht, und die Titanic lag reglos im Ozean.

Schlagartig war Matheus wach. Da stimmte etwas nicht. Er musste herausfinden, was los war.

Lautlos richtete er sich auf und ließ sich am Bettgestell hinunter. Cäcilie, die im Bett unter ihm schlief, wollte er auf keinen Fall wecken, sie würde sich über seine Vorsicht lustig machen.

Er tastete im Dunkeln nach der Unterhose, den Strümpfen. In Zeitlupe, wie wenn ein Filmvorführer zu langsam kurbelte, zog er sich an und verschnürte die Schuhe. Er öffnete die Tür zum Flur. Ein Keil von Licht fiel in die Kabine. Gerade wollte er hinausschlüpfen, da fiel sein Blick auf Samuels Bett. Kissen und Decke waren zerwühlt, aber wo war Samuel?

Auch bei genauerem Hinsehen konnte er ihn nicht entdecken. Er ließ die Tür offen stehen und schlich zum Bett hin. Er hob die Decke. Vielleicht war der Junge zur Toilette gegangen.

Matheus verließ die Kabine. Er sah in jede Toilette, spähte in die Waschräume. Mit wild klopfendem Herzen kehrte er zur Kabine zurück. »Cäcilie«, sagte er, »Samuel ist weg.«

Sie regte sich unwillig. »Was ist?«, fragte sie schlaftrunken. Dann fuhr es wie ein Blitz durch sie. Binnen Sekunden war sie aufgestanden. »Was?« Sie sah ihn mit weit aufgerissenen Augen an. Hektisch wühlte sie durch Samuels Bett. »Vielleicht ist er zur Toilette gegangen.«

»Da habe ich gesucht.«

Ein Ausdruck von Schmerz fuhr über ihr Gesicht. »Er muss uns streiten gehört haben. Ohne Grund haut Samuel nicht ab, nicht mitten in der Nacht.«

»Komm, wir suchen ihn.«

»Wie konnten wir bloß so dumm sein! Er muss fürchterlich gelitten haben unter unserer Streiterei.« Sie zog sich an. »Wo könnte er hingegangen sein? Die Bibliothek ist geschlossen um diese Uhrzeit.«

»Hoffentlich ist er nicht wieder auf Deck, bei der Kälte.« Matheus nahm den Mantel vom Haken. Samuels Schuhe fehlten, ebenso Hose und Jacke. »Immerhin hat er sich angezogen. Weißt du noch, wie er zu Hause heimlich auf den Dachboden geklettert ist, weil er traurig war, und zur Luke raus in den Himmel gesehen hat? Gut möglich, dass er sich gerade die Sterne anschaut.«

»Wen kennt er an Bord? Wir müssen diesen Adam finden, vielleicht ist er zu ihm gegangen. Sie werden doch auch Stewards haben, die in der Nacht Dienst haben. Die sollen uns helfen, Adams Kabine ausfindig zu machen. Kennt er noch jemanden?«

»Nele. Sie hat ihn gestern an Deck eingesammelt und ist mit ihm essen gegangen.«

»Wer ist das?«

Er biss sich auf die Lippe. Cäcilie sah ihn an, in ihren Augen flackerte die Angst um Samuel. Er wollte sie in den Arm nehmen, sie wärmen. »Das ist die Varietétänzerin«, sagte er.

»Beten wir, dass es ihm gut geht.« Sie verließ die Kabine.

23

Samuel kauerte bei den Schätzen, die sein Freund und er gesammelt hatten. Kohlenstaub schwärzte seine Hose, und die Hitze des Ofens biss ihn in die Haut. Trotzdem war es hier besser als bei den Eltern, ihre Feindseligkeiten hielt er nicht länger aus.

Er spähte am Ofen vorbei zu den Heizern. Als er vorhin hierhergeschlichen war, hatten sie faul auf umgestülpten Eimern gesessen und geplaudert. Aber jetzt zischte und gluckerte etwas, und sie sprangen auf, so eilig, dass sie ihre Eimer dabei umstießen.

Vorsichtig kroch er um die Ofenecke. Er riss die Augen auf. Durch einen Riss in der Schiffswand sprudelte Wasser in den Kesselraum! Die Heizer schalteten hastig Pumpen ein. Es stampfte und saugte und saugte und stampfte. Über den Türen leuchtete ein rotes Licht. Ein Warnton erscholl. Aus der benachbarten Halle hasteten andere Heizer heran. Mit lautem Rasseln stürzten die Falltüren, ein Heizer hechtete noch darunter hindurch in ihren Raum hinein, hinter ihm krachte die Falltür zu.

Die Heizer redeten auf Englisch durcheinander. Manche von ihnen kletterten eiserne Leitern nach oben.

Ein Leck in der Titanic! Sicher verheimlichten sie das den Passagieren, sie stopften es, ohne jemandem etwas davon zu sagen. Wenn er das Adam erzählte, der würde staunen! Vaters Lieblingsgeschichte handelte auch von einem Loch im Schiff, und wenn er sie ausschmückte, hörten die Leute mit offenen Mündern zu, außer denen natürlich, die sie schon kannten. Jetzt hatte er, Samuel, auch so eine Geschichte zu erzählen, wie er unten im Rumpf der Titanic gesehen hatte, dass durch ein Leck Wasser hineinströmte, und wie sie es stopften.

»Wissen Sie, weshalb wir angehalten haben?«

Matheus schüttelte den Kopf. »Ich weiß nichts, Sir. Sie sind jetzt schon der Vierte, der uns das fragt. Haben Sie einen kleinen blonden Jungen gesehen?«

»Unseren Sohn«, ergänzte Cäcilie.

Der Herr verneinte.

Sie erreichten das Büro des Pursers. Dort hatte sich eine Menschentraube versammelt, die Damen und Herren lachten. Sie warfen sich etwas Weißes zu, etwa von der Größe einer Teekanne. Cäcilie fragte: »Was ist das?«

Eine Dame erklärte ihr fröhlich: »Ich habe gelüftet, mein Bullauge stand offen. Da ist mir dieses Stück Eis in die Kabine gefallen. Wir haben einen Berg gerammt, an Deck sollen haufenweise Eissplitter liegen.«

»Wir haben den Eisberg nur flüchtig gestreift«, korrigierte der Purser. »Meine Damen, meine Herren, würden Sie bitte etwas leiser sein? Wir wollen die Passagiere nicht wecken.«

Matheus wurde es mulmig. »Warum halten wir dann, wenn wir ihn nur gestreift haben?«

Der Purser lächelte milde. »Eine Vorsichtsmaßnahme des Captains. Er lässt das Schiff auf Schäden untersuchen. Meine Herren, bitte, wäre es Ihnen recht, sich in den Rauchsalon zu begeben? Sie können sich dort einen heißen Whisky mit Wasser bestellen oder eine heiße Limonade, um sich aufzuwärmen. »

»Wir suchen unseren Jungen, haben Sie einen blonden Jungen gesehen?«

Der Purser verneinte.

»Er könnte bei seinem Freund sein, einem Adam, in der dritten Klasse.«

Der Purser prüfte seine Liste. »Ich habe einen John Adams.«

»Nein, der Vorname ist Adam, nicht der Nachname.«

»Samuel wird an Deck sein«, sagte Cäcilie, »bei den Eissplittern.« Sie stiegen die Treppe hinauf. Obwohl es bereits kurz vor Mitternacht war, bewarfen sich im Erholungsbereich der dritten Klasse junge Männer mit Eis, lachten, spielten Fußball damit.

Matheus und Cäcilie suchten verzweifelt. Sie wanderten auf und ab und fragten die Passagiere. Samuel war nicht auffindbar. »Vielleicht ist er irgendwo reingegangen, um sich aufzuwärmen«, sagte Cäcilie.

Als Matheus die Tür zum Rauchsalon öffnete, riefen die Kartenspieler gleich: »Tür zu!« Und wirklich, kaum stand er drinnen, bewies ihm die wohltuende Wärme im Raum, wie kalt es draußen war, er hatte nicht wahrgenommen, dass er fror. Er fragte höflich nach Samuel.

»Hier isser nicht«, sagte einer und warf eine Karte auf den Tisch. »Machen Sie keinen Aufruhr, sonst kommt der Chefsteward, und sie lassen uns nicht weiter Karten spielen. Es ist Sonntag, schon vergessen? Absolute Ausnahme, dass wir hier spielen, die White Star Line ist da sonst streng.«

»Genau genommen ist es Montag«, sagte ein anderer Spieler. »Mitternacht ist durch, Freund. Offiziell dürfen wir spielen.«

Ratlos trat Matheus wieder nach draußen. Cäcilie zitterte, sie rieb sich die Oberarme.

»Vielleicht ist er bei Nele«, sagte er. »Komm mit.« Auf der Treppe hatte er plötzlich das Gefühl, nach vorn zu fallen. Etwas stimmte mit den Stufen nicht. Die Treppe schien sich zu neigen. Oder spielte ihm der Gleichgewichtssinn einen Streich? Es mochte am raschen

Wechsel von warm und kalt liegen, der den Kreislauf durcheinanderbrachte. Außerdem war es mitten in der Nacht, sein Gleichgewichtssinn schlief wohl noch.

Jemand stürmte in eine Kabine, an der sie gerade vorüberkamen, und warf dem schlafenden Mann einen Eisklumpen ins Bett. Der fuhr schreiend hoch, während der andere sich schlapp lachte. Cäcilie fuhr bei jedem seiner Schreie zusammen.

»Hier ist es«, sagte Matheus. Er klopfte. Es dauerte eine Weile, dann kam Nele im Nachthemd an die Tür. Sie sah aus wie eine Prinzessin im langen Kleid. »Wir suchen Samuel«, sagte er, »hast du ihn gesehen?«

Die beiden Frauen musterten sich. Es wäre ihm lieber gewesen, wenn sie sich nie begegnet wären. Seine Schuld so klar vor sich stehen zu sehen und Nele trotz aller Gewissensbisse weiter zu begehren, beschämte ihn. Er sah Cäcilie an, wie sehr sie gekränkt war.

»Tut mir leid«, sagte Nele. »Hier ist er nicht.«

»Dann wird er mit Adam unterwegs sein. Entschuldige die Störung.«

»Sie sind also Nele«, sagte Cäcilie.

»Und Sie sind Cäcilie.« Die Frauen sahen sich an, ohne zu lächeln.

Er sagte: »Komm, wir müssen Samuel finden.«

Cäcilie nickte.

Er warf Nele einen kurzen Blick zu. Sich zu entschuldigen, dass er mit Cäcilie hier aufgetaucht war, wagte er nicht. Er nahm Cäcilies Arm und zog sie fort und lauschte dabei, ob er hinter sich das Schließen der Tür hörte. Nele sah ihnen noch lange nach, die Tür schloss sich erst spät.

Beinahe wäre Matheus in einen Mann hineingelaufen, der ihm laut fluchend entgegenkam. »Bitte verzeihen Sie«, sagte Matheus.

Da erst bemerkte er die nassen Hosenbeine und nassen Schuhe des Mannes. »Wo kommen Sie her?«

»Hab meine Kabine im Zwischendeck. Bei mir ist Wasser unter der Tür reingelaufen. Bis ich mich endlich angezogen hatte, war ich nass. Jetzt spült es durch die ganze Kabine. Ich geh mich beschweren.«

»Wie bitte?«

Diesmal war es Cäcilie, die ihn weiterzog. »Samuel könnte schon wieder bei uns sein, vielleicht war er nur kurz draußen, und als er zurückgekommen ist, waren wir weg. Was macht er, wenn er vor der verschlossenen Tür sitzt, was denkt er sich? Musstest du denn unbedingt abschließen?«

»Hast du das gehört? Bei dem fließt Wasser in die Kabine!«

»Vielleicht ist durch den Zusammenprall eine Leitung beschädigt worden.«

Ja, so musste es sein. Ein defektes Rohr. Wenn die Titanic ein Leck hätte, würden viel mehr Menschen durch die Gänge laufen, und es gäbe einen Alarm.

Sie betraten ihren Flur, der menschenleer war. Durch die Türen des Speisesaals konnten sie sehen, wie die Kellner die Tische fürs Frühstück deckten. Matheus schloss die Kabine auf in der unsinnigen Hoffnung, Samuel dort vorzufinden. Konnte es nicht sein, dass ein Steward ihn mit einem Zweitschlüssel hineingelassen hatte?

Aber er war nicht in der Kabine. »Was jetzt?«, hauchte Cäcilie.

Matheus nahm sie in den Arm. »Ich glaube, er wünscht sich, dass wir uns um ihn Sorgen machen. Deshalb ist er weggelaufen. Wenn er zurückkommt, schimpfen wir nicht mit ihm, einverstanden? Wir entschuldigen uns für unsere Streiterei und sagen ihm, dass alles wieder gut wird.«

Sie drückte ihr Gesicht an seine Brust. »Ich würde das gern glauben.«

Eine laute Stimme rief im Flur: »Alle Passagiere mit Schwimmweste an Deck!« Jemand schlug gegen die Türen. Auch gegen ihre Tür wurde gehämmert.

Entsetzt sahen sie sich an. Er sagte: »Den Befehl habe ich schon einmal gehört, damals im Mittelmeer.«

»Vielleicht ist es nur eine Vorsichtsmaßnahme«, sagte Cäcilie.

Stumm holte er die Schwimmwesten aus dem Kleiderschrank. Sein Herz schlug in einem wilden Galopp. Der Mann mit der nassen Hose. Die Eissplitter. Jetzt sollten sie alle an Deck kommen.

»Erst den Mantel«, sagte er.

Sie zogen sich warm an. Dann half er Cäcilie, ihre Weste anzulegen, das Loch für den Kopf war groß, aber die zwölf Korkklötze, die in das Segeltuch eingenäht waren, fügten sich nur widerwillig an ihren schlanken Körper. Er schob die Weste zurecht und verschnürte ihre Bänder vor Cäcilies Brust.

Auch seine eigene Weste legte er an und verknotete die Bänder. Er nahm Samuels Weste heraus. »Sie schicken alle nach draußen. Samuel hört das auch.«

»Und wenn er trotzdem hierherkommt? Weil er seine Schwimmweste holen will oder weil er uns sucht?«

»Möglich, dass er das macht.« Aus seinen Vortragsunterlagen fischte Matheus einen Zettel heraus und schrieb darauf:

Samuel, wir sind auf dem Bootsdeck beim vierten Schornstein. Komm bitte hinauf. Wir haben dich lieb. Papa

Dann malte er vier Schornsteine, die sich nach hinten zum Heck neigten, und zeichnete einen Pfeil an den vierten und zwei Strichfiguren, Mama und Papa. Er fügte ein kleines Herz hinzu.

Cäcilie sah zum Fenster hin. Sie sagte leise: »Wenn die Titanic unsinkbar ist, warum lassen sie uns dann Schwimmwesten anziehen?«

»Wir sollten beten.«

Sie nickte und faltete die Hände.

Er sagte: »Lieber Gott, bitte bewahre dieses Schiff. Wenn wir ein Leck haben, hilf doch bitte, dass sie es stopfen können. Und hilf uns, Samuel zu finden. Wir geben uns in deine Hände und danken dir. Amen.«

Draußen im Flur scherzten die Passagiere über die Schwimmwesten, sie beglückwünschten sich gegenseitig: »Toll sehen Sie aus! Das ist der neuste Schrei, jeder trägt jetzt so eine Weste.«

Matheus klemmte den Zettel in den Türspalt, sodass die beschriebene Seite sichtbar war, und schloss die Tür. Seltsam, wie sich die Menschen verhielten. Sie wirkten aufgedreht wie Schulkinder beim Ausflug in den Zoo. Nicht beunruhigt, sondern amüsiert folgten sie den Anweisungen der Crew.

Er hingegen sah das kalte Meer vor sich und glaubte schon, das Salzwasser an seinem Hals zu spüren. Zwei ältere Damen in Nachthemden klopften an eine Tür und riefen: »Lizzie, wach auf! Lizzie!« Die benachbarte Kabinentür stand offen. Drinnen legte ein Mann fein säuberlich seine Hemden in einen Koffer, als würde er gleich an Land gehen.

»Nicht den Fahrstuhl«, sagte Matheus, als Cäcilie am Gitter stehen blieb. »Wir können uns auf die Elektrizität nicht verlassen.« Er ging mit ihr zur Treppe und stieg hinauf. Von überall strömten Menschen herzu, der Treppenaufgang war bald voll, und das Geschwätz dröhnte Matheus in den Ohren. Auch Kinder waren da. Matheus blickte immer wieder umher in der Hoffnung, Samuels blonden Schopf zu sehen. Vergebens.

Als sie nach draußen traten, schlug ihm die Kälte gegen die Stirn. In allen Treppenaufgängen stauten sich Passagiere, manche noch in Abendkleidern, andere in ihrem Pyjama.

Ein Schiffsoffizier stieg auf eine Bank und rief: »Bitte, bleiben Sie ruhig! Mehrere Schiffe befinden sich in der Nähe und eilen herbei. Es besteht kein Anlass zur Sorge.« Im Hintergrund aber sah Matheus, wie sie die Rettungsboote bereitmachten. Matrosen nahmen das Segeltuch herunter, das die Boote bedeckt hatte. Andere legten Seile aus, die über Rollen liefen, und trafen Vorbereitungen dafür, die Boote hinabzulassen. Sie schwangen die Auslegerarme der Davits aus.

Ein Herr mit Zylinderhut dozierte: »Meine Damen, machen Sie sich keine Sorgen. Die Titanic verfügt über ein Telegraphensystem mit stärkster Sendekraft, kein anderes Schiff ist so weit zu hören wie wir. Die Nachrichten legen sechshundert Kilometer zurück, jetzt in der Nacht bei gutem Wetter sogar dreitausend Kilometer. Sicher ist längst Hilfe unterwegs.« Er klang wie ein Lehrer.

Währenddessen ließ die Crew am anderen Schiffsende, bei der ersten Klasse, ein Boot hinab zum Promenadendeck. Matheus konnte Samuel nicht entdecken. Er rief laut: »Samuel! Wir sind hier!«

Eine alte Dame sah ihn böse an und hielt sich die Hand aufs Ohr.

»Junge, der Kapitän nimmt seine Aufgabe aber ernst«, scherzte einer. »Ein kleiner Kratzer am Bug, und schon müssen wir die Evakuierung einüben.«

»Also, ich steige in keines von diesen Booten«, sagte eine Frau zu ihrem graubärtigem Mann. »Ich bleibe hier an Bord. Die Titanic ist doch unsinkbar. Können uns die anderen Schiffe nicht abholen? Muss man erst in einer schwankenden kleinen Nussschale hinabgelassen werden?«

Der vermeintliche Lehrer hatte ihre Bemerkung gehört und tadelte die Frau: »Madam, wenn die Crew das möchte, steigen wir alle gesittet in die Rettungsboote. Wir werden von der havarierten

Titanic weggerudert und von einem anderen Schiff aufgenommen. Ob sie die Titanic zur Reparatur in einen Hafen schleppen oder hier vor Ort instand setzen, das ist nicht unsere Sache.«

»Liebling, geh bitte noch mal runter und hole das Geld und den Schmuck«, bat eine ältere Dame ein junges Mädchen. So ruhig waren nur noch wenige Passagiere, die meisten redeten laut durcheinander. Es herrschte eine fieberhafte Aufregung.

Matheus hörte, wie ein Heizer dem Offizier zuraunte: »Wasser dringt in den Kesselraum ein, Sir.«

Unsinkbare Schiffe gibt es nicht, dachte er. Wo war Samuel?

»Nichtskönner. Anfänger, allesamt!« Lyman warf die Telegramme ins Waschbecken, entzündete ein Streichholz und hielt es unter eines der Blätter. Das Blatt krümmte sich, ein schwarzer Fleck bildete sich darauf und wurde größer. Schließlich loderte das Papier auf. Die Flamme sprang zum nächsten Blatt. »Fahren die Titanic gegen einen Eisberg. So macht man jahrelange Pressearbeit zunichte.«

Er ging zum Nachttisch hinüber und nahm die Pistole aus der Schublade. Aus einer Schachtel klaubte er Patronen und lud sie in das Magazin der Waffe, sechs, sieben, acht. Er schob das Magazin mit einem Ruck zurück in den Griff und steckte die P08 in das Halfter an seinem Rücken.

Mit zackigen Bewegungen zog er das Jackett an und anschließend die Schwimmweste. Im Flur wartete ein Steward, der sich wortreich für die Unannehmlichkeiten entschuldigte. Ein weiterer Steward half vor dessen Tür dem alten Ramon Artagaveytia, einem fast zweiundsiebzigjährigen Geschäftsmann aus Argentinien, in die Schwimmweste.

Lyman begab sich nach oben. Dort befahl ein Offizier den wenigen versammelten Passagieren der ersten Klasse: »Die Männer treten vom Boot zurück. Frauen und Kinder steigen bitte ein.« Ein Rettungsboot hing gegenüber vom Sporthalleneingang neben der Deckkante, bereit, so tief hinabgelassen, dass seine Seitenwand hinter dem Schandeck verschwand.

Feine Damen mit Pelzkragen und Brillantschmuck um den Hals kletterten ins Boot. Der amerikanische Bankier, neben dem er einmal beim Abendessen gesessen hatte, führte Frau und Hund ins Rettungsboot und sagte zu ihr: »Pass auf, dass er nicht hinausspringt, Schatz.« Der Zwergspitz kläffte.

»Wer ist der Nächste?«, fragte der Offizier.

Niemand meldete sich.

»Ich bitte Sie, meine Damen, seien Sie vernünftig, steigen Sie ein!« Er sah sich Hilfe suchend um. »Dann die Herren.« Ein Dutzend Männer stiegen ein. Etliche blieben an Deck stehen. Der Offizier fragte Lyman: »Was ist mit Ihnen?«

Abwehrend hob er die Hand.

Der Offizier zuckte die Achseln. »Abfieren«, befahl er.

Lyman runzelte die Stirn. Er sah an Deck entlang. Es gab vier Rettungsboote, und weiter hinten nochmals vier, dazu zwei Brandungsboote mit hölzernem Boden und Seitenwänden aus Segeltuch. Auf der anderen Schiffsseite musste es genauso sein. Das ergab zwanzig Boote. Wenn in jedes sechzig Menschen passten, obwohl die Brandungsboote kleiner waren, konnten eintausendzweihundert mitfahren. Die anderen eintausend blieben an Bord zurück. Und der Offizier ließ ein Boot mit nur zwei Dutzend Leuten fahren?

Sie haben es eilig, dachte er.

Eiskalt kroch ihn Furcht an. Konzentriere dich auf deine Aufgabe, sagte er sich. Er musste sich und Cäcilie auf eines der Rettungsboote bringen. Zielstrebig ging er zum Bereich der zweiten Klasse hinüber.

24

Wo blieb Samuel? Matheus vermisste seinen Sohn mit jeder Sekunde mehr, es war wie ein körperlicher Schmerz. Menschen drängten sich an Deck, schleppten Koffer, Kinder, Kleider.

»Er kommt nicht. Ich muss ihn suchen gehen.«

Cäcilie sagte: »Ich hab's ihm angetan.«

»Wovon redest du?«

»Ich hab ihm dasselbe angetan, was ich von meiner Mutter erlitten habe. Ich hatte immer Angst, dass sie uns verlässt. Diese Furcht, dass sie verreist und nicht wiederkommt, dass sie mich allein lässt ... Samuel fühlt sich genauso. Mein Junge! Ich wollte nie so sein, ich habe mir eine gesunde, liebevolle Familie gewünscht. Matheus, du weißt, dass ich versucht habe, eine gute Mutter zu sein.« Sie sah ihn an.

»Das wirst du auch noch lange sein, Cäcilie.«

Es gab ein ohrenbetäubendes Zischen. Dampf strömte aus den Ventilen hoch oben an den Schornsteinen, sie lärmten, als ob zwanzig Lokomotiven in einer Bahnhofshalle gleichzeitig ihren Dampf abließen.

Lyman tauchte auf. »Was tun Sie hier?«, fragte er.

Keine Begrüßung, kein höflicher Abstand. Es war beleidigend, wie der Engländer dastand und Cäcilie ins Gesicht starrte.

»Samuel ist weg«, sagte sie. »Wir müssen auf ihn warten.«

»Hörst du dieses Zischen?«, blaffte er. »Das sind Überdruckventile. Der Kapitän will eine Kesselexplosion vermeiden, wenn das Schiff sinkt. Deshalb lässt er den Druck ab. Du musst in ein Rettungsboot steigen, solange es noch geht.«

»Wie reden Sie mit meiner Frau?« Matheus stellte sich zwischen die beiden. »Was Cäcilie und ich tun, geht Sie einen feuchten Kehricht an! Wir warten auf unseren Sohn, lassen Sie uns gefälligst in Frieden und kümmern Sie sich um ... was auch immer!«

Lyman schüttelte den Kopf. »Auf der anderen Seite gibt es auch Rettungsboote. Er sitzt vielleicht längst in einem drin, denken Sie, die Leute lassen ein Kind stehen? Nehmen Sie eines der Boote. Wollen Sie, dass er ohne Mutter aufwächst?«

»Im ganzen Schiff«, sagte Matheus, »irren Menschen herum. Meinen Sie, wir lassen unseren Sohn in diesem Chaos zurück? Da liegen Sie falsch. Nicht wahr, Cäcilie?«

»Es bleibt keine Zeit!« Lyman redete immer eindringlicher. »Wasser spült in die Kesselräume. Wir haben Schieflage. Wenn Sie sich über die Reling beugen, sehen Sie, dass die vorderen Bullaugen bereits versinken. Diese Menschenmenge, und dann die paar Boote! Es ist nicht für jeden Platz.«

Die Erkenntnis, dass der Engländer recht hatte, wühlte sich in seinen Verstand wie ein unnachgiebiges Insekt. Wir gehen unter, dachte er, deshalb tragen wir die Schwimmwesten. Es ist keine Vorsichtsmaßnahme. Die Titanic ist verloren. Er sah auf das Nachtmeer hinaus. Diesmal war kein Land in Sicht und kein zweiter Dampfer, der sie retten konnte. Da waren nur Wasser und Finsternis.

Andererseits war dem Agenten zuzutrauen, dass er das Unglück für seine Zwecke ausnutzte. »Wo ist unser Sohn?«, fragte Matheus und sah ihn böse an.

»Wie gesagt, ich bin sicher, er ist längst in einem der Boote.«

Hatte Lyman vielleicht Samuel entführt? Pflanzte er die Angst bewusst in sie ein, verfolgte er ein Ziel damit? Womöglich war die Titanic gar nicht verloren, und der Agent wollte sie das nur glauben machen. »Sie lügen«, sagte Matheus. »Sehen Sie nicht die Lichter überall? Wenn die Kesselräume geflutet wären, würde es keinen Strom mehr geben.«

Lyman presste die Zähne aufeinander, man sah seine Kiefermuskeln hervortreten. »Jetzt denken Sie einmal nach«, sagte er scharf. »Was glauben Sie, wozu der Strom gebraucht wird? Natürlich arbeiten Heizer und Ingenieure dort unten, auch wenn ihnen das Wasser schon bis zum Hals steht. Die lassen die Generatoren so lange laufen, wie es geht, damit der Funker Notsignale senden kann!«

Am Bug startete eine Rakete, sie flog höher und höher und zog einen Funkenschweif hinter sich her. Die Blicke der wartenden Passagiere folgten ihr. Hoch oben im Himmel explodierte sie mit einem Knall. Zwölf weiße Sterne sanken herab, leuchteten und verloschen.

Lyman sagte: »Sie wissen doch sicher, was Raketen auf See bedeuten.«

Ein Hilferuf an andere Schiffe, dachte Matheus. Das hieß, der Funker hatte niemanden erreicht. Er schluckte trocken. »Und Sie sind sicher, dass die Boote nicht ausreichen?«

»Es sind zwanzig Boote, in jedes passen sechzig oder siebzig Menschen. An Bord haben wir, Passagiere und Besatzung zusammengerechnet, zweitausendzweihundert Menschen. In der ersten Klasse lassen sie die Boote schon zu Wasser, nur halb gefüllt, weil die Zeit drängt. Ich kann Ihre Frau retten. Ich bringe sie dorthin.«

Matheus zögerte. Wenn ich umkomme, dachte er, bleibt er mit ihr zusammen. Er weiß, dass ich das denke, und weiß auch, dass mir Cäcilies Überleben wichtiger ist. Er holte tief Luft.

Schließlich umarmte er Cäcilie. Als er sie wieder losließ, tauchten die Lichter einer weiteren explodierenden Rakete ihr Gesicht in ein gespenstisches Weiß. »Geh mit Mister Tundale. Bring dich in Sicherheit. Ich suche Samuel.«

»Ich gehe nirgendwohin ohne dich.«

»Du hast gehört, was er gesagt hat.«

»Und was ist, wenn du für Samuel und dich keinen Platz mehr in einem Boot findest? Das ergibt doch keinen Sinn.«

»Für Samuel bekomme ich einen Platz. Geh!«

»Ich liebe dich«, sagte sie. »Wir haben viel gestritten, es war nicht immer leicht. Aber ich würde dich wieder heiraten, Matheus.«

»Ich liebe dich auch, Cäcilie.« Er küsste sie.

Sie sagte: »Ich verstehe das nicht. Ich will nicht gehen.«

Du sollst leben, dachte er, und wandte sich ab. Als er sich aus der Menschenmenge noch einmal umdrehte, sah er, wie Lyman sie fortzog.

Seltsam, was die Heizer da taten. Sie öffneten die Kesseltüren und schütteten aus Eimern Wasser in die Öfen. Heißer Dampf paffte in die Halle, es knallte und zischte. Sie schlossen die Klappen wieder. Dampfschwaden füllten bald den ganzen Raum. Die elektrischen Ventilatoren an der Decke drehten sich nutzlos und verteilten den Dampf um. Es fiel Samuel schwer, die heiße Luft zu atmen.

Warum löschten sie die Feuer? Durfte die Titanic nicht weiterfahren? Dann musste man den Passagieren wohl doch vom Leck erzählen. Dabei waren die Pumpen erfolgreich, auf dem Boden glänzten nur noch Pfützen, und aus dem Stampfen war ein Schlürfen geworden. Selbst wenn die Titanic auf der Stelle stand, brauchte sie die Feuer in den Kesseln für die Heizung, den Strom, die Küche. Es kam ihm vor, als legten sie das Schiff schlafen.

Die Lichter verloschen, von einem Moment zum anderen war es stockfinster. Er hörte die Rufe der Heizer. Ihn gruselte, mit diesen fremden Männern allein zu sein. Was, wenn ihn jetzt einer packte? Er würde vor Schreck sterben.

Jemand kam mit einer Petroleumlampe die Leiter herunter. Aber sie leuchtete nur schwach in die Halle. Allein das schwarzfleckige Gesicht des Mannes war gut zu sehen.

Da gingen die elektrischen Lampen wieder an. Der Mann mit der Laterne brüllte etwas. Die Heizer beeilten sich, weitere Öfen stillzulegen. Dass sie solche Eile hatten, wo doch das Leck erfolgreich abgepumpt wurde ...

Samuel stutzte. Ein kleines Kohlestück rollte durch die Halle, wie von Geisterhand getrieben. Es verschwand im Nebel. Hatten sie Schieflage? Er hob ein weiteres Stück Kohle auf, eines, dessen Kanten abgeschlagen waren, ähnlich dem, das er gerade beobachtet hatte, und gab ihm einen sanften Stoß. Es rollte los. Aber anstatt nach kurzem Weg liegen zu bleiben, rollte es weiter und weiter, bis die Dampfschwaden es verschluckten. Wie war das möglich?

Die Schwaden wurden immer dichter. Wie Schemen sah Samuel zwei Heizer sich nähern. Sie hoben einen Deckel vom Boden, das rhythmische Arbeiten der Pumpen dröhnte lauter. Mit Schraubenschlüsseln arbeiteten sie im Loch. Ein dritter Mann eilte herbei, er stolperte über den Deckel, fiel. Laut brüllend hielt er sich das Bein. Die zwei redeten auf ihn ein, halfen ihm hoch. Sie trugen den ächzenden Mann durch den Nebel davon.

Samuel sehnte sich nach seinem Bett und den Eltern. Konnte er nicht helfen, dass sie wieder eine fröhliche Familie wurden und zu streiten aufhörten? Er musste die Eltern glücklich machen, irgendwie.

Natürlich! Das war's! Er grub die Uhr mit der goldenen Kette aus dem Kohlenstaub. Die würde er Papa schenken, damit konnte er Mama beeindrucken. Oder Papa verkaufte die Uhr, dann hatten sie mehr Geld und konnten sich die Dinge leisten, die Mama sich wünschte.

Nur Adam würde sauer sein. Samuel musste ihm helfen, an den Tresor heranzukommen. Wenn Adam genug Geld gestohlen hatte, fiel die Uhr nicht mehr ins Gewicht. Er steckte sie sich in die Hosentasche. Durch den Dampf konnte ihn sowieso keiner sehen, er würde ohne Schwierigkeiten hier rauskommen. Er schlich sich an der Wand entlang zum Ausgang. Wie ein Räuber kam er sich vor. Ich bin ein Dieb, der einen Dieb bestiehlt, dachte er und musste grinsen. Dann stellte er sich Adams wütendes Gesicht vor. Sollte er die Uhr nicht besser zurücklegen?

Seine vorgestreckte Hand rührte an Metall. Er sah hoch. Hier gab es auch so eine Lampe? Und die Tür war zu! Sie musste genauso zugefallen sein wie die anderen. Wie kriegte man die wieder auf? Er suchte einen Hebel, eine Klinke. Nichts davon fand er. Deshalb ist der Heizer durchgesprungen, dachte er, der Mann wusste, war die Tür erst einmal geschlossen, kam man nicht mehr auf die andere Seite.

Samuel lauschte. Wo waren die Heizer und Schmierer? Er hörte nur das Zischen der Öfen und das Ticken abkühlenden Metalls. Außerdem war da ein Tröpfeln, ein leises Gießen. Er sah zu Boden. Eine schwarze Lache fasste nach seinen Füßen. Wasser quoll zwischen den Bodenplatten hervor und vermischte sich mit dem Kohlenstaub. Schafften es die Pumpen doch nicht mehr?

Ein lauter Ruf hallte durch den Kesselraum. Männer antworteten, sie schrien. Da war ein Reißen von Metall. Eiswasser spülte in den Raum, es rauschte ihm um die Knöchel, um die Knie. Rasend schnell stieg es höher.

Er musste raus hier! Samuel watete durch das Wasser. Es erreichte seine Hüfte. Er keuchte vor Kälte. Wo war die nächste Leiter? Er konnte die Heizer hinaufsteigen hören, die Sprossen schepperten unter ihren Schuhen. Irgendwo vor ihm gurgelte jemand und schlug auf das Wasser.

Es umfasste Samuels Brust und raubte ihm mit seiner Kälte den Atem.

Kaum dass das Zischen der Ventile hoch oben an den Schornsteinen verstummt war, erklang Musik. Die Band stand im Eingang der ersten Klasse und spielte Ragtime. Die fröhliche Musik ließ die Evakuierung wie ein Spiel erscheinen. Cäcilie aber spürte, wie angespannt Lyman war. Den knallharten Geheimdienstmann in solcher Sorge zu sehen, machte ihr Angst.

Als man sie rechts nicht durch die Pforte zur ersten Klasse lassen wollte, brachte Lyman sie auf die linke Seite des Schiffs, dort kannte er den Steward. Sie wurden eingelassen. Auf dem zweiten Rettungsboot stand ein Offizier, den einen Fuß an Deck, den anderen im Boot, und rief nach Frauen und Kindern.

»Warten wir«, raunte Lyman. »Wenn er keine Frauen mehr findet, lässt er uns beide einsteigen.«

Das Boot schaukelte an seinen quietschenden Davits. Offenbar hatte niemand den Mut, der Aufforderung des Offiziers zu folgen. Eine Dame, die ein schwarzes Samtkostüm trug, sagte: »Soll das ein Scherz sein? In der Kabine ist es warm und trocken, und wir haben Licht. Warum sollte ich in ein Boot steigen, das da hinunter ins Dunkel gelassen wird, in dieser Kälte?«

»Eine Vorsichtsmaßnahme, Madam. Vom Kapitän angeordnet.«

»Der Kapitän übertreibt maßlos!«

Ihr Mann sagte: »Wir treffen uns zum Frühstück wieder, Liebes.«

Mit widerwillig verzogenem Mund gab sie dem Offizier ihre Hand und ließ sich hinüberhelfen in das Boot. »Wenn ich mir eine Erkältung zuziehe, wird das Folgen für Sie haben«, drohte sie.

Nach ihr wagten sich weitere hinein, darunter eine Dame, die ihren Pelzmantel über einem Nachthemd und Hausschuhen trug. Töchter verabschiedeten sich von ihrem Vater. Er gab anschließend seiner Frau einen langen Kuss, ehe er sie einsteigen ließ und zurücktrat. Ein Kind stieg ein. Es umklammerte seine Puppe, als wäre sie ein Familienmitglied, das es zu retten galt.

Die Abschiede zu sehen und die Kinder schreckte Cäcilie auf. Wie konnte sie ihren Sohn zurücklassen? »Ich gehe nicht ohne Samuel«, sagte sie. »Niemals.«

»Noch Frauen?«, rief der Offizier im langen Mantel. Als er keine Antwort erhielt, trat er vom Boot herunter und befahl: »Abfieren!«

»Aber das ...« Lyman fluchte. »Verdammt. Der Mann ist wahnsinnig. Das Boot ist nicht einmal halb voll! Warum lässt er keine Männer einsteigen?« Er packte Cäcilies Arm. »Schnell, zur anderen Seite. Da sind sie großzügiger.«

Auf der Steuerbordseite rief Bruce Ismay, der Direktor der White Star Line: »Sind noch Frauen da, bevor das Boot geht?«

Eine trat vor, schüchtern.

Er sagte: »Springen Sie rein.«

»Ich bin nur eine Stewardess«, sagte sie.

»Das ist gleich – Sie sind eine Frau, nehmen Sie Platz.«

Im Boot saßen auch einige Männer. Lyman kniff die Augen zusammen. »Wie haben die das geschafft?«

Der Offizier gab den Befehl zum Abfieren, und die Seeleute ließen das Boot hinunter. Als es schon über einen Meter abgesunken war, traten zwei Herren in Anzügen an die Schiffskante, sahen sich kurz an und sprangen. Cäcilie hörte, wie sie mit Krachen im Boot landeten. Die Insassen empörten sich, nur eine Frau rief erleichtert: »Henry!«

Cäcilie wendete sich zum Offizier um. Ließ er den Männern das durchgehen? Aber dieser Offizier sah gar nicht hin, er sagte leise zu einem anderen Offizier: »Gehen Sie mit an Bord, Pitman. Bleiben Sie in der Nähe der Titanic mit dem Boot und sammeln Sie Schwimmer auf.«

Pitman nickte. Er kletterte behände am Seil des rechten Davits hinab ins Boot.

Schwimmer aufnehmen? Cäcilie stutzte. Rechneten sie etwa damit, dass Leute aus Verzweiflung ins Wasser springen würden? »Ich muss Samuel suchen gehen, ich kann doch nicht meinen Sohn zurücklassen.«

Lyman hielt sie fest. Er reagierte überhaupt nicht auf das, was sie gesagt hatte, sondern sah hektisch um sich.

Kassenbeamte unter Führung des Kommissars setzten kleine, schwere Säcke an Deck. Der Offizier, der das Einladen der Boote überwachte, schüttelte den Kopf. »Sind Sie übergeschnappt? Denken Sie, ich lade Gold und Silbergeld aus Ihrem verfluchten Tresor in die Boote, wenn ich Menschen retten kann?«

Cäcilies Entschluss geriet ins Wanken. Was, wenn Samuel tatsächlich schon in einem der Boote war? Jemand hatte ihn unter seine Fittiche genommen, das erklärte, warum er nirgendwo auftauchte. Was nützte es ihm, wenn sie starb?

»Ich möchte nach unten sehen«, sagte sie, und Lyman ließ sie los. Vorsichtig trat sie an einen der Davits heran, hielt sich daran fest und beugte sich über den Rand des Schiffs. Im schwarzen Meer spiegelten sich die Lichter der Kabinen. Sie bildeten keine gerade Linie über dem Wasser wie sonst, sondern verliefen schräg dazu. Am Bug erreichte das Meer bereits den Schriftzug TITANIC.

»In Ordnung«, sagte sie. »Ich werde mit dir in ein Rettungsboot steigen. Aber ich muss erst zum vierten Schornstein und nachschauen, ob Samuel dort ist.«

Das Wasser schwappte ihm um den Hals. Auf Zehenspitzen lief Samuel kleine Schritte. »Hilfe!«, keuchte er. Er konnte kaum noch atmen, die Kälte presste ihm die Luft aus den Lungen. In kurzen, flachen Atemstößen rang er um sein Leben. »Hi-Hilfe!« Er verlor den Boden unter den Füßen. Die Arme waren vom Eiswasser gelähmt, nur mühevoll bekam er einige Schwimmzüge hin. Das Wasser kroch ihm ins Gesicht und netzte seine Haare.

Adam prüfte noch einmal den Sitz der Beutestücke unter seiner Schwimmweste. Sie verbarg auf ideale Weise die ausgebeulten Taschen. Er öffnete die Tür und spähte aus der fremden Kabine in den Flur hinaus. Zufrieden stellte er fest, dass ihn niemand von den aufgeregten Passagieren beachtete. Er verließ die Kabine, schloss die Zwischentür auf und wechselte hinüber in den kahlen weißen Gang der Scotland Road, von der ersten Klasse in die dritte, vom Schlaraffenland in die Arbeiterstraße.

Vorn an der Treppe drängte sich eine Menschenmenge, Großfamilien mit Kindern, Männer in geflickten Hosen, Frauen, die schreiende Säuglinge zu beruhigen versuchten. Viele beteten Rosenkränze. »Entschuldigen Sie bitte«, sagte er und schob sich durch die hinteren Reihen.

»Helfen Sie uns!« Eine Frau hielt ihn am Arm fest. »Wie kommen wir zu den Rettungsbooten?«

»Fragen Sie einen Steward«, sagte er und wand sich frei.

Sie sah ihn bittend an. »Wir kennen uns auf dem Schiff nicht aus.«

Adam seufzte. Den kurzen Weg, den er dank des gestohlenen Schlüssels nehmen konnte, würde er ihnen auf keinen Fall zeigen – nach dem Unglück würde es viele Befragungen geben. Wenn sie dann erzählten, er habe den Schlüssel für die Türen zwischen Scotland Road und Park Lane gehabt, flogen seine Diebstähle auf.

Der lange Weg war allerdings reichlich kompliziert. »Also gut«, sagte er. »Sie gehen die Treppen hinauf bis zu den Aufenthaltsräumen im Schutzdeck. Dann nach draußen über das Welldeck, an der Bibliothek der zweiten Klasse vorbei. Sie gehen wieder nach drinnen, in den Bereich der ersten Klasse, den langen Gang hinunter zum Ärztezimmer. Hinter dem Privatsalon der Zofen und Diener nehmen Sie die Treppe rauf zum Bootsdeck.«

Verwirrt sah die Frau ihn an. Auch die anderen, die zugehört hatten, konnten ihm offenbar nicht folgen. »Über das Welldeck?«, fragte sie zögerlich.

»Das kennen Sie doch. Das mit den zwei Kränen.«

»Bitte, könnten Sie uns führen?«, fragte sie.

Er schüttelte den Kopf. »Bedaure.« Während er sich weiter durch die Menge drängelte, rief er: »Es kommt sicher gleich ein Steward und kümmert sich um Sie.« Er stieg die Treppe hinauf. Für diese Leute war er nicht zuständig. Die Stewards an Bord mussten sich darum kümmern, dass alle den Weg durch das Schiff nach draußen fanden.

Durch den Zusammenstoß mit dem Eisberg hatte er seine gesamte bisherige Beute verloren – als er vorhin versucht hatte, nach unten zu gelangen, war bereits alles geflutet gewesen, die Kesselräume standen unter Wasser und im Postraum schwammen Tausende Briefe. Aber die Evakuierung kam ihm gelegen. Im Chaos achtete niemand auf ihn, er konnte sich mühelos neue Beute holen. Inzwischen hatte er bereits mehr zusammen als vor dem Unfall.

Ein letztes Prunkstück wollte er sich noch beschaffen, die Krönung, die seinen Schatz abrundete. Danach würde er sich ausbooten lassen. Ein wenig pochte sein Gewissen, während er die Stufen hinaufstieg. Er stahl Schmuck, und die orientierungslosen Leute da unten verpassten womöglich ihr Rettungsboot. Was, wenn sie starben? Er war dann schuld an ihrem Tod.

Andererseits, jeder kämpfte um sein eigenes Überleben, und im Kampf ums Dasein gewann der Stärkere. Hatte das nicht ein gewisser Darwin belegt? Es war ganz natürlich, dass er, Adam, an seinen Vorteil dachte und die anderen stehen ließ.

Du redest dich raus, schalt er sich, du bist einfach nur ein Egoist, abgrundtief schlecht.

Und die Politiker, die zum Krieg anheizten, wie viele Menschenleben hatten die auf dem Gewissen? Sie verwendeten genauso Darwin als Ausrede, sie sagten, durch den Krieg stelle sich heraus, wer der Stärkere sei, und der überlebe dann und veredele die menschlichen Gene. Dabei überlebten im Krieg eher die Schwachen und Kranken, alle anderen wurden an der Front verheizt. Das sind die wirklichen Schurken, dachte er, die solche Lügen unters Volk bringen.

Schon fühlte er sich besser.

25

Bewegten sich die Beine noch? Samuel fühlte sie nicht, er gab ihnen den Befehl zu Schwimmbewegungen, ohne zu wissen, ob sie ihn ausführten. Der Körper zuckte, er hielt sich mit dem Zucken über Wasser. Auch die Hände spürte er nicht mehr.

»Lieber Gott«, flüsterte Samuel, »hilf mir.« Sein Atem ging in flachen Stößen. Die Zähne klapperten. Lange würde er es nicht mehr aushalten. Er dachte an Weihnachten, an die Kerzen, an die Wärme in der Wohnung. Er dachte daran, wie er am Weihnachtsmorgen die Blechlokomotive ausgepackt hatte und dass er zum Frühstück Plätzchen hatte essen dürfen.

Waren das die Sprossen einer Leiter in den Dampfschwaden vor ihm? Er fasste mit der Hand danach, aber die tauben Finger konnten die Sprossen nicht ertasten. Erst als er mit dem Arm danach schlug, spürte er die harten Streben.

Er zwang die rechte Hand an die Strebe. Mit dem Unterarm der Linken bog er die kalten Finger um. Auch sein Fuß fand unten Halt. Er kletterte eine Stufe empor, nahm alle Kraft zusammen und erklomm eine weitere. Die leblosen Puppenfinger lagen schwach an den Sprossen, aber wenn er nicht rückwärtskippte, genügte es, dass die Füße ihn trugen. Er stemmte sich eine weitere Strebe hinauf. Schon reichte ihm das Wasser nur noch bis zum Bauch.

Das Klettern wurde schwerer, die nasse Kleidung zog ihn hinab. Als er versuchte, eine weitere Strebe hinaufzukriechen, rutschte sein Fuß weg. Die Hände, sie mussten zugreifen, zugreifen! Die tauben Finger taten nichts. Er fiel. Er klatschte ins Eiswasser, es spülte ihm über den Kopf.

Kein Zweifel mehr, das Schiff ging unter. Cäcilie sah hektisch unter den Menschen am vierten Schornstein nach Samuel, aber weder ihn noch Matheus konnte sie finden. Jeder wollte jetzt auf ein Rettungsboot. Gegenüber des Schornsteins ließen sie gerade eines zu Wasser mit so vielen Leuten drin, dass sie bis zum Rand darin stehen mussten, die Bootskräne ächzten unter dem Gewicht.

Daneben machte man ein neues Boot startklar. Cäcilie starrte darauf und wusste nicht, was sie tun sollte. Ein Gefühl der Aussichtslosigkeit lähmte sie.

Lyman führte sie zur Reling, sie ließ sich willenlos von ihm mitziehen.

Der Boden stand schräg, der ganze Schiffskoloss neigte sich. Es war nicht leicht zu gehen. Cäcilie fror. Der eisige Wind drang durch ihren Mantel. Wenn sich Samuel nur warm genug angezogen hatte! Manchmal vergaß er, seine Jacke zuzuknöpfen.

»Frauen und Kinder«, rief ein Besatzungsmitglied. Es half den Ersten hinüber ins Boot.

Lyman sagte: »Gib mir deinen Shawl.«

»Warum?«

»Gib ihn mir. Im Fall, dass sie keine Männer hineinlassen, verkleide ich mich als Frau.«

Gleichgültig löste sie den langen Shawl. Die Kälte zog ihr am Hals herab. Sie ließ sich vom Offizier ins Boot hinüberhelfen, es schaukelte an den Davits, nach unten bis zum Meer waren es sicher zwanzig Meter. Was, wenn eines der Seile riss?

Vielleicht sehe ich Matheus und Samuel nie wieder, schoss es ihr durch den Kopf. Sie rettete sich, sie ging allein von Bord, schlimmer noch, mit einem fremden Mann.

Sie fühlte sich leer. Hatte sie nicht eine treue, liebevolle Ehefrau sein wollen und eine gute Mutter? Jede andere Mutter wäre für ihr Kind gestorben. Der Ausflug in den Berliner Zoo letzten Sommer, wie sehr hatte sie ihre beiden Männer da geliebt. Matheus und Samuel hatten bei den Löwen gestanden und über die Pranken und die Mähnen gestaunt. Wie die Augen der beiden geleuchtet hatten, wie schön sie da eine Familie gewesen waren! Die Wärme, die sie beim Anblick von Matheus und Samuel empfunden hatte damals, schnürte ihr jetzt den Hals ab.

Steig wieder aus!, befahl sie sich.

Aber sie sah am Rumpf der sinkenden Titanic entlang und fühlte sich hilflos. Sie blieb im Boot.

Adam polierte den goldenen Ring an seinem Hosenbein. Der Ring hatte die Form einer Schlange und war mit drei Diamanten geschmückt, ein hübsches letztes Stück. Nun war es höchste Zeit, die Titanic zu verlassen – was nützte die Beute, wenn er es nicht mehr auf eines der Rettungsboote schaffte? Er steckte den Ring ein und rannte den Gang entlang. Obwohl der Boden des Flures eben war, kam es ihm beim Laufen vor, als erklimme er einen Berg. Adam passierte den Briefkasten und die Bibliothek der zweiten Klasse.

Ein Mann trat ihm in den Weg. »Gott sei Dank! Sie sind Adam, nicht wahr? Wissen Sie, wo ich Samuel finden kann?«

Schmale Nase, wirre Haare, das war Samuels Vater. »Tut mir leid. Ich habe keinen blassen Schimmer.«

»Ich hab überall gesucht.« Der Mann fuhr sich mit der Hand über das Gesicht. Seine Augen waren nass. »Ich muss ihn finden!

Das Schiff geht unter, wie soll ich weiterleben, wenn mein Sohn ertrinkt?«

»Habe ihn seit gestern nicht gesehen. Wirklich, ich kann Ihnen nicht helfen.« Er ging weiter.

Der Mann rief ihm hinterher: »Aber Sie sind sein Freund! Wo waren Sie überall, welche Orte kennt er an Bord? Wir haben uns gestritten, er hat sich irgendwo verkrochen. Helfen Sie mir, ihn zu finden!«

Adam tat, als hörte er es nicht. Ich habe ihn gewarnt, dachte er, ich bin kein guter Freund, für niemanden. Der Junge ging ihn nichts an.

Die Beute in seinen Taschen wog schwer, sie klagte ihn an. Was war bloß aus ihm geworden? Er war auch einmal ein feinfühliger Junge gewesen wie dieser Samuel. Er hatte am Flussufer aus Gras kleine Flöße gebunden und sie in die Wellen gesetzt, er war nebenher gelaufen, um ihnen beim Fahren zuzusehen. Er hatte seinen kranken Vater gepflegt, während die Mutter arbeiten gewesen war. Damals war er noch ein guter Junge gewesen, der staunen und lieben konnte.

Adam blieb stehen.

Der Ofen im Kesselraum. Wenn Samuel sich dort unten versteckt hatte, wie hätte er dem Wasser entkommen können? Er, Adam, dachte nur an die verlorene Beute, nicht an den Jungen.

Gab es nicht Notleitern, die bis zur Scotland Road hinaufreichten? Er machte kehrt und lief zurück. »Warten Sie hier«, sagte er zu Samuels Vater, »ich hole ihn.« Er stieg die Treppe ins Deck E hinab. In der Scotland Road standen immer noch die Familien und hofften auf einen Steward. Adam drängelte sich an ihnen vorbei, er rannte die Scotland Road hinunter.

Hier musste es gewesen sein. Er hatte die schmale Tür auf einer seiner Erkundungsrunden entdeckt und sie sich als Fluchtweg für einen missglückten Diebstahlsversuch eingeprägt. Er öffnete sie. Dahinter führte eine eiserne Leiter abwärts. Von unten hörte er Wasser rauschen. »Samuel?«, rief er.

Keine Antwort. Dieses Schiff geht unter, sagte er sich, also raus hier! Du riskierst dein Leben für ein Kind, mit dem du nicht mal verwandt bist? Jetzt ist nicht der Zeitpunkt, um sentimental zu werden. Rette deine Haut!

»Samuel?«, rief er noch einmal.

Er meinte, eine Stimme zu hören, ein müdes Krächzen. Das konnte Samuel sein! Adam fühlte ungekannte Kraft durch seine Glieder fahren. Ich tue das nicht für mich, dachte er, ich tu's für den Jungen. Seit Jahren hatte er nicht mehr uneigennützig gehandelt. Diese Leiter hinunterzusteigen, obwohl es ihn das Leben kosten konnte, machte ihn glücklich. Er fühlte sich gebraucht, er konnte sich selbst wieder achten – eine Empfindung, von der er nicht einmal gewusst hatte, wie sehr er sie vermisste. Aus irgendeinem Grund war er sicher, dass es die Stimme Samuels war, die gekrächzt hatte. »Ich bin es. Adam. Halte durch!«

Die Leiter endete an einem Laufsteg. Eine zweite Leiter führte weiter abwärts. Adam folgte ihr. Schwaches Licht brannte im Schacht. Unten sah er Wasser, die Leiter verschwand darin. Der Kesselraum war offensichtlich vollständig geflutet. Das Wasser klomm die Leitersprossen hinauf, es ersäufte das Schiff. War da nicht Samuels blonder Schopf?

Adam reichte die Hand abwärts, aber Samuel konnte nicht mehr zufassen, seine Finger waren steif vor Kälte. »Komm«, sagte Adam. Er hielt sich mit der Rechten an der Leiter fest, streckte die Linke immer mehr aus, bis er Samuels Hand spürte. Langsam zog er den Jungen aus dem Wasser. Sein Körper war eiskalt. Adam legte ihn auf seine Schulter. »Versuch, dich mit den Armen an mir festzuhalten.«

Er kletterte hinauf. Samuel war schwer, es kostete Anstrengung, ihn die lange Leiter hochzuschleppen. Nachdem sie den Laufsteg passiert hatten und auf die zweite Leiter gewechselt waren, hielt sich der Junge schon besser fest. Vielleicht half ihm Adams Körperwärme. Samuel klammerte sich regelrecht an ihn.

Er hörte ihn etwas flüstern, zu undeutlich, um es zu verstehen. »Was sagst du?«, fragte er.

»Mein Freund«, wisperte der Junge.

An der Tür zur Scotland Road wartete Samuels Vater mit verzweifeltem Blick. Als er seinen Sohn sah, riss er die Augen auf und faltete für einen Augenblick die Hände wie zu einem Dankgebet. Adam übergab ihm den Jungen. Matheus nahm den Sohn in die Arme und drückte ihn an sich. Dann blickte er Adam in die Augen und sagte: »Danke.«

Männer drängten zum Boot hin. Ein Offizier zog seinen Revolver und schoss in die Luft. »Zurück!«, befahl er. Die Männer wichen zur Seite. Weitere Frauen stiegen ins Boot, Kinder wurden an Bord gereicht.

Cäcilie zuckte zusammen: Eine der Gestalten trug ihren Shawl. Sie hielt den Kopf gesenkt und bewegte sich, als würde ihr das Gehen schwerfallen. Bei genauem Hinsehen erkannte man die Herrenschuhe und die Hose unter dem langen Shawl. Es war Lyman. Ein Seemann half ihm in Eile herüber. Lyman stolperte zu Cäcilie hin und stellte sich mit gesenktem Kopf neben sie. Der Offizier schickte noch drei Seeleute und einen Heizer zum Rudern hinüber und befahl das Abfieren.

Die knarrenden Seile wurden Ruck für Ruck nachgelassen. Mal ragte der Bug des Bootes höher, mal das Heck. Die Crew rief den Seeleuten oben zu: »Fier vorn!« Dann wieder: »Fier achtern!« Oder: »Fier zusammen!«

Die Insassen stöhnten bei jeder Bewegung. Auch Cäcilie fürchtete sich, ins eiskalte Wasser zu fallen. »Vielleicht sind diese Boote gar nicht dafür gedacht, beladen hinabgelassen zu werden«, sagte sie.

Lyman machte eine beruhigende Handbewegung.

Da hörte sie von oben einen Schrei. »Halt«, rief jemand, »dieser Junge muss noch mit!«

Sie sah hoch. Matheus! Er trug Samuel zur Schiffskante. »Das ist mein Kind«, schrie sie, »das ist mein Junge! Halten Sie an!« Aber die Matrosen hörten nicht auf, das Boot herabzulassen.

Matheus sah am Deck entlang. Sie tat es auch, und erschrak. Es gab keine Boote mehr, ihr Boot und das benachbarte, das zugleich abgefiert wurde, waren die letzten.

Er rief: »Könnt ihr ihn auffangen?«

Lyman breitete die Arme aus. »Wir fangen ihn.«

Einen Moment zögerte Matheus. Cäcilie sah, wie er Samuel an sich drückte, ihn küsste. Er redete leise mit ihm. Schließlich warf er ihn hinab. Tatsächlich fing Lyman ihn auf. Das Boot schwankte. Die Taue knackten. Aber es hielt stand. Cäcilie nahm Lyman den Jungen aus den Armen. Er war völlig durchnässt, und seine Haut war kalt wie Eis. Er lächelte. Er sagte: »Mama, ich habe einen Freund.«

»Ich weiß«, sagte sie.

Er sah nach oben zum Deck, versuchte den Arm zu heben. »Adam ... Papa hat Adam gefunden, und der hat mich gerettet.«

Sie hob den Kopf. »Matheus ... Es tut mir leid.« Wie konnte er sich retten?

»Schon gut.«

»Gibt es auf der anderen Seite noch Boote?«, rief sie.

»Ich sehe nach. Pass gut auf Samuel auf.« Er verschwand.

Dass er plötzlich nicht mehr zu sehen war, riss ein Loch in ihre Brust. Ein Sehnen packte sie, wie sie es seit ihren ersten gemeinsamen Wochen nicht mehr erlebt hatte. Wie hatte sie nur Matheus freiwillig verlassen können?

Viele Frauen um sie herum starrten ebenfalls zum Deck hinauf, dahin, wo ihre Männer standen. Niemand wusste, ob rechtzeitig ein Schiff zu ihrer Rettung kommen würde, bevor die Titanic unterging.

Wie hatte sie sich für den falschen Mann entscheiden können! Lyman war feige, er hatte sie überredet, ohne Samuel in ein Boot zu steigen, und sich als Frau verkleidet, um unter Weibern seine Haut zu retten. Matheus hingegen war mutig an Bord geblieben. Er hatte Samuels Leben über sein eigenes gestellt.

Er, der seit Jahren seinen Urin beobachtete aus Angst, krank zu werden, der sich die Augen auswusch und die Hände schrubbte, der fortwährend Medikamente schluckte – er war in Wirklichkeit stark. Sie hatte seine Kraft in den letzten Jahren durch ihr Nörgeln zu Staub zermahlen. Hätte sie ihn bewundert, ihn bestärkt, wäre seine Tapferkeit schon früher zum Durchbruch gekommen. Das stand ihr nun deutlich vor Augen. Auch als er gestern Abend eine Versöhnung versucht hatte, war das nicht Schwäche, sondern Stärke gewesen. Welche Schmerzen musste er wegen ihr gelitten haben!

Sie drückte Samuel an sich. Ich muss den Jungen wärmen, dachte sie, er zittert ja am ganzen Leib. Aber er lächelte, so glücklich hatte sie ihn selten gesehen. Sie passierten hell erleuchtete Salons, das Licht schien Samuel ins Gesicht.

Drinnen die Kabinen zu sehen, machte ihr bewusst, wie kalt und dunkel es hier draußen war. Vielleicht waren auch sie, die vermeintlich Geretteten, dem Tode geweiht.

Lyman Tundale wandte sich ihr zu. »Mach dir keine Sorgen.«

»Wage es nicht«, fauchte sie, »auch nur ein Wort an mich zu richten. Du redest groß daher von fortschrittlichen Zivilisationen, und dann sitzt du hier in einem Boot mit Frauen und verkriechst dich! Matheus hat hundertmal mehr Mut als du.«

Er beugte sich über den Rand des Bootes. »Verdammt.« Er nahm den Shawl vom Kopf und gab ihn ihr. Wieder nach oben gerichtet, brüllte er: »Halten Sie an!«

Jetzt hörte auch sie ein lautes Rauschen. Sie sah hinab. Unter ihnen kam aus dem Rumpf der Titanic Wasser geschossen. Da war ein Loch im Schiff, geformt wie das Ende eines Rohres. »Was ist das?«

»Das Pumpenwasser«, sagte er. Er rief noch einmal: »Halt!« Aber das Rauschen war zu laut, offenbar hörten sie ihn oben nicht. Das Boot wurde weiter auf den mächtigen Wasserstrahl hinabgelassen.

Die Crewmitglieder, die zum Steuern mit an Bord waren, zerrten hektisch an den Rudern. Sie lösten sie und nutzten sie wie Stäbe, um das Boot vom Schiffsrumpf wegzudrücken. Der Wasserstrahl erschütterte das Boot, er donnerte gegen seine Seite.

»Wir werden volllaufen«, brüllte einer der Seeleute.

»Nach achtern«, antwortete ein anderer, und sie begannen, das Boot seitlich zu schieben. Bald prasselte das Wasser nur noch gegen den Bug. Die Insassen drängten fort von dort, weg von der Gischt, die alle nass machte.

Sobald sie den Strahl passiert hatten, ließen die Seeleute das Boot zurück gegen den Rumpf der Titanic plumpsen. Jetzt ging der Wasserfall über ihren Bug hinweg, es geriet nur wenig Wasser ins Boot.

Sie landeten im Meer.

Die Strömung des Wasserfalls trieb sie beiseite, es war eine unsichtbare Kraft, die sie an der Titanic entlangdrückte. Cäcilie sah hoch. Über ihnen kam das benachbarte Rettungsboot herunter. »Achtung!«, sagte sie.

Jetzt sahen es auch die anderen. Das Boot kam rasch herab. Die Männer fassten an den Rumpf des Bootes über ihnen und versuchten, ihr eigenes darunter wegzudrücken. Frauen halfen mit, als sie sahen, was die Männer erreichen wollten. Die Seile, die sie oben mit dem Kran verbanden, spannten sich. Einer der Seeleute, ein Heizer mit rußigem Gesicht, schnitt sie mit dem Messer durch.

Sie stießen sich in letzter Sekunde weg. Neben ihnen klatschte das andere Rettungsboot auf die Wasseroberfläche.

Die Strömung trieb sie weiter fort. Der Heizer setzte sich ans Steuer, die anderen drei tauchten die Ruder ins Wasser, Lyman wurde gebeten, ihnen zu helfen, und übernahm das vierte Ruder.

Der Heizer an der Ruderpinne schlotterte vor Kälte. Seine Hosenbeine reichten nur bis zu den Knien, und unter der Schwimmweste trug er nichts als ein Unterhemd. Eine reiche Frau zog einen ihrer Pelzmäntel aus – sie trug mehrere übereinander – und reichte ihn dem Heizer. »Nicht solange Frauen frieren«, sagte er und gab den Mantel an ein junges Mädchen weiter, das sich im Nachthemd die Oberarme rieb. Es nickte zum Dank, offenbar sprach es kein Englisch. Hastig schlüpfte es in den wärmenden Mantel.

Die Titanic ragte hoch auf über ihrem kleinen Boot. Reihen von Fenstern leuchteten, am Bug tauchten sie bereits ins Wasser. Wenn die Titanic doch einen oder zwei Tage so verharren könnte! Das würde genügen, dann wäre sicher Hilfe da.

Vom Bug startete eine weitere Rakete. Sie zerplatzte am Himmel, weiße Lichter sanken nieder. Cäcilie streichelte Samuels Gesicht. Er zitterte nicht mehr so sehr. Seine Haut aber war kalt.

26

Matheus blickte aufs Meer hinaus. Die kleinen Boote stahlen sich fort in die Dunkelheit, die Geretteten ruderten weg. Bei Cäcilie saß der Engländer mit im Boot. Sie hatte sich offensichtlich für ihn entschieden, hatte ihm ihren langen blassroten Shawl gegeben, damit er sich als Frau verkleiden und in ihr Boot steigen konnte.

Aber Samuel war gerettet. Um seinetwillen musste auch er am Leben bleiben. Matheus wandte sich ab und überquerte das Schiff, hin zur Backbordseite. Dort fand er Hunderte von Frauen, die sich um zwei Boote drängten.

Ein breitschultriger Offizier richtete seinen Revolver auf einen jungen Mann, der sich ins rechte der beiden Boot geschmuggelt hatte. »Zwingen Sie mich nicht, Sie zu erschießen.«

»Bitte«, wimmerte der Jugendliche, »ich krieche unter die Bank und nehme niemandem den Platz weg.«

»Seien Sie ein Mann und steigen Sie aus!«, brüllte der Offizier. Er entsicherte die Waffe.

»Nein«, flehte ein Mädchen. »Schießen Sie ihn nicht tot.«

Schluchzend kletterte der Jugendliche aus dem Boot. Der Offizier half, die Waffe immer noch in der Hand, einer alten Dame hinein. Weitere Frauen folgten. Ein Mann riss ein Blatt aus einem kleinen Buch, kritzelte mit dem Bleistiftstummel etwas darauf und reichte es einer Wildfremden: »Finden Sie meine Tochter, geben

Sie Ihr das.« Die Frau ließ sich seinen Namen sagen, nickte und nahm den Zettel. Sie stieg als Nächste ein.

Vollbeladen wurde das rechte Boot abgefiert, kurz darauf das linke. Der Offizier und seine Seeleute blieben an Deck zurück. Misstrauisch fassten sie einige Männer ins Auge, die sich näherten. Die Männer verständigten sich leise. Es sah aus, als hätten sie vor, in eines der Boote zu springen.

»Bleiben Sie von der Schiffskante zurück!« Der Offizier schoss mehrmals in die Luft. Die Schüsse krachten laut, ihr Widerhall peitschte auf das Wasser. Eingeschüchtert zogen die Männer sich zurück.

Das Bootsdeck sah nun nackt aus, es besaß keine Begrenzung mehr an der Seite. Alle Rettungsboote waren fort. Neben Matheus sagte ein Mann: »Das war's. Sie leckt wie ein rostiger Eimer. Ich glaube nicht, dass noch Hilfe ankommt, bevor wir sinken.«

Matheus war wie betäubt. In der nächsten Stunde sterbe ich, dachte er. Er versuchte, sein hastiges Herz zu beruhigen. Warum hatte er solche Angst? Der Tod ist kurz, sagte er sich, die Ewigkeit aber lang. Ich gehe in ein Leben über, in dem ich kein Herz und keine Lunge brauche, ich muss nur dieses vertraute Leben loslassen und mich am Jüngsten Tag mit einem neuen Leben von Gott beschenken lassen.

Es half nicht. Musste Gott ihn ausgerechnet auf die Art sterben lassen, die er sein Leben lang am meisten gefürchtet hatte? Lass mich hier nicht ersaufen, himmlischer Vater, flehte er.

Welchen Sinn hatte sein Leben gehabt? Er hatte gepredigt, hatte Verzweifelten Mut zugesprochen, gesungen und gebetet. Froh war er, dass er Kindern Geschichten aus der Bibel erzählt hatte, das war gut gewesen. An ihre leuchtenden Augen zu denken, tröstete ihn ein wenig. Aber hatte er nicht bei seinem eigenen Sohn versagt? Andere Väter gingen mit ihren Kindern wandern oder angeln oder spielten Mühle mit ihnen. Er, Matheus, war jeden Abend fort gewesen, zum Gemeinderat, zum Chor, zum Bibelkreis, und tagsüber hatte er den Nachbarn geholfen und Predigten ausgearbeitet.

Erhalte ich noch eine Chance?, bat er. Du kannst es doch, Gott. Du kannst die Zeit anhalten. Und Jona hast du im Bauch eines Walfischs gerettet. Die Bibel berichtete von Hunderten Wundern, wieder und wieder hatte Gott auf übernatürliche Weise eingegriffen.

Die Angst in ihm lachte bitter auf. Wie viele Menschen waren ertrunken? Zigtausende! Wie viele von ihnen hatten Gott um Rettung angefleht! Natürlich, es gab die Berichte, dass jemand durch ein Wunder unbeschadet im Kugelhagel das Schlachtfeld überquert hatte. Es gab Sterbenskranke, die plötzlich wieder gesund wurden, in seiner eigenen Gemeinde hatte es solche Gebetserhörungen gegeben. Einmal hatte er mit einem Mann gesprochen, den eine unsichtbare Hand zurückgerissen hatte, und der so davor bewahrt geblieben war, von der Straßenbahn überrollt zu werden. Als er sich umdrehte, war niemand da gewesen. Gott griff ein. Aber aus irgendeinem Grund tat er es nur selten. Vielleicht wollte er verhindern, dass die Menschen um der Wunder willen Christen wurden, dass sie die übernatürliche Macht begehrten, anstatt sich für das liebevolle Wesen dahinter zu interessieren.

Andererseits, hatte er nicht selbst kurz vor ihrer Abreise noch darüber gepredigt, was Jesus den Jüngern sagte? *Wenn ihr Glauben habt wie ein Senfkorn und sagt zu diesem Maulbeerbaum: Reiß dich aus und versetze dich ins Meer!, so wird er euch gehorsam sein.*

Ich will glauben, Gott, ich will, betete er. Bitte gib mir ein Zeichen, dass du mich hörst, und sage mir, was ich tun soll.

Meist hatte Jesus den Kranken eine Aufgabe gegeben. Sie sollten sich im Fluss waschen oder aufstehen und gehen, obwohl sie gelähmt waren. Wenn diese Kranken das Unglaubliche wagten, im Vertrauen darauf, dass ein Wunder geschehen würde durch Gottes Kraft, dann wurden sie geheilt. Was war seine Aufgabe?

»Herr Jesus, was soll ich tun?«, flüsterte er. Sein Blick fiel auf eine weinende Frau, die sich an die Reling klammerte und den Booten hinterhersah. Sie trug keine Schwimmweste.

Ich verstehe, dachte er. Ich vertraue jetzt allein auf deine Kraft, Gott. Er knüpfte die Knoten seiner Weste auf und zog sie sich über den Kopf. »Hier«, sagte er und trat auf die Frau zu, »ziehen Sie das an. Es ist noch Rettung möglich.«

Die Frau wischte sich die Tränen aus dem Gesicht. Sie sah ihn ungläubig an. »Und was ist mit Ihnen?«

Er lächelte. »Ziehen Sie sie an.«

Die Frau gehorchte. Er half ihr, die Bänder zu verknoten. In ihren Augen keimte bereits Hoffnung auf, während sie noch Einwände vorbrachte. »Ohne Rettungsboot, wie soll ich da überleben?«

»Nicht nur Boote halten sich über Wasser. Geben Sie nicht auf, suchen Sie nach etwas Hölzernem.«

Ein Mann sprach ihn von der Seite an. »Keine Angst mehr vor dem Tod?«

Er drehte sich um. Es war William O'Loughlin, der Arzt von der Krankenstation.

»Keine Angst mehr«, antwortete Matheus. Als hätte er mit der Schwimmweste auch die Furcht ausgezogen, schlug sein Herz bereits ruhiger. Gott ist an meiner Seite, dachte er, ob ich lebe oder sterbe.

»Sie beeindrucken mich.« O'Loughlin schürzte die Lippen.

Ein Uniformierter irrte orientierungslos über das Deck. »Sie sollen die Klappe halten. Die Klappe halten!« Er lachte laut und schrill.

Aus dem Lachen sprach eine Verzweiflung, die Matheus erschreckte. Er stellte sich dem Uniformierten in den Weg. »Wovon sprechen Sie?«, fragte er und legte ihm die Hand auf den Arm.

»Die Californian hat uns vor Eisbergen gewarnt. Ich hab ihnen geantwortet, sie sollen die Klappe halten. Verstehen Sie das? Ich hab gesagt, sie sollen die Klappe halten!«

»Sind Sie Funker?«

»Ja. Ich hab nicht zugehört. Gott wird mir niemals vergeben.«

»Kommen Sie, wir suchen uns einen ruhigen Ort und beten«, sagte Matheus.

Der Funker schüttelte den Kopf. »Gott hasst mich! Ich bin schuld an allem.«

Matheus sah ihm fest in die von roten Äderchen durchzogenen Augen. »Mein Name ist Matheus Singvogel, ich bin Pastor. Glauben Sie mir, Gott hört Ihnen zu.«

»Beten Sie für mich«, sagte der Mann leise.

Matheus führte ihn in einen Winkel des Schiffsaufbaus. »Wie heißen Sie?«

»Jack Phillips, Sir.«

Er faltete seine Hände um die des Funkers, schloss die Augen und sagte: »Allmächtiger, du liebst jeden Menschen. Mister Phillips kann es nicht mehr spüren. Er hat Schuld auf sich geladen und fürchtet deinen Zorn. Bitte, vergib ihm und lass ihn wissen, dass du ihn annimmst. Er ist dein Kind, steh ihm bei, gib ihm Zuversicht.«

Matheus wartete einen Augenblick, dann öffnete er die Augen.

Der Funker blinzelte. Er nickte gerührt. »Danke. Vielen Dank, dass Sie das für mich getan haben.«

Hinter dem Funker sammelten sich Dutzende Gesichter. »Können Sie auch mit mir beten?«, fragte ein Mann.

»Und mit mir«, sagte ein anderer, »ich bitte höflich darum. Wer weiß, wie lange wir noch leben.«

Sein Gewicht drückte Matheus gegen die Wand. Hatten sie bereits eine solche Schräglage? Er umfasste die Ecke des Dachaufbaus über dem Aufgang der ersten Klasse und sah in Richtung Bug. Irgendwo dort vorn spielte die Band fröhliche Tanzmusik. Die Musiker spielten gegen die Angst an.

Er rief die Männer einzeln zu sich und betete mit ihnen. Die Maschinen liefen, alle Lichter leuchteten. Währenddessen versank das Schiff, Meter für Meter, behäbig und unerbittlich. Von der Menschentraube, die sich bei ihm versammelt hatte, hielten sich inzwischen viele an der Reling fest, um nicht abzurutschen. Einige Frauen umklammerten sich schluchzend. Ein Steward rauchte die letzte Zigarette. Die Luft war eisig. Die Menschen warteten auf den Tod.

Gott, dachte er, du liebst sie alle, die Männer, die Frauen, die hier stehen. Ist es nicht auch für dich eine Qual, deine Geschöpfe in solcher Verzweiflung zu sehen? Warum greifst du nicht ein?

Sie sahen ihn, Matheus, erwartungsvoll an. Wie sollte er ihnen helfen, ausgerechnet er! Seit Jahren hatte er Albträume vom Ertrinken. Er stimmte auf Deutsch ein Lied an: *Näher mein Gott zu dir, näher zu dir! Drückt mich auch Kummer hier, drohet man mir, soll doch trotz Kreuz und Pein, dies meine Losung sein: Näher mein Gott zu dir, näher zu dir!*

Einige von den Wartenden sangen mit, jeder in seiner Sprache. Matheus schloss die Augen und sang aus vollem Herzen:

> *Bricht mir, wie Jakob dort,*
> *Nacht auch herein,*
> *Find ich zum Ruheort*
> *Nur einen Stein,*

Ist selbst im Traume hier
Mein Sehnen für und für:
Näher mein Gott zu dir,
Näher zu dir!

Eine Frau sang auf Deutsch mit, sie hatte eine volltönende junge Stimme. Er öffnete die Augen und suchte sie in der Menge. Er schrak zusammen. »Nele?«

»Wir werden sterben, oder?«, fragte sie.

»Warum bist du nicht in einem der Rettungsboote?«

»Da war einer in seiner Kabine eingesperrt. Wir haben erst den Steward gesucht, um einen Schlüssel zu bekommen, und als wir ihn nicht finden konnten, haben wir die Tür eingeschlagen. Gebracht hat es nichts. Der Mann hat's auf kein Boot mehr geschafft und ich auch nicht.«

Matheus fasste sie an der Hand und zog sie mit sich. Im Treppenaufgang der zweiten Klasse ballten sich die Menschen, hier gab es kein Durchkommen. Er zog Nele weiter zur ersten Klasse, er sagte: »Wir müssen etwas Hölzernes finden, an dem du dich im Wasser festklammern kannst.«

Im Eingang der ersten Klasse standen die Musiker. Sie trugen Schwimmwesten über ihren Anzügen und sahen sich gegenseitig an beim Spielen, mit wehmütigem Lächeln. Sie legten alles in diese Musik, das spürte man. Matheus passierte sie und stieg ins Schiff hinab.

»Wie kommt es, dass du das Lied kanntest?«, fragte er.

»Du vergisst, dass mein Vater religiös war. Er hat mich oft gezwungen, in die Kirche zu gehen.«

Auf der Treppe begegnete ihnen Benjamin Guggenheim. Er trug feinste Abendgarderobe, sein Haar war gekämmt, an den Fingern prunkten Ringe. Den Zylinder aus Seide hatte er fest in die

Stirn gedrückt. Ihm folgte ein Diener mit einer säuberlich gefalteten Reisedecke unter dem Arm. Guggenheim sagte: »Gehen wir unter wie Gentlemen. Man muss Anstand wahren.«

Matheus stieg weiter hinab. »Vielleicht ein Tisch aus dem Salondeck.« Sie kämpften sich am Treppengeländer abwärts. Nie hatte er ein Geländer nötiger gehabt als jetzt. Oben und Unten gerieten durcheinander, die Welt war schief. Wände zogen ihn an, und die Treppe bockte.

Im Salondeck kam ihnen aus einer der Kabinen eine Frau entgegen, die Hände gefüllt mit runden Dosen. »Kirschzahnpaste«, sagte sie, »teure Kirschzahnpaste. Was die Leute liegen lassen, es ist ein Skandal!«

Hinter der Frau erscholl angstvolles Tschilpen. Er blickte in eine offen stehende Kabine. Auf dem Beistelltischchen unter dem Wandtelephon stand ein Käfig. Gelbe Kanarienvögel flatterten darin aufgeregt hin und her. Ein dicker Amerikaner redete ihnen zu. »Ich öffne euch ja die Käfigtür«, sagte er, »aber wohin wollt ihr fliegen, meine Süßen?«

Plötzlich geriet das Tischchen ins Rutschen, auch der Käfig schwankte, der dicke Mann hielt ihn fest. Matheus hastete zum Speisesaal. Als sie ihn betraten, fielen Teller und Tassen von den Tischen und zerbrachen. Ein Schrank kippte um, seine Türen zerknackten. Klirrend ergoss sich Porzellan aus seinem Inneren.

Matheus griff sich eine der Schranktüren, riss mit Gewalt ihre letzten Schrauben und Scharniere los und machte sofort kehrt. »Wir müssen raus hier«, keuchte er und stürzte wieder die Treppen hinauf.

Auf dem Weg nach oben hörten sie es überall poltern. Nele sagte: »Ich werde meine Mutter nie wiedersehen.«

»Doch, das wirst du«, widersprach er mit einer Heftigkeit, die ihn selbst überraschte.

Er stolperte hinaus auf das Deck. Dort bauten Seeleute an einem notdürftigen Boot, dessen Seitenwände aus Segeltuch erst aufgerichtet werden mussten. Es sah nicht besonders verlässlich aus. Aber es war ein Boot. »Schnell, Nele, rein dort«, sagte er.

Sie sah ihn an. »Und du?«

»Ich nehme die Schranktür.«

»Die trägt dich niemals.«

»Wenn du nicht einsteigst, sind für uns *beide* die nächste Station die kalten Wellen da unten.« Er schob sie in Richtung des Bootes.

Sie hielt dagegen. »Matheus, du hältst dich an Versprechen, oder?«

»Natürlich.«

»Versprich mir, nein schwöre, dass du dich rettest. Egal ob es einen Gott gibt oder nicht und ob du an die Ewigkeit glaubst. Du musst dich retten.«

Er sagte: »Ich werde alles tun, was ich kann. Ich verspreche es.« Er erhielt einen Stoß. Matheus sah sich um. Eine Menschenmenge schob ihn das schräg abfallende Deck hinab, sie drängte hin zum Boot.

Die Seeleute bildeten eine Menschenkette, sie verhakten die Arme. »Nur Frauen und Kinder!«, brüllten sie.

Nele zog seine Hand an ihre Wange. »Ich möchte dich wiedersehen.«

»Geh, rasch!«, befahl er. Das Boot füllte sich im Handumdrehen, immer wieder ließen die Seeleute Frauen durch ihre Kette. Es würde auch auf dieser Seite das letzte Boot sein, so viel war klar. Die Titanic sank immer schneller, selbst wenn es irgendwo weitere dieser Faltboote geben sollte, würde nicht genug Zeit bleiben, sie flottzumachen.

Hinter ihm, auf dem Promenadendeck, wich die Menge kreischend zurück. Eine Welle war über das Deck gespült. Die Menschen retteten sich zum Heck, das inzwischen weit in den Himmel hinaufragte, sie kletterten am Geländer und an den Wänden der Aufbauten entlang.

Endlich fasste sich Nele ein Herz. Sie warf Matheus einen letzten wehmütigen Blick zu und schloss sich dann den Frauen an, die auf die Seeleute zudrängten. Die Musiker hatten ihr Ragtimestück beendet und nahmen nun die Melodie auf, die er, Matheus, vorhin angestimmt hatte. *Näher, mein Gott zu dir.* Sie spielten es bedächtig wie auf einer Beerdigung. Was mochten sie denken? Dass es das letzte Musikstück war, das sie in ihrem Leben spielten?

Er sah Männer, die auf das Dach der Offiziersquartiere kletterten. Sie machten sich an Seilen zu schaffen, richteten Segeltuchwände auf. Offenbar gab es dort weitere von den Schiffsböden, die man mittels faltbarer Wände zu einem Rettungsboot aufbauen konnte. Es war zwar kein Kran da, der die Boote vom Dach hätte hieven können. Aber wie auch immer, es war eine Chance.

Während die Menge zum emporstehenden Heck eilte, um den Tod noch um einige Minuten hinauszuzögern, blieb Matheus nahe bei den Meereswogen. Er kletterte die kleine Leiter hinauf auf das Dach, während bereits Wasser um die Offiziersquartiere herumschwappte.

27

Ein lang gezogener Schrei ließ Nele erschaudern. Ihm folgte ein fernes Aufklatschen. Jemand war ins Meer gesprungen. Auch auf der anderen Seite des Schiffs klatschten Leiber ins Wasser.

Die Kette von Seeleuten öffnete sich und ließ sie passieren. Nun stand sie weiter vorn in der Schlange von Frauen, die darauf warteten, ins Faltboot steigen zu dürfen. Einer nach der anderen halfen die Seeleute hinein.

Vor Nele standen Zwillingsschwestern an, dreizehn Jahre alt waren sie vielleicht, oder vierzehn. Die Mädchen hatten ihre kupferroten Haare zu Zöpfen geflochten, man sah, dass es in Eile geschehen war, die Zöpfe hingen schief, und einzelne Strähnen hatten sich daraus gelöst. Beide Mädchen trugen schwarze Wollmäntel.

Immer wieder drehten sie sich um und sahen besorgt zu einem Mann, der hinter den Seeleuten zurückgeblieben war. Der Mann rief ihnen Ermutigungen zu. »Geht weiter. Ich springe ins Meer, dort, wo sie euer Boot runterlassen. Wir sehen uns gleich wieder!«

Vor ihnen stieg eine alte Frau ins Boot, sie musste von zwei Seeleuten gestützt werden. Da gab der Offizier den Befehl: »Abfieren!«

Nele sagte: »Was soll das? Das Boot ist nicht voll.«

Der Offizier blieb hart. »Sehen Sie nach vorn zum Bug, wir haben keine Zeit mehr.«

»Warten Sie«, bat Nele, »nehmen Sie wenigstens die zwei Mädchen mit«, aber er hörte nicht darauf.

Der Bug tauchte tief ins Meer. Schwarze Wogen umspülten ihn. Während die Seeleute eilig das Boot zu Wasser ließen, griffen die Wellen nach dem Schiff, leckten über das Deck, saugten und schlürften. Sie begannen, es zu verschlingen.

Der Offizier sagte: »Wenn Sie fertig sind, ist jeder Mann für sich selbst verantwortlich. Sie haben gute Arbeit geleistet.«

Unter den zurückbleibenden Passagieren brach Panik aus. Hunderte Menschen schimpften, weinten. Einige Männer warfen Liegestühle ins Wasser und sprangen ihnen nach. Der Vater der Zwillinge bahnte sich mühsam einen Weg zu seinen Töchtern.

Sie warfen sich ihm an die Brust. »Was machen wir jetzt, Papa?«, wimmerten sie.

Nele sah nach oben. Auf dem Dach der Offiziersquartiere arbeitete Matheus mit anderen Männern daran, ein weiteres Faltboot seetüchtig zu machen. »Kommen Sie mit«, sagte sie, »dort gibt es noch ein Boot.«

Die Leiter hochzuklettern, erwies sich als schwierig – durch die Neigung des Schiffs stand sie nicht aufrecht, sondern schräg. Als Nele oben war, sah sie, dass es zwei Faltboote auf dem Dach gab. Ihre Seitenwände waren bereits aufgerichtet, die Laschungen zerschnitten. Männer hatten Ruder darunftergeschoben und versuchten, die Boote vom Dach zu rollen. Matheus zerrte an einem der Boote mit. »Kommt, helft mit schieben!«, rief sie nach unten. Aber die Mädchen schafften es nicht, die Leiter zu erklimmen, obwohl ihr Vater von unten nachhalf. »Meine Güte«, rief Nele, »in eurem Alter haben wir an der Turnstange auf dem Spielplatz Schweinebammel geübt, den ganzen Sommer lang, mit Überschlag – rückwärts und vorwärts!«

Es half nichts, die Mädchen blieben unten.

Sie gab auf, drehte sich um und packte mit an. »Wartet auf das Boot«, rief sie nach unten. Als Matheus sie erblickte und blass wurde, sagte sie: »Hab nicht mehr reingepasst ins Rettungsboot. Nimmst du mich hier mit?«

Das Faltboot ragte bald mit dem Bug über die Dachkante. Nach weiterem gemeinsamem Schieben schafften sie es, dass das Boot vornüberkippte und abwärtsrutschte. Es landete mit lautem Krachen auf dem wellenüberspülten Deck. »Schnell«, sagte einer der Männer, »machen wir es am Kran fest!«

Während sie alle vom Dach kletterten, hob sich das Heck der Titanic weiter an. Menschen verloren dort ihren Halt, sie schlitterten fast die gesamte Schiffslänge von zweihundertfünfzig Metern abwärts und schlugen unten im Wasser auf. Das Schiff sank immer schneller. Der Bug war vom Meer verschlungen, Wellen griffen nach dem Brückenaufbau. Die Zwillingsmädchen schrien vor Angst. Wie ein Messer, das in ein Stück Butter schnitt, versank der Koloss im Meer.

Cäcilie starrte auf das Schiff. Es hob sein Hinterteil, die Schiffsschrauben ragten in die Luft. Die Band spielte Matheus' Lieblingslied *Näher, mein Gott zu dir*. Dann plötzlich verstummte die Musik.

Man hörte nichts, bis auf einen gelegentlichen Schrei von jemandem, der ins Wasser fiel. Die Zeit verging zäh. Kabinenlicht für Kabinenlicht tauchte die Titanic tiefer ins Meer. Eine Traube Menschlein klammerte sich an den Flaggenstock im Heck des Schiffs. Sie versuchten, dem Unvermeidlichen zu entgehen. Andere hafteten wie Läuse dem Bootshaus an.

Cäcilie hielt Samuel die Augen zu. »Sieh nicht hin«, flüsterte sie. Matheus war dort, er erlitt, was er immer befürchtet hatte.

Es war gespenstisch, seinen Albtraum Wirklichkeit werden zu sehen.

Während das Heck immer höher aufstieg, begann ein Krachen und Ächzen. Möbel, Kohle, Generatoren, Klaviere rutschten in Richtung des Bugs, sie zerschlugen donnernd die Innenwände des Schiffs.

»Mein Tagebuch«, seufzte die Frau im Pelzmantel neben ihr, »und die Fotos, sie sind alle noch in der Kabine! Ich habe vierzig Kleider auf dem Schiff und ein Dutzend Federboas. Wer ersetzt mir das?«

Das Krachen hielt an. Ein Stück weiter das schräg stehende Deck hinauf steckte sich ein Mann den Pistolenlauf in den Mund und drückte ab. Es gab einen lauten Knall. Der Mann rollte das Deck hinunter, blieb an einer Bank hängen. Überall kletterten die Menschen über die Reling. Sie fassten sich an den Händen und sprangen in die Tiefe.

Nele wurde von Matheus gepackt und ins Boot gezogen. Die Schiffsbrücke verschwand gurgelnd unter Wasser. Eine Welle griff nach dem Faltboot, sie wollte es vom Schiff wegspülen, riss daran, aber das Boot hatte sich in den Seilen verheddert. Die Männer zerrten daran, zerschnitten die Seile, versuchten, ihr Boot zu befreien, um nicht von der Titanic in die Tiefe gezogen zu werden.

Wo waren die Zwillinge? Sie meinte, im sprudelnden Wasser einen Rotschopf zu sehen, fasste danach. Matheus zog währenddessen den Vater der Mädchen aus dem Meer. Von allen Seiten kletterten Schwimmer ins Boot, sie drückten die empfindlichen Segeltuchwände herunter.

Endlich schafften es die Männer, das Boot zu befreien. Sie packten die Riemen und begannen, fortzurudern. Über ihnen rissen Drahtseile, ihre Enden peitschten durch die Luft. Nieten platzten aus den Fassungen. Unter metallischem Kreischen riss ein Schornstein ab und rollte über Deck, er zermalmte alles in seinem Weg, Menschen und Dachaufbauten. Neben ihrem Boot stürzte er ins Meer, er grub einen Krater ins Wasser und warf eine haushohe Welle auf.

Das Wasser riss Nele aus dem Boot, es schäumte und strudelte. Splitter von Planken fuhren ihr an den Armen entlang. Ein treibendes Tau wickelte sich um ihr Fußgelenk. Während sie sich vom Tau befreite, stach das Wasser sie mit seiner Kälte. Nele tauchte hustend auf.

Das Boot war einige Meter fortgespült worden. Niemand saß mehr darin, offenbar hatte die Woge sie alle hinausgeschwemmt. Die Seiten aus Segeltuch waren weit heruntergerissen. Um Nele herum heulten und jammerten Frauen, Kinder, Männer. Einige schrien um Hilfe.

Sie schwamm auf das Boot zu. Da begannen die Lichter der Titanic zu flackern. Sie erloschen.

Matheus erstarrte vor Kälte. Er hatte das Gefühl, überall taub zu werden. Wasser umspülte ihn und durchdrang seine Kleider. Im schwachen Nachtglimmern der Sterne konnte er nur wenig sehen, die Dunkelheit raubte ihm die Orientierung. Er schwamm im Kreis, keuchte und rang um Atem. Da sah er, ganz nah, die Schiffswand, er hatte sie zuerst für undurchdringliche Schwärze gehalten.

Du musst vom Rumpf wegschwimmen, sagte er sich, sonst wirst du mit in die Tiefe gezogen. Nur würde er sich ohne Schwimmweste in der Kälte nicht lange über Wasser halten können. Wie sollte er im Dunkeln ein Möbelstück finden, an das er sich klammern konnte?

Das war es also, dachte er. Warum nicht gleich beim Schiff bleiben und mit der Titanic in die Tiefe gesogen werden? Dann würde der Tod schneller kommen. *Matheus, du hältst dich an Versprechen, oder?*, hatte Nele gefragt.

Das sinkende Schiff war das letzte Stück Zivilisation, er hatte Angst vor der tödlichen Weite des Meeres. Trotzdem bot er allen Mut auf und schwamm mit kurzen, steifen Zügen fort vom Schiff. Um sich herum sah er weitere Köpfe im Wasser. Die Luft war wie Eis. „Wir sind voll!", rief jemand in weiter Entfernung. „Wir können niemanden mehr aufnehmen, sonst sinken wir. Hauen Sie ab!" Er hörte das Aufklatschen von Rudern.

Matheus wandte den Kopf. Hinter sich sah er die Titanic schwarz vor dem tiefblauen Sternenhimmel wie einen Scherenschnitt. Ihr Rumpf stellte sich hoch auf, das Heck in den Himmel gerichtet, und verharrte so, bewegungslos.

Dampf zischte. Da brachen Funken aus den Schatten, und das gewaltige Schiff brach in zwei Hälften. Hunderte wurden ins Wasser geschleudert, schrien, kreischten. Die Bugseite versank. Das hintere Ende des Schiffs fand seine waagerechte Haltung wieder, als wollte es ohne den vorderen Teil weiterfahren, und blieb so für einige Momente. Dann richtete es sich erneut auf und wurde hinabgezogen, langsam, langsam, wie ein Fahrstuhl ins Totenreich. Die Letzten, die sich noch an der Reling festgehalten hatten, ließen sich fallen und stürzten viele Meter tief ins Wasser.

Er sah den Rest des Hecks im Meer verschwinden. Das Wasser sprudelte. Dann glättete es sich. Das Schiff war verschlungen worden. Die verzweifelten Rufe von Hunderten von Menschen gellten durch die Nacht.

Matheus wandte sich um und schwamm den Booten entgegen. Aber den Ruderschlägen nach zu urteilen, entfernen sie sich, statt dass sie näher kamen. Hörten sie die vielen Hilfeschreie nicht? Wenn er sich wenigstens an den Rand eines Bootes klammern könnte!

Menschen ohne Rettungsgürtel hielten sich an anderen fest, wurden abgeschüttelt, versanken. Da, war das ein schwimmender Schrank? Matheus hielt darauf zu. Dann sah er, dass bereits Dutzende um ihn kämpften. Schreie hallten in die Nacht.

Er konnte die Beine nicht mehr spüren. Sein Körper erlahmte, die Schwimmzüge wurden kleiner, kraftloser. Matheus japste um Luft.

Wellen gurgelten über die niedergedrückten Wände des Faltboots. Nele hockte an seinem Rand und streckte die Hand nach einer der beiden Zwillingsschwestern aus. Sie bekam den Arm des Mädchens zu fassen und zog es heran. Das Mädchen hauchte: »Ist das kalt, ist das kalt!«

Nele hievte sie an Bord. Das dickliche Mädchen schlotterte, es hockte wie ein Häuflein Elend im Boot und rieb sich die Schultern. Nele hielt wieder Ausschau nach Matheus. Er musste doch in der Nähe sein! Sie rief seinen Namen.

Da hob plötzlich das Mädchen den Kopf. »Das ist meine Schwester«, sagte es. »Betty!« Es kroch zum Rand des Bootes. »Betty, hierher!«

Nele sah nichts in der Richtung. »Bist du dir sicher?«, fragte sie.

Ehe Nele nach ihm greifen konnte, war das Mädchen wieder ins Wasser gesprungen. »Bleib, nein, nicht wegschwimmen!«, rief sie und versuchte, die Kleine zu packen, aber sie entwischte ihr. Wild keuchend schwamm das Mädchen fort in die Dunkelheit.

»Wir müssen ihr hinterherfahren«, sagte Nele.

»Auf keinen Fall.« Die Männer hantierten mit den Rudern. Sie begannen, das vollgelaufene Boot von der Titanic wegzufahren. »Wenn wir hier fortkommen, ohne zu kentern, können wir von Glück reden.«

Längst hingen ein Dutzend Leute an den Seiten des Boots. Zu viele wollten hinein. Im Dunkel riefen immer mehr um Hilfe, sie wimmerten, sie baten. Ein Chor von Sterbenden umschwamm das Boot und flehte um Erbarmen.

Gänsehaut zog über Cäcilies Rücken. Sie hielt Samuel die Ohren zu, und am liebsten hätte sie auch ihre eigenen verschlossen. Nie hatte sie etwas so Grausiges gehört: Das Röcheln, das Jaulen der Ertrinkenden, das Winseln um Hilfe, das beschwörende Anrufen der Rudernden, bitte zurückzukehren.

Eine von diesen Stimmen gehört Matheus, dachte sie. Sie sagte: »Wir müssen umdrehen und Menschen retten.«

Es war still. Keiner im Boot antwortete.

»Wir müssen umdrehen!«, sagte sie noch einmal.

»Nein.« Lyman schüttelte den Kopf. »Die stürmen sonst unser Boot, und wir sterben alle.«

Schwimmer näherten sich. Man hörte sie im Wasser keuchen. Tapfer kraulten sie heran.

Cäcilie versuchte Matheus zu erkennen, obwohl sie ihn nie zuvor so kraulen gesehen hatte.

»Die umzingeln uns«, sagte Lyman. Er hob das Ruder, um nach einem der Schwimmer zu schlagen. »Helfen Sie, das Boot zu verteidigen«, befahl er den anderen Ruderern. »Die bringen uns sonst zum Kentern.«

Auch die anderen hoben nun ihre Ruder und wehrten Schwimmer ab.

»Vorsicht, vorne am Bug!«, rief Lyman. Ein Schwimmer umklammerte dort die Kante des Bootes und versuchte, sich hochzuziehen. Einer der Seeleute schlug ihm das Ruder auf die Finger, aber der Schwimmer ließ nicht ab, er schwang das Bein über die Kante, kassierte einen Hieb auf den Kopf. Das Boot begann gefährlich zu schaukeln. Der Schwimmer ließ sich ins Innere fallen. Die Trockenen wichen vor ihm, dem Nassen, zurück.

»Bleiben Sie, wo Sie sind!«, brüllte Lyman den anderen Schwimmern zu. Er zückte eine Pistole, entsicherte sie und schoss. Ein heller Blitz zuckte an der Mündung auf, und einer der Köpfe im Wasser wurde zurückgeschleudert.

Cäcilie fiel Lyman in den Arm. »Bist du wahnsinnig?«

Die Schwimmer gaben auf, sie blieben in einiger Entfernung. »Bitte, ihr habt doch noch Platz im Boot«, versuchte es einer.

Zwei der Ruderer brachten das Boot fort von hier, während der dritte sich mit dem Ruder bereithielt, nach Angreifern zu schlagen. Lyman rührte sich nicht mehr, er hielt die Pistole in der Hand und starrte benommen ins Dunkel.

»Das sind unsere Kabinennachbarn, die Leute, mit denen wir am Tisch gesessen haben«, sagte Cäcilie. »Eltern und Geschwister. Matheus ist da draußen. Wie kannst du auf diese Menschen schießen!«

»Willst du, dass wir alle untergehen?«, sagte er, aber er sprach nur noch leise, als sei er selbst nicht mehr vollständig davon überzeugt, recht zu haben. »Manchmal muss man unangenehme Entscheidungen fällen.«

»Du Scheusal!«, fauchte Cäcilie.

Die Schwimmer waren bald nicht mehr zu sehen. Man hörte sie auch nicht mehr. Vielleicht waren sie erfroren. Eine Frau nahm Lymans Platz auf der Ruderbank ein, zu viert ruderten sie weg von den Sterbenden.

Lyman war still. Tränen glitzerten in seinen Augen. Verwirrt starrte er auf seine Pistole.

Es wurde leiser, nur noch wenige riefen um Hilfe. Der Tod hielt reiche Ernte. Auch um sie, die Bootsinsassen, fuhr eine neugierige, forschende Kälte, als suche sie ihr nächstes Opfer.

Lyman warf die Pistole ins Wasser. Es gluckste kurz, und sie versank. »So etwas würde ich niemals tun«, flüsterte er. »Lyman hat den Mann erschossen. Ich bin Henry. Henry Holloway.« Ihm liefen Tränen über das Gesicht.

Cäcilie rückte von ihm ab. »Nein. Du hast dich entschieden, wer du sein willst.«

28

Eine Viertelstunde lang beschimpfte Nele die Männer, bettelte, schrie sie an. Allmählich wurde sie heiser. Aber sie konnte nicht aufgeben. »Habt ihr denn keine Verwandten, keine Freunde auf dem Schiff gehabt? Die sterben! Ihr werdet damit leben müssen, dass ihr sie im Stich gelassen habt. Was seid ihr überhaupt für Männer? Memmen seid ihr, Feiglinge!«

Schließlich waren die Hilferufe nahezu verebbt. Da sagte einer der Männer: »Drehen wir um und sehen, ob wir noch jemanden retten können.«

Sie zogen die Ruder vorsichtig durch die Wogen, immer bemüht, nicht noch mehr Wasser aufzunehmen. Nele spähte nach Überlebenden aus. Je näher sie der Unglücksstelle kamen, desto mehr Leichen trieben im Meer. Die Schwimmwesten hielten die steif gefrorenen Körper an der Oberfläche.

All diese Männer und Frauen waren Passagiere der Titanic gewesen, sie hatten ein Ziel in den Vereinigten Staaten von Amerika, womöglich eine Familie, die sie erwartete. Die Reise war nur eine Woche in ihrem Leben gewesen, ein vorübergehender Schiffsaufenthalt.

Niemand lebte mehr, sie kamen zu spät. »Matheus«, rief sie, während die Männer durch das Leichenfeld ruderten. »Hörst du mich?« Sie fühlte sich, als würde sie einen Toten rufen, und erschauderte. Seine Ohren waren doch längst taub, das Herz schlug nicht mehr. Er hing irgendwo in dieser Menge von schwimmenden Leichen, ein toter Mann, den sie geliebt hatte, obwohl sie es nicht durfte.

Nele meinte, zu ihrer Rechten in der Finsternis ein Ächzen zu hören. »Dahin«, sagte sie, »rudert da rüber!«

Die Männer gehorchten.

»Matheus, bist du das?«, rief sie. Diesmal blieb es still.

Sie fanden einen Japaner, der sich an eine Kabinentür gebunden hatte und, darauf liegend, im Meer trieb. Als sie ihn mit dem Ruder anrührten, stöhnte er leise. Sie schnitten ihn los und zogen ihn zu sich ins Boot.

»Seht ihr?«, sagte sie. »Es ist gut, dass wir umgekehrt sind.«

Kurz darauf sah sie im schwachen Sternenlicht einen Mann ohne Schwimmweste und meinte schon, es müsse Matheus sein. Er hing auf zwei Toten, er musste sich mit letzter Kraft auf sie gehievt haben. Als sie ihn aber herausfischen wollte, bekam sie ihn nicht zu greifen. Er rutschte ihr aus der Hand und versank.

»Hier lebt keiner mehr.«

»Halten Sie den Mund und rudern Sie.« Nele hielt weiter Ausschau. Nur das Platschen der Ruder durchbrach die Nachtstille. Da hörte sie ein Summen. Sie befahl: »Haltet die Ruder fest! Ich höre etwas.«

Jemand summte ein Lied. Zwischen den Tönen gab es längere Pausen, als müsse die Person mühsam Atem schöpfen. *Weißt du wie viel Sternlein stehen ...* Es war kaum zu hören und musste doch ganz in der Nähe sein. Nele versuchte verzweifelt, festzustellen, von wo das Summen kam.

Dann sah sie ihn. Matheus. Er trieb im Meer, an einen Klappstuhl geklammert. Den Kopf hielt er auf die Unterarme gebettet, die Augen geschlossen. Seine Brauen waren weiß von Reif. Auch im Haar hing Eis.

»Matheus!«, schrie sie.

Seine Augen flatterten.

Sie zerrten den Halberfrorenen ins Boot. Er sackte immer wieder in sich zusammen, aber Nele hob ihn auf und zwang ihn, gestützt von ihr, zu stehen. Das Eiswasser im Boot reichte ihnen bis an die Waden. Längst konnte sie ihre Füße nicht mehr spüren. Wenn Matheus sich ins Wasser legte, würde er vor ihren Augen sterben.

Keiner im Boot verfügte über trockene Kleidung. Nele fuhr Matheus unter das Hemd und rieb ihm Rücken und Brust, um ihn zu wärmen. Irgendwann war er in der Lage, alleine zu stehen. Um sicherzugehen, hielt sie dennoch weiter seinen Arm.

Jede halbe Stunde starb einer von den zwei Dutzend Männern im Boot. Sie sanken einfach um und blieben liegen. Anfangs schoben die anderen die Toten noch über Bord, um den Tiefgang zu verringern. Bald hatten sie selbst dafür keine Kraft mehr. Nele und Matheus standen Hand in Hand und hofften frierend auf den Morgen.

Die halbe Welt habe ich zwischen mich und Mutter gebracht, dachte sie, und doch reicht es nicht. Immer noch verspürte sie eine Mischung aus Sehnsucht und Widerwillen, wenn sie an sie dachte.

Mutter saß jetzt allein in einer heruntergekommenen Wohnung, ging allein schlafen, frühstückte allein, musste Schulden abbezahlen und hatte niemanden, der ihr half oder ihr wenigstens zuhörte.

Matheus drückte Neles Hand, als wollte er sich wortlos bedanken. Sie erschrak. Sie standen in einem Boot, dessen Wände heruntergerissen waren, einem Boot voller Wasser, und waren umgeben von Leichen. Das größte Schiff der Erde war untergegangen. Würde es nach dieser Nacht überhaupt ein Morgen geben?

Mit einem ihrer schmierigen Kavaliere war sie letztes Jahr am Hackeschen Markt gewesen, zu einem sogenannten Neopathetischen Cabaret im Neuen Club. Dort hatte Jakob van Hoddis ein Gedicht vorgetragen, das ihr seitdem nicht aus dem Kopf gegangen war. *Weltende* hieß es, und eine Zeile lautete: *In allen Lüften hallt es wie Geschrei.* Ging es nicht auch um die *wilden Meere*, hieß es nicht auch, *es steigt die Flut?*

»Wir werden genauso sterben wie die Leute im Wasser«, sagte eine der Frauen in Cäcilies Boot. »Wir frieren, und wir haben nichts zu essen oder zu trinken. Wir treiben hilflos im Atlantik, bis es mit uns zu Ende geht. So sieht's aus.«

»Es wird Hilfe kommen«, brummte ein Crewmitglied zwischen den Ruderschlägen.

Cäcilie fragte sich, warum sie überhaupt noch ruderten. Die Titanic war untergegangen, die verzweifelten Schwimmer waren tot. Wo wollten sie denn hin? Vielleicht fuhren sie nur durch die Nacht, um ihre Hilflosigkeit zu verbergen und den anderen das Gefühl zu geben, dass sie nicht verloren waren.

»Wie soll man uns finden?«, sagte die Frau. »Wir sind eine Nussschale in einem riesigen Ozean.«

»Wir haben bestimmt eine Lampe im Boot. Schauen Sie unter den Sitzbänken nach.«

Die Passagiere taten es, jeder tastete unter seinem Platz. Niemand fand eine Lampe. Cäcilie fühlte Eis in Samuels Haar. So kalt war der Junge! Sie zog ihm das steif gefrorene Hemd aus und hüllte ihn in ihren Mantel. Um ihn zu wärmen, rieb sie ihm die Arme.

Sie musste daran denken, wie er drei Jahre alt gewesen war und sich vor ihr aufgebaut hatte: »Jetzt bin ich groß, Mama. Ich brauche keine Windeln mehr.« Und wirklich hatte er von diesem Augenblick an nicht mehr in die Hosen gemacht, auch nachts nicht im Schlaf.

Warum zitterte er nicht, obwohl ihm doch kalt sein musste?
»Wie fühlst du dich, Samuel?«, fragte sie.

»Ich möchte zur Dampflok da hinten«, hauchte er.

Sie hob sein Gesicht an ihres. »Schau mich an, Samuel.«

Seine Augen blieben geschlossen.

»Samuel, bitte schau mich an.«

Reglos hing er in ihren Armen. Sie hielt ihr Ohr vor seinen Mund, der Atem ging flach. Als sie nach dem Puls tastete, fand sie ihn erst nicht. Er war kaum zu spüren.

»Samuel?«

Er schien das Bewusstsein zu verlieren. Sie zog ihn an sich, wiegte ihn. »Mein Kind, mein Junge! Du musst durchhalten, hörst du? Wenn uns ein Schiff aufgenommen hat, bekommst du einen Tee, und ich stecke dich in ein warmes Bad. Schlaf nicht ein, Samuel, bitte, schlaf nicht ein!«

Immer verzweifelter wiegte sie ihn, sie schüttelte ihn sogar. Er war nicht zu wecken. Cäcilie stand auf. Sie zerrte Samuel in die Höhe, versuchte, ihn auf die Füße zu stellen. »Wach auf, Junge. Wach auf!« Aber sein Körper sackte in sich zusammen.

»Er ist tot«, sagte Lyman. Er legte ihr die Hand auf den Arm. »Cäcilie, lass ihn.«

Sie setzte sich wieder und bettete Samuels Kopf auf ihren Arm. Sie wickelte ihn fest in den Mantel. »Ihm ist nur ein wenig kalt«, sagte sie. Zärtlich strich sie ihm über das Gesicht.

»Da ist ein Licht«, rief die Frau im Pelzmantel und zeigte aufgeregt in die Dunkelheit. »Hinten, am Horizont! Das muss ein Schiff sein. Sie kommen, uns zu retten.«

Cäcilie wendete den Kopf. Sie sah nichts als Finsternis.

»Halten Sie den Mund«, sagte Lyman. »Ich will nichts von Ihren Hirngespinsten wissen.« Seine Benommenheit hatte er abgeschüttelt. »Das ist schon das fünfte Licht, das Sie angeblich sehen.«

»Diesmal bin ich mir sicher«, verteidigte sich die Frau.

Um sie herum trieben Stücke der Titanic, Stühle vom Promenadendeck, Teppichfetzen, Papier. Sie hörte nicht auf, Samuels Gesicht zu streicheln. Ganz sicher lebte er. Im Warmen würde er wieder aufwachen, er würde sich die Augen reiben und ihr erzählen, was er geträumt hatte.

Die Frau sagte: »Wir sind Hunderte Meilen vom Land entfernt. Und wir haben weder Seekarten noch einen Kompass. Wir wissen nicht mal, in welche Richtung wir rudern müssen, um irgendwo anzukommen. Ein Schiff ist unsere einzige Rettung!«

»Meinen Sie, das wissen wir nicht? Noch ein Wort«, knurrte Lyman, »und ich werfe Sie über Bord.«

»Sehen Sie, da!«, rief die Frau.

Cäcilie sah tatsächlich ein schwaches Aufleuchten am Horizont. Dann verlosch das Licht wieder. Es folgte ein entfernter, leiser Donner.

»Nur ein Gewitter«, sagte einer der Seeleute.

Sie fuhren schweigend für einige Minuten, ruderten weiter ins Ungewisse. Einmal schabte ihr Boot an einem Eisberg entlang. Man hörte, wie die Wogen gegen ihn klatschten. Cäcilie spürte seine Kälte. Vorsichtig stießen sie sich mit den Rudern ab.

Dann aber wiederholte sich das Schauspiel am Horizont, und Lyman sagte: »Das müssen Raketen sein! Schnell, ehe die abdrehen mit ihrem Schiff, hat jemand Papier?«

Eine alte Dame opferte ihre Briefe, die sie von Bord gerettet hatte. Lyman zündete sie wie eine Fackel an. Er stand auf und schwenkte die brennenden Blätter in der Luft. Kurz vor dem Verlöschen warf er sie ins Wasser. »Wir brauchen noch etwas zum Verbrennen«, sagte er. »Ihren Strohhut.« Er zeigte auf eine Dicke, die im Heck saß.

»Kommt nicht infrage!« Sie hielt den Hut mit beiden Händen fest. »Suchen Sie sich etwas anderes.«

»Ist er trocken, der Hut?«

»Das geht Sie nichts an. Ich brauche ihn, um mich zu wärmen.«

Die Passagiere neben der Frau fassten nach dem Hut, und bevor sie sich wegducken konnte, meldeten sie schon: »Ja, er trocken.«

»Geben Sie ihn her«, sagte Lyman.

»Sind Sie nicht bei Trost?«

»Geben Sie mir den verdammten Hut!«

Als die anderen nach ihrem Strohhut griffen, schrie die Frau auf. Sie schlug böse um sich, biss und kratzte. Am Ende gelang es ihnen, der Frau den Hut zu entreißen. Er wurde rasch an Lyman weitergereicht.

Während er noch zündelte, sah Cäcilie schon das Dampfschiff am Horizont. Erst war es nur ein warmes Licht. Dann erkannte sie seinen Rumpf im Schein der Kabinenfenster. Nie war ihr ein Gefährt freundlicher erschienen.

Über ihnen loderte der Strohhut auf, Lyman schwenkte ihn hin und her. Das Feuer beschien die Gesichter.

Cäcilie hielt ihr regloses, kaltes Kind im Arm. Sie sagte: »Schau, Samuel, da kommt ein Schiff. Wir sind gleich im Warmen.« Warum rede ich mit ihm, dachte sie, er ist tot! Aber der Gedanke erreichte nicht ihr Herz. Was es bedeutete, dass Samuel erfroren war, konnte sie nicht begreifen. Ein Schleier umhüllte ihren Verstand.

Das gütige Licht des Dampfers erschien Matheus wie ein Hohn. So nah war die Rettung, und doch waren sie verloren. Das Faltboot ging unter. Inzwischen wehte ein frischer Wind, der die Wellen vor sich hertrieb. Bei jeder Woge schwappte Wasser über die Reling. Man sah das Boot kaum noch, nur ein schmaler Rand war da, und sie standen bis zu den Knien im Meer.

Er wagte es nicht, Wasser hinauszuschöpfen, geschweige denn, in Richtung des Dampfers zu rudern. Jede Gewichtsänderung konnte den letzten Ausschlag geben, und das Boot versank endgültig.

Das Meer hatte ihn, Matheus, bereits im Maul. Er zappelte noch ein wenig, aber er konnte nicht entrinnen, Füße und Waden und Knie waren schon verschlungen. Auch Nele hatte Angst, wie er deutlich spürte: Ihre Hand drückte die seine so fest, als könne sie ihr beim Untergehen Halt bieten.

Der Morgen graute. Am Himmel erloschen bereits die Sterne. Wenn er wenigstens noch einmal die Sonne sehen könnte, ein letztes Mal!

»Und wenn wir zum Schiff schwimmen?«, sagte sie. »Meinst du, wir schaffen es vielleicht?«

Er durfte ihr den Mut nicht nehmen. Andererseits wollte er sein Leben nicht mit einer Lüge beenden. »Es ist zu weit. Das sind mindestens drei Kilometer.«

Sie schwiegen und mit ihnen die anderen, die sich bemühten, auf dem sinkenden Boden die Balance zu halten. Der Steward, der neben Matheus stand, sagte: »Jetzt können wir's vergessen. Sie sind stehen geblieben.« Tatsächlich war der Dampfer seit einiger Zeit nicht mehr näher gekommen. Die Reihen heller Lichter strahlten an seinem Rumpf in gleichbleibender, unerreichbarer Entfernung.

»Warum macht das Gott?« Nele war den Tränen nahe. »Erst rettet er uns, und dann lässt er uns doch umkommen.«

Seltsam, dachte Matheus. Ich hatte mich schon in den Tod gegeben vor ein paar Stunden, als ich allein im Meer getrieben bin. Und Gott hat mir eine Verlängerung geschenkt. In dieser Verlängerung stehe ich nicht neben Cäcilie, sondern neben Nele. Ich halte ihre Hand. Was soll das alles?

Er wendete vorsichtig den Kopf und sah sie an. »Ich weiß es nicht.«

»Immer wird er als gutes und liebevolles Wesen dargestellt, und wenn es darauf ankommt, lässt er uns verrecken. Ich pfeife auf diesen Gott!«

»Die vielen Toten, auch die Kinder, das muss ihm sehr wehtun. Wir sind seine Geschöpfe. Unsere Angst schmerzt ihn, da bin ich sicher.«

»Warum greift er dann nicht ein? Er könnte es doch, oder etwa nicht?«

»Wenn Gott jeden Krieg verhindern würde, wie frei wären wir dann noch? Wir wären ein Spielzeug, das er zu Gutem zwingt, sonst nichts.«

Nele sagte:

»Kriege sind was anderes. Da schießen wir uns gegenseitig tot. Aber das hier – wer kann etwas dafür?«

»Niemand. Du hast recht. Ich weiß nicht, warum er es zulässt.« Matheus fror nicht mehr. Das angenehme Säuseln setzte bereits ein wie vor ein paar Stunden. Die Kälte griff nach oben, sie griff nach seinem Herzen und gaukelte ihm Wärme vor. »Oder vielleicht kann doch jemand etwas dafür: der Konstrukteur, der zu wenige Rettungsboote eingeplant hat, weil er Geld sparen wollte. Und die Menschen, die in halb leeren Booten weggerudert sind, statt uns herauszufischen.«

»Bleiben wir mal bei Gott. Wer sagt mir, dass er gut ist?«, fragte sie.

»Das haben Menschen seit Jahrtausenden erlebt. Die Schriften sind in der Bibel zusammengefasst.«

»Aha, Schriften. Hast du die Bibel gelesen? Ich meine, ganz, von Anfang bis Ende.«

»Natürlich.«

»Könnte doch alles eine Erfindung sein. Ich meine, die Menschen, die es aufgeschrieben haben, könnten Gott erfunden haben.«

»Ihre Berichte könnten aber auch wahr sein. Einige Teile der Bibel sind sehr alt, sie –«

»Lass uns nicht streiten. Uns bleiben nur noch diese Minuten.« Sie schwieg einen Moment, dann sagte sie: »Ich hätte dich gern richtig kennengelernt, Matheus.«

Er schluckte. »Und ich dich, Nele«, sagte er.

Das Morgengrauen gab nur wenig Licht, aber er meinte, in einiger Entfernung etwas Weißes vorüberziehen zu sehen. Er stutzte. Ein Eisberg konnte das nicht sein, es bewegte sich zu schnell, es sah eher aus wie ein Tuch, das über das Wasser flog. Ein Segel! Er brüllte: »Hilfe! Helfen Sie uns!« Er steckte sich die tauben Finger in den Mund und versuchte zu pfeifen. Nachdem er einige Male nur herumgespuckt hatte, gelang ihm ein gellender Pfiff.

Eine Weile hörte man nichts. Dann kam aus dem Dunkel ein Pfiff zurück, ein lang anhaltender mit einem mechanischen Trillern darin.

Der Steward sagte: »Eine Offizierspfeife! Dort muss ein Offizier sein. Er hat Ihren Pfiff gehört!« Jetzt schrien sie alle, zwei Dutzend Männer brüllten um ihr Leben, dazwischen Neles hohe Frauenstimme.

Das Segel kam näher. Bald erkannte Matheus ein Rettungsboot der Titanic, gefüllt mit Menschen. In seiner Mitte war ein Segel aufgerichtet, und an der Ruderpinne stand, wie ein Held der griechischen Sagen, ein Offizier in Uniform. Der Steward murmelte entzückt seinen Namen: »Officer Lowe. Officer Lowe kommt, uns zu retten.«

Lowe lenkte sein Boot neben das fast vollständig versenkte Faltboot. Helfende Hände griffen hinüber. Nele konnte sich mit einem

Sprung an Bord des anderen Bootes retten. Durch den Stoß ging das Faltboot endgültig unter. Matheus fiel ins Wasser, auch die anderen Männer. Sie wurden aus dem Meer über die Reling gezogen.

An Bord des neuen Rettungsboots knickten ihm die Beine weg. Er stützte sich ab. Halb saß er, halb lag er auf dem Boden. Von Minute zu Minute wurde es heller. Der Tag dämmerte. Nele kauerte sich zu ihm. Ihre Augen waren feucht, und sie lächelte ihn an. »Sag dem, an den ich nicht glaube, danke von mir.«

29

Im Norden und Westen reichte eine geschlossene Eisdecke bis zum Horizont. Die Schollen waren zu Packeis aufgetürmt, dazwischen schimmerten Eisberge rötlich im Licht der aufgehenden Sonne.

Officer Lowe segelte sein Boot an den rettenden Dampfer heran. *Carpathia* stand an seinen Bug geschrieben. Andere Rettungsboote waren schneller gewesen, ihre Insassen kletterten bereits an Strickleitern den Rumpf des Schiffs hinauf zu den Gangwaytüren.

In Lowes Boot sagte ein kleiner Junge: »Mama, ist das der Nordpol?«

Die Passagiere der Carpathia standen aufgereiht an der Reling, sie begafften die Rettungsboote. Nach und nach mischten sich die Überlebenden der Titanic darunter. Als Lowe sich dem Schiff näherte, rief eine Frau hinab: »John, bist du da? John?«

Niemand aus ihrem Boot antwortete. Schließlich rief einer der Seeleute: »Wir haben keinen John.«

Die Frau schwieg enttäuscht.

»Haben Sie meinen William?«, fragte jetzt eine andere. »Er ist vierzehn.«

»Nein, kein William hier.«

Aus dem Boot, das vor ihnen angekommen war, wurde gerade eine Frau hinaufgezogen. Sie saß in einer Schlinge aus Segeltuch und hielt einen Hund auf ihrem Schoß. Er winselte vor Angst.

Endlich waren sie an der Reihe. Sie machten unter den Gangwaytüren Halt. Beide Türflügel waren weit geöffnet, künstliches Licht schien hinaus, die Zivilisation. Es war die Himmelstür, man kletterte zu ihr hinauf ins Warme, ins Leben.

»Schaffen Sie es über die Leiter?«, fragte Officer Lowe.

Nele sagte: »Ich denke schon.«

Man hielt für sie die Strickleiter fest. Nele stieg auf die unterste Sprosse und begann, hinaufzuklettern. Schon nach wenigen Sprossen wurde ihr schwarz vor den Augen. Sie klammerte sich fest. Die Kälte und der Schlafmangel mussten ihr ärger zugesetzt haben, als sie gedacht hatte. Nur allmählich klärte sich wieder das Bild vor ihren Augen. Sie kletterte nun vorsichtiger, Sprosse für Sprosse. Der kalte Wind riss an ihrer Kleidung.

Oben half man ihr ins Schiffsinnere. »Kommen Sie.« Man wollte sie fortbringen. Nele bestand darauf, an den Türen auf Matheus zu warten.

Er war nicht in der Lage, die Strickleiter hinaufzusteigen. Man setzte ihn auf einen Stuhl und hievte ihn hinauf. Oben angekommen, erhob er sich mühsam. Nele und er bekamen jeder eine Decke umgehängt. Sie gingen gemeinsam mit anderen Überlebenden in den Speisesaal. Seine Schritte waren steif, er bewegte sich wie ein alter Mann.

»Möchten Sie einen heißen Kaffee? Oder eine heiße Schokolade?«

»Einen Tee, bitte«, sagte Matheus.

Nele sagte: »Für mich einen Kaffee.«

Bald darauf saßen sie auf Stühlen und schlürften ihr Getränk. Es war herrlich, zu sitzen und nicht länger Wind und Wasser ausgesetzt zu sein. Neles Füße begannen zu kribbeln, das Leben kehrte in sie zurück.

Ein Steward der Carpathia verteilte Telegrammformulare und erklärte: »Sie können kostenlos Telegramme an Ihre Angehörigen verschicken, unser Funker sendet sie in den nächsten Stunden.«

Einer der Überlebenden ließ sich von der Bar Schnaps bringen. Er zeigte der Crew einen kleinen Kartonabschnitt mit einer Nummer und beschwerte sich: »Damit hätte ich beim Zahlmeister meine Wertgegenstände aus dem Tresor gekriegt. Jetzt habe ich nur noch die Pappe, und im Tresor auf dem Meeresboden liegen meine Sachen. Wer erstattet die mir?«

Passagiere der Carpathia halfen dabei, die Tische des Speisesaals beiseitezutragen, und stapelten die Stühle an einer Wand. Man schleppte Strohmatratzen heran und verwandelte den Raum in einen Schlafsaal, der sich rasch mit Menschen füllte. »Bleiben Sie bitte hier, wir verteilen gleich eine warme Mahlzeit«, erklärte ein Steward. »Anschließend richten wir in der Bibliothek und im Rauchsalon weitere Schlafplätze ein.«

Die Bordärzte gingen von einem zum anderen und untersuchten erfrorene Gliedmaßen. Sie bandagierten Füße, flößten Arzneimittel ein und ließen die Verletzten oder völlig Ermatteten aus dem Saal tragen. Als ein Arzt zu ihr und Matheus kam und ihre Füße untersuchte, sagte der Pastor: »Ich hab mich immer vor mikroskopisch kleinen Tierchen gefürchtet, die wir mit der Atemluft in uns aufnehmen. Ich hatte Angst, dass sie meine Lunge bevölkern, wissen Sie? Vor so vielem hatte ich Angst, vor Tieren in den Augen, vor Knochenkrankheiten, vor schleichendem Fieber. Und jetzt, wo ich beinahe ertrunken wäre, fühle ich mich plötzlich gesund.«

Der Arzt lächelte und nickte.

Als er weitergegangen war, blickte Matheus sich unruhig um. Sein suchender Blick tat ihr weh, sie wusste, was er bedeutete: Er vermisste seine Frau. Nele hatte ihn aus dem Wasser gefischt, sie hatte ihn gestützt, als er im Boot vor Schwäche nicht stehen konnte, und er hatte ihr mit einem Händedruck gedankt, einem Händedruck, der die ganze Nacht dauerte. Warum fehlte ihm jetzt Cäcilie? Sollte sie doch mit ihrem Engländer davonlaufen! Nele spürte eine Verbundenheit zwischen sich und Matheus, die sie wie ein Wunder anmutete. Sie waren gemeinsam in den Tod gegangen und hatten gemeinsam das Leben wiedergefunden. Nichts sollte sie wieder voneinander trennen.

Neue Ankömmlinge wurden hereingeführt. Nele sah Matheus erstarren. Eine Frau schrie wie am Spieß. Man wollte ihr das Kind abnehmen, dass sie im Arm trug, aber sie wehrte sich und klammerte sich an den Jungen, und selbst, als man sie in Ruhe ließ, schluchzte sie noch und drückte den Jungen an sich. Cäcilie.

Matheus stand auf. Seine Hände zitterten. Mit kleinen Schritten ging er zu ihr. Nele verstand, weshalb ihn der Anblick mit Grauen erfüllte: Das war sein Junge, Samuel, und man wollte ihn Cäcilie wegnehmen, weil ihm der Kopf leblos herunterhing.

Während alle anderen in den Sälen auf dem Boden schlafen mussten, gehörte Nele zu den Glücklichen, die ein Bett zugewiesen bekamen. Aber obwohl sie übermüdet war, fand sie in der stickigen Kabine keine Ruhe. Ständig hatte sie vor Augen, wie Matheus und Cäcilie sich in den Armen lagen, eine gemeinsame Decke über die Schultern gebreitet, und sich gegenseitig mit zärtlichen Fingern die Tränen von den Gesichtern wischten. Der Verlust ihres Kindes hatte eine neue Nähe zwischen ihnen hergestellt. Das zu sehen, hatte sie nicht lange ausgehalten und war schlafen gegangen – nur war ihr auch das Schlafen vergällt.

Sie hatte den Kleinen gern gehabt und verstand die Trauer der beiden. Zugleich fühlte sie sich von Matheus verraten, nach allem, was sie gemeinsam durchgemacht hatten.

Nele schlug die Decke auf, erhob sich und schlüpfte leise in ihre Sachen. Sie ging nach oben an Deck. Halb neun sei es, antwortete ein Mann auf ihre Frage nach der Uhrzeit. Sie war müde, als wäre es mitten in der Nacht, dabei war der Vormittag gerade erst angebrochen. Den teuren Mantel, den ihr eine Passagierin der Carpathia geliehen hatte, schlang sie eng um sich gegen die Kälte. Trotz des Sonnenscheins fror sie.

Unter den Frauen, Kindern und Männern, die an der Reling standen, herrschte eine seltsame Stille. Erst begriff sie nicht, was es war, das sie alle hatte verstummen lassen. Dann aber sah sie, dass gerade die Überlebenden des letzten Rettungsbootes hinaufgehievt wurden. Das Meer war leergefegt, es kam kein weiteres Boot. War der Ehemann, die Tochter oder die Schwester bisher nicht an Bord, wusste man nun, sie würden niemals kommen. Viele weinten. Andere sahen stumm auf das Meer hinaus, das ihre Angehörigen verschlungen hatte. Die Gewissheit lag tonnenschwer auf den Gemütern.

Hinter einem Eisberg, der wie ein Felsen wirkte, rot und schwarz beschmiert, tauchten weitere Dampfer auf. Die Mount Temple und die Californian stampften heran. Sie keuchten von der eiligen Fahrt.

»Wie viele Überlebende gibt es?«, fragte Nele einen Offizier, der gerade den Befehl gegeben hatte, die leeren Rettungsboote der Titanic hinaufzuziehen und an Deck aufzubocken.

»Etwa siebenhundert«, sagte er.

Das hieß, dass in dieser Nacht eintausendfünfhundert Menschen erfroren oder ertrunken waren. Nele versuchte, sie sich vorzustellen: der Berliner Alexanderplatz voller graugesichtiger Menschen mit leeren Blicken. Alle tot. Sie hörte wieder die Schreie, das Flehen um Hilfe und bekam Atemnot. Um sich abzulenken, fragte sie: »Wohin fahren wir?«

»Der Captain hat den Befehl gegeben, nach New York umzukehren. Übermorgen sollten wir dort ankommen.«

Auch als sich die Leute einer nach dem anderen ins Schiffsinnere zurückzogen, blieb sie an der Reling stehen. Sie war überreizt, als hätte sie drei Nächte nicht geschlafen. Sie stand da und ließ sich die Sonne ins Gesicht scheinen. Ihr Herz tat ihr weh, weil Matheus ihr Cäcilie vorzog. Wenigstens erinnerte die Sonne sie daran, dass sie am Leben war.

Jemand stellte sich dicht neben sie. Kaum drehte sie sich zu ihm, fuhr es ihr heiß durch die Glieder. Wie konnte einen der Anblick eines Menschen derart elektrisieren?

Matheus blickte in die Ferne, als hoffte er, dort die Zukunft zu erkennen. Schließlich sagte er: »Sie ist meine Frau.«

Nele schluckte. »Ich weiß.« Sie würgte an Worten, quälte sich. »Ich liebe dich, Matheus. Darf ich dich lieben?«

Er sah zu ihr hinüber. »Ich würde mir das wünschen. Du glaubst gar nicht, wie sehr. Ich hab nie eine Frau getroffen wie dich.« Seine Augen waren gerötet. »Aber ich kann Cäcilie jetzt nicht allein lassen.«

»Und was sie dir angetan hat, spielt alles keine Rolle mehr? Sie wollte zu diesem Engländer! Hast du das schon vergessen?« Während sie es aussprach, schämte sie sich für ihren Egoismus. Natürlich brauchte Cäcilie ihn.

Er sagte: »Samuel ist tot, Nele.« Er sah auf seine Hände. »Cäcilie gibt sich die Schuld, verstehst du? Ich weiß niemanden außer mir, der sie trösten könnte.«

Das war es also: Endlich konnte er der starke Mann an Cäcilies Seite sein, weil sie schwach war nach dem Tod ihres Kindes.

»Es tut mir leid.« Er umarmte sie. »Leb wohl, Nele.«

Die Umarmung brachte sie noch mehr in Aufruhr. Das ganze Universum schien zu applaudieren, als sie sich berührten. Sie waren doch füreinander geschaffen! Das Mitleid täuschte Matheus, richtig wäre es, zu ihr, Nele, zu gehen und Cäcilie dem Engländer zu überlassen. Wie konnte sie ihm das sagen?

Sie brachte nichts heraus.

Matheus löste sich aus der Umarmung und ging, ohne sich noch einmal nach ihr umzudrehen.

IV

SCHULD

30

Sechs Wochen später verließ Nele den Potsdamer Bahnhof in Berlin. Mildtätige New Yorker hatten für sie gesammelt und ihr die Rückfahrt finanziert. Eine Elektrische der Linie 1 rumpelte vorüber, Stadtring, Richtung Rosentaler Tor. Das Kreischen der Bahn in den Schienen kam ihr fremd vor, wie eine Erinnerung aus weit zurückliegenden Jahren.

Sie ging am Museum für Völkerkunde vorbei. Der Eintritt war frei, sie war bereits zwei Mal darin gewesen und hatte die Schätze bewundert, die Schliemann in Troja ausgegraben hatte. Eines Tages würde man das Gold aus dem Bauch der Titanic bergen, wie Schliemann die Goldschätze aus den Hügeln des Osmanischen Reiches geschart hatte. Der Gedanke daran zog düstere Gedankenfetzen nach sich: die Schreie, die Toten. Nele schüttelte sich. Lieber erinnerte sie sich an einen Kuss auf ihrem Bett. Matheus hatte sie geküsst mit zärtlichem Verlangen. Nie würde sie das vergessen.

In der Friedrichstraße sah sie einen Mann, der Eisblöcke in den Keller eines noblen Wohnhauses schleppte. Männer mit Werbeplakaten auf der Brust und auf dem Rücken quälten sich durch den Verkehr, schmutzig und unrasiert, Arbeitslose, die sich ein paar Pfennige verdienten. Die Automobile hupten wütend, weil sie ihnen ausweichen mussten. Schuld war das Gesetz, die Werbetafelmänner durften nicht den Bürgersteig benutzen.

Hier war das Leben einfach weitergegangen, die Menschen hatten eingekauft, die Müllabfuhr hatte die Mülltonnen ausgeleert, die Kinder waren zur Schule gegangen. Im Wintergarten waren die erfolgreichen Nummern fortgesetzt und die weniger erfolgreichen ausgetauscht worden. Währenddessen war sie, Nele, mit dem größten Dampfer der Welt im Atlantik untergegangen. Wie zerbrechlich das Leben ist, und wie unvorhersehbar!

Je näher sie ihrer Straße kam, desto stärker wurde das nervöse Auf und Ab in ihrem Magen. *Ich muss nicht hier sein,* hatte die Mutter zu ihr gesagt. *Ich kann morgen zurück nach Vohwinkel gehen, und dann kümmerst du dich allein um deine Wohnung und siehst einmal, in welche Lage du dich gebracht hast mit deinem Flittchenleben.*

Was, wenn sie inzwischen tatsächlich nach Vohwinkel gezogen war und Nele fand die Wohnung kalt und leer vor? Oder sie war vermietet an russische Auswanderer?

Neben der Nervosität war da auch ein wohltuendes Gefühl des Heimkehrens. Nele liebte das Unkraut, das aus dem hölzernen Pflaster der Ritterstraße spross. Sie liebte die fleckigen Hauswände. In die Wassertorstraße einzubiegen, ihr Zuhause seit so vielen Jahren, ließ sie aufatmen.

Die Maisonne schien warm auf die Toreinfahrt hinab. Auf der Straße übten die Jungs aus dem Nachbarhaus, auf Stelzen zu gehen, die sie selbst aus Besenstielen gefertigt hatten. Juchzend jagten sie einander.

Als sie den Hof betrat, freute sie sich über die vollen, fliegenumsurrten Mülleimer. Selbst der Toilettenverschlag war ihr vertraut und lieb. Der Altwarenhändler kniete daneben auf dem Boden, er putzte sein Fahrrad. Kurz sah er auf und nickte ihr zu. Es überraschte ihn nicht, sie zu sehen, wie sollte er auch wissen, dass sie mit knapper Not dem Tod entkommen war.

Im Hinterhaus stieg sie die knarrende alte Treppe hoch. Dann stand sie vor ihrer Tür. Sie hatte keinen Schlüssel mehr. Das war jetzt Mutters Leben, sie hatte sich daraus verabschiedet und konnte höchstens höflich fragen, ob sie zurückkehren durfte.

Nele klingelte. Sie hörte Schritte schlurfen, sie klangen wie die ihrer Mutter. Die Tür öffnete sich, und sie sahen sich in die Augen. Einen Moment lang geschah nichts, die Zeit war wie eingefroren. Schließlich zog ein Leuchten über Mutters Gesicht. Sie sagte: »Nele, Kind.«

Nach kurzem Zögern beugte sich Nele hinunter, um ihre Mutter zu umarmen. Die Mutter packte fest zu und zog sie an sich. »Ich hatte schon Angst, dich nie wiederzusehen«, sagte sie, und drückte gleich noch einmal zu. »Komm rein!«

Nele betrat die Wohnung. Sie kannte die Schimmelflecken an der Decke, den Fäulnisgeruch aus dem Küchenabfluss und die staubigen Bettkanten. Sie kannte das Gewühl der Töpfe und des Geschirrs. Ich lebe, dachte sie. Hier gehöre ich hin.

»Wo bist du gewesen?«, fragte Mutter.

»Ich war in Paris. Und in New York.«

Der Mutter fiel die Kinnlade herunter.

»Ich habe den Untergang der Titanic überlebt.«

»Du warst auf diesem Schiff?« Nun wurden Mutters Augen feucht. »Setz dich und erzähle mir alles«, sagte sie.

Nele erzählte. Sie redete so frei wie seit Langem nicht mehr, sogar von Matheus berichtete sie, von ihrem Schmerz, ihn gehen zu lassen, und dass sie, seit sie vor einer Stunde in Berlin angekommen war, ständig daran denken musste, dass er womöglich ebenfalls hier war und sie sich über den Weg laufen könnten.

Fürsorglich heizte die Mutter den Ofen an, obwohl es Mai war – als glaubte sie, ihr damit nachträglich zu helfen, weil sie stundenlang im eisigen Wasser gestanden hatte. Draußen wurde es dunkel. Mutter entzündete das Licht.

Der gelbe Schein der Gaslampe, ihr Schnarren und Zischen waren Nele vertraut. »Und du, Mutter, was hast du gemacht?«, fragte sie.

»Nichts Besonderes.« Die Mutter winkte ab. »Habe Hemden genäht, wie immer.« Sie sah schweigend vor sich hin. Dann blickte sie auf.

»Und ich hab dich vermisst, schrecklich vermisst. Ich hab mich geärgert über mich selbst, hab mich geschämt dafür, wie ich mit dir geredet habe. Nele, es tut mir leid, dass ich dein Tanzen nicht ernst genommen habe.« Leise sagte sie: »Wenn du es noch einmal mit mir probieren willst, will ich in Zukunft versuchen, dich zu verstehen.«

Nele bekam vor Rührung eine Weile keine Antwort heraus. »Und ich suche mir eine Arbeit«, sagte sie schließlich. »Du musst nicht länger für die Miete aufkommen. Tanzen kann ich auch am Abend.«

Vor dem Zubettgehen füllte die Mutter die kupferne Wärmflasche mit heißen Kohlen, steckte die Flasche in den gestrickten Überzug und gab sie Nele ins Bett. Es war warm im Zimmer, eine Wärmflasche war nicht notwendig. Aber Nele verstand, wie die Mutter es meinte, und nahm sie gern.

Gleich nachdem sie ins Bett gestiegen war, biss die erste Wanze zu.

In Charlottenburg schrillte die Klingel der Singvogels. »So spät am Abend?«, wunderte sich Matheus.

Cäcilie sagte: »Das wird die Nachbarin sein. Geh zu ihr, wenn sie dich fragt, das ist in Ordnung.«

Matheus öffnete die Wohnungstür.

Frau Bodewell machte ein verzweifeltes Gesicht: »Es tut mir sehr leid, Herr Singvogel, dass ich Sie so spät noch störe. Meine

Mutter spielt wieder verrückt. Ob Sie für einen Augenblick zu uns kommen könnten? Sie schaffen es immer so wunderbar, sie zu beruhigen.«

Das Lob tat Matheus gut. Außerdem half er der Nachbarin gern, es war ein leicht zu erlangendes Erfolgserlebnis. Ihre alte Mutter sprach tatsächlich gut auf ihn an. Aber er dachte daran, wie sich Cäcilie in der leeren Wohnung fühlen würde. Er ließ sie mitten in einem schwierigen Gespräch zurück, aufgewühlt und seelenwund. »Heute Abend kann ich nicht helfen«, sagte er. »Meine Frau braucht mich. Ich komme morgen und erkundige mich, ob es besser geworden ist, ja?«

Vor Verdatterung wusste Frau Bodewell nichts zu antworten. Sie nickte bloß.

Er schloss die Tür und kehrte zu Cäcilie zurück.

»Danke«, sagte sie.

»Zeig mir noch mal den Brief.« Er nahm ihn ihr aus der Hand und las:

Cäcilie,
es gibt ein Dokument, das du unterschrieben hast. Ich gebe dir vier Wochen Zeit für das Gespräch mit deinem Vater. Du wirst Ergebnisse liefern. Andernfalls ergeht es dir schlecht. Auch ich muss mich an gewisse Regeln halten.   L.

»Ich hasse ihn«, sagte sie.

»Reagier einfach nicht darauf.«

»Matheus, ich hatte diesen Brief in der Jackentasche! Er kann sich jederzeit an mich anschleichen! Soll ich den Rest meines Lebens in der Wohnung bleiben?«

»Wir wenden uns an die Polizei. Die stellen ihm eine Falle und fangen ihn.«

»Ich habe Angst.« Cäcilie griff sich an den Hals. »Ich war dabei, als er einen Mann erschossen hat. Wenn er merkt, dass wir ihn hintergehen –«

»Er hat *was* getan?«, unterbrach er sie.

»Einen Mann erschossen. Im Rettungsboot hat er eine Pistole gezückt und einem Mann, der auf uns zuschwamm, direkt ins Gesicht geschossen.« Sie erschauderte. »Meinst du«, flüsterte sie, »dass er uns irgendwie belauscht?«

»Wir können uns doch nicht von ihm erpressen lassen!«

»Vielleicht lässt er von mir ab, wenn ich ihm geliefert habe, was er haben will.«

»Das ist eine Sache für die Polizei, Cäcilie.«

»Und was sage ich denen? Dass mich ein englischer Agent bedroht, weil ich zugesagt habe, den Hofbankier des Kaisers auszuspionieren?«

Sie schwiegen. Streiten wir uns schon wieder?, dachte Matheus. Sein Inneres verknotete sich vor Sorge. Beide gaben sich Mühe: Er hatte neue Pantoffeln gekauft, weil Cäcilie sich über die alten, löcherigen immer geärgert hatte. Gleich in den ersten Tagen nach ihrer Rückkehr hatte er zudem einige Aufgaben in der Kirchengemeinde abgegeben, obwohl man ihn stürmisch begrüßt und seine Rückkehr als Wunder gefeiert hatte. Cäcilie ihrerseits machte ihm keine Vorwürfe mehr, wenn er abends spät vom Bibelkreis heimkam, im Gegenteil, sie fragte ihn interessiert, wie es gelaufen sei. Außerdem hatte sie begonnen, Stellenanzeigen zu lesen, und würde nächste Woche zu einem Vorstellungsgespräch im Allgemeinen Deutschen Automobil-Club gehen, um womöglich künftig im Berliner Hauptquartier als Empfangsdame zu arbeiten. »Dann kann ich mir ab und an ohne schlechtes Gewissen ein Kleid kaufen«, hatte sie gesagt und versucht, dabei nicht vorwurfsvoll zu klingen.

Dadurch, dass sie sich so anstrengten, büßte ihre Ehe allerdings auch an Leichtigkeit ein. Er hoffte, dass nach einiger Zeit die Anspannung einer neuen Vertrautheit weichen würde.

Seine Scham war bereits zurückgekehrt, auch wenn Cäcilie ihn mit Samthandschuhen anfasste. Er schämte sich für die schäbigen Sessel im Wohnzimmer und für die Gardine, die er noch als Junggeselle gebraucht gekauft hatte. Er schämte sich für seinen schlaffen, untrainierten Körper, obwohl Cäcilie vorgab, mit ihm zufrieden zu sein. Lyman hatte sie zweifellos mit seinem durchtrainierten Männerkörper in Versuchung gebracht. Andere Männer gingen zum Fechten oder zum Turnen in den Park. Sie stählten ihre Muskeln, sie boten den Frauen eine feste Schulter zum Anlehnen. Er aber konnte sich zu keiner Sportart überwinden, weil ihn Sport langweilte und ihm wie eine Zeitverschwendung erschien.

Was, fragte er sich, wenn es gar nicht an ihr liegt, sondern an mir? Warum kann ich mich nicht akzeptieren? Liebe deinen Nächsten wie dich selbst, hieß es in der Bibel. Seine Nächsten konnte er lieben, aber sich selbst, da haperte es. Vielleicht war allein er schuld an ihrer Ehekrise. Und auch das war einer dieser Gedanken, die er nicht haben sollte. Weshalb mache ich mich ständig selbst nieder?, dachte er.

Nele fiel ihm ein. Sie hätte eine gute Antwort gewusst.

Cäcilie sagte: »Ich weiß, wie ich es mache: Ich gehe zu Vater und beichte ihm. Dann bin ich für Lyman nutzlos geworden.«

»Wird er nicht wütend sein?«

»Wer, Lyman oder Vater?«

»Lyman.«

»Ich sage ihm, dass Vater mich durchschaut hat. Eine Spionin, die schlecht lügen kann, ist nicht zu gebrauchen.«

»Das sagst du ihm ausgerechnet mit einer Lüge.« Matheus grinste.

Ulrich, Vaters Chauffeur, war krumm und alt geworden. Sein Haar war nun vollständig weiß, und er saß tief über das Lenkrad gebeugt. Wie immer fuhr er souverän, man spürte die Erfahrung seiner Jahre hinter dem Steuer. Während manche Heißsporne durch Berlins Straßen rasten – obwohl die Höchstgeschwindigkeit von fünfundzwanzig Kilometern pro Stunde galt –, fuhr Ulrich eine konstante, ruhige Geschwindigkeit. Gemächlich steuerte er den Mercedes in die Einfahrt zur Villa. »Ich habe Sie lange nicht gefahren, Fräulein Singvogel.«

Niemand nannte sie so, ihr neuer Nachname war den Eltern verhasst, sie nahmen ihn nicht in den Mund. Es tat ihr gut, dass Ulrich ihn, ohne zu zögern, über die Lippen brachte. »Sag doch weiter du zu mir«, bat sie.

»Ganz wie du willst, Fräulein Singvogel.« Er lächelte in den Rückspiegel. »Du warst lange nicht da. Ich habe dich vermisst.«

Sie lächelte zurück. »Wie ist Vater gelaunt?«

»Habe ihn erst vor einer Stunde von der Börse abgeholt, er hat geschwiegen, wie immer.«

Der Vater ging, seit sie denken konnte, jeden Tag zur Börse und traf dort die anderen Finanzgrößen. Diese Kollegen waren seine wahre Familie. Er sprach von ihnen wie von engen Verwandten. »Wie laufen die Geschäfte?«

»Das kann ich dir leider nicht sagen. Ich weiß es nicht.« Ulrich hielt den Wagen an, stellte den Motor ab und stieg aus. Früher hatte er sich dafür nicht am Lenkrad abstützen müssen. Er öffnete Cäcilie den Schlag.

Sie bedankte sich.

»Wie lange bleibst du?«

»Nur ein paar Stunden. Bringst du mich wieder zum Bahnhof?«

»Selbstverständlich.« Er ging voran und öffnete ihr die Haustür.

So viel hatte sie von ihrer Erziehung behalten: Eine Dame berührte niemals die Haustürklinke. Dafür waren Bedienstete da. Sie trat in die Eingangshalle und sah die breite Treppe hinauf. Die hohen Decken, die Fenster zum Park hinaus, die hellen Räume mit Stuck waren ein ungewohnter Anblick für sie geworden. An der Wand hing der Vater, in Öl gemalt, als riesiges Porträt.

Sie musste an die Soireen denken, die Landpartien, die Tanzbälle. Dieser Teil ihres Lebens kam ihr im Rückblick wie ein Märchen vor. Vergiss nicht, sagte sie sich, du hast es nicht genossen, du warst damals fortwährend ärgerlich auf deinen Vater, und die Gespräche auf den Abendempfängen hast du als verlogenes oberflächliches Geplapper empfunden. Trotzdem versetzte ihr der Gedanke einen Stich. Ob sie es wollte oder nicht, sie sehnte sich nach einem Dinner mit seinen Gaumenfreuden, einem Dinner, für das sie sich schöne Kleider anzog und auf dem sie neugierige Blicke der Männer einfing.

»Soll ich dich dem Herrn Bankdirektor melden?«

»Bitte, ja, melde mich an.«

Die Mutter sang im Musiksalon den *Erlkönig*, begleitet von ihrem Lehrer am Flügel. Es waren vertraute Klänge. Gleich fühlte sich Cäcilie wieder wie eine Heranwachsende. Aus dem Souterrain drang der Duft von Stärke und frischer Wäsche, hier ging es zu den Wasch- und Mangelkammern, dahinter zu den Zimmern des Chauffeurs, der Köchin, der Dienstmädchen und zum Aufenthaltsraum für das Personal. Und oben, ihr Zimmer? War es neu eingerichtet, oder hatten die Eltern es belassen, wie es zu der Zeit ausgesehen hatte, als sie noch darin wohnte? Ihr Bruder Albert, der viel jünger war als sie, hatte schon damals sein eigenes Kinderzimmer gehabt.

Vater erschien auf der Treppe. »Cäcilie!« Er strahlte. »Ich erkenne dich kaum wieder, du wirst jedes Jahr schöner.« Mit einer Geschwindigkeit, die zu seinem dicken Bauch nicht recht passen wollte, polterte er die Treppe hinunter und nahm sie in den Arm. Als er ihr einen Kuss auf die Wange drückte, roch sie sein Rasierwasser, es war derselbe würzige Duft wie eh und je. Vater sagte: »Der Kaffeetisch ist noch nicht gedeckt, fürchte ich, aber vielleicht möchtest du –«

»Ich würde dich gern allein sprechen«, sagte sie. »Unter vier Augen.«

»Ich liebe Geheimnisse. Komm.« Er führte sie ins obere Stockwerk, in sein Büro. Auf einem der Sessel, die mit rotem Damast bezogen waren, nahm sie Platz. Er selbst setzte sich hinter seinen dunklen Schreibtisch aus Palisanderholz. »Hat dein Mann endlich seine theologischen Flausen aufgegeben und einen anständigen Beruf ergriffen? Er ist jung genug, er kann noch Karriere machen. Gustav Schröter, zum Beispiel, aus dem Vorstand der Deutschen Bank, weißt du, was sein Vater war? Droschkenfahrer! Gustav hat sich von ganz unten hochgearbeitet, er hat als Lehrling einer Eisenwarenhandlung angefangen. Der Mann hat Köpfchen. Und dein Matheus, der ist doch auch nicht dumm, warum sucht er sich nicht eine Arbeit?«

»Bitte, Vater, mach dich nicht wieder lustig über ihn.«

»Tue ich doch gar nicht. Hör mal! Mein Vater hat genauso Theologie studiert, bevor er die Bank gegründet hat. Matheus könnte bei mir im Büro anfangen. Ich habe dir dein Ausbüxen verziehen, ich bin gern bereit, euch auf die Beine zu helfen.«

Vater meinte es ernst. Natürlich würde Matheus niemals auf ein solches Angebot eingehen. Er würde sich erdrückt fühlen unter den übermächtigen Fittichen seines berühmten Schwiegervaters.

»Gerade ist eine Wohnung frei geworden in der Bellevuestraße, vierzehn Zimmer, elftausend Mark Jahresmiete. Das ist doch etwas Besseres als euer kleines Loch in Charlottenburg. Viele Kollegen von mir wohnen in der Bellevuestraße, ihr wärt gleich am Tiergarten, mitten im Grünen.«

»Ich muss dir etwas gestehen«, sagte sie.

»Ihr wollt nicht? Wenn deine jüngeren Geschwister in das Alter kommen, rede mit ihnen bloß nicht über die Ehe. Das arrangieren wir für sie. Ich will nicht, dass sie sich von deiner Unvernunft anstecken lassen.« Er schnaufte. »Was gibt es denn, was möchtest du mit mir besprechen?«

»Ein Mann hat mich nach dir ausgefragt, ein englischer Spion.«

Ludwig Delbrück lachte. »Da machst du so ein besorgtes Gesicht? Kind, ich bin von Spitzeln umgeben. Daran muss man sich gewöhnen, wenn man der Bankier des Kaisers ist und in vierzehn Aufsichtsräten der Industrie sitzt.«

»Er ist ein richtiger Agent, Vater. Kein Spitzel. Ich bin auf ihn reingefallen.«

»Dafür musst du dich nicht schämen, Cäcilie. Ich habe einfach mehr Übung. Ich erkenne die Parasiten schon von Weitem. Als mein Vater mit der Deutschen Bank Filialen in Yokohama und Schanghai eröffnet hat, war ich zwölf. Da hab ich die ersten Spitzel kennengelernt. Es gibt sie überall, das Geschmeiß hängt einem tagein, tagaus an den Waden. Sollen sie nur, die kleinen Blutsauger. Am Ende hauen wir drauf und zerquetschen sie zu Mus.«

»Er arbeitet für die englische Regierung. Und er hat mich gezwungen, ein Schriftstück zu unterschreiben, in dem ich mich zur Spionage für England verpflichte.«

Vater runzelte die Stirn. »Was wollte er von dir wissen?«

»Ob das Reich plant, ungedeckte Kriegsanleihen auszugeben.«

Er schwieg.

»Ich wollte das nicht unterschreiben.«

»Hast du ihm gesagt, dass wir ungedeckte Kriegsanleihen einplanen?«

»Nein. Das wusste ich ja nicht.«

Vater rief: »Hilde, es genügt. Gib Ruhe!«

Mutter hörte zu singen auf. Seit Cäcilie denken konnte, war jeder Vaters Wünschen gefolgt. Er war es gewöhnt, uneingeschränkt zu herrschen. Nichts und niemand durfte seine Autorität antasten. Cäcilie fragte leise: »Worum geht es hier? Wo bin ich da reingeraten?«

»Es geht um den Krieg. Krieg wird mit Geld geführt. Die stärkere Wirtschaft gewinnt.«

»Ich dachte, es gewinnt derjenige, der das größere Heer und die größere Schiffsflotte hat.«

Ludwig Delbrück lächelte herablassend. »Und woher kommen die Schiffe? Die Gewehre, Stiefel, Säbel, Patronentaschen, Zelte? All das muss hergestellt und bezahlt werden. Viele denken wie du, weil das Geld unsichtbar bleibt. Sie vergessen es. Aber letztendlich ist es das Geld, das einen Krieg gewinnt.« Er stand auf und holte ein Buch aus dem Regal hinter ihm. Stumm legte er es Cäcilie vor. *Finanzielle Kriegsbereitschaft und Kriegsführung* stand auf dem Einband. Vater sagte: »Kriege werden in erster Linie mit kommerziellen Mitteln ausgefochten. Die Nationen ringen mithilfe ihrer industriellen Kraft um die Vorherrschaft. Natürlich, sie gebrauchen Säbel und Gewehre, aber eigentlich sind es die Kapitalmärkte, die gegeneinander aufrollen.«

»Und was nützt es den Engländern, wenn sie erfahren, welche Art von Kriegsanleihen das Reich plant?«

»Eine Menge! Jeder versucht, bis zum Losbrechen des Krieges so viel wie möglich aufzurüsten. Das bringt die Völker bis an den Ruin. In England und in Frankreich geben sie bereits ein Drittel des nationalen Budgets für die Rüstung aus, im russischen Zarenreich genauso. Das sind immense Summen.«

»Rüsten wir genauso auf?«, fragte Cäcilie.

»Selbstverständlich. Wir versuchen zum Beispiel, eine Flotte zu bauen, die so stark ist, dass die Royal Navy sie nicht angreifen kann.«

»Angreifen kann sie doch immer.«

»Ja, aber England muss nach der Schlacht noch genug Schiffe übrig haben, um seine Insel zu verteidigen. Selbst wenn sie gegen uns gewinnen, haben sie verloren, sobald ihnen eine zu kleine Zahl an Schiffen bleibt. Wir sind nicht ihr einziger Feind. Ist die Flotte hinüber, sind beide wehrlos, Mutter England und ihre wichtigste Kolonie, Indien.«

»Was hat das mit unseren Anleihen zu tun?«

»Niemand weiß, wann der Krieg losbricht. Es ist schon eine Menge Druck im Topf. Irgendwann geht der Deckel hoch. Bis dahin rüsten die Staaten um die Wette, damit sie bei Kriegsbeginn das stärkste Heer haben. Wir planen heimlich, uns einen Vorsprung bei der Aufrüstung zu holen, indem wir ungedeckte Kriegsanleihen ausgeben. Das sind Anleihen, die wir nur mit Beutegut zurückzahlen könnten, also nur im Fall, dass wir den Krieg gewinnen. Es ist ein Wagnis. Verstehst du?«

Sie nickte. »Was können die Engländer uns antun, wenn sie das wissen?«

»Unser Finanzsystem ist ein empfindliches Gebilde. Sie könnten versuchen, uns in eine Inflation zu stürzen. In den letzten sechs Jahren haben wir Staatsanleihen in Höhe von mehr als vier Milliarden Mark ausgegeben, ihre Kurse sinken beständig. Das Ganze ist jetzt schon eine knappe Angelegenheit. Die Briten könnten –« Er unterbrach sich. »Nein, Cäcilie. Ich habe längst zu viel gesagt.«

»Das geht mich auch alles nichts an.« Cäcilie war verwundert. Ihr Vater nahm sie ernster als früher. Lag es daran, dass sie von Zuhause ausgezogen war? Vor acht Jahren, als sie noch unter seinem Dach gelebt hatte, hätte er sich niemals dazu herabgelassen, ihr das Wirken der Finanzmärkte zu erklären. Ihr Interesse schien ihm zu schmeicheln, so dass er zu einer weiteren Erläuterung ansetzte.

»Du musst dir klarmachen, wir stehen auf dünnem Eis, Kind. Vor fünf Wochen wurden die neuen Wehr- und Deckungsvorlagen beschlossen. Jetzt wollen sie vierzig Linienschiffe, zwanzig große Kreuzer und vierzig kleine Kreuzer haben, dazu die Geschwader von Unterseebooten und Torpedobooten, außerdem soll es zwei neue Armeekorps geben. Das sind Mehrausgaben von sechshundertfünfzig Millionen Mark. Mit einer mickrigen Branntweinverbrauchsabgabe werden wir das nicht bezahlen können. Es wird weitere Staatsanleihen geben, außerdem verwenden sie die Millionen, die eigentlich zur Schuldentilgung eingeplant waren. Erinnerst du dich daran, wie oft man früher die Goldmark in die Hand bekam? Als du noch klein warst?«

Sie erinnerte sich. In ihrer Kindheit waren Goldmünzen häufig gewesen, und die Silbermark. Geldscheine gab es damals kaum. »Ja«, sagte sie.

»Vor drei Jahren haben wir die Banknoten zum offiziellen Zahlungsmittel ernannt, aus einem einzigen Grund: Damit wir im Krieg rasch die Geldmenge vergrößern können. Wir drucken immer mehr davon, jetzt schon. Wenn wir nicht aufpassen, ist das Papiergeld bald nichts mehr wert. Die Staatsanleihen belasten den Kapitalmarkt zusätzlich, sie machen die Lage noch schlimmer.«

Sie nahm einen tiefen Atemzug. »Ich habe mir überlegt, dass ich ihm sage, ich wollte dich aushorchen, aber du hättest mich durchschaut. Dann bin ich für ihn nutzlos.«

»Das ist meine Tochter.« Er schlug mit der flachen Hand auf die Tischplatte. »Gescheit und gerissen!«

»Meinst du, es wird funktionieren?«

»Natürlich wird es das. Ich weiß, wie der Hase läuft. Und das Gute ist, so müssen wir nicht die Polizei einschalten.«

»Wegen meiner Unterschrift, damit ich nicht vor Gericht komme?«

»Das, und dann ist Jagow, der Polizeipräsident, nicht gerade gut auf mich zu sprechen. Er hat sich heute beim preußischen Handelsminister beschwert, ich würde Steuern hinterziehen.«

Die Mutter erschien in der Tür. »Cäcilie, Kind! Wie geht es dem kleinen Samuel?«

»Gut«, log sie.

31

Heimgekehrt, stand Cäcilie lange vor Samuels Tür. Sie brachte es nicht fertig, in sein Zimmer zu gehen. Die Spielsachen zu sehen, schlimmer noch, seine Socken und Hemden und Hosen, würde ihr das Herz brechen. Konnten sie das Zimmer nicht einfach so belassen? Vielleicht würde sie wieder schwanger werden, und sie bekamen erneut einen Jungen. Dann konnte er das Spielzeug seines älteren Bruders verwenden.

»Spiel noch ein bisschen«, sagte sie. »Ich rufe dich dann zum Essen, Samuel.« Sie lehnte die Stirn und die Hände an seine Tür. Was habe ich getan, dachte sie, was habe ich bloß getan! Hätte er nicht unseren Streit mitbekommen, dann wäre er beim Schiffsunglück bei uns gewesen und wäre trocken in das Boot gestiegen.

Wie hatte es angefangen? Mit dem Café Bauer. Nein, mit den Briefen! Sie ging ins Schlafzimmer, öffnete den Kleiderschrank. Hinter den Winterschlüpfern grub sie das Bündel Briefe heraus.

Ganz hinten waren Lymans gepresste Blumen und der Zettel. Sie holte ihn aus dem Umschlag.

Morgen, Café Bauer, 10 Uhr?

Sie konnte keinen klaren Gedanken mehr fassen. Wenn ich nicht dorthin gegangen wäre ... Wenn ich Matheus keine Vorwürfe gemacht hätte, dass er die Einladung nach Amerika ausschlug ...

Wenn ich nicht gesagt hätte, dass es diese neue Titanic gibt und dass ich damit einmal fahren möchte ...

Sie ging in die Küche und machte Feuer im Herdofen. Während die Flammen sich ins Holz fraßen, fiel ihr Blick auf die Vossische Zeitung, die Mutter ihr mitgegeben hatte. Ein Wort in der Überschrift erregte ihre Aufmerksamkeit: *Titanic-Katastrophe*.

Momentan findet in London die Untersuchung statt, die mehr Licht in die Begebenheiten bringen soll, die sich kurz vor und nach dem Untergang der »Titanic« an der Unglücksstelle abspielten. Ein paar kurze Auszüge seien aus den Verhandlungen wörtlich wiedergegeben.

Staatsanwalt: »Ist es Ihnen gar nicht eingefallen, dass Sie zurückrudern und versuchen sollten, einige der im Wasser um ihr Leben Ringenden zu retten?«

Sir Cosmo Duff Gordon, Mitglied der englischen Aristokratie: »Nein.«

Staatsanwalt: »Sie sahen aber, dass in Ihrem Boot Platz für mehr Passagiere war.«

Sir Cosmo: »Wenn man die Ruder und Masten hinausgeworfen hätte.«

Staatsanwalt: »Weshalb waren so wenige Personen in Ihrem Boot?«

Sir Cosmo: »Als es niedergelassen wurde, waren keine anderen Passagiere auf Deck.«

Staatsanwalt: »Sie hörten die Rufe der ertrinkenden Personen.«

Sir Cosmo: »Ja – ich glaube.«

Staatsanwalt: »Aber Sie kümmerten sich nicht im Geringsten darum?«

Sir Cosmo: »Nein.«

Staatsanwalt: »*Ein Zeuge – nämlich ein Oberheizer, noch dazu ein Schwede, also ein Ausländer – hat ausgesagt, man hätte ohne Gefahr für das eigene Boot zurückrudern können. Was sagen Sie dazu?*«

Sir Cosmo: »*Ich glaube, das wäre kaum möglich gewesen.*«

Staatsanwalt: »*Weshalb unmöglich?*«

Sir Cosmo: »*Ich wüsste nicht, wo wir hätten hinrudern sollen.*«

Staatsanwalt: »*Ich meine, warum ruderten Sie nicht in der Richtung der Hilferufe zurück.*«

Sir Cosmo: »*Ich weiß nicht.*«

Staatsanwalt: »*Also kurz, es wurde kein Rettungsversuch unternommen.*«

Sir Cosmo: »*Nein.*«

Staatsanwalt: »*Obwohl, wie Sie jetzt wissen, Sie vielen Menschen hätten das Leben retten können?*«

Sir Cosmo: »*Das weiß ich nicht.*«

Wütend warf sie die Zeitung in den Ofen. Einen nach dem anderen steckte sie die Briefe hinterher. Es tat ihr weh, es war, als würde mit den Briefen auch die Bewunderung verbrennen, die all diese Männer ihr gezollt hatten. Aber es war besser, sie schnitt sich den Weg durch diese Hintertüren ein für alle Mal ab.

Die Dielen im Flur knackten. Cäcilie stutzte. Sie war doch allein in der Wohnung! Matheus besuchte einige Greise in einem Altenheim, er konnte unmöglich schon zurück sein.

»Du heizt das Feuer mit Briefen?«

Die tiefe Stimme jagte ihr einen Schauer über den Rücken. Lyman. Wie war er in die Wohnung gelangt? Sie drehte sich um. Zeig keine Schwäche, ermahnte sie sich. »Kannst du nicht klingeln wie jeder andere? Spar dir dein Einbrecherwerkzeug in Zukunft.«

»Du warst bei deinem Vater«, sagte er und legte den Hut auf dem Küchentisch ab. »Was hat er dir erzählt?«

»Nichts.« Sie stand auf. »Ich habe versucht, ihn in ein Gespräch zu verwickeln, aber als ich auf das Thema Kriegsanleihen zu sprechen kam, hat er Lunte gerochen. Er hat gefragt, ob mich jemand angeheuert hat, um ihn auszuhorchen. Richtig wütend geworden ist er, und am Ende kam alles heraus. Jetzt weiß er von dir. Er weiß, dass ich dir berichten sollte.«

Lymans Körper spannte sich merklich an. »Willst du mich für dumm verkaufen?«

»Tut mir leid. Es ist die Wahrheit.«

»Ich habe Vorgesetzte, denen ich Ergebnisse liefern muss. Was soll ich ihnen sagen? Der Auslandsgeheimdienst kann mich zur Strafe nach Indien versetzen oder nach Afrika!« Er dachte nach. »Dein Vater schreibt Sitzungsprotokolle, wenn das Preußenkonsortium tagt. Bringe sie mir.«

»Ich weiß gar nicht, wo er die aufbewahrt.«

Lyman lächelte. Er trat näher und strich ihr zärtlich über das Gesicht. »Finde es heraus für mich. Tust du das?«

Seine Berührung rief in ihr einen so starken Abscheu hervor, dass sie zu zittern begann. Alles, was sie einmal an ihm schön gefunden hatte, widerte sie nun an: der schlanke Körper, das aristokratische Gesicht, die Cartier Santos am Handgelenk und der britische Dialekt. »Ich ... Ich kann nicht.« Sie wich von ihm zurück.

»Cäcilie«, sagte er, »ich leide doch genauso wie du unter den Erinnerungen. Jede Nacht träume ich von der Todesangst, die wir hatten. Aber es gab auch Schönes an Bord, erinnerst du dich?«

»Matheus kommt jeden Moment nach Hause.«

»Wir sind auf Gedeih und Verderb verbunden, du und ich, für immer. In unserem gefährlichen Auftrag genauso wie in der Liebe. Ziere dich nicht, mein Vögelchen.«

Sie hörte Härte und Gewalt in seiner Stimme, obwohl er sich bemühte, sie mit Worten zu liebkosen. Lyman war zornig. Er würde sich nicht abweisen lassen. Ahnte er, dass sie ihn absichtlich verraten hatte? Mit einer schnellen Bewegung hob sie den Schürhaken auf und hielt ihn drohend vor sich. »Ich will, dass du sofort meine Wohnung verlässt.«

»Du hast einen Vertrag unterschrieben.«

»Ich pfeife auf den Vertrag! Ich will dich nie wiedersehen!«

Er holte weiße Handschuhe aus den Taschen seines Jacketts hervor. Ohne Eile zog er sie an. Sein Blick war eine eiserne Klammer, aus der er sie nicht entkommen ließ.

»Was soll das ...?«

Lyman griff an seinen Rücken. Einen Moment später hielt er eine Pistole in der Hand. »Es gibt für mich keinen Grund, dich am Leben zu lassen, meine kleine Verräterin.« Die Pistole sah aus wie die, mit der er in der Nacht des Untergangs geschossen hatte, sie besaß einen dünnen eisernen Lauf und einen Haken an der Spitze. Lyman hielt ihr die Mündung vor das Gesicht. »Leg das Ding weg.«

Sie gehorchte.

»Und jetzt knie dich hin.«

Er erschießt mich, dachte sie. Sie sank auf die Knie.

Lyman drückte ihr die Pistolenmündung an den Kopf und sagte: »Die Kugel bricht durch deinen Schädelknochen und fährt dir ins Gehirn. Es tut noch ein bisschen weh anfangs, aber dann ist es rasch vorbei. Ein besserer Tod, als zu ertrinken, findest du nicht?«

Die Angst wurde übermächtig. Cäcilie bebte am ganzen Leib, und es brach aus ihr heraus. »Bitte, ich ... ich habe gelogen. Vater hat mir von den Kriegsanleihen erzählt.«

»Warum sollte ich dir das glauben?«

»Weil ich Dinge weiß, die ich gar nicht wissen dürfte. Das Deutsche Reich will eine Flotte bauen, die so stark ist, dass die

Royal Navy sie nicht angreifen kann. Jedenfalls nicht, ohne selbst zu große Verluste zu erleiden.«

»Das kann man in jeder Zeitung lesen.«

»Vater hat gesagt, das Geld gewinnt den Krieg. Um dem Reich einen Vorsprung zu verschaffen, planen sie, ungedeckte Kriegsanleihen auszugeben. So viele, dass sie das Geld nur mit Beutegut zurückzahlen könnten. Aber damit bringen sie das Finanzsystem in Gefahr. Wenn mit dem Plan etwas schiefgeht, stürzen wir in eine Inflation. Er hat gesagt, dass sie vier Milliarden Mark in Staatsanleihen ausgegeben haben und dass die Kurse sinken und dass das System zusammenbrechen könnte.«

»Was bist du doch für eine jämmerliche Frau.« Er ging in die Hocke, kam herab zu ihr und raunte: »Deinen eigenen Vater zu verraten, dein eigenes Land!«

Sie schluckte. Ihr Kopf wurde heiß.

»Aber ich hatte bei dir mit nichts anderem gerechnet. Du bist einfach eine untreue Seele. Wenn du einen Vorteil für dich siehst, schlägst du zu, nicht wahr? Du hast deinen Mann betrogen. Schämst du dich nicht?«

Tränen schossen ihr in die Augen.

»Dein Kind hast du alleingelassen. Dein wehrloses kleines Kind! Welche Mutter würde so etwas tun?«

Samuel ist tot, dachte sie. Er hat recht, ich bin schuld daran. Ich habe ihn umgebracht, ich hätte mich um ihn kümmern müssen!

»Und jetzt stößt du deinem eigenen Volk den Dolch in den Rücken. Dem ganzen Volk. Eine erbärmliche Egoistin bist du. England braucht deine Dienste nicht länger, Cäcilie, wer braucht Abschaum wie dich? Mit der Schuld wirst du leben müssen.« Er erhob sich und legte die Pistole auf den Tisch. »Wenn du es kannst.«

Durch den Tränennebel sah sie nichts, sie blinzelte, Tränen tropften auf den Boden. Ja, er hatte recht: Sie verriet jeden, wenn es ihr einen Vorteil brachte, Matheus, Samuel, ihren Vater und ihr Land. Sie verdiente nicht zu leben.

»Vielleicht bist du auch ein einziges Mal mutig und machst ein Ende, ehe du noch mehr Schaden anrichten kannst«, hörte sie Lyman im Flur sagen. Dann schloss sich die Wohnungstür.

Cäcilie erhob sich. Nicht einmal die Feinde Deutschlands wollten etwas mit ihr zu tun haben. Sie nahm die Pistole, richtete sie auf ihre Brust und dachte: Tu den anderen einen Gefallen und drück ab.

Augenblick, sagte eine erwachsene, ruhige Stimme in ihr, die ein wenig klang wie die ihrer Mutter. Du wirst ja noch fünf Minuten Zeit zum Nachdenken haben. Warum will Lyman, dass du dich erschießt? Bestimmt nicht aus moralischen Gründen.

Sollte sie nicht besser ihren Vater warnen? Lyman musste sich derweil in Sicherheit wägen, er musste glauben, dass sie sich erschossen hatte. Cäcilie richtete die Pistole auf die Wand und drückte den Abzug. Das war schwerer, als sie gedacht hatte. Plötzlich löste sich krachend der Schuss, und Arm und Schulter wurden wie von einem Hammer getroffen.

Cäcilie rieb sich die schmerzenden Glieder. Sie wickelte die Waffe in ein Geschirrtuch, legte sie in ihre Handtasche, zog sich die Schuhe an und verließ das Haus. Bevor sie auf die Straße trat, sah sie sich vorsichtig um. Lyman war nirgends zu sehen. Sie ging ins Postamt zur öffentlichen Fernsprechstelle und meldete ein Gespräch nach Grunewald an.

»Zwanzig Pfennige für bis zu drei Minuten«, sagte die Dame streng. »Danach wird es teurer.«

»Ich weiß.« Wollte ihr die Frau das Telephonat ausreden, oder was? Sie hielt sich den Hörer ans Ohr und wartete. Am anderen

Ende meldete sich Therese. »Ich bin's«, sagte sie, »könnte ich bitte meinen Vater sprechen?«

»Selbstverständlich. Einen Moment.«

Kurz darauf war Vaters kraftvolle Stimme zu hören. »Cäcilie? Was gibt es?«

Sie wendete sich ab, damit das Fräulein nicht ihr Gespräch belauschte, und raunte in den Hörer: »Er ist in die Wohnung eingebrochen und hat mich mit einer Pistole bedroht.« Davon zu reden, ließ ihre Knie so weich werden, dass sie sich am Schaltertresen abstützen musste.

»Wer? Der Spion?«

»Ja. Ich musste mich hinknien. Er hat mir die Waffe an den Kopf gehalten und wollte mich erschießen.«

Es wurde still in der Leitung. Schließlich sagte Vater: »Du hast die Pläne verraten.«

»Mir blieb nichts anderes übrig. Was tun wir jetzt?«

»Ich bin schuld. Ich hätte ihn ernster nehmen müssen und dir nichts verraten dürfen. Geh zur Polizei. Sie müssen diesen Kerl schnappen. Vielleicht hat er es seinen Vorgesetzten noch nicht weitergegeben.«

Das war gut, zur Polizei zu gehen. Eine Aufgabe zu haben. Nicht wehrlos zu sein. »Habe ich unserem Land den Dolch in den Rücken gestoßen?«, flüsterte sie.

Wieder war es still in der Leitung. »Geh bitte zur Polizei, Cäcilie.«

»Ich wollte das nicht. Er hätte mich erschossen!«

Das Telephonfräulein riss die Augen auf, es hatte offensichtlich den letzten Satz verstanden.

»Vielleicht lässt sich das Unglück noch abwenden«, sagte Vater. »Ich rede mit der Regierung und der Reichsbank. Sei vorsichtig, meine Kleine.«

Sie versprach es und legte den Hörer auf. Nachdem sie zwanzig Pfennig bezahlt hatte, rannte sie zur Polizei. Außer Atem öffnete sie die Tür. Der Beamte am Empfangstresen wollte ihr nicht glauben. Als sie allerdings die Pistole aus der Tasche holte, wurde sie von ihm in ein Vernehmungszimmer geführt.

Mehrere Polizisten verhörten sie. Cäcilie wurden Bilder aus der Verbrecherkartei vorgelegt; währenddessen sandte man Männer vom polizeilichen Erkennungsdienst zu ihr nach Hause. Sie sollten an der Wohnungstür nach Fingerabdrücken suchen. Das sei ein neues Verfahren, erklärten ihr die Polizisten, es werde helfen, den Spion zu fangen. Sie telegraphierten eine Suchmeldung an verschiedene Polizeistellen in den Vororten und Bahnhöfen.

32

Lyman Tundale blieb unauffindbar. Es stellte sich heraus, dass die Fingerabdrücke am Türknauf Matheus gehörten. Ludwig Delbrück musste davon ausgehen, dass der britische Secret Service durch den Agenten über die Schwächen und Tricks der deutschen Kriegsfinanzierung informiert worden war.

Er schlief nicht mehr. Die besorgten Ärzte bescheinigten ihm »hochgradige Nervosität«. Rastlos pflügte Cäcilies Vater durch die Regierungsämter, schrieb Briefe, warnte die Bankiers. Dennoch gelang es den Entente-Mächten, diskret deutsche Staatsanleihen zu kaufen. Sie sammelten immer mehr davon. Als Frankreich die Anleihen schließlich auf einen Schlag verkaufte, geriet der deutsche Kapitalmarkt ins Wanken. Ludwig Delbrück sah seine Befürchtungen bestätigt.

Umgehend suchte er den Kaiser auf. Im Stadtschloss auf der Spreeinsel wartete er unter einem pompösen Deckengemälde und plante das vor ihm liegende Gespräch. Viel hing davon ab, den Kaiser nicht mit Vorwürfen in die Ecke zu drängen. Wilhelm reagierte empfindlich, wenn man ihm eine Schwäche unterstellte.

Er hatte die gesamte Kindheit und Jugendzeit lang darunter gelitten, kein gesunder Thronfolger zu sein. Dass bei seiner Geburt sein linker Arm beschädigt worden war, hatte die strenge englische Mutter als persönliches Versagen aufgefasst, und fortan versuchte sie, die Behinderung ihres Sohnes zu beheben. Sie hatte den kranken Arm in ein frisch geschlachtetes Kaninchen einnähen lassen. Als das nichts fruchtete, ließ sie Wilhelm Metallgerüste umschnallen, die seine Haltung verbessern sollten. Der Arm blieb kürzer als der rechte und war bis heute nur eingeschränkt beweglich. Schlimmer als der körperliche Schaden aber war der seelische. Wilhelm kämpfte, solange Ludwig ihn kannte, gegen die innere Unsicherheit an. Er trat herrisch auf, forcierte die militärische Aufrüstung des Kaiserreichs und das Erwerben weiterer Kolonien in Afrika und der Südsee, er verlangte, dass das Deutsche Reich als Weltmacht behandelt wurde.

Um anderen zu imponieren, kleidete der Kaiser sich in Offiziersuniformen aller Herren Länder, die er mitunter sechs Mal am Tag wechselte. Da war die rote Husarenuniform mit grünem Ordensband. Die Uniform der First Royal Dragoons. Die von ihm selbst entworfene deutsche Admiralsuniform. Da waren Stiefel, die über die Knie reichten, und aufwändig gefertigte Schulterklappen.

Ludwig schreckte auf: Der Kaiser betrat den Raum, heute in Garde-du-Corps Uniform mit schwarzem Kürass und Purpurmantel, sogar den langen Feldherrnstab trug er bei sich. Schlechter hätte es nicht kommen können – der Kaiser erschien in französischer Uniform, während er, Ludwig, ihm klarmachen musste, dass Frankreich dabei war, das Deutsche Reich zugrunde zu richten.

»Mein lieber Ludwig«, sagte der Kaiser schroff, »du weißt, ich habe wenig Zeit.«

»Wieder endlose Delegationen?«

»Nicht nur das, nicht nur das. Die vermaledeite Presse plagt mich. Womöglich muss ich Madlitz diesmal ausfallen lassen.«

Das sagte er jedes Jahr und kam dann doch. »Ich habe ein wichtiges Anliegen, Wilhelm. Frankreich hat heimlich deutsche Staatsanleihen angesammelt und sie heute auf einen Schlag verkauft.«

»Du konntest das nicht verhindern?«

»Niemand kann das. Wir müssen die Ausgaben reduzieren, wir dürfen das Reich nicht noch tiefer verschulden, sonst droht der Kollaps.«

»Nun übertreibe mal nicht. Der wirtschaftliche Aufschwung ist nicht aufzuhalten. Ich habe seit zwanzig Jahren den technologischen, naturwissenschaftlichen und industriellen Fortschritt gefördert. Dieser Fortschritt wird uns vorantragen. Noch ein, zwei Jahre, dann überflügeln wir als Weltmacht alle anderen Nationen.«

Ludwig brach der Schweiß aus. Wie sollte er es ausdrücken, ohne den Kaiser zu erzürnen? »Ich habe bereits mit der Regierung gesprochen. Sie sagt, solange die Konservativen direkte Steuern verhindern, bleibt ihr nichts anderes übrig, als den Staat höher zu verschulden, nur so kann sie die Kosten der bevorstehenden Mobilmachung stemmen. Aber wenn wir das Rüstungsbudget nicht auf eine solide Grundlage stellen –«

»Mein Großvater hat mir die Aufgabe eines Kaisers beigebracht, ›allzeit Mehrer des Deutschen Reiches zu sein‹«, unterbrach ihn Wilhelm. »Wir brauchen ein starkes Heer und eine Kriegsflotte, die sich mit den Flotten Englands und Frankreichs messen kann. Anders ist internationales Prestige nicht zu erlangen.«

»Das sehe ich ein. Ich sage auch gar nichts dagegen. Nur der Weg dorthin … Wir geben Milliarden aus für die Aufrüstung und lassen auf dem internationalen Parkett die Muskeln spielen. Währenddessen sind wir von einem gefährlichen Infekt befallen, dem Infekt eines schwachen Kapitalmarkts. Immer mehr Goldstücke zu zehn und zwanzig Mark werden durch Papiergeld ersetzt. Eigentlich sollten die Geldscheine wenigstens zu einem Drittel mit Goldreserven gedeckt bleiben, aber die Reichsbank gibt so viele heraus, dass die Sicherung unterlaufen wird. Was nützt es unserem Land, eine große Armee zu haben, wenn es bankrottgeht?«

Der Kaiser kniff die Augen zusammen. An der Rechten, die er um den Feldherrnstab geschlossen hielt, traten die Knöchel weiß hervor. »Dass du es wagst, in diesem Ton mit mir zu reden! Wir werden nicht einknicken vor der Feinden, niemals. In dieser Stunde, wo alle Welt rüstet und rüstet, soll ich die Ausgaben zusammenstreichen? Du hörst dich an wie ein Agent der Tripelentente!« Selbst seine hochgezwirbelten Bartspitzen schienen vor Wut zu zittern. »Ich sage dir, was ich tun werde. Ich werde die Ausgaben zur Kriegsvorbereitung noch erhöhen! Das ist die Antwort, die Frankreich auf seinen schäbigen Angriff erhält. Am Ende werden sie die Zeche zahlen. Und du, Ludwig, überlege dir gut, auf welcher Seite du stehst.« Damit stampfte er zur großen Flügeltür und verließ den Saal.

Ludwig stand da und konnte sein Scheitern nicht fassen. Die Bedeutung der kaiserlichen Worte sank wie Blei in ihm nieder. Die Regierung war blind, der Präsident der Reichsbank ebenfalls, und nun hatte er auch den Kaiser für sein Anliegen verloren. Der Zusammenbruch stand unmittelbar bevor.

Er tappte nach draußen, stieg in den Wagen ein. Während Ulrich ihn durch Berlin fuhr, dachte er: Hätte ich diesen Spion von Anfang an ernst genommen, wäre es nicht so weit gekommen. Ich wäre nicht verantwortlich.

Aus Arroganz, aus Selbstüberschätzung hatte er das deutsche Volk zugrunde gerichtet, das Volk von Goethe, Beethoven, Leibniz und Bach. Er, Ludwig Delbrück, hatte sein Ende besiegelt.

Wenn sich an der Börse herumsprach, dass er die Schuld am Kollabieren des Kapitalmarkts trug, war er erledigt. Und anschließend mitzuverfolgen, wie sein Land vernichtet wurde, Tag für Tag die Niederlagen zu erfahren, die er verursacht hatte, das überstieg seine Kräfte.

Zu Hause angekommen, ging er hinauf ins Büro und arbeitete, bis der Schreibtisch leer war. Anschließend legte er sein Testament in die Mitte des Tischs. Es war der 12. März 1913. Ludwig Delbrück ging ins Badezimmer, knüpfte eine Schlaufe, nahm einen letzten Schluck Wasser und erhängte sich.

Seine Frau fand ihn einige Stunden später, als sie von einem Ausflug mit Freundinnen heimkehrte.

Cäcilies Bruder Adelbert wurde, nur fünfzehnjährig, an des Vaters Stelle Teilhaber des Bankhauses Delbrück, Schickler & Co. Den Vater beerdigten sie auf dem Friedhof hinter dem Halleschen Tor. Die Sonne strahlte warm, als begriffe sie das Unglück nicht.

Am Abend nach der Beerdigung wagte sich Cäcilie zum ersten Mal in Samuels Zimmer. Schon schöpfte Matheus Hoffnung, dass sie den Tod des Vaters besser verkraftet haben könnte als befürchtet – da hörte er, wie sie drinnen sagte: »Ich helfe dir beim Aufräumen, mein Liebling. Du musst aber mitmachen. Nein, Schatz, jetzt wird nichts Neues aus dem Regal geholt.« Sie wischte Staub und setzte alle Spielsachen an ihren Platz.

Da Deutschland im Wettrüsten mit den Entente-Mächten finanziell nicht länger mithalten konnte, sah sich die Regierung gezwungen, ihnen den Krieg zu erklären. Sie nahm den Mord am österreichischen Thronfolger Franz Ferdinand zum Anlass. Am 1. August 1914 erklärte Kaiser Wilhelm II. vom Balkon des Berliner Stadtschlosses einer jubelnden Menge: »Will unser Nachbar es nicht anders, gönnt er uns den Frieden nicht, so hoffe ich zu Gott, dass unser gutes deutsches Schwert siegreich aus diesem schweren Kampfe hervorgeht.« Noch am selben Tag erfolgte die Mobilmachung.

Am 4. August beschloss der Reichstag Kriegskredite. Neue Anleihen wurden ausgegeben: *Schmiede das deutsche Schwert – zeichne die Kriegsanleihe!* Einer bösen Ahnung folgend, stellten sich Tausende bei den Banken an und tauschten ihr Papiergeld in Goldmünzen um. Eilig wurde die Verpflichtung der Banken, Geldscheine in Gold umzutauschen, für die Zeitdauer des Krieges ausgesetzt, man versprach, sie »nach dem gewonnenen Krieg« wieder einzuführen.

Die Staatenbündnisse in Europa führten zu einer Kettenreaktion der Kriegserklärungen. Österreich-Ungarn hatte Serbien den Krieg erklärt, Deutschland hatte Russland und Frankreich den Fehdehandschuh hingeworfen. Daraufhin traten Australien, Kanada, Großbritannien, das Osmanische Reich, Japan, Italien, Bulgarien und Rumänien in den Krieg ein. Die Völker begrüßten ihn freudig, jedes Land rechnete sich Chancen auf einen schnellen Sieg aus.

Cäcilie trug Samuels Handschuhe in ihren Manteltaschen, und als Matheus verwundert nach dem Grund fragte, erklärte sie: »Der Junge zieht sich nie richtig an. Wenn dann ein kalter Wind weht, hat er eisige Finger.«

Auf französischem Boden zog sich ein Stellungskrieg hin, der zahllose Menschenleben forderte. Die deutschen Frauen strickten Strümpfe für die Männer an der Front. Sie sammelten Kartoffeln und Geld für die Lazarette.

Verbissen kämpften die Armeen, angestachelt durch Propagandaberichte. Man sagte ihnen, die Feinde seien für Massenvergewaltigungen und Verstümmelungen verantwortlich. So standen sich auf beiden Seiten der Front Männer gegenüber, die Frauen und Kinder verteidigen wollten.

Die Deutschen ließen vom Wind Chlorgas in die Schützengräben der Gegner wehen und brachten damit Tausende um. Die Franzosen antworteten mit Phosgen, sodass die Deutschen an ätzendem Lungengift erstickten.

Cäcilie, nach außen hin eine tatkräftige, gesunde Frau, die halbtags als Empfangsdame beim ADAC arbeitete, kaufte neue Spielsachen für Samuel. In einer Schachtel sammelte sie ihm Federn und schöne Steine, sie sagte: »Warum haben wir nicht viel früher angefangen, gemeinsam zu sammeln?«

Die meiste Zeit des Tages verbrachte sie allerdings damit, von Geschäft zu Geschäft zu laufen, um entsprechend ihrer Zuteilungskarten Lebensmittelrationen zu erhalten. Das Geld, das sie von ihrem Vater geerbt hatte, half nichts. Vielerorts waren die Regale leer.

1916 verdarb durch den verregneten Herbst bei einer Kartoffelfäule die Hälfte der Ernte. Deutschland hungerte. Verzweifelt gaben die Städte Steckrüben an die Bevölkerung aus.

Brände in Berlin loderten lange, nahezu alle Feuerwehrmänner waren an der Front. Bis zum 1. Dezember 1916 wurden zehn Millionen Männer eingezogen, das entsprach dreißig Prozent der männlichen deutschen Bevölkerung. Matheus blieb verschont. Er hatte viele Beerdigungen abzuhalten.

1917 traten die Vereinigten Staaten von Amerika in den Krieg ein, außerdem China, Griechenland und Brasilien. Familienväter erschossen sich gegenseitig, Marineangehörige in U-Booten versenkten Marineangehörige in Schiffen, weil sie unter anderer Fahne fuhren. Die ganze Welt schoss und lud nach und schoss.

Cäcilie kaufte Samuel ein Buch mit Kinderreimen, sie las ihm am Abend daraus vor. »Regen, Regentröpfchen/regnet auf mein Köpfchen/regnet in das Rumbelfass/alle Bübchen werden nass.«

Matheus stand in der Tür und sah, wie sie sanft über das leere Kopfkissen strich. Er sagte leise: »Er fehlt dir, nicht wahr?«

Aber sie tat, als habe sie es nicht gehört.

Beim Frühstück am nächsten Morgen fragte sie plötzlich: »Wo ist Samuel?«

Matheus hatte das Gefühl, ein Drahtseil würde seine Brust fester und fester zusammenschnüren. »Er ist gestorben, mein Liebling.«

»Kannst du ... Kannst du mich halten?«, flüsterte sie.

Er stand auf und ging um den Tisch zu ihr hin. Er kniete sich vor ihren Stuhl und nahm sie in den Arm. Cäcilie grub ihr Gesicht in seine Halsbeuge. Tränen nässten seinen Hals, ihr Körper bebte.

Matheus strich ihr über den Rücken. »Ich weiß.«

Er brachte sie hinüber zum Sofa. Lange hielt er sie im Arm.

Matheus versuchte, Cäcilie im Hilfsdienst zur Kinderbetreuung unterzubringen. Die meisten Männer waren an der Front, die Frauen arbeiteten, um ihre Kinder und die alt gewordenen Eltern zu ernähren. Deshalb hatte die Kirchengemeinde diesen Hilfsdienst gegründet. Matheus hoffte, der Umgang mit den Kindern würde sie von Samuel ablenken, indem sie ihre Fürsorge diesen vernachlässigten Kindern schenkte.

Schon nach dem ersten Tag kam Cäcilie verstört heim. Sie vergleiche jeden Jungen mit Samuel, sagte sie, Alter, Statur, Wortwahl, überall sehe sie Samuel oder Kinder, die jünger seien als er oder solche, die kräftiger seien als er, ähnliche Bilder malten, genauso konzentriert ihre Schuhe banden.

Sie versuchte es noch eine halbe Woche, dann ging sie nicht mehr hin. Sie wolle nicht darüber reden, sagte sie. Auch als die Polizei ihnen meldete, man habe den englischen Spion an der Grenze nach Belgien gefasst, blieb Cäcilie stumm. Sie nahm kommentarlos zur Kenntnis, dass Lyman Tundale, der eigentlich Henry Holloway hieß, zwei entführte Kinder bei sich hatte und sie mit einem Kletterrahmen über den Hochstromzaun hieven wollte. Als man ihn festnahm, hatte er versuchte, den Soldaten weiszumachen, die Kinder gehörten zu ihm und ihre Mutter werde nachkommen.

Die zugeteilten Nahrungsrationen wurden kleiner. Gleichzeitig war die Mark durch die Schuldenwirtschaft und das ungehemmte

Gelddrucken der Regierung nur noch halb so viel wert wie zu Beginn des Krieges. Viele Familien hungerten, auch Matheus und Cäcilie verbrachten die Tage mit knurrendem Magen. Aus Mangel an Getreide wurde das Brot mit gemahlenem Stroh gestreckt, es schmeckte bitter und reizte den Magen.

Sie hassten den Krieg. Trotzdem gaben sie ihre Eheringe zur Kriegsfinanzierung hin und nahmen dafür eiserne Ringe entgegen mit der Aufschrift: »Gold gab ich für Eisen.« Sie hatten es satt, wegen der goldenen Ringe schief angesehen zu werden.

Dann, endlich, war der Krieg verloren. Mehr als fünfzehn Millionen Menschen hatten ihr Leben gelassen. Vertreter der Regierungen unterzeichneten den Vertrag von Versailles. Das Deutsche Reich musste Elsass-Lothringen an Frankreich abtreten und Posen und Westpreußen an Polen, es verlor ein Siebtel seines Territoriums. Die Sieger verlangten außerdem hohe Reparationszahlungen, die Forderungen stiegen bis auf zweihundertneunundsechzig Milliarden Goldmark, die in zweiundvierzig Jahresraten bis 1962 abzuzahlen seien.

Statt großer Beute, mit der die Kriegsanleihen an die Bevölkerung zurückerstattet werden sollten, stand das Deutsche Reich mit Bergen von Schulden da. Trotzig druckte die Regierung Papiergeld nach. Um zu beweisen, dass es dem Reich unmöglich war, die verlangten Reparationen zu bezahlen, ruinierte sich der Staat durch die Inflation.

Einbeinige, Einarmige bettelten in den Straßen, Männer, denen Senfgas das Gesicht verätzt hatte. Cäcilie fühlte sich auf eine Weise, die sie Matheus nicht erklären konnte, für jedes einzelne Schicksal verantwortlich.

Im Oktober 1921 besaß die Mark nur noch ein Hundertstel ihres Wertes vom August 1914, im Oktober 1922 ein Tausendstel. Ein weiteres Jahr später kostete ein US-Dollar mehr als vier Billionen Mark. Wer einen einfachen Brief verschicken wollte, zahlte zehn Milliarden Mark für die Briefmarke. Neue Geldscheine mit hohen Werten wurden gedruckt, jeder hatte bald Millionen im Portemonnaie, und wert waren sie nur Pfennige.

Die Löhne der Arbeiter reichten kaum mehr zum Überleben, die Ersparnisse der Bürger zerschmolzen. Woche für Woche stieg die Arbeitslosigkeit. Die deutsche Wirtschaft brach zusammen.

Jeden Abend redete Matheus mit Cäcilie. Er hielt ihre Hand, er nahm sie in den Arm, er sagte ihr, dass die Kriegstoten nicht ihre Schuld seien, genauso wenig, wie sie Schuld an Samuels Schicksal trage. Es war, als käme keines seiner Worte bei ihr an. Sie aß kaum noch, und auf ihrer blassen Haut zeichnete sich ein Schweißfilm ab, als litte sie unter Fieber.

Samuels achtzehnter Geburtstag fiel auf einen Sonntag. Als Matheus am Morgen zum Gottesdienst aufbrach, entschuldigte sich Cäcilie, sie sei zu schwach, um mitzukommen. Ausgerechnet heute wollte Matheus sie aber auf keinen Fall allein lassen. Er schlug vor, ein Taxi zu bestellen.

»Ich komme schon zurecht«, sagte sie, und lächelte. »Erzähl mir dann, wie die Predigt gelungen ist!«

Er sagte: »Also gut. Bleib du im Bett. Ich komme sofort wieder, wenn der Gottesdienst vorüber ist, und koche für uns.« Er küsste sie auf die Stirn, sah ihr noch einmal besorgt ins Gesicht. Als sie erneut lächelte, ging er.

Nach dem Gottesdienst war Cäcilie fort. Matheus rannte durch die Straßen, er suchte Cäcilies Lieblingsplätze ab, die Parkbank unter der Ulme, das kleine Café am Knie, die Schloßbrücke. Bei der Brücke über die Spree gab es einen Menschenauflauf. Er drängelte sich nach vorn. Polizisten knieten neben einem Körper, den sie aus dem Wasser gezogen hatten, einem Körper in Cäcilies zitronengelbem Kleid, schmächtig, abgemagert. Reglos.

»Das ist meine Frau.« Matheus warf sich zu ihr auf den Boden. Er schüttelte ihre Schultern. »Cäcilie!« Er griff unter ihre Achseln, hievte sie in die Höhe. Aber der Leib blieb schlaff.

Ein Polizist sagte: »Es tut mir leid. Sie ist tot.«

Matheus hörte nicht zu. »Damit machst du ihn nicht wieder lebendig«, schrie er Cäcilie an, »du musst nicht ertrinken, du nicht! Warum trägst du denn diese verdammte Schuld?« Er sank nieder und ließ Cäcilie zu Boden rutschen. Tränen rannen ihm über die Wangen.

33

Matheus räumte das Kinderzimmer aus, das Zimmer eines Siebenjährigen, der inzwischen achtzehn sein sollte. Er nahm die Bilder von der Wand, die sein Sohn gemalt hatte. Besonders lange hielt er eines in der Hand, auf dem eine Lok durch den Schnee fuhr, kaum erkennbar war sie, nur mit feinen Strichen angedeutet. Samuel wäre ein feiner junger Mann geworden, dachte er, ein sensibler, aufmerksamer Mann.

Die Spielsachen brachte Matheus zum Waisenheim. Dort stürzten sich die Kinder darauf. Allein die Blechlok behielt er und stellte sie auf die Kommode im Wohnzimmer.

Nichts war mehr wichtig, nicht die Gemeinde, nicht die Nachbarn, die Predigten nicht, und auch das Buch, das er zu schreiben begonnen hatte, war bedeutungslos. Er saß im Wohnzimmer, lauschte dem Ticken der Uhr an der Wand und atmete. Er aß und schlief.

Ohne Cäcilie wurde die Welt für Matheus klein. Er bekam kaum etwas vom Putschversuch in Bayern mit, über den in Berlin alle redeten, von der Schießerei und den getöteten Polizisten. Er hörte abwesend den Namen Adolf Hitler, vergaß ihn aber gleich wieder. Hitlers Wunsch, die Macht im Deutschen Reich zu übernehmen, zerplatzte, während Matheus sich einen Tee kochte. Er dachte viel an Cäcilie, meistens an die Zeit, in der sie zusammengekommen waren. Wie sie gelacht hatte! Einmal hatte sie sich vor

Lachen an ihm abstützen müssen und nahezu einen Bauchkrampf bekommen, als man mit dressierten Hunden am Berliner Hohenzollernplatz für Rex-Tee warb. Die Kunststücke der mit Werbedecken bespannten Tiere hatten so albern ausgesehen.

Politik interessierte ihn nicht mehr, Reichsrat und Reichstag, der neue Präsident Friedrich Ebert, der Kaiser im Exil in den Niederlanden, es war ihm gleichgültig. Er ging einkaufen im Kolonialwarenladen, ignorierte den mitleidigen Blick der Verkäuferin, bezahlte und kehrte heim.

Nach einigen Wochen begann er, wieder an seinem Buch zu arbeiten. Er schrieb darüber, wie alles schneller wurde, wie die Maschinen und die massengefertigten Waren das Leben veränderten. Er schrieb über seine Kindheit, die noch so anders gewesen war, mit Gesprächen auf der Straße, Dösen im Sonnenschein, Zeit zum Beobachten von Tieren. Dabei wusste er, dass er selbst Betroffener war und die letzten Jahre viel zu schnell gelebt hatte.

Die alte Schreibmaschine war wie eine Mitbewohnerin, an manchen Tagen war sie schlecht gelaunt, dann blieb beim Tippen das Farbband hängen oder die Hebel verhedderten sich. Er redete ihr gut zu. Nie schimpfte er mit ihr, überhaupt schien es ihm, als habe die Einsamkeit ihn geduldiger gemacht.

Man fragte vorsichtig an, ob er die Arbeit in der Kirche fortsetzen könne. Er versprach, in fünf Wochen, am 1. August, wieder einzusteigen. Die Wochen verstrichen wie im Flug. An seinen letzten freien Tagen spazierte er durch die Stadt und ging an jeden Ort, mit dem er Erinnerungen an Cäcilie verband. Je ausgelassener das Leben um ihn herum tobte, desto einsamer kam er sich vor ohne sie und ohne Samuel.

Er würde Samuels Zimmer vermieten, nahm er sich vor, vielleicht an einen Studenten. Dann musste er nicht mehr allein frühstücken und zu Abend essen.

Ein einarmiger Losverkäufer sprach ihn an. »Das ist Ihr Tag heute, Sie gewinnen! Können Sie nicht ein wenig Lebensglück gebrauchen?«

Matheus kaufte ein Los. Es war eine Niete.

»Das tut mir leid«, sagte der Verkäufer. »Das nächste gewinnt bestimmt!«

Aber Matheus ging weiter. Obwohl er nichts einkaufen wollte, spazierte er zu Wertheim und staunte über die Blumengirlanden von Fenster zu Fenster, die eleganten Terrassen, die Aufzugjungen. Er wurde empfangen wie ein König. War Cäcilie deshalb immer so gern hierhergegangen?

Persische Teppiche wurden mit Lampen beleuchtet, es gab indische Shawls, mit Gold durchflochtene Tücher. Schier alles konnte man hier kaufen: von Briefpapier über Tierfutter hin zu Möbeln, Schuhen und Zubehör für Automobile.

Was ihn verblüffte, war, dass jeder Kunde das Recht hatte, die Waren ausgiebig zu betrachten und sogar anzufassen. In den Bekleidungs- und Schuhgeschäften, die er kannte, war das nicht so. Man wurde bedient, und bis zur Bezahlung gehörte die Ware dem Kaufmann, nur ihm und seinem Personal war es gestattet, sie herzuzeigen. Nicht so im Kaufhaus. Hier befühlten die Kunden das Angebotene, als sei es bereits ihres.

Ebenfalls überraschte ihn, dass Wertheim ein Umtauschrecht gewährte und sogar auf Informationstafeln dafür warb – wer unzufrieden war oder das Falsche erworben hatte, konnte es zurückbringen und sich etwas Neues aussuchen.

Die jüdischen Kaufleute bewiesen, dass sie mit der Zeit zu gehen wussten. Georg Wertheim beherrschte es perfekt, die moderne, helle, glänzende neue Warenwelt zu präsentieren. Genauso Oscar und Martin Tietz, denen das Kaufhaus des Westens gehörte und die Tietz-Warenhäuser. Matheus hatte in letzter Zeit häufig gehört, wie die Leute über die Juden schimpften. Jetzt verstand er, warum: Man war schlichtweg neidisch auf ihren Erfolg.

Je länger er durch die Etagen wanderte, desto unwohler fühlte er sich. Er brauchte eine Weile, bis er begriff, was ihn störte. Das Warenhaus erinnerte ihn an die Titanic. Es glänzte, es strahlte gerade so wie der Luxusdampfer. Selbst die Menschen, die hier einkauften, ließen ihn an die Passagiere der Titanic denken.

Ein Angestellter lud ihn in einen Rauchsalon ein, er dachte wohl, Matheus sei mit seiner Frau hier und langweile sich, während sie Hüte anprobierte. Matheus lehnte höflich ab und verließ das Warenhaus.

Er ertappte sich dabei, wie er einer Frau auf die blassen Schenkel starrte. Er hatte noch nicht gelernt, mit der neuen Mode umzugehen, den Röcken, die nur bis zu den Knien reichten, und dem knabenhaft schlanken, sportlichen Aussehen der Mädchen. Auch die Gesichter hatten sich verändert und zogen, ohne dass er es wollte, seinen Blick an: Die Frauen umrandeten schwarz ihre Augen und rasierten die Brauen zu eleganten Formen.

Sigmund Freud hätte sicher ein Vergnügen daran gehabt, zu untersuchen, weshalb er rot bemalten Frauenmündern hinterhersah. Da waren Gefühle, die sich unter einer tiefen Schicht aus Schutt verbargen, Schmerzen beispielsweise, die er eigentlich schon seit Jahren abarbeitete. Cäcilie war nicht in der Spree ertrunken, sondern jahrelang gestorben. Sie war unaufhaltsam unter dem Gewicht einer Schuld zugrunde gegangen, die sie nicht loslassen, nicht hergeben konnte. Er, Matheus, hatte dabei zusehen müssen.

Auf einem Plakat sah er den Namen *Nele Stern*. Erschüttert blieb er an der Litfaßsäule stehen und las: *Ägyptischer Tanz*. Französische Straße, Ecke Friedrichstraße, das war ganz in der Nähe. Vom »Kleinen Theater« hatte er noch nie gehört. Aber der Name

Nele Stern wühlte ihn auf. War das seine Nele, die junge Tänzerin, die er vor zwölf Jahren auf der Titanic kennengelernt hatte?

Er verbummelte die restlichen Stunden in zwei Cafés. Am Abend suchte er das Theater auf. Er bezahlte eine Mark Eintritt und betrat hinter der Kasse einen abgedunkelten Raum mit schäbigen gelben Seidentapeten. Die Plüschsessel und Kronleuchter bewiesen, dass der Saal einst bessere Tage erlebt hatte. Inzwischen glich er in seiner zerschlissenen Extravaganz etwa dem, was sich Matheus unter einer Puffeinrichtung vorstellte.

Rauchschwaden hingen in der Luft, und etliche qualmende Männer bliesen immer neue dazu. In der dritten Reihe war ein Platz frei. Matheus setzte sich. Die Bühne war leer, ein Scheinwerfer malte einen kreisrunden hellen Fleck auf den roten Vorhang.

Oft genug hatte er seine Gemeindemitglieder vor sittenloser Unterhaltung und billigen Amüsierbetrieben gewarnt. Er fühlte sich fremd hier. Die Männer um ihn herum – tatsächlich saßen kaum Frauen im Publikum – gaben ihm das irritierende Gefühl, durchschaut zu sein, als habe man ihn dabei ertappt, im Schwimmbad durch ein Schlüsselloch in die Umkleidekabine der Frauen zu spähen. Sie alle wollten sich an Nele berauschen, und wollte er das nicht auch? Trotzdem, ihr lautes Palavern und ihre lüsterne Erwartung stießen ihn ab. So bin ich nicht, dachte er. Ich sitze zwar hier, aber mich unterscheidet einiges von ihnen.

Wie um ihn zu verhöhnen, erwachte eine Herde tobender wilder Pferde in ihm. Es war seine Pflicht, sie zu beherrschen, das machte ihn erst zu einem Menschen. Ich bin den Trieben nicht ausgeliefert, sagte er sich. Und doch sehnte er Neles Anblick herbei.

Eine Oboe begann zu spielen, leise und geheimnisvoll. Nach und nach kamen weitere Instrumente hinzu, Flöten, Geigen. Die

Oboe verschnörkelte auf orientalische Weise die Melodie. Lautlos glitt der Vorhang auf. Nele erschien, und die Männer brachen in Jubel aus.

Sie trug ein langes, glitzerndes Kleid. Von ihren Armen hingen himmelblaue Tücher herab. Barfuß tanzte sie über die Bühne, sie wiegte die Hüften, bog die schlanken Hände. Ab und an blitzte ihr Bein auf, wenn der Schlitz im Kleid sich öffnete. Sie drehte sich, tanzte eine Weile mit dem Rücken zum Publikum. Sie schüttelte die Schultern. Dann wieder wiegte sie ihren Körper zu den Klängen der Oboe. Sie reckte die Hände über den Kopf und ließ sie sanft niedersinken.

Es wurde still im Publikum. Verzückt lauschte Matheus der Musik und sah Nele zu. Eine unglaubliche Leichtigkeit war an ihr, es schien, als flöge sie über die Bühne, als würde die Musik ihren Körper schwerelos machen.

Da plötzlich erstarrte sie. Sie blickte ihn an. Röte zog über ihre Wangen. Ihr Blick ging ihm durch und durch, er fühlte ihn in der Brust, im Bauch. Ihm kam es vor, als würde der ganze Saal die Luft anhalten.

Endlich tanzte sie weiter. Die Röte blieb in ihrem Gesicht, und ihre Bewegungen wurden züchtiger, immer noch war es ein fließender Tanz, seine Leichtigkeit aber hatte er verloren.

Wieder ein Blick von ihr. Und noch einer. Er wagte ein Lächeln. Da lächelte Nele ebenfalls, und allmählich kehrte der Schwung zurück in ihre Schritte. Sie drehte sich und ließ ihr Kleid fliegen, sie tanzte zur anderen Seite der Bühne, kehrte in kleinen Schritten zurück, sah ihn an, strahlte.

»Kennen Sie sie?«, flüsterte der Mann, der neben ihm saß.

Matheus antwortete nicht.

Offenbar nahm der Kerl das als Bestätigung. »Sie Glückspilz«, flüsterte er.

Als sich nach einer knappen Stunde der Vorhang wieder schloss, blieb Matheus sitzen. Das Publikum applaudierte so fordernd und stürmisch, dass Nele erneut auf die Bühne musste. Sie tanzte einige Schritte, ein paar Drehungen. Diesmal allerdings sah sie ihn nicht an, auch nicht bei der letzten Verbeugung, bevor sie hinter der Bühne verschwand.

Er war unschlüssig, was er tun sollte. Warten und mit ihr reden? Vielleicht wurde sie von ihrem Mann abgeholt, und er brachte sie nach Hause zu drei süßen Kindern. Es waren über zwölf Jahre vergangen! Sicher war sie nicht allein geblieben.

Während das Theater sich leerte, drückte er sich am Eingang herum. Dann stand er eine halbe Stunde draußen an der Hauswand und sah den Automobilen nach, die vorüberfuhren. Jedes Mal, wenn eines abbremste, fürchtete er, es könnte halten und Neles Mann könnte ihm entsteigen.

Immerhin, sie hieß noch Nele Stern. Bei einer Hochzeit hätte sie einen neuen Namen erhalten. Oder hatte sie den ihren als Künstlernamen behalten, weil sie als Nele Stern bekannt geworden war?

Er holte tief Luft und entschied sich, nach drei weiteren Autos zu gehen. Das erste kam, ein Audi 50. Bald darauf folgte das zweite, ein Lieferwagen. An der Seite trug er die Aufschrift: *Dr. Oetker Backpulver. Hilft der Hausfrau!*

Matheus sah zum Nachthimmel hinauf. Danke, betete er, für diesen schönen Abend. Ich nehme ihn aus deiner Hand, Gott.

Ein weißer Opel fuhr vorüber. Das war's also, dachte er. Er wandte sich zum Gehen. Da sah er aus dem Augenwinkel jemanden hinter sich stehen, im Eingang des Theaters. Er drehte sich um.

Nele blickte ihn an mit einem Lächeln in den Augen.

»Wie lange beobachtest du mich schon?« Ihm wurde der Hals heiß, und er konnte spüren, wie sein Herz gegen die Brust schlug.

»Eine Weile, nicht lange. Hast du die Sterne gezählt?«

»Ich habe gebetet. Du warst unglaublich. Du tanzt wie ... wie ...« Ihm fiel kein Vergleich ein.

»Es ist schön, dich zu sehen, Matheus. Du kannst dir nicht vorstellen, wie sehr ich mich freue.« Sie trat auf ihn zu, und als wäre es selbstverständlich, schob sie ihre Hand in seine Armbeuge. »Gehen wir?«

34

Als sich nach einem Herbst und einem Winter der Jahrestag des Untergangs näherte, schlug Matheus vor, einhundert Dinge zu tun, die sie daran erinnern sollten, dass sie am Leben waren.

»Etwas Schönes darf man nicht unter Druck tun«, sagte Nele, »wir fangen einfach an und sehen, was der Tag bringt.«

So machten sie es. Sie ließen den Wecker vor Sonnenaufgang klingeln. Während sie sich anzogen, flüsterten sie wie Kinder, die ihre Eltern nicht wecken dürfen. Sie packten Kekse ein und Äpfel, gingen nach draußen und spazierten zum Schlosspark. In den Zweigen sangen die Vögel. Allmählich erwachte die Stadt.

Nele lächelte fremde Menschen an. Sie forderte Matheus auf, es auch auszuprobieren. Anfangs kostete es ihn Überwindung. Bald aber merkte er, dass sich die meisten freuten, und fand Spaß daran. Er grüßte die Leute sogar, lüpfte seinen Hut. Manche runzelten die Stirn und fragten verwirrt: »Kennen wir uns?«

Sie kauften Kuchen und schenkten ihn einer alten Frau. Jedes Mal, wenn sie einen Polizisten sahen, küssten sie sich. Matheus hob Nele auf eine kleine Mauer und bat sie, darauf zu tanzen. Sie lachte und tat es. Die Vorbeikommenden blieben stehen. Am Ende sprang Nele in Matheus' Arme.

Nachmittags kauften sie Kreide und bemalten den Fußweg vor ihrem Haus. Einige Nachbarn schüttelten die Köpfe hinter ihren Fenstern. Davon ließen sie sich nicht beirren. Bald hatte sich eine

Kinderschar gesammelt, und Nele lud die Kinder ein, mitzumachen. Sie malten gemeinsam, dann verschenkten Nele und Matheus die Kreide und zogen weiter.

Sie suchten sich das Ausgangsloch eines Ameisennests am Straßenrand, weichten in einer Pfütze Kekse ein und fütterten die Ameisen damit. Sie gingen auf den Friedhof zu Samuels und Cäcilies Grab. Der Friedhof erinnerte sie daran, dass jeder Tag des Lebens ein Geschenk war.

»Heute ist Samuels Todestag«, sagte Matheus. Er stand an den zwei Grabsteinen und dachte an die Nacht vor dreizehn Jahren zurück, in der die mächtige Titanic versunken war. Er dachte an die Schreie der Erfrierenden. An Samuel auf Cäcilies Schoß. Nele und er hatten stundenlang im kalten Wasser gestanden, während ihr Boot unterging. Damals hatten sie kaum geglaubt, noch einen Morgen zu erleben.

Matheus berührte Cäcilies und Samuels Grabstein. Er sagte: »Wir sehen euch wieder, alle beide.«

»Das wäre schön«, sagte Nele.

Eine Frau kam über den Kiesweg auf sie zugehumpelt, gebeugt vom Alter. Sie stützte sich auf einen Stock. Einzelne weiße Haarsträhnen wehten ihr über den grünen Mantel, der Wind holte immer mehr davon unter dem Hut hervor. Sie wischte sie sich aus der Stirn. Sie fragte: *»Are you Matheus Singvogel?«*

»Und wer sind Sie?«, fragte er in englischer Sprache.

»Ich dachte mir, dass ich Sie hier finde. Es ist der Jahrestag.« Sie sah zu den Gräbern. Dann blickte sie Nele und ihn an. Ihre blauen Äuglein funkelten wie Perlen im runzeligen Gesicht. »Ich bin Adams Mutter. Man hat mir gesagt, dass er vor dem Untergang mit Ihnen gesehen wurde.«

Matheus nickte. »Ich habe ihn getroffen, kurz bevor das Schiff versunken ist, das ist richtig.«

»Können Sie mir etwas über die letzten Stunden meines Sohnes erzählen?«, bat die Alte. »Er ist mit Juwelen in den Taschen erfroren, so hat man ihn im Meer gefunden. Ich kann mir nicht vorstellen, dass mein Sohn ein Dieb gewesen ist.«

Er sah den hageren jungen Mann mit den zigarettengelben Fingern vor sich. »Ob er ein Dieb war, das weiß ich nicht«, sagte er. »Aber er hat in seiner letzten Stunde große Freundschaft bewiesen. Er hat uneigennützig gehandelt.«

Im Gesicht der alten Frau zeigte sich Hoffnung. »Wie meinen Sie das?«

»Adam war schon unterwegs zu den Rettungsbooten. Auf meine Bitte hin ist er umgekehrt, um das Leben eines Kindes zu retten.«

Sie nickte. »Das ist mein Sohn«, sagte sie. »Ja, das ist mein Sohn.«

ANHANG

Eine Schreckenskunde wird durch den Draht vermittelt. Gestern Abend ist der neue Riesendampfer der White Star Line Titanic bei Cape Race in Neufundland mit einem Eisberg zusammengestoßen und gesunken.

Vossische Zeitung, Abendausgabe vom 15. April 1912

Die RMS Titanic, ihre Passagiere und die Ursachen des Unglücks

Gab es wirklich Deutsche an Bord der Titanic?

Die 29-jährige Emilie Kreuchen aus Oldisleben zwischen Erfurt und Halle an der Saale fuhr als Dienstmädchen einer reichen amerikanischen Witwe mit. Die Witwe bewohnte eine Kabine der ersten Klasse im Brückendeck, Emilie Kreuchen wohnte im Oberdeck. Nach dem Zusammenstoß bemerkte Emilie, dass der Flur sich mit Wasser füllte, und warnte die anderen. Die Witwe und das Dienstmädchen überlebten im selben Rettungsboot. 1913 kehrte Emilie nach Deutschland zurück. Lange hielt sie es in der Heimat nicht aus. Sie zog 1916 nach San Francisco und starb 1971 in Kalifornien.

Der 31-jährige Bäcker August Meyer, geboren in Rhoden (heute Diemelstadt), starb beim Untergang der Titanic.

Alfred Nourney aus Köln war als Hochstapler unter dem Namen Baron Alfred von Drachstedt an Bord. Er hatte ursprünglich eine Kabine zweiter Klasse gebucht, kaufte sich an Bord aber ein »Upgrade« in die erste Klasse. Beim Zwischenstopp in Queenstown schickte er seiner Mutter eine Postkarte:

Liebe Mutter,
ich bin so glücklich auf meiner ersten Klasse!
Ich kenne schon sehr nette Leute! Einen Brillantenkönig!
Mister Astor, einer der reichsten Amerikaner, ist an Bord!
Tausend Küsse,
Alfred

Beim Kartenspiel versuchte er, den reichen Passagieren Geld abzuluchsen. Als die Titanic unterging, verlor er alles, was er hatte, unter anderem 750 Mark (zumindest gab er das später so zu Protokoll). Er nahm in einem der ersten Rettungsboote Platz und feuerte aus seinem Revolver regelmäßig Schüsse in die Nacht ab.

An Bord der Carpathia soll er es sich, Berichten zufolge, nach dem Essen auf einem Stapel Decken bequem gemacht haben, die eigentlich zum Verteilen an die Überlebenden gedacht waren. Eine junge Frau, die sich darüber ärgerte, zog die obere Decke mit solchem Schwung unter ihm weg, dass er zu Boden rollte. Die Anwesenden applaudierten, und Alfred Nourney trollte sich.

Er kehrte wenige Wochen später nach Europa zurück, lebte zunächst in Paris und dann in Bad Honnef. Alfred Nourney wurde Vertreter bei Daimler-Benz, heiratete und bekam zwei Töchter. In den 60er Jahren interviewte ihn der Süddeutsche Rundfunk zu seinen Erlebnissen auf der Titanic. Nourney starb 1972 im Alter von 80 Jahren in Köln.

Keine Deutsche, aber eine Deutsch sprechende Schweizerin war Hedwig Margaritha Frölicher, 22 Jahre alt, aus Zürich. Sie reiste mit ihren Eltern nach New York, um dort ihren zukünftigen Ehemann Robert Schwarzenbach zu treffen. Schwarzenbach, selbst gebürtiger Schweizer, war Direktor einer Seidenweberei. Mädi – so lautete ihr Spitzname – überlebte das Unglück, ihre Eltern ebenfalls. Die Eltern kehrten in die Schweiz zurück. Mädi blieb in New York und heiratete. Nach dem Tod ihres Mannes lebte sie wieder in Zürich. Sie starb 1972.

Antoinette Flegenheimer wohnte laut den Recherchen von Gerhard Schmidt-Grillmeier in der Windscheidstraße 41 in Berlin-Charlottenburg. Sie hatte einst einen reichen jüdischen Börsenmakler namens Alfred Flegenheimer geheiratet, war inzwischen allerdings verwitwet. Vermutlich reiste sie nach New York, um Freunde zu besuchen – mit Alfred hatte sie einige Zeit dort gelebt. Sie bewohnte an Bord der Titanic eine Kabine erster Klasse. Den Untergang überlebte sie im Rettungsboot Nummer sieben. Ihre Schwiegermutter, Bertha Flegenheimer, lebte nachweislich noch 1917 in Berlin. Auch Antoinette kehrte dorthin zurück. Sie heiratete den Briten P. W. White-Hurst. 1913 findet sich im Charlottenburger Telefonbuch unter ihrer Adresse in der Windscheidstraße ein Eintrag mit dem neuen Nachnamen. Ab 1914 fehlt er allerdings, das Paar musste wohl bei Kriegsausbruch als Angehörige einer gegnerischen Nation das Land verlassen.

Joseph Peruschitz, Benediktiner der Abtei vom Heiligen Kreuz im bayerischen Scheyern, war Erzieher und Lehrer für Mathematik, Musik und Turnen an der Klosterschule. Er fuhr mit der Titanic nach New York, weil amerikanische Benediktiner ihn zur Unterstützung für die St. John's Preparatory School in St. Cloud in Minnesota angefordert hatten. Seiner Familie sagte er nichts davon, er hatte vor, sie zu überraschen, sobald er in Amerika angekommen war. Auf dem Schiff hielt er Gottesdienste ab und predigte in Ungarisch und Deutsch. Nach dem Zusammenstoß mit dem Eisberg lehnte der Priester einen Platz im Rettungsboot ab und blieb an Bord, um mit den Todgeweihten zu beten. Augenzeugen aus dem letzten Rettungsboot berichteten davon, ihn mit einer großen Anzahl kniender Passagiere beten gesehen zu haben. Er starb in jener Nacht, 41-jährig.

Warum hieß es, die Titanic sei unsinkbar?
Und weshalb ging sie unter?

1902 wurde die White Star Line an die amerikanische Reedereigruppe International Mercantile Marine Company des J. P. Morgan verkauft. (Der Name des Bankiers kommt Ihnen zu Recht bekannt vor: JPMorgan Chase & Co. ist heute die größte Bank der Welt.)

Ein Aufruhr ging durch die britische Öffentlichkeit, gefährdete der Verkauf doch die britische Vorherrschaft über den Atlantikverkehr. Längst waren die deutschen Schiffslinien zu gefährlichen Herausforderern herangewachsen. Nun entstand mit amerikanischem Geld ein weiterer starker Konkurrent. Die White Star Line war ein Kronjuwel der britischen Seefahrt gewesen.

Dem Präsidenten der weit abgeschlagenen Nummer zwei, der Cunard Line, gelang es in dieser Situation, die britische Regierung dazu zu bewegen, Cunard fortan zu subventionieren. So ging man sicher, dass die Cunard Line nicht ebenfalls an einen ausländischen Investor verkauft wurde.

Unterstützt mit staatlichen Geldern, liefen 1906 zwei neue Schiffe vom Stapel, mit denen Cunard die Oberhand zurückgewann: die Lusitania und die Mauretania. Kein anderes Schiff konnte es an Größe oder Geschwindigkeit mit ihnen aufnehmen. Da die Regierung finanziell an der Entwicklung ihrer neuen Kolbenmotoren beteiligt war – Cunard und die Royal Navy hatten gemeinsam daran gearbeitet und hielten auch gemeinsam das Patent –, durfte die Technologie an niemanden weitergegeben werden.

1909 stellte die Mauretania einen Geschwindigkeitsrekord auf, indem sie den Atlantik mit einer Durchschnittsgeschwindigkeit von 26,6 Knoten überquerte. (Erst 1929 gelang es einem Schiff, diesen Rekord zu brechen.)

Die White Star Line hingegen verfügte nicht über die Ressourcen, um einen neuen Motor zu entwickeln. Da man Cunard an Geschwindigkeit nicht überbieten konnte, entschloss man sich, den Konkurrenten mit Größe, Luxus und Service auszustechen. Die zusätzlichen Stunden, welche die Passagiere auf dem Meer verbringen mussten, sollten ihnen derart versüßt werden, dass sie kaum noch ins Gewicht fielen.

Man plante drei Schiffe, größer als jeder andere Passagierdampfer der Welt. Das erste sollte Olympic heißen, das zweite Titanic, das dritte Gigantic. In zwei himmelstürmenden Hellingen wurden die Olympic und die Titanic parallel gebaut. Nachdem 1911 die Olympic fertiggestellt war, legte man in ihrer Helling den Kiel für die Gigantic. Sie wurde noch vor dem Stapellauf in Britannic umbenannt.

Die Schiffe waren baugleich, mit dem Unterschied, dass die Titanic zwei private Verandas und dazugehörige Suiten besaß, außerdem zusätzliche Kabinen erster Klasse im Bootsdeck. Dies machte sie zum größten menschengebauten, beweglichen Objekt der Welt.

Im Juni 1911, ein knappes Jahr vor der Titanic, startete die Olympic zu ihrer Jungfernfahrt nach New York, unter dem Kommando von Kapitän John Smith. Schon im September wurde sie in einen Unfall verwickelt: Der britische Kreuzer Hawke rammte sie vor der Isle of Wight.

Obwohl das Kriegsschiff über einen Rammbug aus Stahl und Beton verfügte, der dafür konstruiert war, feindliche Schiffe zu versenken, sank die Olympic nicht. Durch den Zusammenprall wurden nur zwei ihrer wasserdichten Kammern geflutet, und sie fuhr eigenständig zurück nach Southampton.

Das angesehene *Shipbuilder Magazine* nannte die Olympic und die Titanic »praktisch unsinkbar«. Die Schiffe besaßen 16 wasserdicht abschottbare Abteilungen mit Wasserschutztüren. Außerdem waren sie mit einem doppelten Boden versehen, hoch genug, dass ein Mann darin stehen konnte. Im Fall, dass ein Leck in den Schiffsboden geschlagen wurde, füllte sich nur dieser Zwischenraum, und auch das nur in einem eingeschränkten Bereich: Er war in 44 Zellen unterteilt.

Warum ist die Titanic dennoch untergegangen, und warum hat das Unglück so viele Menschenleben gekostet?

Dass der Präsident der Schifffahrtsgesellschaft, Bruce Ismay, Druck auf Kapitän Smith ausübte, auf der Jungfernfahrt der Titanic einen Geschwindigkeitsrekord aufzustellen, ist nichts als eine Legende. Erstens waren nicht alle Kessel unter Feuer, was gegen einen Versuch spricht, Höchstgeschwindigkeit zu fahren. Zweitens nahm die Titanic die längere südliche Route über den Atlantik, um eine Kollision mit Eisbergen zu umgehen. Drittens hätte sie selbst bei Höchstgeschwindigkeit das »Blaue Band« niemals gewinnen können, da ihre Bauweise nicht mehr als 24 Knoten gestattete, während die Konkurrenzschiffe der Cunard Line 26 Knoten fuhren. Und zuletzt: Was hätte es den Passagieren genützt, bereits am Dienstag in New York einzutreffen? Ihre Anschlusszüge würden erst am Mittwoch fahren, und ihre Verabredungen mit Verwandten und Freunden zur Abholung wären obsolet gewesen.

Auch die Behauptung, der zum Bau der Titanic verwendete Stahl sei brüchig gewesen, ist unsinnig. Es handelte sich um Stahl, der im Siemens-Martin-Verfahren erzeugt worden war – unter den Werftarbeitern galt das als »Kriegsschiffqualität«. Allerdings werfen neuere Untersuchungen die Frage auf, ob zum Teil Hohlnieten minderer Qualität verwendet wurden, um die Stahlplatten zu verbinden, oder ob die Methode des Stanzens der Nietlöcher Mikrorisse im Stahl hervorrief. Die Lecks befanden sich größtenteils entlang der Nietverbindungen zwischen den Stahlplatten. Durch den Druck des Eises verbogen sich die Stahlplatten, und die Nieten sprangen ab.

Betrachtet man das Gesamtbild, wurde das Unglück durch eine ungünstige Verkettung von Fehlentscheidungen und Umständen hervorgerufen.

1. Im April 1912 trieb ein großes Eisfeld ungewöhnlich weit nach Süden in die Schiffsrouten hinein.
2. Als die Titanic Eiswarnungen von anderen Schiffen erhielt und auch selbst feststellte, dass die Wassertemperatur rapide sank, wurden sofort Matrosen in den Ausguck geschickt mit dem Befehl, aufmerksam nach Eisbergen Ausschau zu halten. Allerdings verfügten sie über keine Ferngläser, weil der Schrank, in dem die Ferngläser sich befanden, verschlossen war. Den Schlüssel hatte der Zweite Offizier David Blair in der Jackentasche – nur war Blair gar nicht an Bord, sondern unterwegs zu einem anderen Schiff. (Kapitän Smith hatte kurz vor der Abfahrt einen erfahrenen Offizier von der Olympic an Bord genommen, wodurch sich in einem Dominoeffekt die Rangfolge nach unten verschob. Blair entschied sich daraufhin, das Schiff zu verlassen.) In der späteren Untersuchung der Katastrophe wurde der Ausguck Fred Fleet gefragt, wie groß der Unterschied zwischen der Ausschau nach einem Eisberg mit bloßem Auge und der Ausschau mit einem Fernglas sei. Er antwortete: »Groß genug, um ihm aus dem Weg zu gehen.« Kurz vor seinem Tod übergab Blair den Schlüssel seiner Tochter. Sie ließ ihn 2007 in England für umgerechnet 130 000 Euro versteigern.
3. In der Nacht vom 14. auf den 15. April herrschte Neumond. Die Nacht war also besonders dunkel, was das rechtzeitige Erkennen von Eisbergen erschwerte.

4. Seeleute sagten später, sie hätten das Meer selten so glatt gesehen. Durch die Windstille waren kaum Wellen vorhanden, die sich am Rand der Eisberge hätten brechen und sie damit eher sichtbar machen können.
5. Nachdem die Matrosen vor einem Eisberg warnten, misslang das Ausweichmanöver der Titanic. Kurz nach Mitternacht gab Kapitän Smith schließlich den Funkern den Auftrag, den Hilferuf CQD zu senden (CQ, ausgesprochen »seek you«, wendet sich an alle Empfänger, und D steht für »distress«), später funkten sie außerdem das neue Signal SOS, da es leichter zu erkennen war. Der Funker der Californian allerdings, die nur wenige Seemeilen entfernt am Rand des Eisfelds über Nacht vor Anker lag, hatte pünktlich um 23:30 Uhr seine Arbeitszeit beendet und den Funkbetrieb eingestellt, deshalb empfing er den Hilferuf nicht.
6. Die Titanic verfügte über 20 Rettungsboote. Durch die Unsicherheit, die der Kohlestreik unter den Reisewilligen hervorgerufen hatte, war das Schiff auf seiner Jungfernfahrt zwar nicht voll besetzt – trotzdem konnten die Boote höchstens die Hälfte der Menschen aufnehmen, die sich an Bord befanden. Die gesetzlichen Normen des Handelsministeriums waren veraltet, sie verlangten 16 Rettungsboote mit einem Fassungsvermögen von je 155 Kubikmetern für alle Schiffe über 10 000 Bruttoregistertonnen. Zur Zeit der Gesetzgebung 1894 hatte man sich noch nicht vorstellen können, dass es einmal Schiffe geben würde, die wie die Titanic über mehr als 46 000 Bruttoregistertonnen Fassungsvermögen verfügten.
7. Die Schiffsoffiziere bemühten sich, jedem Rettungsboot einige Crewmitglieder mitzugeben für das Rudern und Steuern. Etliche dieser Crewmitglieder erhielten den Befehl, mit ihrem Boot nahe beim Schiff zu bleiben. Kapitän Smith wollte das Abfie-

ren der Boote beschleunigen, da er wusste, dass die verbleibende Zeit begrenzt war. Die anfangs nur zur Hälfte gefüllten Boote sollten später Schwimmer aus dem Wasser auflesen. Die Männer in den Rettungsbooten fürchteten allerdings, vom Sog der untergehenden Titanic herabgezogen zu werden oder durch eine Flutwelle zu kentern, wenn der Luxusdampfer versank. Deshalb ruderten sie fort vom Schiff. Letztendlich gab es weder eine Flutwelle noch einen so kräftigen Sog, dass er ihnen hätte gefährlich werden können.

8. Als Hunderte im Wasser schwammen und um Hilfe riefen, fürchteten die Insassen der Rettungsboote, dass ihre Boote von der Menge gestürmt werden könnten und kentern würden. Deshalb blieben sie der Unglücksstelle fern. Am Ende wurden – trotz halb leerer Boote – nur ein Dutzend Menschen aufgelesen, während anderthalbtausend erfroren und ertranken.

Die Reaktion der Passagiere auf den Untergang

Manchen gelang es, geschickt einen Platz im Rettungsboot zu ergattern. Während der Zweite Offizier Lightoller auf der Backbordseite nur Frauen und Kinder in die Boote einsteigen ließ, selbst wenn ein Boot nicht voll beladen war, hielt sich auf der Steuerbordseite der Erste Offizier Murdoch an die Regel »Frauen und Kinder zuerst«. Waren keine Frauen oder Kinder in der Nähe, ließ er männliche Passagiere einsteigen. Gab es auch keine männlichen Passagiere mehr, erlaubte er Crewmitgliedern den Zutritt.

Aber die Regeln ließen sich umgehen. Daniel Buckley schaffte es, mit einem Frauenshawl verkleidet, als »Frau« in ein Rettungsboot zu steigen und kam mit dem Leben davon. Dr. Henry William Frauenthal, ein deutschstämmiger amerikanischer Arzt, sprang mit seinem Bruder Isaac in ein Rettungsboot, das gerade abgefiert wurde. Henry war übergewichtig, bei der Landung im Boot brach er Annie May Stengel mehrere Rippen. Henry, Isaac und die Dame überlebten.

An Bord gab es nicht nur professionelle Glücksspieler, sondern auch Diebe. Beute existierte zur Genüge. In einer Schadensersatzklage der Hinterbliebenen von John Weir gegen die White Star Line werden seine beim Untergang verlorenen Besitztümer aufgezählt: goldene Uhr und Kette, goldener Zigarrencutter, goldene Streichholzschachtel, Ring mit Diamanten und Saphir, Ring mit Diamanten und Rubin, goldener Kragenknopf, Manschettenknöpfe mit Türkisen, goldene Manschettenknöpfe und so weiter. Die Liste ist lang. Um ihren Besitz gegen Diebe zu sichern, gaben die Passagiere besonders wertvolle Gegenstände beim Purser ihrer Klasse ab, der diese im Safe einschloss. Was die Passagiere in der Kabine behielten, bewahrten sie in einem grünen Netzbeutel auf, der am Kopfende des Betts an der Wand aufgehängt wurde.

Die Idee zu diesem Roman kam dem Autor, als er von John Harper las. Harper wird 1872 im Dorf Houston in Renfrewshire, Schottland, geboren. Als er zweieinhalb ist, fällt er beim Spielen in einen Brunnen und ertrinkt nahezu. Die Mutter kann ihn mit Mühe wiederbeleben. Er arbeitet als Kind in einer Gärtnerei, seine Eltern sind arm, sie brauchen das Geld, um ihn und seine fünf Geschwister zu ernähren.

Mit 18 beginnt er, öffentlich in den Straßen zu predigen, ohne eine Ausbildung dafür zu haben. Tagsüber arbeitet er in einer Papiermühle, am Abend predigt er in den Orten Bridge-of-Weir, Kilbarchan, Elderslie, Johnstone und Linwood.

1895 »entdeckt« ein Baptistenpastor den jungen Straßenprediger und holt ihn nach Govan nahe Glasgow, wo eine Kirche gegründet wird. Zwei Jahre später zieht eine Strömung John Harper beim Baden nahe Barrow-in-Furness aufs Meer hinaus, er überlebt nur knapp.

Er gründet eine Kirche mit 25 Mitgliedern in Gordon Halls. Vier Jahre nach der Gründung bekommt die Kirche ein neues Gebäude in moderner Eisenkonstruktion. Darin ist Platz für 600 Leute. Innerhalb weniger Jahre wächst die Kirchengemeinde auf 500 Glieder an.

1905 reist John Harper nach Palästina. Im Mittelmeer leckt das Schiff, auf dem er sich befindet, und die Passagiere schweben stundenlang in Lebensgefahr. Sie werden am Ende gerettet.

Er heiratet, und seine Tochter Nana kommt auf die Welt. Bald nach der Geburt stirbt die Mutter. Der Witwer zieht mit Nana nach London, um dort die Walworth Road Church zu leiten.

1911 wird er nach Chicago eingeladen, um in der Moody Church Vorträge zu halten. Er nimmt die Einladung an. 1912 soll er erneut nach Chicago kommen. Obwohl er erst im Januar heimgekehrt ist, fährt er im April wieder los. Er bucht eine Überfahrt auf der Lusitania, ändert aber kurzfristig die Planung und fährt mit der Titanic. Seine Tochter nimmt er mit, ebenso Jessie Leitch, die Nichte seiner verstorbenen Frau. Eigentlich arbeitet sie als Verkäuferin in einem Uhrengeschäft, er hat sie gebeten, während der Vorträge auf Nana aufzupassen.

Als die Titanic den Eisberg rammt und die Passagiere gebeten werden, ihre Schwimmwesten anzulegen, erinnert er sich an die Havarie auf dem Mittelmeer. Er sieht die Angst in den Gesichtern der Menschen und trifft eine schwierige Entscheidung. John Harper küsst seine sechsjährige Tochter und hilft ihr hinüber ins Rettungsboot, sie geht mit Miss Leitch. Er bleibt an Bord, verschenkt seine Rettungsweste. Er tröstet die Verzweifelten, betet und singt mit ihnen. Augenzeugen berichten, dass er selbst noch im Wasser bei seinen letzten Schwimmzügen gepredigt haben soll.

Nana überlebt. Sie erreicht mit Jessie Leitch Amerika. Dort bieten sofort mehrere Familien an, das Mädchen zu adoptieren. Da sie aber Familienangehörige in Schottland hat, kehrt sie dorthin zurück. George, der Bruder John Harpers, schreibt 1912: »Sein kleines Mädchen, Nana, begreift ihren großen Verlust noch nicht. Möge der Gott ihres Vaters seinen Mantel über sie breiten und sie vom Windstoß der kalten, sündhaften Welt bewahren.« Sie wird von ihrer Tante und ihrem Onkel aufgezogen. Später heiratet sie einen Pastor. Nana starb 1985 in Schottland.

Das Wettrüsten vor dem Ersten Weltkrieg und die Inflation

Das Kaiserreich erlebte von 1890 bis 1914 eine fast ununterbrochene Hochkonjunktur und überholte so die britische Wirtschaft. Auch in der Forschung gab es einen Aufschwung: Jeder dritte Nobelpreis für Naturwissenschaften ging vor dem Ersten Weltkrieg nach Deutschland. Das Reich fühlte sich stark, mit 67 Millionen Einwohnern stand Deutschland 1914, was die Bevölkerungszahl anging, unter den souveränen Staaten weltweit an vierter Stelle.

Gern wollten die Deutschen ihren Weltrang durch bedeutende Kolonien demonstrieren, so wie England sich mit seinen Kolonien, allen voran Indien, schmückte. Um sich Kolonien zu erwerben und um in den Kreis der Weltmächte vorzudringen, startete das Reich ein ehrgeiziges Flottenbauprogramm. Hiervon allerdings fühlten sich die Briten bedroht, deren Inselstaat und koloniale Großmacht auf der Überlegenheit ihrer Flotte gründete. Ein hartnäckiges Wettrüsten begann, dem sich bald weitere Staaten anschlossen.

Die Wirtschaftsrivalität erhöhte die Spannungen zusätzlich. Deutsche Firmen exportierten höchst erfolgreich chemische Produkte und Präzisionsmechanik. Die deutsche Spielwarenindustrie war damals die größte der Welt, ihr Anteil an der Weltspielwarenproduktion betrug 1914 etwa achtzig Prozent. Dampfmaschinen, Blechspielzeug, Puppen und Puppenhäuser wurden in Nürnberg oder Sonneberg in Thüringen hergestellt und in die ganze Welt verkauft.

Schon Jahre vor dem Ausbruch des Ersten Weltkriegs entstand der fatale Glaube, ein Krieg in Europa sei nicht mehr zu vermeiden. Das Deutsche Reich fühlte sich isoliert durch das Bündnis von England, Frankreich und Russland und schloss sich mit Österreich-Ungarn zusammen. Die Staaten versuchten, vor Kriegsbeginn eine gute Ausgangsposition zu erlangen. Sie hoben zusätzliche Armeekorps aus und bauten Schlachtschiffe und U-Boote. 1914 drängte der deutsche Generalstab auf eine Kriegserklärung, da man glaubte, Frankreich rasch niederwerfen zu können. Außerdem fürchtete das Reich, beim Wettrüsten den Anschluss zu verlieren, da es um den deutschen Kapitalmarkt schlecht bestellt war.

Der Kurswert der zwischen 1906 und 1911 ausgegebenen Staatsanleihen im Deutschen Reich betrug 4 Milliarden Mark. Die konservativen Kräfte verhinderten ein Eintreiben der Rüstungsausgaben mittels Steuererhöhungen, also blieb der Regierung nichts anderes übrig, als weitere Anleihen auszugeben. Seit 1906 aber sanken die Kurse der Staatsanleihen rapide. Die Staatsverschuldung setzte den Kapitalmarkt unter Druck.

Um bei der bevorstehenden Mobilmachung rasch die Geldmenge erhöhen zu können und sich damit finanziellen Bewegungsfreiraum für den Krieg zu verschaffen, machte man 1909 – statt der bisherigen Silber- und Goldmünzen – die Banknoten der Reichsbank zum offiziellen Zahlungsmittel. Zwar sollten sie durch Goldreserven gedeckt sein, aber das Verhältnis der Goldreserven zur Papiergeldmenge wurde immer geringer. Das Papiergeld war bald immer weniger wert.

Reinhold von Sydow, Staatssekretär im Reichsschatzamt, schrieb am 3. Mai 1909, bereits fünf Jahre vor Kriegsbeginn, an den Präsidenten der Reichsbank, Havenstein: »Euerer pp. pflichte ich darin bei, dass sowohl für die Einbringung als auch für das Zustandekommen des Gesetzes, betreffend die Ausgabe von Reichsbanknoten zu 50 und zu 20 M, lediglich die Rücksicht auf die finanzielle Kriegsbereitschaft maßgebend war und dass die Ausgabe dieser Notenabschnitte hauptsächlich den Zweck verfolgte, das Publikum schon in Friedenszeiten an die kleinen Noten zu gewöhnen. Dieser Zweck kann, nachdem die Ausgabe der Noten jetzt bis zu der mit dem Reichstage vereinbarten Höhe von 300 Millionen Mark erfolgt ist, bereits als erreicht angesehen werden.« Die Scheine ersetzten nach und nach die goldenen 10- und 20-Mark-Stücke, die man für den Reichskriegsschatz einzog.

Die Entente-Mächte bemerkten allerdings, dass der deutsche Kapitalmarkt anfällig geworden war. Um ihn weiter unter Druck zu setzen, kaufte Frankreich 1912 diskret deutsche Staatsanleihen und verkaufte sie dann auf einen Schlag.

Eine bedeutsame Persönlichkeit im deutschen Finanzsektor war damals Ludwig Delbrück, der Sohn des Mitgründers und ersten Aufsichtsratsvorsitzenden der Deutschen Bank Gottlieb Adelbert Delbrück. 1886 wurde er Teilhaber des Bankhauses Delbrück, Leo & Co. 1910 vereinigte er seine Bank mit Berlins ältester Privatbank, Gebrüder Schickler, zum Bankhaus Delbrück, Schickler & Co. und wurde kaiserlicher Schatullenverwalter, das heißt, er verwaltete das Vermögen des Kaisers. Daneben war er Mitglied im Aktionärsausschuss der Bank des Berliner Kassenvereins.

Als einer der führenden preußischen Privatbankiers gehörte Ludwig Delbrück vierzehn Aufsichtsräten an. Seine Bank beteiligte sich oft an Unternehmen im industriellen Sektor. Im Aufsichtsrat der Friedrich Krupp AG war Delbrück das einzige nicht zur Familie gehörende Mitglied. Die Krupp-Werke stellten mit 80 000 Mitarbeitern unter anderem Geschütze her, auch Kriegsschiffwerften gehören zum Konzern. Krupp galt als der führende deutsche Waffenproduzent.

Den Aktienbanken stand Delbrück – im Unterschied zu seinem Vater – kritisch gegenüber. Während sein Vater linksliberal eingestellt gewesen war, galt Ludwig Delbrück als ausgesprochen konservativ. 1911 trat er zum Beispiel aus dem liberalen Hansabund aus und brachte auch Krupp-Direktor Rötger dazu, sein Vizepräsidentenamt beim Hansabund niederzulegen, damit er es sich nicht mit den Konservativen verscherzte.

Am 23. Mai 1912 beklagte sich der Polizeipräsident von Berlin, Jagow, beim preußischen Handelsminister über einen besonders plumpen Versuch Ludwig Delbrücks, Steuern zu hinterziehen.

Delbrücks Verbindungen zum Kaiserhaus gingen über den finanziellen Bereich hinaus. Auf dem von Delbrück gepachteten Gut Madlitz fanden zahlreiche kaiserliche Jagden statt, mindestens einmal im Jahr kehrte der Kaiser dort ein und ging jagen. Im Gegenzug wurde Delbrück 1908 auf Lebenszeit zum Mitglied des preußischen Herrenhauses ernannt. Im folgenden Jahr war Delbrück Mitglied der Staatsschuldenkommission und der Kommission zur Verwaltungsreform.

Delbrück war 1911 Gründungsmitglied und bis zu seinem Tod zweiter Vizepräsident der Kaiser-Wilhelm-Gesellschaft. Er war auch Mitglied des deutschen Flottenvereins.

In seinen letzten Lebensjahren wurde ihm »hochgradige Nervosität« bescheinigt. Er erhängte sich am 12. März 1913 im eigenen Badezimmer nach der Einsegnung zweier seiner Kinder in der Dreifaltigkeitskirche. Die Hintergründe für diesen Schritt sind unklar, die Vermögensverhältnisse waren beim Tod wohlgeordnet. Delbrück wurde auf dem Friedhof hinter dem Halleschen Tor beerdigt. Sein Sohn Adelbert Delbrück (1898–1979) wurde, nur fünfzehnjährig, Teilhaber im Familienbankhaus.

Übrigens wagte sich die deutsche Flotte bei Kriegsbeginn 1914 trotz des Wettrüstens nicht aus dem Hafen – die Überlegenheit der britischen Flotte war zu groß. Als 1916 die Admiralität versuchte, in einer Entscheidungsschlacht die britischen Geschwader zu vernichten, dauerte die Schlacht vor der Küste von Jütland im Skagerrak zwei Tage. Die britische Marine verlor 14, die deutsche

11 Schiffe. 9 000 Matrosen starben. Es gelang aber nicht, die Überlegenheit der Briten zu brechen. Ingesamt war die Bedeutung der Flotte für den Kriegsverlauf nur gering.

Größeren Einfluss hatte die Entscheidung der Reichsleitung, ungedeckte Kriegsanleihen auszugeben und darauf zu spekulieren, dass das Deutsche Reich den Krieg gewann und mit der Beute seine Schulden zurückzahlen konnte.

Die Abkehr von der Goldwährung war ebenfalls ein kritischer Schritt. Kurz vor Kriegsausbruch zog die deutsche Bevölkerung innerhalb weniger Wochen Goldmünzen im Wert von 100 Millionen Mark von den Reichsbankkassen ab, indem sie, einer bösen Ahnung folgend, ihr Papiergeld in Gold umtauschen ließ. Daraufhin verbot die Reichsbank ab dem 31. Juli 1914 das Einlösen von Banknoten in Gold und entkoppelte vier Tage später die Papierwährung vom Edelmetall.

Da Geldscheine nicht mehr mit Gold gedeckt sein mussten und dringend Geld benötigt wurde, druckte die Reichsregierung fortan einfach nach und verfünffachte die umlaufende Geldmenge innerhalb von vier Jahren. Waren 1913 noch über die Hälfte des im Umlauf befindlichen Geldes Münzen gewesen, so waren es 1918 nur noch 0,5 Prozent. Die Silber- und Goldmünzen wurden aus dem Verkehr gezogen, um sie als harte Währung zum Kauf von kriegswichtigen Rohstoffen im Ausland einzusetzen.

Mit dem Wertverlust des Geldes explodierten die Preise. Zusätzlich verschuldete sich der Staat durch die Ausgabe von weiteren Kriegsanleihen.

Nachdem der Krieg verloren war, verpflichteten die Siegermächte Deutschland zu horrenden Reparationszahlungen mit jahrzehntelanger Laufzeit. Um zu beweisen, dass diese Forderungen unerfüllbar waren, bezahlte sie der Staat, indem er sich weiter verschuldete und immer mehr Geld druckte.

Die Inflation beschleunigte sich weiter. Im November 1923 gab es 100-Billionen-Mark-Geldscheine. Die Gehälter und Löhne stiegen nicht im gleichen Tempo wie die Preise für Waren. Ein Großteil der Bevölkerung verarmte. Geldbesitz war praktisch vernichtet.

Sobald man den täglich ausgezahlten Lohn in den Händen hielt, kaufte man möglichst schnell ein, bevor der Wert des Geldes weiter sank. In Restaurants verdoppelte sich mitunter der Preis für die Mahlzeit, während man sie aß.

Adolf Hitler nutzte die chaotische Lage am 8. und 9. November 1923 zu einem Putschversuch, scheiterte aber damit. Am 15. November beendete eine Währungsreform die zerstörerische Inflation.

Die Kaufkraft der Inflationsgeldscheine war an jenem Tag geringer als ihr bloßer Papierwert. Die Währungsreform bedeutete aber auch, dass die Kriegsschulden des Staates anstelle von 164 Milliarden Mark nur noch 16,4 Pfennige betrugen – Verlierer waren die Bürger, die ihr Geld für Kriegsanleihen zur Verfügung gestellt hatten.

Die Gründung des Secret Service

Spitzel und Spione gab es, seitdem Mächtige ihren Thron zu sichern versuchten. In England war im 18. und 19. Jahrhundert Spionage vom Außenministerium bezahlt worden. Anfang des 20. Jahrhunderts wuchs aber vor allem Deutschland zu einem so bedrohlichen Feind heran, dass man sich entschloss, das Sammeln der Informationen und die Abwehr feindlicher Spione besser zu koordinieren. Zu diesem Zweck wurde 1909 der britische Geheimdienst gegründet. Vernon Kell, der neben Englisch auch Französisch, Deutsch, Russisch und Chinesisch sprach, übernahm die Leitung der Spionageabwehr und die Informationsbeschaffung im eigenen Land. Seine Abteilung erhielt später die Bezeichnung MI5. Mansfield Smith-Cumming baute den Auslandsgeheimdienst auf, den wir heute MI6 nennen.

Im 19. Jahrhundert war England das mächtigste Land der Welt. Seine wirtschaftliche Vormachtstellung bröckelte jedoch, und das Deutsche Kaiserreich begann, nachdem es auf ökonomischem und militärischem Gebiet seine Rivalen in Kontinentaleuropa abgehängt hatte, nach einem Status als Weltmacht zu greifen, unter anderem durch einen starken Ausbau seiner Flotte.

Sensationsmeldungen über deutsche Spione, die bereits im britischen Untergrund aktiv seien, füllten Englands Zeitungen. Der Bestseller *The Invasion of 1910* des Autors William Le Queux wurde über eine Million Mal verkauft, nachdem er 1906 bereits als Serienabdruck in der *Daily Mail* Furore gemacht und die Auflage der Zeitung in die Höhe getrieben hatte. Le Queux erzählte darin von einer Invasion der Deutschen in Großbritannien. 1909 legte er nach mit *Spies of the Kaiser*, was er als Tatsachenroman verstanden haben wollte. In diesem Buch behauptete er, fünftausend deutsche Spione seien bereits damit beschäftigt, die Invasion Englands vorzubereiten, indem sie Nahrungsmittelvorräte erkundeten, Automobile ausspähten und günstige Stellungen für die Artillerie kartografierten.

Plötzlich war jeder Ausländer verdächtig, der sich auf der Straße Notizen machte. Nach der Veröffentlichung von *Spies of the Kaiser* trafen zahlreiche Briefe im Kriegsministerium ein, die auffälliges Verhalten von Deutschen meldeten: neugierige Fragen zu Eisenbahnbrücken, Interesse für die Wasserversorgung, das Einzeichnen von Korrekturen in Landkarten.

Die Befürchtung in der Bevölkerung, England sei von Tausenden Spionen und Saboteuren infiltriert, war maßlos übertrieben. Dennoch ließ der Zeitgeist auch Politiker nicht unberührt. Einflussreiche Regierungsmitglieder unterstützten den Aufbau eigener britischer Geheimdienststrukturen. Aus unkoordinierten Spionageaktionen wurde ein systematisches Netz der Auslandsspionage. Zuerst entsandte man Henry Dale Long, der Deutsch und Französisch beherrschte, nach Brüssel. Hauptziel aller Aktivitäten war das Deutsche Reich. Agenten wurden engagiert, um die Militärhäfen Kiel, Wilhelmshaven und Hamburg zu überwachen, ein weiterer sollte von Hannover aus die Armee ausspähen.

Drei zusätzliche Spione wurden dafür bezahlt, Anzeichen einer deutschen Mobilmachung mindestens 24 Stunden vor der offiziellen Kriegserklärung zu melden. Sie standen ansonsten nicht im Kontakt mit dem Geheimdienst, »schliefen« also, bis der Fall der deutschen Mobilmachung eintrat. Demjenigen, der die Meldung zuerst brachte, versprach Cumming eine Prämie von 500 Pfund (das entspricht nach heutigem Wert etwa 45 000 Euro).

Britische Geschäftsleute arbeiteten dem Geheimdienst zu. Sie berichteten, aus welchen Legierungen Krupp Geschütze baute und wann das Unternehmen größere Mengen Eisenerz einkaufte oder dass die Skoda-Werke in Böhmen österreichische Bestellungen für Schlachtschiffwaffen erhalten hatten.

Die Entwicklung von Luftschiffen wurde kritisch beobachtet. Man hielt sich über U-Boote auf dem Laufenden und beobachtete argwöhnisch deutsche Truppenbewegungen an der Grenze zu Frankreich und Belgien.

1910 erlebte der Geheimdienst einen Rückschlag. Vivian Brandon und Bernard Trench wurden von den Deutschen festgesetzt und der Spionage angeklagt. Man hatte sie mit Fotografien der Verteidigungsanlagen entlang der Nordseeküste erwischt, außerdem mit Karten und Notizen zu den Hafenanlagen.

Ein Jahr später lieferte ein Doppelagent den Spion Stewart an die Deutschen aus, der gerade Hamburg, Cuxhaven und Bremerhaven ausspionierte. Stewart behauptete während der Gerichtsverhandlung, kaum genug Deutsch zu verstehen, um sich ein Essen zu bestellen. Er wurde nach zwei Jahren Haft entlassen.

Der Leiter des britischen Auslandsgeheimdienstes, Cumming, versuchte, die neuesten Technologien einzusetzen. Er verfolgte beispielsweise den Plan, mit einem Flugzeug die französisch-deutsche Grenze zu überwachen. Nachdem er das Spionageflugzeug 1914 gekauft hatte, brach aber der Krieg aus, bevor er es zum Einsatz bringen konnte.

Das Budget des Geheimdienstes vervielfachte sich während des Krieges. Bald nahm der Secret Service eine Form an, wie wir sie von heutigen Geheimdiensten kennen: mit verschlüsselten Nachrichten, geheimen »Briefkästen« zur Übergabe, Sabotage, Lockvögeln und verdeckten Ermittlern unter anderem in Norwegen, Schweden, Dänemark, Spanien, Italien, Ägypten, Südamerika und den USA. Häufig nahmen die Agenten zur Tarnung die Identität eines Kaufmanns oder eines Journalisten an. Andere behielten ihren früheren

Beruf. Nonnen und Priester arbeiteten dem Geheimdienst zu, auch Fabrikarbeiter bei Krupp. Ein Marineingenieur namens Dr. Karl Krüger, den man vor Gericht gestellt und degradiert hatte, weil er im Hafen einen Verwandten des Kaisers beleidigte, bot verbittert dem britischen Secret Service seine Dienste an und wurde zu einem der Topspione im Ersten Weltkrieg.

Man fing die Funknachrichten der deutschen Doppeldecker ab, um herauszufinden, über welcher Stadt oder welchen Industrieanlagen sie ihre Bomben abwerfen und welche Route sie fliegen wollten.

In Belgien verführte eine attraktive Frau aus guter Familie, die im Dienst des britischen Geheimdienstes stand, einen deutschen Spion und luchste ihm Informationen ab. Mit ihrer Hilfe zerschlug man das Netzwerk des Spions.

Immer wieder wurden durch die Agenten des Geheimdienstes deutsche Spione enttarnt, 1916 waren darunter mehrere US-amerikanische Journalisten, die für die Deutschen in England spionierten. Wurden feindliche Agenten geschnappt, drohte ihnen das Todesurteil oder eine lange Haftstrafe.

Selbst in den USA kämpften die Geheimdienste gegeneinander. 1915/16 setzte der Secret Service den deutschen Saboteur Franz von Rintelen fest, der unter dem Vorwand, Mitarbeiter der deutschen Botschaft in Washington zu sein, in New York Schiffe sabotierte. Er hatte dafür spezielle Füllfederhalterbomben entwickelt und über zwei Dutzend Schiffe beschädigt, die von den USA mit Munition und anderen Gütern an die alliierten Kriegsgegner des Deutschen Reiches auslaufen sollten.

Als die deutschen Agenten versuchten, ein Schiff mit Waffen nach Indien zu senden, um dort mithilfe der indischen Freiheitsbewegung eine Revolution gegen die britische Kolonialherrschaft anzuzetteln, deckte der britische Geheimdienst das Vorhaben auf und brachte zwischen November 1917 und Juli 1918 in San Francisco über 100 Beteiligte vor Gericht.

Trotz aller Bemühungen der britischen Agenten, die öffentliche Meinung in den USA gegen die Deutschen zu wenden, gelang es dem international angesehenen deutschen Botschafter Johann Heinrich Graf von Bernstorff lange Zeit (bis 1917), die US-Amerikaner von einem Kriegseintritt auf Seiten der Alliierten abzuhalten. Um ihn bloßzustellen, stahl ihm der Secret Service ein Urlaubsfoto, das ihn in Badekleidung mit zwei ebenfalls spärlich bekleideten jungen Frauen zeigte, und gab es an die Presse weiter. Die Veröffentlichung stellte den verheirateten Diplomaten öffentlich bloß.

Am 16. Januar 1917 fing der britische Geheimdienst ein Telegramm ab, in dem der Staatssekretär des Auswärtigen Amtes Arthur Zimmermann dem deutschen Botschafter in Mexiko eine deutsch-mexikanische Allianz gegen die USA vorschlug. Das Deutsche Reich bot an, Mexiko dabei zu unterstützen, das Territorium der Bundesstaaten Texas, New Mexico und Arizona zu erobern. Dieses Gebiet hatte Mexiko im 19. Jahrhundert an die USA verloren. Günstig für das Deutsche Reich wäre gewesen, dass die USA in einen Landkrieg verwickelt und vom Eingreifen in Europa abgehalten worden wären.

Der Secret Service aber entschlüsselte das codierte Telegramm und reichte es an die USA weiter. Dort wurde es von den Zeitungen veröffentlicht und trug entscheidend zum Eintritt der USA in den Ersten Weltkrieg bei. Arthur Zimmermann wurde wegen des Vorfalls aus der deutschen Regierung entlassen.

Um Italien zum Krieg gegen das Deutsche Reich und die anderen Mittelmächte zu bewegen, unterstützte der Secret Service – auch mit finanziellen Mitteln – Demonstrationen vor Ort, die das Parlament 1918 zum Kriegseintritt aufforderten.

Die Inflation im Deutschen Reich wurde durch zusätzliches Falschgeld angeheizt. Für seine Agenten fälschte der Secret Service auch Lebensmittelkarten. In einem Punkt jedoch scheiterte er: Die deutsche Kriegserklärung und Mobilmachung vom 1. August 1914 überraschte die Briten. Keiner der eigens dafür bestellten Agenten gab vorab eine Warnung nach London durch.

Der Autor dankt

Angeline Bauer für kompetente Hilfe bei den Tanzszenen. Sie ist in klassischem Ballett ausgebildet und trat in Shows, Opern und Operetten auf, choreographierte und leitete eine Ballettschule. Heute schreibt sie Romane, zuletzt erschien *Der Maler und das Mädchen*.

Andreas Noga, meinem Dichterfreund, für einige schöne Wörter.

Elli Bochmann, Ralf Döbbeling, Thomas und Anne Franke, Kathrin Lange und Thomas Nawrath für ihre Leseeindrücke und die Hilfe beim Überarbeiten des Romans.

Christian Runkel für den Namen Vanessa und seinen spannenden Hintergrund.

Markus Dziabel dafür, dass er mir über mehrere Jahre seine Bücher zur Titanic ausgeliehen hat.

Michael Kress für eine historische Straßenkarte Berlins.

Michael Gaeb, meinem Agenten, für zehn Jahre guter Zusammenarbeit.

Meinem Lektor, *Edgar Bracht*, für seine schönen Anregungen und Formulierungen, und dem sympathischen Blessing-Team *Tilo Eckardt, Sina Listemann, Ulrike Netenjakob, Elisabeth Bayer, Moritz Volk und Doris Schuck* für ihren Einsatz für *Tanz unter Sternen*.

Danke natürlich auch an *Margarete Ammer, Ruth Schwede und die fleißigen Leute aus dem Vertrieb!*

Und darf ich Ihnen, den *Buchhändlern*, einen virtuellen Blumenstrauß schicken? Ohne Sie wären wir Autoren aufgeschmissen. Mit weißen Rosen, roten Nelken und rosafarbenen Gerbera sage ich herzlich Dank für Ihre jahrelange Unterstützung.

Inhalt

I LÜGE 7

II VERFÜHRUNG 97

III MUT 239

IV SCHULD 323

   ANHANG 371